À la fin de toute chose

La Gardienne

À la fin de toute chose

Tome 3 : La Gardienne

Par A. DEMANGE

ISBN : 9798847875394

À Damien, mon grand amour

Merci d'être à la fois mon Lucas et mon Jérémy.

« Soulmates never die » Placebo

Chapitre un :
Maria

Audrey se réveilla de bonne heure. Elle avait hâte de partir. Elle savait qu'en raison du décalage horaire, elle devrait attendre jusqu'en fin d'après-midi pour quitter la maison, mais elle était impatiente. La veille, Jérémy, Lucas et elle avaient décidé qu'ils devaient retourner au Pérou pour parler à Maria, la personne qui avait remis la Faux à Audrey. Maria était une vieille dame qui habitait seule, elle n'avait plus de famille et vivait modestement.

Audrey et elle étaient les uniques gardiennes, encore en vie, des reliques de Thanatos, le dieu de la Mort. La jeune femme pressentait que Maria ne lui avait pas tout dit lors de leur rencontre. Cette dernière semblait bien connaitre les symboles et leurs secrets, or, ils se devaient d'avoir le maximum d'informations s'ils voulaient parvenir à s'emparer de toutes les reliques de Thanatos et empêcher ainsi les démons de prendre le contrôle de ce Dieu redoutable. Le trio avait réussi à récupérer la Faux, le Flambeau inversé et le Papillon. Ils avaient protégé du mieux possible les Ailes, mais l'Urne et le Voile demeuraient aux mains des démons.

Lucas, malgré sa blessure à l'épaule, s'était proposé de l'accompagner afin de servir d'interprète. Lors de leur précédent périple à deux, il avait été poignardé par des démons. Heureusement, grâce à ses pouvoirs de sorcier, sa plaie était en bonne voie de guérison même si elle le gênait toujours dans son quotidien et l'empêchait de reprendre ses missions contre les créatures surnaturelles normalement, car il ne bougeait son bras que difficilement.

Ils prirent tous les deux quelques armes pour lutter contre leurs éventuels ennemis : de l'eau bénite, un poignard anti-démons et un pistolet qu'ils chargèrent aussi de balles anti-démons. Ils avaient peu de chances de se faire attaquer là-bas, mais mieux valait se montrer prudent.

Jérémy devait donc demeurer seul à la maison en les attendant et il détestait cela. Il n'appréciait pas d'être celui qui reste. Lui, il aimait l'action, mais il avait dû se résigner. Il espérait que Lucas et Audrey seraient vite rentrés.

Au moment de partir, il remit une mèche de cheveux d'Audrey derrière son oreille et lui dit :

— Sois prudente et veille sur mon frère s'il te plait.
— Toujours, répondit-elle en souriant.

Entre eux, il y avait une incroyable attirance, mais ils n'étaient pas ensemble. Officiellement Lucas ignorait tout de leur rapprochement, cependant ce dernier n'était pas aveugle et il était en plus doté d'un excellent instinct qui ne le trompait jamais.

Jérémy se recula. Audrey et Lucas burent la potion du voyage et récitèrent :

« Mon corps ne connait ni l'espace, ni le temps,
Mon esprit libre comme l'air se déplace et s'étend
Emmenez-nous à Puerto Maldonado,
Là où fut la Faux.
Emmenez-nous à Maria,
Elle seule saura ce que l'on deviendra. »

Ils avaient pris soin de légèrement modifier la formule. La dernière fois, Lucas et Audrey s'étaient retrouvés séparés.

Au dernier moment, la jeune femme agrippa Lucas, afin d'être sûre de ne pas le perdre.

Ils apparurent ensemble main dans la main. Audrey reconnut les lieux tout de suite, ils étaient arrivés à bon port. Il faisait beau et chaud. Heureusement, ils avaient anticipé la météo et étaient venus en simple t-shirt.

Audrey relâcha Lucas pour vérifier qu'elle n'avait rien égaré en route et ils avancèrent de concert vers la ferme de Maria.

Cette dernière apparut sur le perron de sa porte, un fusil pointé devant elle. Audrey et Lucas levèrent les mains en l'air. Audrey parla la première.

— Maria, me llamo Audrey. Nos conocemos. Soy una gardienna.

Maria les laissa s'approcher, mais continua de braquer son arme sur eux. Quand ils furent assez proches, elle leur jeta de l'eau dessus.

C'était de l'eau bénite, Maria avait peur des démons. Elle voulait vérifier qu'ils étaient bien ce qu'ils prétendaient.

Quand elle en fut sûre, elle leur ordonna d'entrer.

— Sabia que vendrías.
— Elle savait que tu reviendrais, traduisit Lucas.
— Es Lucas, un amigo, dit Audrey.

Puis il prit le relais. Il n'avait pas menti, il maitrisait parfaitement l'espagnol. Ils parlaient vite tous les deux, Audrey avait du mal à suivre.

Maria expliqua que depuis la venue de la jeune femme, elle avait reçu la visite d'un groupe de démons. Elle avait réussi à les chasser, car ils n'avaient pas de pouvoir, mais elle avait conscience qu'ils reviendraient tôt ou tard.

Elle dit à Lucas :

— Je sais que mon heure est arrivée, mais j'ai une dernière mission à accomplir sur cette Terre.

Elle sortit de la pièce et réapparut avec une enveloppe qu'elle tendit à Audrey.

— J'avais peur de ne pas vous revoir à temps alors j'ai tout noté ici. Gardez-la précieusement.

Audrey mit la lettre dans sa poche avec son Papillon et remercia Maria. C'était une petite femme avec beaucoup de caractère, elle lui rappelait sa propre grand-mère.

— Dites-lui que ça ne sera pas de sa faute si je meurs. Elle n'a pas à porter cette culpabilité. Dites-lui bien, répéta Maria à Lucas.

Maria ne cessait de faire des allers-retours de la fenêtre de la cuisine à la table où ils s'étaient installés. Audrey prit ses mains dans les siennes et dit :

— Je vais surveiller. Racontez votre histoire à Lucas, s'il vous plait.

Audrey se leva et alla se positionner derrière la vitre.

Maria tâtonna au début, ne sachant pas par où commencer. Mais une fois lancée, les mots affluèrent. Lucas traduisit au fur et à mesure les paroles de Maria.

« J'habite ici depuis que je suis née, mais depuis des siècles, les gens des environs nous pensent maudits. Cela a débuté bien avant ma naissance. Dans ma famille, les accidents, les disparitions, les maladies mortelles sont courantes. À chaque génération, un seul membre de la famille meurt de vieillesse. Puis le sort s'acharne sur un autre. Mon père est mort à 92 ans, j'ai alors prié pour que mon fils hérite de la longue vie, malheureusement, il en a été décidé autrement. Il a péri dans un accident de voiture avec ma belle-fille et mon petit-fils. Maintenant, je suis la dernière de ma famille. Je sais ce

que cela signifie. Je dois passer le relais à une autre gardienne.

Oui, je connais le secret de la Faux. Toute ma famille le connaissait. C'était notre tâche sur cette Terre. Veiller sur cet objet maudit et s'assurer qu'aucun démon ne s'en empare. Nous avons déjà pensé à nous débarrasser d'elle. Mon arrière-arrière-grand-oncle a essayé de la vendre à une ferme des environs, mais la Faux reprit le chemin de la maison, de la pire des façons. Elle revint dans le ventre de son fils. Un accident dirent tous les voisins, mais ma famille savait que ce n'était pas le cas. Plus jamais, elle ne chercha à s'en débarrasser. Elle accepta son sort. On ne peut pas non plus essayer de la fuir, elle nous retrouve toujours.

Tout ce que je sais sur les gardiennes est écrit dans la lettre. Audrey va devenir la dernière gardienne. Cela signifie qu'elle est forcément l'élue. »

Elle ajouta une phrase à l'attention de Lucas qu'elle prononça très vite et à voix basse pour qu'Audrey ne la comprenne pas :

— C'est sa malédiction, pas la vôtre. Si vous quittez sa vie maintenant, vous sauverez la vôtre. Les seules personnes que nous avons réussi à préserver dans la famille, sont nos conjoints.

— Bien que nous ne sommes pas du même sang, elle est ma famille, je ne peux pas la laisser.

— Alors vous mourrez.

Le ton de Maria était devenu dur et froid. Audrey jeta un regard vers eux, leur conversation semblait terminée.

Quand elle scruta de nouveau l'horizon, Audrey vit des silhouettes approcher. De loin, ils ressemblaient à des hommes, encapuchonnés. Cela signifiait donc qu'ils étaient soit des démons parmi les plus redoutables, dotés de pouvoirs inconnus et capables de prendre l'apparence de n'importe qui, soit ils n'étaient que des démons inférieurs. Ces derniers n'avaient aucun pouvoir, ils étaient sur terre pour faire le sale travail et collecter un maximum d'âmes. Tous craignaient les armes anti-démons conçues par les sorciers.

Audrey en compta au moins cinq. Elle saisit son pistolet. En la voyant faire, Lucas se leva et attrapa le sien.

— On doit partir maintenant, dit-il.

— On ne peut pas laisser Maria toute seule.

— Elle a terminé sa mission. Elle le sait, nous aussi. Alors ça ne sert à rien de prendre des risques.

Audrey ne comprit pas sa réaction. C'était son travail de sauver les gens des créatures surnaturelles. Il passait tout son temps à secourir des innocents pourquoi voulait-il partir maintenant ?

— On boit la potion, on commence à réciter la formule, on dégomme un maximum de ces monstres puis on termine le sort. Ça te va ?

— Très bien, mais si on a affaire à des démons supérieurs, on décampe le plus vite possible. Une grand-mère, un estropié et une apprentie gardienne ne feront pas le poids face à eux.

— Je te le promets.

Il la serra contre lui. Cette phrase avait beaucoup de sens pour eux. La dernière fois qu'il lui avait demandé de faire une promesse de ce genre, c'était le jour où il avait reçu son coup de poignard. Il avait délibérément caché un certain nombre d'informations pour obliger Audrey à se mettre en sécurité, et ce, au détriment de la sienne. Audrey lui en avait beaucoup voulu.

Ils burent la potion et récitèrent :

« Ma mission est à présent terminée,
Que mon corps regagne son espace et son temps. »

Les démons firent exploser la porte. Ils étaient donc de niveau supérieur. Audrey réussit à viser l'un d'eux, Lucas aussi. Ils disparurent dans un nuage de fumée. Une énorme détonation retentit au niveau de la fenêtre. Lucas lâcha son pistolet et poussa Audrey sur le sol juste à temps. La jeune femme vit Maria décoller dans les airs et vu l'angle qu'avait pris sa tête en atterrissant, il n'y avait pas de doute possible. Maria venait de mourir, elle aussi.

Lucas fit signe à Audrey de finir la formule.

« Qu'il retourne dans son foyer,
Immédiatement. »

Chapitre deux : Possédée

Audrey avait bu la potion et récité la formule qui devait la ramener à la maison, mais elle ne parvint pas à passer les protections magiques. Elle atterrit juste devant leur allée. Elle sentit soudain une présence et comprit qu'un démon essayait de la posséder. Il avait dû s'immiscer en elle au moment où elle avait prononcé la fin du sort. Alors avant qu'il ne soit trop tard, elle jeta son Papillon et la lettre de Maria de l'autre côté de la barrière magique. Il fallait absolument qu'elle sauve ces deux objets. Elle savait qu'elle ne pourrait pas lutter plus longtemps. Son esprit ne faisait pas le poids face à un tel démon. Elle eut à peine le temps de terminer son geste que déjà elle perdit la bataille et sentit son corps cesser de lui répondre.

À présent, elle n'était plus que spectatrice. Tous ses sens fonctionnaient, elle voyait par ses propres yeux, mais elle ne pouvait plus les contrôler. Elle était devenue prisonnière de son enveloppe charnelle.

Elle essaya de s'opposer au démon de toutes ses forces, mais cela le fit rire, ou plutôt la fit rire. Audrey le pressentait, son agresseur était de sexe féminin.

Elle sentit ses mains attraper son téléphone, elle s'entendit appeler Lucas et le vit arriver en courant avec Jérémy. C'était sa voix qui leur déclara que maintenant que Maria était morte, son lien avec les reliques devait être trop fort pour être considérée par leurs barrières magiques comme une simple humaine.

Les frères crurent à son histoire. Pourquoi auraient-ils douté d'elle ? Lucas expliqua qu'ils allaient devoir modifier leur protection, mais que cela prendrait un peu de temps. Elle entendit Jérémy lui proposer d'aller chercher la voiture. Ils étaient déjà fin novembre, il faisait nuit et le gel avait commencé à étendre son voile. La voiture les mettrait à l'abri du vent et du froid en attendant qu'ils trouvent une solution. Jérémy repartit sur le champ, mais Audrey n'avait pas froid. Elle ne ressentait pas la morsure du gel sur sa peau. Elle n'avait même pas la chair de poule alors qu'elle était en t-shirt. Les démons devaient être immunisés contre les températures négatives.

En remontant l'allée, Jérémy vit le Papillon et l'enveloppe qui gisaient par terre. Alors qu'il était en train de les ramasser, elle s'entendit lui dire en guise d'explications :

— J'ai pensé que ça serait mieux s'ils étaient de votre côté, en attendant.

— Tu as jeté ton Papillon ?
— Pour assurer sa protection, oui.

Jérémy sembla perplexe. Il savait que la jeune femme le gardait toujours vers elle, toujours.

De son côté, Audrey luttait de tout son être pour reprendre le contrôle. Il fallait qu'elle leur passe un message, mais elle sentit une force la repousser tout au fond d'elle. La démone ne voulait pas être dérangée, alors Audrey se tint tranquille. Elle devait se faire oublier si elle souhaitait pouvoir prendre la créature par surprise.

Alors elle resta simple spectatrice. Elle ressentit la douleur lorsque Lucas lui fit une légère entaille à la main pour pouvoir ajouter son sang dans le laissez-passer des protections.

Elle s'entendit dire alors à Lucas :

— C'est incroyable d'être aussi musclé et en même temps aussi doux.
— Tu es sûre que ça va ? demanda Lucas incrédule.

Ce genre de discours ne lui ressemblait pas. Les frères allaient comprendre. Elle reprit espoir. Elle vivait avec eux depuis six mois, ils allaient forcément se rendre compte de quelque chose.

Jérémy revint alors avec de quoi préparer des sandwichs, des bières et la voiture. Il avait aussi apporté sa guitare.

— Je crois qu'on va pique-niquer, ce soir ! lança-t-il tout sourire.

Intérieurement, Audrey était touchée par ses intentions. Il lui avait même pris un pull et un manteau, mais elle ne s'entendit pas le remercier.

Ils s'installèrent pour manger. À présent, la démone évitait de parler, elle avait sûrement peur de se compromettre.

Audrey était coincée avec elle, c'était le moment d'en apprendre plus. À défaut de pouvoir se libérer, elle pourrait peut-être obtenir des informations. Elle essaya de nouveau de méditer. Elle n'était pas très douée en temps normal, alors le faire avec un corps qui continue de bouger, c'était mission impossible. Elle ne parvenait pas à se centrer sur elle, alors elle tenta de se concentrer sur l'environnement qui l'entourait. Elle écouta les garçons discuter, les observa. Elle ne pensa qu'à eux. Elle sentit soudain un premier élément, comme une étincelle. Très légère. Une étincelle qui grandit rapidement puis qui consuma tout et devint un immense brasier. Le feu. Audrey ressentait la flamme du démon et sa chaleur partout en elle. C'était un des démons des incendies sans l'ombre d'un doute, peut-être Agrat. Ils avaient référencé quatre êtres démoniaques ayant le feu comme pouvoir et un seul était de sexe féminin.

Après ce repas, Lucas proposa de s'atteler directement à lever les protections magiques. Jérémy, lui, resta pour jouer de la guitare. La fausse Audrey ne lui prêta aucune attention.

Elle partit marcher le long de la barrière puis revint s'assoir sur la banquette arrière de la voiture. Elle attendait que le sortilège cesse de fonctionner pour faire son travail.

Jérémy arrêta de jouer assez rapidement, vint s'installer juste à côté d'elle et lui murmura à l'oreille :

— Je te trouve bien distante ce soir.

Mais qu'est-ce qu'il fait ? se demanda Audrey. La démone crut comprendre le message et lui dit d'une voix lubrique :

— Et tu préférerais que l'on soit proche comment ?
— Je ne sais pas, répond-il en approchant lentement sa bouche de celle d'Audrey.

La jeune femme perçut alors dans son corps, un autre genre de feu. La créature désirait Jérémy. C'était même au-delà de cela, elle avait besoin de plaisir charnel, c'était ce qui la nourrissait, littéralement. La démone se jeta sur ses lèvres. Audrey en fut dégoutée. C'était un baiser langoureux. La véritable Audrey en ressentait la saveur, mais elle était déroutée. En moins de deux secondes, l'incendiaire se mit à califourchon sur Jérémy. Ce baiser n'avait rien de commun avec ceux qu'ils avaient déjà échangés. Il était horrible, il ne dégageait rien, absolument rien. Audrey avait envie de vomir. Jérémy aussi se rendit compte que ça ne collait pas. Elle sentit alors un poignard contre son ventre. La démone baissa les yeux, elle vit que c'était un poignard anti-démons. Jérémy avait compris. Elle l'entendit lui dire :

— Au moindre geste, je te plante.

— Je ne crois pas que tu prennes le risque de faire du mal à ta petite copine, répondit l'usurpatrice.

— N'en sois pas si sûr, démon.

Il la fit sortir de la voiture avant d'appeler Lucas. Ce dernier arriva en courant. Jérémy la menaçait toujours avec sa lame. Il lui expliqua la situation. Ce dernier aussi sembla dérouté.

Tant que le monstre serait dans le corps d'Audrey, il serait protégé. Les garçons ne lui feraient pas de mal. Ils en avaient tous parfaitement conscience.

Les frères allaient devoir pratiquer un exorcisme, mais cela demanderait du temps et du matériel. Tout était dans la maison. Si le démon s'échappait avec le corps d'Audrey, les garçons la perdaient. Ils n'auraient pas le droit à l'erreur.

Audrey, elle, s'était déjà penchée sur le problème et elle avait trouvé une solution. Il fallait qu'elle passe la barrière de protection. La voleuse d'identité serait alors obligée de la lâcher. Mais comment transmettre le message ? Elle les voyait réfléchir, mais elle ne parvenait pas à leur souffler la réponse.

Elle se concentra, contrôler tout son corps lui demanderait trop d'énergie, mais elle pouvait peut-être réussir à récupérer la maîtrise d'une petite partie. Elle mit toute sa concentration dans sa main droite. Le démon la sentit et la renvoya dans les tréfonds de son corps. Mais elle n'avait pas dit son dernier mot. Le contrôle de sa main entière ne lui servait à rien, elle n'avait besoin que de son index pour leur montrer la bonne direction. Alors elle inspira et se focalisa sur cette infime partie d'elle-même. Elle mit toute sa conscience dans cette part d'elle et elle réussit. Elle sentait qu'elle pouvait le bouger comme elle le souhaitait.

La démone se tenait debout entre les frères, les bras ballants et elle avait son doigt qui pointait sans cesse vers la maison. L'usurpatrice s'en aperçut et secoua la main, comme si un insecte était venu se poser sur lui, mais son index ne cessait de s'agiter.

Lucas vit son geste en premier et le comprit.

— Je crois qu'Audrey veut qu'on lui fasse passer la barrière.

— On n'a jamais essayé un truc pareil, dit Jérémy.

Le démon se mit soudain à rire et leur dit :

— Elle ne résistera pas, elle est bien trop faible !

— Apparemment, tu la connais mal, répliqua Jérémy.

Puis il ajouta pour son frère :

— Si elle pense qu'elle peut le faire, alors il faut qu'on le tente.

Lucas acquiesça.

Jérémy plongea son regard dans ces yeux bleus qu'il connaissait si bien, il cherchait la vraie Audrey, il savait qu'elle était là, mais il ne la trouva pas, il lui dit malgré tout :

— Accroche-toi, on y va à trois.

Les frères l'attrapèrent chacun par un bras.

Puis Jérémy commença à compter :

— Un, deux, et trois !

Les garçons la tirèrent de toute leur force, mais son corps refusait de passer le seuil. C'était comme s'ils essayaient de la faire entrer dans un mur. C'était atroce. Elle avait mal partout, elle ressentait la douleur dans tous ses membres.

De son côté, elle luttait de tout son être. Elle réussit à reprendre le contrôle de sa main entière et s'agrippa à Lucas. Il fallait qu'ils y arrivent. C'était la seule solution.

Puis elle parvint à récupérer la maitrise de sa seconde main. Elle se cramponna de toutes ses forces à Jérémy.

Jérémy le sentit et cela sembla décupler sa propre force.

— Allez ! cria-t-il pour se donner du courage et pour motiver les autres.

Le démon se débattait en tous sens. Il commençait à perdre de sa puissance, Audrey le ressentait. Elle en profita pour reprendre le contrôle de ses pieds, puis de ses jambes.

Elle se mit à hurler en son for intérieur. Elle réussit à faire franchir la barrière à l'une de ses jambes. Ce fut comme traverser un mur de feu. Audrey avait l'impression que son corps s'enflammait, mais malgré la douleur, elle devait continuer de se battre. La démone aussi souffrait, Audrey le percevait. Elle sentait toujours les frères la pousser de toute leur force.

D'un seul coup, tous basculèrent vers l'avant et tombèrent dans l'allée. La créature avait lâché prise et avait disparu dans un nuage de fumée, Audrey avait réussi à passer l'enceinte de la propriété.

Elle entendit Lucas dire :

— Ça a marché, on l'a fait. Tu l'as franchie.

Puis il se retourna vers elle et l'inquiétude reprit le dessus :

— Audrey ? Audrey ? Tu es avec nous.
— Ça va, essaya-t-elle de dire pour le rassurer, ça va.

Mais elle avait du mal à garder les yeux ouverts. Elle était épuisée, elle avait mis toutes ses forces physiques et mentales dans cette bataille.

Elle sentit les mains de Jérémy la saisir.

— Allez, viens là, je t'emmène, dit-il en la soulevant. Décidément, tu as raison, les retours, ce n'est pas ton truc !

Audrey essayait de se tenir à lui, mais elle n'y arrivait pas.

Elle écouta Lucas demander à Jérémy :

— Comment as-tu su ?

— Audrey devait se sentir vraiment menacée pour jeter son Papillon comme elle l'a fait. Elle ne l'aurait jamais fait sans un motif sérieux.

Puis il ajouta pour lui-même :

— Et elle n'embrasse pas comme ça.

Lucas l'entendit aussi et parut un instant interloqué, mais il ne posa aucune question.

Jérémy emmena Audrey dans sa chambre et la déposa délicatement sur son lit. Il lui retira ses chaussures, puis lui dit :

— Tu repasses de nouveau par la case repos.

— Reste s'il te plait, parvint-elle à dire.

Alors il s'assit à côté d'elle. Audrey vint se blottir contre lui et ils demeurèrent ainsi un moment.

Elle était enfin en sécurité.

Lucas passa apporter un verre d'eau et les trouva dans cette position.

Il jeta un regard plein de sous-entendus à son frère qui répondit juste doucement :

— Ne dis rien, s'il te plait.

Lucas les laissa ensemble. Il n'était absolument pas surpris, mais il aurait aimé savoir où ils en étaient exactement tous les deux.

Au bout d'un moment, Audrey rompit le silence.

— Comment tu as compris ? lui demanda-t-elle.
— Tu le sais très bien.

En vérité, elle avait bien une idée, mais elle avait envie de l'entendre.

— Dis-le-moi s'il te plait.
— J'ai eu des doutes dès que j'ai trouvé ton Papillon. Ils se sont confirmés quand j'ai pris ma guitare. Et après j'ai juste voulu être sûr...

Jérémy n'était pas décidé à le reconnaitre.

Audrey repensa à la façon dont la créature l'avait embrassé. Ça la mettait hors d'elle. Elle se sentait souillée. Elle lui confessa :

— C'était horrible comme sensation. Être là, tout percevoir, tout éprouver sans avoir le contrôle.
— Moi je pensais t'embrasser et j'ai finalement embrassé un démon. Pas terrible non plus comme ressenti !
— Si ça peut te réconforter un peu, c'était un être de sexe féminin !
— Comment tu le sais ?

— Je le sais, c'est tout. Je suis quasiment certaine que c'était Agrat, la succube et démone des incendies, ajouta-t-elle en se fiant à son intuition.

En le disant, elle en acquit la certitude :

— Non en fait, je suis sûre que c'était elle.

Le silence s'installa entre eux. Audrey le pressentait, Agrat était présente lors de l'incendie de sa maison. C'était elle qui avait jeté la première boule de feu. Elle venait enfin de trouver l'un des coupables.

— C'est une énorme avancée que tu as faite. Mais efface cette colère de ton visage, ce n'est pas encore l'heure de te venger.

— Je le sais. Mais en plus de tout ce qu'elle a déjà fait, ce soir, elle a souillé mon corps en le possédant.

— Elle n'est pas restée longtemps et on a réussi à la chasser rapidement, lui fit remarquer Jérémy.

Audrey réfléchit, il fallait qu'elle fasse ressortir quelque chose de beau de cette soirée.

— Il faut qu'on efface l'horrible baiser de tout à l'heure. Alors pour cela, il n'y a qu'une seule solution. Tu dois m'embrasser. On risque notre vie tous les jours. Je refuse que ce qu'on a échangé dans la voiture soit notre dernier baiser. Ça ne peut pas être ça, notre dernier baiser !

Il prit un instant de réflexion, caressa la joue d'Audrey de sa main, puis la passa dans sa nuque. Et il répondit :

— Celui dans la voiture ne compte pas, tu le sais et je le sais. Mais j'accepte. Juste au cas où, j'aimerais que notre dernier baiser soit aussi magique que les autres.

Son regard se posa sur sa bouche et il ajouta tout bas en se penchant :

— On est d'accord, celui-ci efface celui de tout à l'heure.
— On est d'accord, murmura-t-elle.

Et ils s'embrassèrent. C'était un petit baiser, doux et tendre, mais qui confirmait une fois encore leur alchimie.

— Maintenant, repose-toi.
— Tu restes jusqu'à ce que je m'endorme ?
— Tu exagères.
— Je sais, dit-elle en se blottissant contre lui.

Elle était si bien dans ses bras. Elle aurait aimé que ce moment ne finisse jamais, elle lutta longuement contre le sommeil juste pour pouvoir demeurer contre lui le plus possible.

Elle était seule dans sa chambre en se réveillant. Elle se sentait bien. Cette nuit de repos lui avait rendu ses forces, mais elle n'avait pas envie de quitter la chaleur de sa couette.

Un regard sur son téléphone lui apprit qu'il était 9 h. Les garçons l'avaient laissée dormir. Elle décida d'en profiter encore un peu. Elle mit Ryan Keen, sur Spotify, l'un de ses chanteurs préférés et resta à rêvasser.

Environ trente minutes plus tard, Lucas frappa à sa porte.

— Tiens, je t'apporte de quoi te ravitailler : tisane, jus d'orange et tartine à la confiture.

— Merci. Tu es vraiment le meilleur. Je meurs de faim.

— Je peux rester un moment avec toi ?

— Bien sûr.

Il s'installa sur le lit à côté d'elle et lui demanda :

— Comment te sens-tu aujourd'hui ?

— Je vais bien. Mais si tu me parlais plutôt de ce qui te tracasse.

Lucas ne pensait pas aborder le sujet aussi directement, mais puisqu'elle prenait les devants...

— J'aimerais savoir ce qu'il se passe entre Jérémy et toi.

Audrey soupira, but une gorgée de tisane et répondit en toute honnêteté :

— Ça, c'est une excellente question. On n'est pas ensemble si c'est ce que tu veux savoir. Si on l'était, on t'en aurait parlé.

— Mais il y a quelque chose, non ?

— Oui, mais pour le moment je ne pourrais pas y mettre de mots. Pour tout te dire, hier inclus, on s'est embrassé deux fois.

— Et il n'y a jamais eu plus ?

— Euh... si, mais ça ne comptait pas, on s'était mis d'accord au préalable.

Elle ne donna pas de détails. Lucas la déroutait avec ses questions. Elle n'était pas très à l'aise à l'idée de lui parler de sa « relation » avec Jérémy. Elle décida cependant de jouer cartes sur table :

— Écoute, nous sommes adultes tous les deux, je sens que notre relation évolue, mais je suis dans l'incapacité de t'en dire plus, car je n'ai pas moi-même les réponses à tes interrogations. Mais je te le redemande qu'est-ce qui t'inquiète, Lucas ?

— J'ai peur que vous gâchiez tout. Si vous vous lancez dans cette histoire et que ça ne marche pas, qu'est-ce qui se passera ?

— Lucas, je n'ai que vous, j'habite chez vous. C'est moi qui ai le plus à perdre. Quoiqu'il arrive, vous resterez toujours ensemble tous les deux. Moi je pourrais me retrouver sans rien, sans personne. J'ai déjà pensé à ça, tu peux me croire. Et je ne prendrai jamais le risque de tout perdre pour une simple attirance physique. C'est plus que ça. Je le sens.

— Je le sais, je l'ai ressenti quand nous avons utilisé le sort pour lier deux esprits. Je ne l'avais juste pas encore compris.

Elle lui demanda ensuite :

— Tu en as déjà parlé avec lui ?
— Je n'ai même pas essayé. Il m'aurait envoyé bouler.

Puis il ajouta :

— Depuis que tu vis ici, il a changé. Je le vois. Il s'ouvre aux autres, ou du moins à toi. Tu es parvenue à lui déclencher des visions. Je pense que votre relation — quelle qu'elle soit — est bénéfique pour lui. Mais j'ai peur pour toi.
— Cesse de t'inquiéter. J'ai appris à le connaitre, je sais qu'il n'est pas prêt à se mettre en couple et je ne suis pas sûre de l'être non plus. Je ne peux pas être déçue, car je n'attends rien de lui. Et pour l'instant, je te le redis, lui et moi sommes juste amis.
— Des amis qui s'embrassent occasionnellement, précisa Lucas.
— Très occasionnellement, rectifia Audrey.

Elle but une nouvelle gorgée de tisane. Elle aussi, avait besoin de clarifier un point, alors elle profita du moment :

— Imaginons que l'on finisse ensemble, Jérémy et moi, est-ce que tu y verrais un inconvénient ?
— Es-tu en train de me demander ma permission ?

— Non, mais comme tu l'as fait remarquer, nous vivons ici tous les trois. Du coup, j'aimerais être certaine que tu ne sois pas contre l'idée. Juste au cas où…

— Si cela devait arriver, je serais le premier à me réjouir pour vous. Vous méritez tellement d'être heureux.

Puis, il lui lança un regard espiègle et lui demanda en se levant :

— Mais comment vous allez faire ? Je ne suis pas sûr d'avoir le droit d'être le témoin du marié et de la mariée en même temps, si ?

— Ouste ! Sors de ma chambre ! répondit-elle en lui jetant un coussin à la figure.

Lucas et elle éclatèrent de rire et il quitta la pièce.

Chapitre trois : Préparatifs

Audrey enfila un jean et un petit pull bleu marine. Elle fit un brin de toilette et laissa ses cheveux détachés.

Elle retrouva Lucas dans la bibliothèque. Il travaillait sur la lettre de Maria. L'écriture était tremblante et difficile à déchiffrer. Audrey n'avait pas encore essayé de la lire, elle y jeta un coup d'œil pour voir par elle-même, mais ne comprit pas grand-chose. Elle survola la traduction de Lucas, il en était au quart de la missive. Audrey préféra le laisser travailler tranquillement. Il n'avait pas besoin d'elle pour avancer. En plus, elle voulait découvrir le message de Maria d'un seul trait.

Dehors, il faisait froid, l'hiver approchait. Un coup d'œil à son téléphone lui apprit que c'était déjà le 27 novembre.

- Vous avez des décorations de Noël ?
- Aucune idée, répondit Lucas toujours concentré.

Cela confirma les doutes d'Audrey : les garçons, avant de la connaitre, ne fêtaient jamais rien et les fêtes de fin d'année ne faisaient visiblement pas exception. Mais chez elle, c'était un événement très important, peut-être même le plus important de l'année. Audrey avait envie de faire découvrir cette atmosphère à Lucas et Jérémy.

– Il doit sûrement y en avoir au grenier, déclara soudain Jérémy qui était arrivé sans un bruit.
– Au grenier ?
– La porte juste à gauche en sortant de la bibliothèque, précisa Lucas.
– Vous voulez dire à gauche de cette porte que vous n'ouvrez jamais ? ajouta Audrey en désignant le deuxième accès à la pièce. Dans le couloir où il y a l'infirmerie ?
– Exactement ! Les clés sont là, sur l'étagère, lui indiqua Jérémy.

Audrey attrapa le trousseau et fila directement dans les combles.

C'était immense. Le grenier faisait toute la superficie de la maison. Quatre fenêtres rondes étaient placées au milieu des murs d'enceinte et apportaient un peu de lumière à la pièce. À l'intérieur, il y avait tout un tas de meubles anciens et une quantité impressionnante de cartons y était entreposée.

Avec méthode, Audrey délimita mentalement l'espace en plusieurs parties et commença à fureter. Elle trouva une boîte remplie d'objets d'une autre époque qui aurait fait le bonheur de son père, plusieurs cartons contenaient des vêtements de bébé. Elle découvrit aussi des livres délabrés et de vieux albums photos, elle ne put s'empêcher de les ouvrir. Dans le premier, elle n'identifia personne. Les photos étaient vraiment anciennes. Puis, elle en repéra un dans lequel elle reconnut les parents des frères qui entouraient un nouveau-né. Audrey devina qu'il s'agissait de Jérémy. Il était trop mignon avec ses grands yeux verts et ses grosses joues à bisous. Au fur et à mesure, elle le vit grandir. Puis Lucas apparut à son tour. Même bébé, il avait l'air immense ! Rapidement, les photos s'arrêtèrent. Audrey comprit que personne n'avait pris la peine de continuer l'album après le départ de leur mère. Elle mit sa découverte de côté et feuilleta encore plusieurs autres albums. Elle tomba ensuite sur des cartons remplis de vieux journaux. Sur une étagère, un cahier retint son attention. Poussée par la curiosité d'en apprendre plus sur la famille des garçons, elle l'ouvrit, il contenait uniquement des articles de presse découpés. Ils relataient tous des tragédies d'origine douteuse, des faits pour lesquels les frères se seraient rendus sur place pour enquêter. À côté de chaque titre, il y avait une annotation : le nom d'une créature et un nombre. Au vu des dates, Audrey comprit que c'était leur père qui avait tenu ce journal et qu'il avait sûrement recensé toutes les affaires qu'il avait eues dans « sa carrière » et il en avait eu beaucoup.

Elle se pencha ensuite sur les chiffres. Ce n'est qu'en voyant clairement écrit huit, à côté d'un article qui parlait de huit disparus qu'elle saisit. C'était le nombre de personnes qu'il avait sauvé. Elle fit un rapide calcul et en comptabilisa 236. Leur père avait sauvé 236 innocents ! C'était incroyable ! Elle se demanda si les garçons connaissaient l'existence de ce carnet. Elle décida de le mettre de côté aussi.

Elle trouva encore bien des choses : des cartons emplis de vieux jouets, de linge de maison. Ce n'est qu'en tombant sur les décorations de Noël qu'elle se rappela ce qu'elle était venue chercher. Ces dernières étaient un peu vieillottes, mais c'était ce qui faisait leur charme. Elle porta l'énorme carton jusqu'à l'escalier, mais préféra ne pas le descendre seule.

Avant d'aller demander de l'aide, elle refit un tour. Son père aurait vraiment adoré cet endroit avec toutes ces antiquités et ces souvenirs, c'était tout ce qu'il aimait. Elle sentit la nostalgie l'envahir. Elle sourit en pensant à sa famille.

Puis, elle descendit. Alors qu'elle s'apprêtait à aller chercher Jérémy, elle changea d'avis. Elle était seule dans le couloir. Ce couloir qui cachait une infirmerie et un grenier. Elle se demanda ce que contenait la dernière pièce. Jusque-là, elle n'avait jamais eu la curiosité d'aller voir. Elle savait que derrière elle, il y avait l'accès à la bibliothèque. En face, il y avait l'infirmerie. Le corridor se terminait par une porte, c'était celle qui menait au couloir des chambres. Audrey la reconnaissait, car elle était située juste face à sa chambre à elle, mais il restait une dernière porte. Une dernière pièce inconnue entre sa chambre et l'infirmerie.

Audrey l'ouvrit doucement. Elle savait qu'elle était ici chez elle et qu'elle n'avait pas à demander la permission pour se rendre quelque part, mais elle ignorait comment les garçons réagiraient en la voyant fouiner ainsi.

En poussant la porte, elle découvrit une nouvelle chambre. Elle était grande, tout en longueur. Comme les autres, elle était fonctionnelle et se contentait du strict minimum, sans aucun élément personnel, mais les meubles semblaient différents. Il s'en dégageait une atmosphère particulière. Il y avait un lit double. Ce dernier était fait, il était recouvert d'un dessus de lit, un peu désuet. Il y avait un fauteuil de type rocking-chair, une commode d'époque, une coiffeuse avec un grand miroir et au sol, un tapis épais. L'endroit était opérationnel, comme les autres, mais tout le mobilier était ancien. C'était cela la différence.

Audrey avança d'un pas. Elle sursauta, quand une voix derrière elle déclara :

— C'était la chambre de nos parents.

C'était Jérémy. Son regard se fit dur en entrant dans la pièce. Comme si ce simple geste nécessitait de remettre son armure.

— Désolé, je ne voulais pas te faire peur, dit-il sans la regarder. Tu as trouvé ?

— Oui, à l'instant, j'allais venir te chercher, lorsque je me suis aperçue que je n'avais jamais vu cette pièce. Je n'aurais pas dû entrer, dit-elle en se dirigeant vers la sortie.

Jérémy ne l'entendit pas, il était dans ses souvenirs.

— On ne vient jamais ici, car c'est trop difficile. Mais tu as le droit de connaitre la maison.

Et il ajouta :

— Ma mère adorait ce rocking-chair. Je la revois bercer Lucas dedans.

Audrey ne savait pas trop quoi faire. Elle ne voulait pas interrompre le flot de ses pensées, mais il fallait qu'elle rappelle à Jérémy qu'elle était là pour lui s'il en avait besoin. Il se tenait dos à elle alors elle s'approcha doucement et posa sa main gauche sur son épaule, tout en restant en retrait. Jérémy demeura plusieurs secondes immobile, plongé dans ses souvenirs.

Puis il sortit soudain de sa torpeur, Audrey enleva sa main et recula.

— Alors tu as trouvé ou pas ? lui redemanda-t-il.
— Oui, tu peux m'aider à descendre le carton dans le salon s'il te plait ?

Jérémy s'exécuta. Audrey fit l'inventaire des décorations. Elle se fit mentalement une liste de ce qu'il manquait. Jérémy était dans la cuisine et il la surveillait du coin de l'œil.

À midi, ils mangèrent tous ensemble. Lucas avait déjà retranscrit la moitié de la lettre. Il avait plus de difficultés à relire l'écriture de Maria qu'à vraiment traduire le contenu.

Audrey annonça aux frères son souhait d'aller couper un sapin et d'acheter d'autres décorations. Les garçons s'opposèrent à son projet, car ils estimaient qu'ils devaient tous prendre le minimum de risque à présent, les démons étant plus que jamais à leurs trousses. Mais ce n'était pas négociable. Audrey avait une idée en tête et elle la mènerait à bien, avec ou sans leur permission.

À la fin du repas, elle prit son manteau, de l'argent liquide dans leur réserve commune, attrapa les clés de Jérémy et leur dit à nouveau :

— Je vais y aller, je ne rigole pas. Si l'un d'entre vous veut m'accompagner, c'est maintenant. Sinon je serai de retour dans deux heures maximum. Je laisse le Papillon ici, je n'ai pas besoin de porte-bonheur pour faire des courses. Alors ?

— Non, tu n'iras pas, dit Jérémy en souriant.

Ils ne la prenaient pas au sérieux. Ils pensaient qu'elle était en train de bluffer.

— Comme vous voudrez, dit Audrey en sortant.

Ce ne fut qu'en entendant le bruit du moteur de la voiture que les garçons se levèrent pour la suivre. Mais il était trop tard, elle était partie. Elle prit juste le temps de leur faire un petit coucou moqueur avant de sortir de la propriété. Ils essayèrent de la joindre sur son téléphone, mais Audrey se garda bien de répondre, connaissant d'avance l'objet de leur appel.

Elle alla directement en ville, il lui fallait juste des guirlandes lumineuses, quelques décorations en plus, des calendriers de l'avent et des papillotes. Elle trouva rapidement ce qui lui manquait et retourna à la maison. Elle mit moins d'une heure pour tout faire.

— Je suis rentrée. Vous voyez, ça ne risquait rien.

Elle déchargea sa voiture, ajouta ses achats au carton de décoration. Son Papillon était resté sur la table, elle le replaça dans sa poche.

Lucas était toujours en train de travailler sur la lettre. Il leva à peine les yeux sur elle.

— Ne sois pas fâché, je vous ai dit que j'irai.

— Si tu crois que je suis fâché, attends de voir Jérémy, répondit Lucas assez sèchement.

— Je vais ressortir chercher un sapin dans les bois.

— Je ne suis pas d'accord, mais comme tu t'en moques…

— Au moins, tu sauras où je suis !

Elle préféra éviter Jérémy dans l'immédiat. Il valait mieux le laisser se calmer un peu. Elle descendit au garage pour récupérer une hache, mais n'en trouva pas. Il n'y avait même aucun objet tranchant. Elle remonta dans la bibliothèque pour regarder dans leur réserve d'armes, mais là non plus, il n'y avait rien. Pas de machette, rien.

Lucas avait un petit sourire en coin. Audrey comprit que Jérémy lui avait coupé l'herbe sous le pied… avec une hache !

Il n'était pas d'accord avec elle, alors il l'empêchait de mener à bien son projet.

Elle déboula dans sa chambre sans crier gare :

— Donne-moi la hache s'il te plait.

— Non.

— Aucun problème, je vais retourner en ville en acheter une.

— J'ai récupéré mes clés de voiture, répondit-il en jouant avec son trousseau.

— Pourquoi tu fais ça ?

— On ne doit pas prendre de risque inutile.

— Tu ne comprends peut-être pas, mais ce n'est pas inutile.

Audrey sortit en trombe de sa chambre. Elle était furieuse. Elle voulait juste essayer de mettre un peu de féérie dans leurs vies. Mais elle n'avait pas dit son dernier mot. Elle avait encore vingt-sept jours devant elle pour récupérer soit les clés, soit la hache. Elle se fit la promesse d'avoir un sapin pour les fêtes.

En attendant, elle commença à décorer la maison, elle installa tout ce qu'elle put. Cela la plongea dans la magie de Noël et lui permit d'oublier sa rancœur et la nostalgie qu'elle éprouvait depuis sa visite du grenier. Elle prit soin de garder un certain nombre de guirlandes et de boules pour le sapin. Elle plaça ses calendriers de l'avent dans la cuisine, côte à côte, comme ses sœurs et elle le faisaient auparavant. Ces calendriers, c'était vraiment leur habitude incontournable, jamais elles ne trichaient. Tous les jours, elles mangeaient chacune un chocolat et pas un de plus.

Elle prépara ensuite du lait de poule. Quand elle eut fini, elle s'installa dans le canapé avec un verre et attendit. Elle attendit longtemps. Finalement, elle dut refaire une autre tournée du breuvage.

En sortant de la bibliothèque, Lucas découvrit le salon et la salle à manger décorés.

— C'est joli, admit-il.

— Ça aurait été encore plus beau avec un sapin, rétorqua Audrey, mais il faut savoir se contenter de ce que l'on a, continua-t-elle en levant son verre dans sa direction.

Rien qu'à sa voix, Lucas comprit :

— Euh, tu en as bu combien ?

— Un certain nombre ou un nombre certain..., répondit-elle en s'esclaffant bêtement.

— Je vais peut-être aller chercher Jérémy pour que l'on trinque ensemble, avant qu'il n'y en ait plus.

— Mais il n'y en a déjà plus ! Heureusement pour vous, je pourrais en refaire les yeux fermés.

Et elle rit toute seule à sa blague. Audrey avait toujours eu l'alcool joyeux. Dès qu'elle avait un peu trop bu, elle rigolait bêtement.

Jérémy arriva et sembla étonné de la trouver ivre. Ce n'était pas dans ses habitudes. Elle prenait une bière de temps en temps, mais jamais plus. L'unique fois où il l'avait vue éméchée, c'était pour son anniversaire. Savoir qu'elle avait bu toute seule alors qu'ils étaient juste à côté le culpabilisa.

Audrey se leva du canapé en riant et alla leur servir un verre.

— C'est joli, dit Jérémy.

Cela déclencha son hilarité.

— Lucas a dit pareil ! Exactement !

Quand son fou rire fut passé, elle se reprit et déclara pour elle-même :

— Mais ça aurait dû être bien mieux.

— Pour nous, c'est déjà un grand changement, la rassura Lucas.

— Mais ce n'est pas suffisant. Ça ne suffira pas, pensa-t-elle à voix haute.

— Suffire à quoi ? demanda Jérémy.

— À donner l'envie de rester, dit-elle comme une évidence.

— Comment ça ?

— Je crois que je n'aurais pas dû dire ça, marmonna-t-elle en se resservant. C'est comme si les mots étaient sortis tout seuls.

— Et moi, je crois que tu as assez bu pour aujourd'hui, dit Lucas qui pressentait que la conversation allait dégénérer.

Mais Jérémy sentait qu'elle venait de mettre le doigt sur quelque chose d'important, quelque chose qui lui échappait.

— Tu as envie de partir ? lui demanda-t-il surpris.

— Moi ?! répondit-elle en riant de nouveau. Pas du tout ! J'adore être ici avec vous deux, même si ce n'était vraiment pas gentil de ta part de cacher la hache. Pas gentil du tout !

Audrey avait dit cette dernière phrase en le menaçant de son doigt.

— De quoi tu parles alors ?

— Comment c'est possible que tu ne le saches pas ? C'est quand même ton frère, tu ne vois pas qu'il a besoin de vivre sa vie ? Il ne peut plus se contenter de survivre. Il lui faut plus. C'est à nous de saisir toutes les occasions de le lui accorder. Pour lui offrir une vraie vie, la vie qu'il mérite. C'est pour ça que j'ai fait tout ça.

— Tu es encore plus saoule que ce que je pensais, répondit Jérémy.

— Ça, c'est possible, dit Audrey en riant, mais quand j'étais dans vos cauchemars, j'étais très, très concentrée. Et pas du tout alcoolisée !

Jérémy regarda Lucas, lequel fixait obstinément la fenêtre. Il n'osait pas croiser le regard de son frère. Il n'avait pas le courage de lui avouer cette vérité.

— Moi je cherche toutes les occasions pour que nous ayons tous une vie qui vaille la peine d'être vécue et toi tu gâches tout. Pourquoi t'as tout gâché ?

— Je voulais juste que tu ne prennes pas de risques inutiles. Ta sécurité c'est le plus important. Il faut que tu le comprennes.

— Mais vivre c'est important aussi, dit-elle en finissant son verre d'un seul trait. Très important même.

Elle ajouta de nouveau :

— Noël, c'est la fête de la famille. La famille, c'est tout ce que nous avons. Enfin, je parle pour vous bien sûr, car moi, je n'ai plus personne. D'ailleurs, je crois qu'on devrait attendre que les fêtes soient passées avant de retourner à la chasse aux reliques. Je n'ai pas envie de perdre l'un de vous à cette période de l'année. Je sais bien que je vais fatalement vous perdre, mais en janvier ça serait quand même moins pire.

— Merci pour cet optimisme, lui dit Lucas.

— D'habitude, je ne pense pas ça, mais ce soir c'est très clair d'un coup. D'ordinaire, je refuse de voir la vérité, je me voile la face, comme toi Jérémy. Mais là, c'est limpide. À la fin, je serai seule.

Elle eut à peine le temps de finir sa phrase qu'elle se précipita dans le couloir :

— Je crois que je vais être malade, déclara-t-elle en courant jusqu'aux toilettes.

Le contenu de son estomac se retourna encore et encore. Lucas lui retint les cheveux comme il le put de sa main valide. Audrey se sentait tellement mal qu'elle ne voulut plus quitter les commodités, elle craignait de vomir de nouveau au moindre mouvement.

— Je suis désolée, bredouilla-t-elle vainement.

Les garçons restèrent dans le couloir pour veiller sur elle.

— Tu veux en parler ? demanda Jérémy à Lucas.

— Je crois qu'elle a déjà tout dit.

— Ça fait longtemps que tu envisages de partir ?

— Je n'envisage pas de partir. Pas du tout. J'ai juste peur de passer à côté de ma vie. On travaille tout le temps, on n'a jamais aucun moment pour nous et parfois, ça me pèse. J'aimerais seulement être normal, de temps en temps.

— Pourquoi tu ne me l'as jamais dit ?

— Pour ne pas t'inquiéter. Mais je te le répète, je n'envisage pas de partir. Et j'ai moins cette impression qu'avant.

— Tu veux dire que son idée saugrenue de fêter Noël fonctionne ? questionna Jérémy.

— Non, ce n'est pas que ça. Depuis qu'elle est là, elle a chamboulé nos habitudes. Elle veille sur nous, à sa manière. Elle nous donne du temps pour nous. Les choses sont différentes.

— On rit, fit remarquer Jérémy. Avant, ça n'arrivait jamais. Et maintenant, on rit de nouveau.

Audrey se remit à vomir.

— À mon tour de m'en occuper, dit Jérémy en se levant.

Quand la crise fut passée, il se rassit dans le couloir à côté de Lucas.

— Si jamais cette envie de partir revenait, j'aimerais bien que tu m'en parles.

Lucas acquiesça.

— Jérémy, je crois qu'elle a raison sur un point, en tout cas Maria le pensait.

— Sur quel point ?

— Sur le fait que l'on ne survivra pas.

— Tu as fini de traduire la lettre ? s'enquit Jérémy.

— Presque. Quand on était au Pérou, Maria m'a conseillé de fuir loin d'elle si je voulais vivre.

— Je le pense aussi, confessa Jérémy. Mais on ne peut pas la laisser mener à bien cette quête seule. Elle est trop importante.

Lucas ne sut pas s'il parlait de la quête ou d'Audrey. Puis Jérémy ajouta :

— Je suis sûr qu'elle trouvera un moyen de nous sauver. Notre rôle, c'est juste de l'accompagner et de la préparer le mieux possible.

— Je suis d'accord.

— Et il faut reconnaitre qu'elle fait un délicieux lait de poule, dit Jérémy en tendant son verre vers son frère.

Ils trinquèrent tous les deux, assis dans le couloir, en souriant. La journée ne s'était pas passée exactement comme Audrey l'entendait, mais elle avait permis aux garçons de pouvoir discuter ensemble, de lever le voile sur les non-dits.

Audrey finit par s'endormir par terre. Les deux frères l'emmenèrent dans sa chambre et l'allongèrent sur le côté dans son lit. Jérémy demanda à Lucas de rester avec elle, car il avait une chose à faire.

Ce dernier s'installa dans le fauteuil et la veilla un moment. Puis quand il fut sûr qu'elle dormait paisiblement, il la laissa et rejoignit Jérémy dans le salon.

Chapitre quatre : La surprise

Le réveil fut difficile. Audrey émergea vers 5 h du matin. Elle avait un mal de crâne terrible. Elle se souvenait d'avoir bu, d'avoir parlé avec les garçons, mais l'ensemble était très, très flou. Comme elle avait la bouche pâteuse, elle commença par aller boire un peu d'eau dans la salle de bains. Son corps avait désespérément besoin de se réhydrater. Elle en profita pour se laver les dents et passa son visage sous l'eau. La sensation de frais sur sa peau l'aida à sortir de sa torpeur.

En retournant dans sa chambre, elle se rendit compte que la pièce empestait l'alcool à plein nez. Elle savait que l'odeur venait d'elle, alors elle ouvrit sa fenêtre en grand. Elle attrapa des vêtements propres (elle avait dormi tout habillée) et se dirigea vers la douche.

Elle se sentit bien mieux après, mais elle avait encore terriblement mal à la tête. Chacun de ses pas raisonnait dans son crâne. Elle trouva du paracétamol dans l'infirmerie et en prit un cachet, puis elle alla dans la cuisine se faire une tisane à la reine des prés. Tout ce qui pourrait apaiser sa migraine était le bienvenu. Elle s'installa sur son lit pour la boire, bien emmitouflée dans sa couette. Elle essaya de se rappeler ce qu'elle avait dit hier, mais elle n'avait que des bribes de conversation qui lui revenaient. Après avoir terminé sa tisane, elle finit par se rendormir.

À 8 h, les garçons passèrent la voir dans sa chambre. Elle se réveilla en les entendant. Elle n'était pas fière d'elle. Elle avait de nouveau la bouche sèche, Lucas lui tendit un grand verre d'eau qu'elle accepta volontiers.

— Pitié, ne vous moquez pas de moi, implora-t-elle.

— Tu es allée dans la cuisine ? demanda Jérémy en découvrant sa tasse.

Audrey lui répondit d'un signe de tête, elle n'avait pas le courage de parler.

— Alors tu as déjà vu notre surprise ?

— Quelle surprise ?

La curiosité la piqua et la réveilla tout à fait. Sa question amusa les garçons.

— Tu dois avoir une sacrée gueule de bois pour être passée à côté sans rien voir, fit remarquer Jérémy.

— Apparemment, vous n'êtes plus fâchés après moi, constata Audrey.

— Apparemment ! répondit Lucas avec un sourire.

— Ne parle pas trop fort s'il te plait.

Elle avait toujours la tête dans du coton.

— Tu te souviens de quoi exactement ? demanda Jérémy.

— D'avoir bu, d'avoir ri, vaguement d'avoir discuté avec vous et d'avoir vomi.

— C'est un bon résumé, admit Jérémy. Est-ce que tu veux voir ta surprise maintenant ou tu préfères attendre ?

— À ton avis ? dit-elle en se levant.

Les garçons l'accompagnèrent jusqu'à la pièce à vivre, et alors elle découvrit un magnifique sapin. Il était idéalement placé entre le salon et la salle à manger. Cela la stupéfia, elle qui pensait devoir se battre pour les faire changer d'avis... mais finalement le sapin était déjà là, encore plus beau que ce qu'elle avait imaginé. Ces garçons étaient vraiment surprenants.

Ils le décorèrent tous les trois. Les frères installèrent d'abord les guirlandes électriques en suivant les recommandations d'Audrey, puis ils y mirent les guirlandes et les boules. Jérémy reconnut certaines décorations qui avaient orné les sapins de son enfance. Lucas, lui, les découvrit avec joie.

Le résultat était magnifique. Le sapin était multicolore et bien rempli.

Audrey se prépara une autre tisane et s'assit sur le canapé pour la boire, les frères en firent autant avec leur café et ils contemplèrent leur œuvre tous les trois. Audrey leur offrit leur calendrier de l'Avent et leur rappela les consignes. Cela fit rire les garçons qui se moquèrent d'elle, mais acceptèrent de jouer le jeu malgré tout.

— On n'est qu'en novembre, ce n'est pas un peu tôt pour faire le sapin ? fit remarquer Jérémy.

— Faire son sapin de bonne heure rend heureux, c'est scientifiquement prouvé.

— C'est toi l'experte.

Audrey demanda à Lucas où il en était dans la traduction de la lettre. Il répondit ne pas avoir encore terminé. Cela lui prenait vraiment beaucoup de temps, mais elle n'insista pas.

La matinée s'écoula lentement. Audrey resta tranquille. Lucas repartit dans la bibliothèque et Jérémy descendit s'entrainer. Vers midi, le téléphone de ce dernier sonna, une de leurs alertes venait de se déclencher. Dans une petite ville située à trois heures de la maison, il y avait eu trois attaques en deux nuits. Toutes les victimes avaient une marque sur le cou ressemblant à une morsure.

Audrey aurait préféré ne pas quitter le canapé de la journée, mais elle savait que leur vie était ainsi, elle nécessitait de toujours se tenir prêt. Comme d'habitude, il lui fallut peu de temps pour se préparer. Ils décidèrent de manger avant de partir, puis ils s'armèrent et laissèrent Lucas derrière eux, toujours trop handicapé par sa blessure pour aller sur le terrain.

Chapitre cinq :
Faux-semblant

— Ça va aller ? demanda Jérémy.

— Oui bien sûr. Mon mal de tête est parti. Qu'est-ce que l'on sait de cette affaire ?

— Il y a eu trois victimes, trois hommes, ils avaient tous passé la soirée dans le même bar. La première nuit, il y a eu une seule attaque et la nuit dernière deux personnes sont mortes.

— Vampires ?

— Sûrement. En tout cas, cela y ressemble.

— Tu veux procéder comment ?

— Je pense que l'on devrait se rendre directement au bar, poser quelques questions.

— Pitié, dis-moi que je ne serai pas obligée de boire. Je ne veux plus jamais consommer d'alcool !

— Tu es une petite nature ! se moqua-t-il.

Ils firent le trajet sans beaucoup échanger. Audrey voulait se reposer un maximum pour être le plus en forme possible pour ce soir. Elle fit une boule avec son gilet, le cala entre sa tête et la fenêtre et admira le paysage qui défilait. Au bout d'un moment, elle sentit Jérémy lui toucher le genou et lui dire :

— Surtout, ne te retourne pas, mais j'ai l'impression que l'on est suivi.

Audrey dut se faire violence pour ne pas regarder en arrière ni dans le rétroviseur. Elle resta exactement dans la même position, la tête sur son gilet.

— Qu'est-ce qu'on fait ? demanda Audrey.
— Je vais quitter l'autoroute pour être sûr, puis si ça se confirme, on essaiera de s'arrêter dans un coin tranquille pour les éliminer.

Jérémy prit la première sortie. Audrey se redressa. Ils arrivèrent dans une espèce de zone industrielle. Il y avait du monde partout.

— Je vois toujours la voiture, c'est un gros pickup bleu. Il est loin, mais il nous suit bien. Tu as quoi comme arme sur toi ? lui demanda Jérémy.
— Un pistolet et de l'eau bénite. Et toi ?
— Pareil. On va s'arrêter dans un hôtel.
— Pour faire quoi ?
— On va prendre une chambre et on va attendre qu'ils nous attaquent.
— Ils ne tomberont pas dans ton piège, ils ne sont pas bêtes. Ça ne marchera pas.
— Pas si on se montre convaincants, répondit-il avec un petit sourire.

— Tu veux qu'on leur fasse croire qu'on va à l'hôtel pour… ?

— Les démons comprennent ce genre de désir. Fais-moi confiance ! Ils ne se poseront aucune question.

— Je tiens à te faire savoir que je n'aime pas ce plan, mais comme je n'ai rien de mieux à proposer, je vais me fier à toi.

Jérémy trouva un motel peu de temps après. Il se stationna et se pencha vers elle. Leurs bouches étaient suffisamment proches pour donner l'illusion qu'ils s'embrassaient.

En sortant de la voiture, Jérémy attrapa Audrey par la taille et passa sa main sous son pull. Ce contact la gêna. C'était déjà compliqué pour elle de savoir où ils en étaient, mais si en plus, ils devaient jouer à faire semblant de ce qu'ils n'étaient pas, cela devenait carrément malsain. Elle n'avait pas envie. Jérémy le sentit, alors qu'ils étaient en train de se diriger vers l'accueil, il la fit pivoter vers lui, la regarda dans les yeux et lui dit :

— Il va falloir te détendre si tu veux que ça fonctionne.

Elle passa ses bras autour de son cou et murmura à son oreille :

— C'est difficile pour moi, mais tu vois, je fais de mon mieux.

Elle se dégagea, lui fit un grand sourire et se mordit la lèvre en le fixant du regard. Ils se remirent en marche. Il lui ouvrit la porte de l'accueil, l'endroit était plutôt moderne et avait visiblement été refait à neuf récemment. Pendant qu'Audrey parlait à l'hôtesse, Jérémy se plaça derrière elle et déposa des baisers sur sa nuque.

Elle détesta sentir le désir monter en elle. Jérémy était juste en train de jouer un rôle, elle le savait très bien. Il fallait qu'elle le garde à l'esprit.

La réceptionniste sembla gênée elle aussi. Elle leur remit la clé de leur chambre et leur expliqua brièvement qu'elle se trouvait non loin, au rez-de-chaussée. Ils ressortirent en poursuivant leur petit numéro. Jérémy repéra la voiture qui les avait suivis, garée au fond du parking. Audrey continua de donner le change. Quand ils entrèrent dans la pièce, Jérémy jeta son blouson et son pull sur le lit. Audrey se contenta d'ôter son manteau.

— Il faut que l'on ferme les rideaux, fit remarquer Jérémy.

— Porte-moi.

Jérémy s'approcha et la souleva, elle passa ses jambes autour de lui et cala sa tête dans son cou pour faire comme si elle l'embrassait. Son odeur l'enveloppait tout entière, elle sentait tout son corps réagir à son contact. Une part d'elle refusait clairement de se rappeler qu'ils faisaient semblant, ses sentiments étaient bien trop réels pour cela. Jérémy attrapa les épaisses tentures et les tira d'une main. Quand ils furent certains que leurs poursuivants ne pouvaient plus les voir, ils arrêtèrent leur numéro. Cela paraissait si facile pour Jérémy, si facile. Cela faisait remonter les pires craintes d'Audrey. Et s'il ne faisait que jouer avec elle ? Mais elle n'avait pas le temps d'y penser. Les démons allaient arriver.

Jérémy ouvrit l'eau de la douche, pour faire croire qu'ils étaient dessous, puis ils se mirent à couvert. Jérémy se cacha derrière un fauteuil, Audrey s'allongea le long du lit du côté de la fenêtre et ils attendirent. Il fallut à peine deux minutes aux créatures pour pénétrer dans la pièce. Ils étaient trois : deux hommes et une femme et le fait qu'ils se déplaçaient en marchant et non en se téléportant laissait supposer qu'il s'agissait de démons inférieurs sans réel pouvoir. Jérémy fit signe à Audrey afin de l'informer qu'il s'occupait de celui le plus à droite, il avait l'apparence d'un humain brun ordinaire d'une trentaine d'années. Elle choisit celui le plus à gauche, un colosse à l'allure imposante, avec des cheveux roux.

Quand ceux-ci furent dans la chambre, prêts à ouvrir la salle de bains, Audrey et Jérémy sortirent de leur cachette en même temps. Ce dernier visa son démon et ne le rata pas. Audrey, elle, loupa sa cible, mais sa balle frôla la femme restée en retrait. Les créatures dégainèrent des couteaux et ripostèrent. Le démon qu'Audrey avait choisi se jeta par-dessus le lit et avant qu'elle n'ait eu le temps de faire quoi que ce soit. Elle vit son poignard se diriger droit sur elle et eut le réflexe de bouger la tête sur la droite au dernier moment pour éviter le coup. L'arme se planta profondément dans le sol. Alors le rouquin la frappa de son autre main au niveau du bras gauche. Elle cria de douleur. Elle entendit ensuite une détonation et son assaillant disparut. Jérémy venait de la sauver, il était tourné vers elle et était à découvert. Audrey vit la lame du dernier monstre traverser la chambre, elle se jeta sur lui sans réfléchir. L'arme passa in extremis au-dessus d'eux, là où Jérémy se trouvait juste une seconde plus tôt. Alors qu'elle était toujours sur lui, il reprit son pistolet et visa la jambe de la créature qui était déjà mal en point. Avant d'avoir eu le temps de faire quoi que ce soit, Audrey se retrouva projetée sur le côté et Jérémy se rua sur la démone restante.

— Pour qui tu travailles ? cria-t-il en plaquant la femme au sol.

— À ton avis...

— Andromalius, pesta Jérémy.

— Ne croyez pas que l'on peut s'échapper des Enfers impunément. Vous allez payer pour votre petite mutinerie. Vous allez le payer très cher même. Vous ne serez plus jamais tranquilles à présent, il sera toujours après vous, jusqu'à vous avoir pour l'éternité. Il est le maitre du désespoir, personne d'autre ne sait le manier avec autant de génie. Vous êtes fi...

Le poignard que Jérémy venait de lui planter dans le ventre ne lui permit pas de terminer sa phrase.

— J'en ai assez entendu, conclut-il.

Audrey était encore par terre. Elle avait assisté à toute la scène, elle se sentait impuissante et terrorisée à l'idée de retourner un jour en Enfer. Jérémy l'aida à se remettre debout sans attendre, attrapa leurs affaires et ils partirent rapidement. La police risquait d'arriver à cause des coups de feu et des cris. Ils devaient fuir et vite.

Chapitre six : L'appât

Ils reprirent la route. Audrey resta muette, perdue dans ses pensées. Ce n'était même pas l'attaque dont ils avaient été la cible qui la tracassait le plus.

— On s'en est bien sorti, dit Jérémy une fois dans la voiture. Ça va ton épaule ?

— Oui, ça va, c'est juste un bleu.

Audrey était distante. Elle n'aimait pas l'idée que Jérémy puisse faire semblant avec elle. Même s'il paraissait avoir toujours été sincère, elle repensait souvent à ce qu'elle avait appris lors de sa virée à l'Underground, qu'il était un briseur de cœur.

— Qu'est-ce qu'il y a ? s'inquiéta ce dernier.

— Rien, je songe à tes talents d'acteur, répondit simplement Audrey.

— Et ?

— Je constate seulement à quel point c'est facile pour toi de faire semblant.

— Ça veut dire quoi ? Où veux-tu en venir ?

— Nulle part. Laisse tomber.

Cela jeta un froid dans la voiture. D'ordinaire, c'était lui qui la repoussait par moment, et même si elle ne se laissait pas faire, elle n'était jamais à l'origine de leur dispute. Mais aujourd'hui la situation s'inversait, laissant Jérémy dans l'incompréhension la plus totale.

Ils finirent par arriver sur le lieu de leur mission. C'était un bar de nuit. Il n'était que 17 h, l'établissement était encore fermé. Ils allèrent faire un tour dans les environs et repérèrent facilement l'endroit où les corps avaient été découverts. Il y avait toujours les banderoles de la police pour interdire la zone au public. Ce n'était qu'à trois cents mètres du bar, dans une espèce de petit square, à l'abri des regards. Il y avait peu de chances de trouver des témoins ou des informations ici. Finalement, ils prirent de nouveau une chambre d'hôtel, ou plutôt deux chambres communicantes comme ils en avaient l'habitude, dans un établissement situé à proximité du parc. Ils commandèrent un repas et mangèrent, toujours en silence. L'ambiance était tendue. Audrey savait qu'elle en était la seule fautive, mais elle ne voulait pas exprimer le fond de sa pensée maintenant. Ils devaient rester concentrés tous les deux.

Elle alla se doucher puis s'apprêta pour sortir. Elle releva ses cheveux en queue de cheval haute, appliqua du mascara sur ses cils et souligna son regard avec un trait de crayon et un peu de fard à paupières. Elle enfila son jean, un débardeur moulant et mit son gilet par-dessus. Elle frappa à la porte de Jérémy pour voir s'il avait fini de se préparer également.

En lui ouvrant, il laissa échapper un :

— Waouh.
— Heu merci, répondit-elle surprise. Tu es prêt ?
— Oui.

Lui aussi était particulièrement beau ce soir avec sa chemise vert foncé qui faisait ressortir ses yeux. Audrey suggéra qu'ils se séparent dans le bar pour pouvoir interroger le plus de monde possible. Jérémy accepta, il avait envie de prendre l'air. Ils se mirent d'accord pour rester en contact visuel en permanence tous les deux et pour garder leur téléphone à portée de main et ainsi pouvoir communiquer.

Une fois sur place, Jérémy entra le premier. Audrey attendit un peu plus loin puis, au bout de quelques minutes, elle fit son entrée à son tour. C'était grand, bruyant et rempli de personnes venues pour s'amuser. Le lieu rappelait légèrement à Audrey l'Underground, mais sans l'aspect magique. Les trois morts n'avaient pas passé l'envie aux gens de faire la fête ici. La jeune femme s'installa au comptoir. Elle repéra Jérémy en train de jouer au billard, en bonne compagnie. Ce fut le coup de grâce pour elle. Elle l'avait laissé à peine quelques minutes et il était déjà avec une autre ! La barmaid la sortit de ses pensées en venant prendre sa commande, elle se contenta d'un Perrier tranche. Audrey n'avait pas l'habitude d'engager la conversation. Elle était plutôt réservée avec les inconnus. Mais ce soir, elle avait des questions à poser, il fallait qu'elle trouve un moyen de parler avec la serveuse qui avait peut-être quelques informations à lui apporter sur les récents crimes.

Avant d'avoir eu le temps de dire quoi que ce soit d'autre, son voisin de bar entama la discussion avec elle.

— Tu es venue toute seule ? lui demanda-t-il.

— Oui, mais des amies doivent me rejoindre. L'endroit a l'air sympa, je ne connaissais pas.

— Sympa, sauf pour les clients morts.

— Pardon ?

— Il y a eu trois morts. Si tu l'ignores, c'est que tu n'es pas du coin, tout le monde est au courant par ici. Ça a fait la une de tous les journaux.

Audrey avait trouvé son premier pigeon. Elle posa énormément de questions, mais n'apprit rien d'intéressant.

La barmaid arriva avec son verre et lui glissa discrètement à l'oreille :

— Si jamais ce gars te fait des histoires, fais-le-moi savoir. Ici, on ne tolère pas les fauteurs de troubles.

— Merci, mais je pense pouvoir le gérer. C'est si mal fréquenté que ça ? interrogea Audrey.

La serveuse ne répondit pas.

— Il m'a parlé des trois morts, c'est pour ça que je demande. C'est la première fois que je viens, je commence à penser que je ferais peut-être mieux de rentrer.

— Au contraire, ici tu ne crains rien. Je te le répète, on a une politique très stricte. Personne ne t'embêtera.

— D'accord. Merci.

Audrey envoya un message à Jérémy.

— Tu as des infos intéressantes ?

— Pas vraiment. Et toi ?

— Peut-être. Tu pourrais faire le lourdaud pour voir ce qu'il se passe ?

— Je vais essayer.

Audrey engagea la conversation avec un groupe de filles. Elle arriva à poser encore quelques questions, mais personne n'avait de renseignement utile à lui fournir. Elle observait Jérémy de loin. Visiblement, il avait jeté son dévolu sur une très jolie brune. Elle ne savait pas ce qu'ils se disaient, mais la femme semblait totalement sous le charme. Jérémy aurait pu lui proposer n'importe quoi, la fille aurait accepté.

« Change de proie, cette fille-là n'ira pas se plaindre de ta compagnie. » lui envoya Audrey.

Jérémy lui lança un regard noir, mais il trouva un moyen de laisser la brune en plan au bar. Il essaya avec une autre fille, tout aussi jolie. Là encore, au vu des sourires que celle-ci faisait, elle était enchantée d'avoir été approchée par un si bel homme. Audrey aurait dû s'en douter. Ce garçon aurait pu avoir n'importe quelle femme de ce bar. C'était désespérant. Et le pire, c'était de savoir qu'elle ne valait pas mieux que les autres, au contraire.

Elle se dirigea droit à leur table, s'assit à côté de Jérémy et lui fit son plus beau sourire. Jérémy fit mine de ne pas l'avoir vue au départ, mais elle se tourna vers eux, s'immisça dans leur conversation et fit comprendre à sa rivale qu'elle était de trop. Quand ils se retrouvèrent seuls, Jérémy lui dit :

— Je peux savoir à quoi tu joues ?

— J'ai besoin qu'une fille de ce bar aille se plaindre de ton comportement, au lieu de ça, elles sont toutes à tes pieds.

— Excuse-moi de plaire.

Audrey préféra ne pas relever cette phrase.

— Du coup, j'ai décidé que j'irai me plaindre moi-même de toi.

— Sauf si c'est moi qui dénonce tes agissements le premier.

— C'est très drôle, mais je te rappelle qu'on a un vampire à trouver.

— Je suis très sérieux. Je ne sais pas ce qu'il t'arrive aujourd'hui, mais tu ne peux pas passer d'un extrême à un autre.

— Pardon ?

— Tu as très bien compris. Maintenant, laisse-moi travailler tranquille.

Il se leva et la planta là, toute seule. Il se dirigea au bar et rentra en grande conversation avec une serveuse. Son charme opéra de nouveau. Ils parlèrent longuement. Elle lui offrit même une bière. Audrey ne pouvait que se contenter d'observer le spectacle, elle était verte d'envie. Autant jusque-là il ne faisait que travailler, mais maintenant il ne cherchait qu'à la rendre jalouse. Elle en était sûre. Elle essaya de lui envoyer un message. Il jeta un coup d'œil dans sa direction pour vérifier si elle allait bien, mais ne se donna pas la peine de sortir son téléphone pour lire son SMS. Parfait. Puisqu'il prenait les choses ainsi, Audrey aussi allait s'amuser. Elle se débarrassa de son gilet et rejoignit la piste. Elle trouva rapidement plusieurs partenaires de danse. Elle en choisit un, auquel elle lança des regards éloquents et répondit à chacun de ses sourires.

Le garçon se rapprocha de plus en plus d'elle. À chaque chanson, la distance qui les séparait se réduisait. Ils finirent par danser vraiment collé-serré. Ils entamèrent la conversation en se parlant à l'oreille. Audrey sentit son téléphone vibrer dans sa poche. Elle vérifia que Jérémy allait bien et ignora son message. Elle jubila intérieurement de cette petite vengeance.

Sans crier gare, quelques secondes plus tard, Jérémy l'attrapa par le bras, l'entraina dehors, lui jeta son gilet et lui cria :

— Je peux savoir ce que tu fais ?
— Tu vois, moi aussi je travaille !

— Arrête ça tout de suite !

— Je n'ai fait que suivre ton exemple, répliqua-t-elle.

Jérémy était blessé, elle le percevait. Elle s'attendait à le voir en colère, mais pas meurtri. Elle se sentit coupable.

Elle décida de calmer le jeu :

— On oublie tout et on va faire un tour autour du bar, d'accord ? Histoire de contrôler les alentours.

Il acquiesça d'un signe de tête et se mit en route. Elle tremblait de tout son corps. Elle enfila son gilet et le rejoignit.

— Jérémy, je crois qu'il faut que l'on discute.

— Non.

— Alors je vais parler et tu vas écouter.

— Non.

Ses réponses étaient pires que des coups de poignard. Audrey s'arrêta de marcher, sonnée.

C'est là qu'elle sentit un bras entourer sa gorge et une main se poser sur sa bouche. Elle ne touchait plus le sol. Jérémy ne remarqua pas son absence. Elle était entrainée dans le parc, impuissante. Tout s'était déroulé en une seconde. Elle n'avait rien vu venir. Par réflexe, ses mains essayèrent de se dégager de ce bras qui l'étouffait. Elle agita ses pieds en vain. Elle commençait à manquer d'air. Dans quelques secondes, elle tomberait dans les pommes et tout serait fini. Mais elle ne partirait pas sans se battre.

Elle monta ses jambes le plus haut possible puis les jeta très fort vers le bas en mettant tout son poids vers l'avant. Elle réussit à faire passer son agresseur par-dessus elle et à libérer sa gorge. Elle inspira à fond, mais ne parvint pas à crier. Elle saisit son pieu, caché dans sa botte et prit dans son autre main son flacon d'eau bénite. De son côté, son assaillant se relevait. Audrey n'avait pas croisé l'individu au bar, mais il s'agissait bien d'un vampire.

— Je suis désolé de vous le dire, mais vous et votre copain n'êtes plus les bienvenus dans mon établissement.

Audrey aurait voulu parler, mais aucun son ne sortit de sa bouche.

Il avança de front sur elle, au dernier moment, il pivota sur sa gauche et frappa exactement au même endroit que le démon cet après-midi. La douleur irradia dans tout son bras et lui fit lâcher son eau bénite. Il essaya de passer derrière elle, mais Audrey réussit à se retourner à temps et à l'éloigner d'un coup de pied. Il fallait qu'elle reprenne le dessus. Elle était capable de mieux faire, elle le savait. Elle n'attendit pas et lança un nouvel assaut. Elle ne parvint pas à planter son pieu, mais le vampire reçut un bon coup de poing dans la mâchoire.

Ils étaient de nouveau face à face. Audrey entendit alors la voix de Jérémy qui la cherchait. Son regard quitta juste un instant son assaillant qui en profita pour la pousser à terre. Il réussit à empoigner sa main qui tenait le pieu et il la frappa au sol plusieurs fois, jusqu'à ce qu'elle lâche son arme. Le vampire sortit ses crocs. Audrey les vit s'approcher doucement de sa jugulaire. Par chance, au niveau de sa cuisse, elle sentit le flacon d'eau bénite qui était tombé par terre. Elle s'en saisit et le fracassa sur la tête du monstre qui se mit à hurler de douleur.

Elle le repoussa et se releva. Jérémy arriva à ce moment-là, attiré par les cris. Il lui jeta un pieu et elle finit le travail en le plantant dans le cœur de la créature. Le vampire redevint instantanément poussière.

Audrey s'approcha de Jérémy et posa son front sur son torse. C'était sa manière à elle de faire la paix. Elle sentit les mains de Jérémy dans son dos, la presser contre lui et ressentit son soulagement de la retrouver vivante.

Chapitre sept : Les amants

Ils retournèrent à l'hôtel sans échanger un mot et regagnèrent chacun leur chambre.

Audrey s'assit sur son lit pour réfléchir. Elle savait qu'ils allaient devoir s'expliquer tous les deux, mais elle redoutait ce moment. En attendant, elle envoya un message à Lucas pour le rassurer.

Elle retira son gilet en grimaçant et découvrit son bras gauche. Il avait pris une couleur rougeâtre et surtout il était très douloureux.

Ce fut à cet instant précis que Jérémy déboula dans sa chambre. Il allait dire quelque chose, mais en voyant son ecchymose, il se tut et se rendit dans la salle de bains. Il attrapa une serviette, versa de l'eau froide dessus et revint vers Audrey qui était restée immobile sur son lit. Il s'assit à côté d'elle et appliqua le froid sur son hématome. Audrey l'observa faire. Il pouvait être si doux et attentionné parfois.

Elle essaya de croiser son regard, mais il fixait obstinément son bras.

— Jérémy, j'ai besoin que l'on parle, s'aventura-t-elle, au bout de quelques minutes.

— Et moi, je n'en ai pas envie.

— Alors pourquoi es-tu venu dans ma chambre ?

Il marqua un temps avant de répondre :

— Parce que ça me rend fou de ne pas savoir ce qui se passe dans ta tête parfois.

À ce moment-là, il se leva et commença à faire les cent pas dans la pièce :

— Qu'est-ce que j'ai mal fait cet après-midi ? On s'est battu ensemble, on a réussi à vaincre trois démons. On a fait une super équipe et après ça, tu ne décroches plus un mot. Rien. Je ne comprends pas. Ça n'a aucun sens.

— La vérité, c'est que si j'avais vécu la même scène avec Lucas, ça se serait très bien passé, car entre lui et moi les choses sont claires.

— Qu'est-ce que ça veut dire ?

— Qu'entre nous, il y a quelque chose, mais que je n'arrive pas à définir quoi et quand je t'ai vu faire semblant aussi facilement tout à l'heure, ça m'a fait peur.

— C'est vrai que je n'ai pas beaucoup à me forcer pour donner l'impression d'avoir envie de toi, admit-il.

Audrey se sentit rougir, mais elle continua sur sa lancée :

— Est-ce que ce n'est qu'un jeu pour toi ?

— Bien sûr que non, comment peux-tu me demander ça ?

— Parce que je redoute de n'être que ça. J'ai peur que tu te méprennes sur mes intentions.

— Je te signale que c'est toi qui débarques dans ma chambre la nuit et qui repars sans un mot.

— Oui je sais, je n'aurais pas dû faire ça.

— Tu regrettes ce qui s'est passé ? s'alerta-t-il.

— Oui et non, précisa-t-elle. Je ne regrette pas l'acte en lui-même, évidemment, c'était merveilleux. Je reconnais juste que ça a pu prêter à confusion.

Jérémy ne répondit pas. Audrey ne savait plus quoi dire. Tout était compliqué. Il fallait absolument clarifier les choses, mais avant qu'elle n'ait pu ajouter quoi que ce soit, Jérémy prit la fuite.

— Maintenant qu'on s'est expliqué, je te laisse te reposer. À demain.

Et il regagna sa chambre. Cela eut le don de l'énerver. Elle se lança à sa suite et ne lui laissa même pas le temps de refermer sa porte.

— Tu vois, c'est ça le problème. Dès que l'on progresse, tu me repousses, là tu changes carrément de pièce !

— Je n'ai pas l'impression de te rejeter. Je suis toujours là pour toi.

Il n'avait pas tort, il veillait sur elle de toutes les façons possibles. Elle s'assit sur le lit :

— C'est vrai que physiquement tu réponds présent, mais dès que la conversation devient trop personnelle, tu te terres dans ta carapace.

— C'est parce que je ne sais pas quoi te dire. J'aime bien être avec toi. Tu chamboules tous mes repères et ça me plait, mais je n'ai pas envie de mettre une étiquette sur ce que l'on vit. Ça, je ne saurai pas faire.

— Alors on a un problème. Moi aussi, j'adore être avec toi, mais je ne peux plus me contenter de ce que l'on a. J'ai besoin d'avancer.

— Mais qu'est-ce que tu attends de moi ?

Jérémy s'assit sur le lit à côté d'elle et passa ses mains sur son visage. Elle ne s'était pas préparée à ça. Comment pouvait-il l'ignorer ?

Elle prenait conscience qu'elle lui demandait des réponses alors qu'elle ne lui avait encore pas clairement exprimé ses attentes. Cela ne pouvait pas fonctionner. Elle allait devoir jouer cartes sur table avec lui.

— Écoute, je croyais que tu le savais, que tu l'avais deviné. Apparemment, ce n'est pas le cas, alors je vais te dire ce que je pense très simplement, mais s'il te plait, ne t'énerve pas et ne rentre pas dans ta coquille de bernard-l'hermite, d'accord ?

Elle prit une profonde inspiration, son cœur commençait à s'affoler et elle lui dit d'une traite :

— La vérité… c'est que je veux être avec toi. Je sais que la situation n'est pas idéale et que tu n'as pas envie de t'attacher, mais de toute façon, c'est déjà trop tard. Je pense que l'on devrait être ensemble, que l'on est fait pour être ensemble. Tu apaises mon âme comme j'apaise la tienne, je le sens. Qu'importe l'endroit ou le danger, si tu es près de moi, je me sens en sécurité, entière et vivante. Avec moi, tes pouvoirs s'accroissent, car ensemble on est plus forts. Je te promets de ne rien attendre de toi que tu ne puisses m'apporter. Les choses seront simples et belles. Encore plus qu'elles ne le sont aujourd'hui. Je pense sincèrement que ça peut fonctionner entre nous, ça fonctionne déjà. Je ne te demande pas beaucoup plus. Je veux juste que ce soit clair, si tu acceptes, nous serons ensemble. Pour de vrai. S'il te plait, laisse-nous une chance. Crois en nous. Je veux pouvoir me blottir contre toi quand j'en ai envie sans avoir peur de ta réaction, je veux que tu puisses en faire de même, que tu saches que je suis là pour toi. Ce que je veux, c'est être avec toi.

Elle tourna délicatement le visage de Jérémy dans sa direction. Elle laissa sa main sur sa joue et lui répéta en le regardant dans les yeux :

— Je veux être avec toi.

Il détourna la tête et enleva sa main.

— Tu sais très bien que c'est impossible. Que se passera-t-il si ça ne marche pas ? On ne peut pas aller dans cette voie-là. C'est trop risqué, il y a trop à perdre.

— Et si ça fonctionnait ? Tout ce que tu as à faire, c'est de nous laisser une chance.

Il semblait pris au dépourvu, comme s'il était impossible qu'elle puisse lui dire cela. Il marqua un temps d'hésitation, elle en profita alors pour remettre sa main sur sa joue et retourner sa tête dans sa direction. Elle plongea de nouveau son regard dans le sien et ajouta :

— Embrasse-moi et dis-moi que tu ne ressens rien. Embrasse-moi et dis-moi qu'aucune part de toi n'a envie d'y croire. Embrasse-moi et dis-moi que tu ne veux pas être avec moi. Fais-le ! Embrasse-moi et dis-moi. Si tu penses que c'est impossible, je n'insisterai pas et je retournerai dans ma chambre.

Il se figea, elle se redressa, s'approcha et elle mit son autre main sur sa joue :

— Embrasse-moi et dis-moi qu'on n'est pas fait pour être ensemble. Je ne m'en irai pas avant que tu me l'aies dit clairement.

Elle passa sa main sur sa joue, dans ses cheveux, elle se pencha lentement vers sa bouche. Ses lèvres effleurèrent celles de Jérémy. Mais il ne l'embrassa pas. Elle chuchota :

— Embrasse-moi et dis-moi que tu ne ressens pas cette alchimie entre nous.

Elle approcha ses lèvres des siennes de nouveau. Seulement quelques millimètres les séparaient l'un de l'autre. Il ne la repoussait pas, mais il restait toujours figé. Elle était de plus en plus proche de lui. Elle gagnait du terrain et elle ne cessait d'effleurer sa bouche avec la sienne. Elle sentait son souffle se mélanger au sien. Leurs regards se croisèrent. Tout s'arrêta une seconde.

D'un coup, il l'embrassa. Juste un baiser du bout des lèvres, puis deux, puis son étreinte se fit plus fougueuse et leurs lèvres ne se séparèrent plus, alors que leurs corps se rapprochaient inexorablement. Elle sut que cela voulait dire qu'elle avait réussi, ils allaient enfin pouvoir être ensemble. Les mains de Jérémy se posèrent sur sa taille et l'attirèrent sur lui. Il caressa son dos, passa sa main dans sa nuque, l'embrassa dans le cou. Il se laissa submerger par la passion.

Puis Jérémy la saisit, se retourna et l'installa au milieu du lit. Il se retrouva au-dessus d'elle. Elle passa ses mains sous sa chemise, elle adorait tellement le contact de sa peau. Elle la lui ôta avec précaution, bouton après bouton. Il s'arrêta alors un instant de l'embrasser, il la regarda, lui caressa la joue, puis l'embrassa tendrement.

— C'est de la folie, dit-il pour lui-même.
— La folie, ça se danse, lui répondit-elle.

Et elle l'embrassa de nouveau.

Jérémy passa sa main sur le cou d'Audrey, puis descendit sur ses seins. Elle sentit ensuite ses mains sur sa taille, son dos, il lui retira son débardeur doucement, en veillant à ne pas toucher son bras meurtri. Elle brûlait de désir pour lui et c'était réciproque.

L'odeur de Jérémy l'enivrait, son contact l'euphorisait. Avec lui, elle se sentait femme.

La passion les rattrapa, les enveloppa, les submergea. Ils étaient enfin ensemble.

Ils fusionnèrent dans une plénitude totale.

Après ce moment incroyable, ils ne prirent pas la peine de se rhabiller. Ils restèrent côte à côte dans le lit. Audrey était heureuse, ils allaient enfin avoir une chance. Elle n'aurait plus à se contenter d'instants volés. Jérémy, lui, était perdu dans ses pensées, il avait peur des conséquences. Peur de ce qu'il se passerait si cela ne fonctionnait pas. Peur de la voir s'en aller. Peur de ne pas réussir. Il n'avait jamais été en couple, il n'était pas sûr de ce que cela impliquait. Alors au milieu de la nuit, il décida de partir et d'aller dormir dans l'autre chambre. Il espérait qu'en s'arrêtant là, il n'y aurait pas trop de dégâts. Il n'avait pas eu la force de la repousser tout à l'heure, il escomptait que cela serait plus facile maintenant.

Mais, Audrey le sentit sortir du lit, le vit prendre ses affaires et changer de pièce. Elle se leva d'un bond et se hâta de le rejoindre.

— Je crois que je me suis mal fait comprendre, je ne souhaite pas être avec toi pour le sexe, je veux que l'on soit un vrai couple, autant que faire se peut. Et première leçon, dans un vrai couple, on dort ensemble. Je ne te demande pas de me garder dans tes bras toute la nuit, ni de te blottir contre moi amoureusement, juste de rester allongé dans le même lit, tous les deux.

En parlant, elle avait enfilé son t-shirt et son legging, avant qu'il ait eu le temps de répondre, elle se glissa sous la couette.

Il aurait dû s'en douter, elle ne le laisserait pas partir aussi facilement. En même temps, il n'avait pas vraiment envie de s'en aller non plus. Il était bien avec elle. Avec elle, la vie était plus belle. Elle le rendait meilleur. Il enfila un caleçon, éteignit alors la lumière et s'allongea à son tour.

Pour leur première nuit de couple, ils s'endormirent ainsi, dos à dos, sans parler.

Ils ne savaient pas où cette relation les mènerait, mais ils devaient essayer. Leur attirance était trop forte pour qu'ils puissent vivre sous le même toit sans être unis.

Ensemble, ils étaient bien. Durant la nuit, elle sentit plusieurs fois la main de Jérémy se poser sur sa jambe, comme si malgré lui, il vérifiait qu'elle était toujours là, il recherchait son contact puis s'apaisait.

Au matin, quand elle s'éveilla, elle vit que Jérémy était resté allonger à ses côtés, il regardait le plafond, perdu dans ses pensées.

— Bonjour, lui dit-elle avec un grand sourire en se retournant vers lui.
— Bonjour, répondit-il d'une voix mal réveillée.

Il avait dormi torse nu, ses cheveux étaient en bataille et il avait les yeux encore tout endormis, mais elle le trouva encore plus beau que d'habitude. Elle passa une main sur sa joue mal rasée. Avant qu'il n'ait eu le temps de dire quoi que ce soit d'autre, elle monta sur lui à califourchon et elle l'embrassa. Elle sentit les mains de Jérémy se poser sur ses hanches. Il ne chercha pas un instant à la repousser et cela la rassura.

— À quoi tu pensais ? lui demanda-t-elle.
— À rien de spécial, à ma vie.
— Si tu veux tout arrêter, dis-le-moi. Maintenant. Je sais qu'hier, je t'ai un peu forcé la main alors je te laisse une porte de sortie.
— En fait, tu as raison, l'idée me plait bien. Ça me parait totalement fou, mais j'ai envie d'essayer, lui confia-t-il avec un sourire tout en enlevant les cheveux qu'elle avait sur le visage.

— Ça tombe bien, car j'ai des projets pour toi, lui dit-elle en l'embrassant dans le cou. L'avantage quand on dort ensemble, c'est que dès le réveil, on peut reprendre nos activités là où on les a laissées !

Il lui sourit de nouveau et lui répondit :

— J'aime bien tes arguments.

Et il l'embrassa à son tour, encore et encore…

Alors qu'Audrey était en train de se laver les dents, Jérémy décida de prendre une douche. Elle ne put empêcher ses yeux de parcourir le corps sculpté de son amant. Il était tellement beau. C'était la première fois qu'elle pouvait l'admirer de la sorte. Il avait également son lot de cicatrices, mais à ses yeux il n'en demeurait pas moins parfait. Tout, en lui, était harmonieux. C'était un vrai sportif, tous ses muscles étaient dessinés, sans l'être trop. Elle était littéralement subjuguée par sa beauté, si bien qu'elle finit par le rejoindre. Quand il se retourna et qu'il découvrit la présence de la jeune femme, il sourit et la détailla de la tête aux pieds à son tour, avant de se jeter sur elle, dans une étreinte beaucoup plus sauvage et passionnée que les précédentes, tentant désespérément de se repaitre l'un de l'autre avant leur retour à la maison.

Puis ils préparèrent leurs affaires, bien qu'ils n'en aient pas envie, ils devaient rentrer. Ils avaient une mission à mener à bien.

Quand arriva le moment de sortir de la chambre, Audrey lui dit de but en blanc :

— Écoute, je ne veux pas te mettre la pression, mais ça serait bien que l'on parle de nous à Lucas sans trop attendre. Il sent qu'il se passe quelque chose. Ça ne sert à rien de le tenir à l'écart, vu que de toute façon il le saura tôt ou tard.

— Je m'en occuperai, d'accord ?

— D'accord, répondit-elle en déposant un baiser sur sa joue en souriant. Et tant que nous y sommes, juste pour que ce soit clair, on n'est pas obligé de dormir ensemble toutes les nuits, mais si on... ça me semble normal de rester avec l'autre.

— Ça me va.

Elle allait passer la porte, mais se retourna de nouveau :

— Et dernière chose, si jamais, je te vois en train de draguer une autre fille, je te garantis que je trouverai toutes ces fichues reliques et que je m'en servirai pour faire disparaitre toute la gent féminine de cette Terre.

— Tu peux être tellement terrifiante parfois, répondit-il en l'embrassant.

Elle rajouta entre deux baisers :

— Je ne plaisante pas !

— Je sais.

Ils continuèrent de s'embrasser en souriant.

— J'ai du mal à croire à ce que nous sommes en train de faire, lui confia-t-il.

— Tout se passera très bien, fie-toi à moi.

— J'ai l'impression d'avoir quinze ans.

— Moi aussi, répondit-elle tout en ne cessant ses baisers.

Le trajet du retour se déroula le plus normalement possible. Ils mirent la musique et chantèrent ensemble. C'était comme avant, sauf que la main de Jérémy se posait sans cesse sur la cuisse d'Audrey et qu'ils se regardaient en se souriant bêtement.

Ils s'arrêtèrent manger en route. En public, ils n'étaient pas le genre de couple à se tenir la main et à s'embrasser devant tout le monde, mais dès qu'ils se retrouvaient seuls, ils étaient comme deux aimants. Ils avaient besoin d'être en contact.

Ils arrivèrent vers 15 h. Jérémy gara la voiture et Lucas vint les rejoindre. Les deux garçons échangèrent une accolade. Lucas serra Audrey contre lui et déposa un baiser sur son front.

Ils firent le résumé de leur mission à Lucas, en omettant juste quelques détails. Audrey voyait que Jérémy cherchait comment dire à son frère qu'ils étaient ensemble à présent, mais cela n'avait rien de naturel pour lui. Elle le comprenait et cela la fit sourire malgré elle, pour autant, elle n'essaya pas de brusquer les choses.

De son côté, Lucas avait l'air préoccupé. Il répondit évasivement quand ils lui demandèrent où il en était de sa traduction. Il resta flou sur ses occupations en leur absence. Mais Audrey et Jérémy étaient dans leur petite bulle de bonheur et n'y prêtèrent pas attention. Lucas, lui, était trop content de ne pas avoir à parler pour chercher à comprendre leurs raisons.

Audrey rangea ses affaires et prépara de nouveau son sac. Puis elle mit sa tenue de sport et descendit pour aller courir un peu sur le tapis.

Jérémy la rejoignit quelques minutes plus tard et s'entraina de son côté.

Quand elle eut fini, Audrey fit quelques étirements. Jérémy s'approcha d'elle, la prit dans ses bras et lui demanda :

— Ça te dit un petit combat ?

— Ça ne serait pas du tout raisonnable, répondit-elle en se dégageant de son étreinte. Une telle proximité corporelle risquerait de nous mener à autre chose et il est hors de question que Lucas l'apprenne de la sorte. Il mérite mieux.

— Je sais mais j'ai toujours du mal à y croire moi-même, alors en parler...

Audrey déposa un tendre baiser sur sa joue.

— Il faut juste te lancer. Le reste viendra tout seul. En attendant, pas de combat !

La soirée se passa comme toujours. Ils mangèrent tous les trois le repas préparé par Lucas. Jérémy joua de la guitare. Audrey l'écouta. Elle avait du mal à s'empêcher de sourire en le contemplant, mais elle fit du mieux possible. Ils regardèrent ensemble la télévision. Audrey et Jérémy eurent bien du mal à conserver une distance entre eux. Ils avaient beau s'éloigner au maximum l'un de l'autre, ils rentraient toujours en contact physique d'une façon ou d'une autre.

Au moment de se coucher, ils regagnèrent chacun leur chambre comme ils le faisaient auparavant. Audrey aurait aimé passer cette nuit avec Jérémy, mais elle comprenait que c'était délicat. Elle nageait dans le bonheur, elle s'endormit très rapidement. Mais environ une heure plus tard, elle entendit un bruit et se réveilla en sursaut. Elle attrapa le pistolet qu'elle gardait à présent dans sa table de chevet.

— Ne tire pas ! C'est moi, chuchota Jérémy.

Elle posa son arme et se rallongea. Il s'installa à côté d'elle et la prit dans ses bras.

— Finalement, j'aime bien t'avoir près de moi la nuit, murmura-t-il. Je dors mieux quand tu es là.

— Moi aussi, répondit-elle en entrelaçant ses doigts à ceux de Jérémy.

Ils s'endormirent ainsi, tous les deux. Ensemble.

Chapitre huit :
La Gardienne

Au matin, Audrey sortit de sa chambre la première. Elle s'assura que Lucas était toujours en train de dormir et prévint Jérémy que la voie était libre.

Lucas les rejoignit quelques minutes plus tard dans la cuisine. Audrey se hâta de finir son petit déjeuner pour laisser les frères ensemble. Elle voulait qu'ils aient l'occasion de parler, alors elle s'habilla et se coiffa tranquillement.

Quand elle eut terminé, elle passa la tête dans l'encadrement de sa porte, mais elle entendit les voix des garçons. Ils étaient en pleine discussion. Audrey préféra leur donner encore un peu de temps. Elle s'installa en tailleur sur son lit et s'essaya de nouveau à la méditation, mais comme à chaque fois, elle ne parvenait qu'à ressentir les reliques qui l'entouraient. Elle se concentra jusqu'à réussir à discerner distinctement la Faux, le Flambeau et le Papillon. Elles avaient chacune leur propre aura. Audrey les percevait, les reconnaissait. Elle visualisa ensuite son champ d'action et tenta de l'étirer encore et encore. À chaque respiration, elle essaya d'augmenter la portée de son radar un peu plus. Elle aurait aimé être capable de détecter tous les symboles. Mais elle n'y parvenait pas. À défaut, elle se mit à penser de toutes ses forces aux Ailes. C'était elles les plus vulnérables. Elle voulait s'assurer qu'elles étaient toujours au British Museum, en sécurité. Elle les visualisa et se remémora l'énergie particulière que les Ailes dégageaient lorsqu'elle les avait vues. Elle les appela à elle de toutes ses forces mentales, et là, contre toute attente, elles répondirent à son appel.

Audrey les ressentait. Elle les ressentait ! Elle en avait à présent la certitude. Les Ailes étaient toujours à Londres. C'était tellement incroyable.

Elle sortit de sa chambre en trombe pour partager la nouvelle avec les garçons, mais dans la cuisine, l'ambiance n'était pas à la joie. Audrey le vit directement sur le visage des frères.

Ils avaient l'air inquiet. Cela sautait aux yeux.

— Qu'est-ce qui se passe ? demanda-t-elle.

— Commence plutôt, qu'est-ce que tu venais nous dire ? questionna Lucas.

Elle leur expliqua alors comment elle avait réussi à entrer en contact avec les Ailes, mais au lieu d'apprécier la bonne nouvelle, Audrey eut l'impression d'ajouter à leurs malheurs.

Elle chercha le regard de Jérémy. Elle voulait comprendre, mais ce qu'elle vit dans ses yeux l'inquiéta encore plus. Il avait peur. Il s'accrocha à son regard et lança à l'intention de Lucas :

— Tu dois le lui dire. Elle a le droit de savoir.

Alors Lucas lui tendit un morceau de papier. Audrey comprit immédiatement qu'il s'agissait de la lettre de Maria. Apparemment, les nouvelles n'étaient pas bonnes. Elle enfila son manteau et sortit s'assoir sur la première marche du perron. Quoi que contienne cette lettre, il serait plus facile pour elle de l'apprendre dehors, au grand air. En outre, elle ne voulait pas sentir le regard des garçons sur elle pendant qu'elle découvrirait le contenu de la missive.

Elle prit deux secondes pour observer la vallée et souffler un grand coup, puis elle commença à lire.

« Au commencement du monde, il y eut la Vie. Peu de temps après, il y eut la Mort. L'une et l'autre sont indissociables. Unies pour l'éternité.

Très vite, Thanatos naquit pour réguler le flux des Morts. Son rôle était et demeure toujours d'emmener les âmes dans l'au-delà. Il était capable de prendre n'importe quelle vie en la fauchant de sa Faux. Il était imprévisible et invisible grâce à son Voile. Nul ne pouvait se cacher de lui. Il pouvait trouver toutes les âmes avec son Flambeau inversé et il pouvait parcourir n'importe quelle distance en un fragment de seconde à l'aide de ses Ailes.

Enfin, comme il incarnait l'espoir d'un Après meilleur et plus doux que la Vie, il choisit de se faire représenter par une Urne et un Papillon.

Dès sa création, le pouvoir de Thanatos a été craint et redouté de tous.

Les hommes avaient tellement peur de lui que nul n'osait prononcer son nom. Ils préféraient l'ignorer plutôt que de prendre le risque de le voir rôder autour d'eux.

Les démons et toutes les créatures maléfiques le craignaient tout autant, mais enviaient également sa puissance.

Depuis des millénaires, une légende raconte que quiconque réussira à rassembler toutes ses reliques deviendra maitre de Thanatos.

Quand il l'apprit, Thanatos essaya de détruire les symboles, mais il n'y parvint pas.

Alors il alla trouver les Dieux et les implora de l'affranchir de ses reliques, mais ces derniers refusèrent. Eux aussi le craignaient. En maintenant Thanatos relié à ses symboles, il laissait à la Mort une faiblesse. Ce faisant, ils renforçaient leurs propres pouvoirs, car ils se gardaient la possibilité de devenir maitre de Thanatos.

Aussi, pour pouvoir en permanence conserver un œil sur les reliques, ils créèrent un Émissaire. Son existence serait totalement liée à ces objets magiques et il n'aurait de vie que pour veiller sur eux.

Thanatos refusait catégoriquement qu'un tiers puisse le contrôler, il apprit donc à œuvrer sans ses reliques et les cacha à travers le monde.

Comme il ne pouvait supprimer les symboles lui-même, Thanatos, le rusé, trouva un moyen de contourner le sort. Il chargea ses reliques de choisir une personne capable de les détruire sans se laisser corrompre par leurs pouvoirs.

Cet ultime Gardien saurait rester pur malgré tous les malheurs de sa vie. En effet, l'existence de cet être serait reliée à celle de Thanatos. Aussi, la Mort rôderait en permanence autour de lui. Et cet être ne pourrait se défaire de ce lien qu'en accomplissant sa mission.

Au fil des années, les reliques se perdirent, mais plusieurs continuèrent à chercher cet élu, remplissant de tragédies la vie de leurs propriétaires.

Il est dit que lorsque les reliques auront trouvé leur Gardien, elles lui permettront de sentir leurs pouvoirs et l'aideront à réaliser sa tâche. Mais plus son lien se renforcera avec elles et plus la Mort sera présente dans sa vie, car le Gardien est condamné à vivre seul et à le rester, tout comme l'est Thanatos.

Le Gardien fait partie de lui et représente lui-même un peu la Mort. »

Audrey lut et relut plusieurs fois la lettre. Elle s'attacha particulièrement au dernier paragraphe. Elle eut l'impression étrange de savoir déjà tout cela. C'était comme si Maria venait seulement de confirmer toutes ses craintes.

Ses parents et ses sœurs étaient morts par sa faute. Ils étaient tous morts, car ces fichues reliques l'avaient choisie. Mais pourquoi elle ? Pourquoi désigner une personne si ordinaire ? Pourquoi lui faire subir cela ? Ce n'était pas juste.

Elle savait qu'il ne lui restait qu'une seule chose sensée à faire : partir. Sa simple présence mettait la vie de Jérémy et de Lucas en grand danger. Elle ne permettrait pas qu'eux aussi meurent par sa faute. Elle prit sa décision. Ce soir, elle s'en irait. Il lui faudrait juste faire bonne figure jusque-là.

Elle s'efforça de respirer calmement, de sentir l'air frais dans ses poumons. Quand Jérémy vint s'assoir à côté d'elle, elle était prête. Ils restèrent un long moment côte à côte.

Audrey rompit le silence pour lui dire :

— Je savais déjà tout cela. Ce n'est qu'une simple confirmation.

— Je te trouve incroyablement sereine.

— Juste lucide, rectifia-t-elle. Ça ne change rien à notre plan : on retrouve toutes les reliques et on les détruit. De toute façon, je suis née pour cette mission.

Elle avait prononcé cette phrase comme cela, mais en l'entendant, elle s'aperçut qu'elle était vraie. Elle allait réussir dans sa tâche. Elle en était sûre. Il fallait juste qu'elle trouve comment faire et surtout comment éviter de nouveaux dommages collatéraux.

Elle se leva et se dirigea vers la maison. Jérémy la retint par la main en l'appelant. Elle se retourna surprise :

– J'ai parlé de nous à Lucas, lâcha-t-il dans un souffle. Il est au courant.

Cela semblait tellement dérisoire, après la lettre de Maria, mais en même temps si important pour eux. Il cherchait son regard. Elle se rapprocha de lui et déposa son front contre son torse, car elle était incapable de prononcer un mot de plus. Il mit une main dans son dos et une main dans sa nuque et lui chuchota à l'oreille :

— S'il te plait, ne fais rien de stupide. Pas maintenant.

Audrey posa ses mains sur ses flancs, mais ne répondit pas. Elle ne voulait surtout pas lui mentir. Elle l'aimait tellement. Ils venaient juste de se mettre ensemble et elle allait déjà devoir l'abandonner. Elle savait qu'il n'accepterait jamais qu'elle parte et tout son être avait envie de rester avec lui. Mais s'il parvenait à la convaincre, il perdrait la vie. Audrey en était persuadée.

Elle regagna la maison, suivie de Jérémy. Lucas les attendait dans la cuisine.

— Qu'as-tu appris d'autre ? lui demanda-t-elle sans lui laisser le temps de poser des questions en premier.

— J'ai fait pas mal de recherches sur Andromalius. Je crois savoir pourquoi les démons ne s'emparent pas des Ailes. Andromalius fait partie des démons les plus puissants. Il est particulièrement malin. Il s'arrange toujours pour gagner à la fin.

— Où veux-tu en venir ?

— Je pense qu'il attend qu'on les dérobe pour lui.

— Pourquoi ferait-il ça alors qu'il serait tellement facile pour lui de s'en saisir ?

— Où vont les âmes des voleurs ?

— En Enfer, évidemment, comprit Audrey.

— Voilà ma théorie. Il sait que l'on est si désespérés que tôt ou tard, on finira par les voler. Mais si on fait ça, il n'aura plus qu'à venir nous reprendre les Ailes et en bonus l'Enfer aura aussi gagné nos âmes.

Audrey réfléchit un instant puis annonça :

— Cela règle une question. Je vais devoir cambrioler le British Museum seule.

— Ce n'est pas comme ça que je voyais les choses et pourquoi toi d'abord ?

— On est tous d'accord pour dire que je suis l'Ultime Gardienne. Alors avec un peu de chance, ça ne sera pas considéré comme un vol puisque ces reliques me sont destinées. Et si c'est le cas, c'est à moi d'en subir les conséquences.

— Je te trouve bien fermée au débat. Tu es sûre que ça va ?

— Là n'est pas la question. Tu as lu la lettre, tu sais que ma présence vous met en danger. L'unique façon de ne pas attirer Thanatos sur vous est de rompre le lien. Rapidement.

— Elle a raison, dit Jérémy. On doit agir.

— Je sais, admit Lucas, mais ça ne me plait pas.

— Et sur Agrat, tu as eu le temps de chercher des informations ou pas ? s'enquit Audrey.

— Oui, mais je n'ai pas trouvé grand-chose.

— Résumons ce que nous avons : Agrat et Andromalius étaient présents le soir de l'incendie. Ils se sont ligués avec un autre démon dont on ignore tout pour récupérer les reliques et ils sont à minima aidés par tout un tas de créatures démoniaques.

— Exactement. L'Urne et les Ailes sont toutes les deux dans des vitrines sécurisées. Je pense que nous pouvons réussir à les voler en utilisant la même méthode. Il faut juste que l'on parvienne à être rapides et précis. Et surtout discrets, insista Lucas. Au moins pour les Ailes.

Ils passèrent le reste de la journée à mettre au point un plan. Ils sélectionnèrent divers sorts qui pourraient être utiles. Ils essayèrent de lister toutes les protections imaginables qui pouvaient entourer ces deux symboles. Aucun d'eux n'avait jamais cambriolé quoi que ce soit, alors commencer par le British Museum, c'était de la folie pure.

Audrey évita le plus possible Jérémy. Elle se tenait la tête dans les livres et esquivait au maximum les conversations. Aujourd'hui, elle devait découvrir le moyen de récupérer les Ailes. Elle quitterait la maison pendant la nuit et n'aurait ensuite plus accès à cette bibliothèque. Il était donc impératif qu'elle sache comment faire. Mais elle avait beau chercher encore et encore, elle ne trouva rien. Plus les heures passaient, et plus elle s'agaçait de cette situation. La colère qu'elle avait ressentie ce matin en lisant la lettre était toujours en elle. Pour ne rien arranger, Jérémy s'était mis à l'observer du coin de l'œil et elle ne pouvait rien laisser paraitre. À 18 h, les garçons commencèrent à ranger. Audrey resta seule dans la bibliothèque et continua ses recherches. Quand elle fut certaine que les frères étaient loin, elle se leva jusqu'à leur réserve de potion de voyage et en dissimula une dans sa manche. Elle se rassit ensuite et poursuivit sa documentation. Elle était dans ses pensées lorsque Jérémy l'interrompit pour lui demander de s'entrainer avec lui. Elle essaya de refuser, mais il insista. Elle céda pour ne pas l'alerter. Elle alla se changer et en profita pour cacher la fiole dans sa commode.

Il l'attendait en bas. Quand elle arriva, il était déjà en train de s'échauffer. Elle en fit autant. Elle mit le tapis de course en marche et lança un programme de dix minutes.

Puis elle rejoignit Jérémy. Il lui tendit ses gants de frappe et lui montra le punching-ball.

— Tu commences, déclara-t-il.

Audrey s'exécuta. Mais elle n'était pas du tout à ce qu'elle faisait. Elle avait la tête ailleurs et surtout elle s'évertuait de ne pas songer à son départ.

— Plus fort, la motiva-t-il. Tu peux faire mieux que ça !

Il la poussait ainsi à se concentrer sur ses gestes, à frapper de plus en plus fort. Une fois qu'il la sentit totalement impliquée dans ses mouvements, il commença à la questionner.

— La lettre de Maria, tu en penses quoi ?
— Je te l'ai déjà dit.
— J'aimerais bien que tu me le répètes.

Elle répondait évasivement, mais lui voyait parfaitement clair dans son jeu. Il savait précisément où appuyer pour la pousser à bout, alors il lui cria :

— Dis-moi la vérité, qu'est-ce que tu as ressenti ?

La colère d'Audrey prit le dessus. Elle frappa le punching-ball et le poussa lui :

– Et qu'est-ce que tu veux que je te dise ? Toute ma famille est morte à cause de moi. Alors à ton avis, qu'est-ce que je ressens ? Et qu'est-ce que je vais ressentir quand Lucas et toi, vous serez morts vous aussi par ma faute ? Pourquoi, c'est tombé sur moi ? Pourquoi ?

Elle frappait de ses poings le torse de Jérémy sans même s'en rendre compte, lui, encaissait sans un mot. Puis elle se mit à crier de toutes ses forces. Quand il fut certain qu'elle avait évacué toute sa rage, il la serra contre lui.

— Viens-là. Maintenant, je sais que tu ne prendras pas de décisions sous le coup de la colère.

Il avait raison, elle se sentait libérée d'un poids. Malgré tout, elle savait qu'elle devait partir. Elle resta contre lui encore un moment. Elle était contente de pouvoir sentir ses bras autour d'elle, de respirer son odeur. Elle ferma les yeux et profita de ce moment. C'était peut-être le dernier. Il prit son menton dans sa main, releva sa tête vers lui et il l'embrassa. Ils ne s'étaient pas embrassés de la journée. Ce fut un instant de vrai bonheur dans cette horrible journée. Elle eut du mal à reprendre le contrôle de son corps. Tout en elle voulait rester avec lui.

Audrey remonta seule. Jérémy continua de s'entrainer encore un peu. Elle se lava et concocta le repas, puis elle retourna dans sa chambre préparer son sac en douce. Elle devait se tenir prête, la nuit approchait.

La soirée se passa comme à l'accoutumée. Elle ne conversa pas beaucoup, mais elle était là. Pour la première fois, alors qu'ils étaient en train de regarder un film, Jérémy la prit dans ses bras. Lucas ne fit pas la moindre réflexion, mais Audrey le vit sourire.

À la fin du film, ils se levèrent, mais Lucas demanda à lui parler. Ils restèrent tous les deux dans le salon, quand ils entendirent Jérémy rejoindre sa chambre, il commença sans prendre de pincettes :

— Je sais ce que tu vas faire. Et c'est exactement pour ça que je ne voulais rien te dire.

— Tu comptes m'en empêcher ?

— Non. Mais j'ai réfléchi à certaines choses ces derniers temps. J'espère que mes réflexions te dissuaderont. Je ne vais pas te dire que tu ne peux pas abandonner mon frère, surtout pas maintenant, car ça tu le sais déjà. Mais pense à nos visions. On ignore pourquoi et comment, mais elles sont là. Ce sont elles qui nous ont menés à toi. Sans nous, tu n'existerais plus. Cela signifie que nos destins sont liés que tu le veuilles ou non. On était destinés à se rencontrer. Cela est plutôt encourageant. Et dernière chose, la relique qui t'a choisie est le Papillon, l'Espoir. Partir maintenant ce serait vraiment un acte désespéré. Alors, fais-lui confiance s'il te plait, et crois en nous.

— Si je reste, je vous perdrai, j'en suis sûre.

— Et nous, on a le droit de décider de la cause pour laquelle on veut mourir. C'est notre vie, c'est à nous de déterminer si nous souhaitons rester ou pas.

Audrey se tut, la balle était dans son camp. Lucas ne la retiendrait pas plus longtemps. Il l'embrassa sur le front comme il le faisait toujours et l'implora de faire le bon choix. Il ajouta avant de passer la voute :

— Si tu doutes encore, regarde autour de ton cou, tu y verras la preuve que nos destins sont liés.

Puis il partit dans sa chambre à son tour.

Audrey était maintenant seule, elle avait l'opportunité de s'en aller. Elle observa autour d'elle, cette maison où elle s'était si souvent sentie prisonnière et qu'elle considérait à présent comme son foyer. Où irait-elle ? Elle n'en avait aucune idée. Elle voulait juste s'enfuir pour leur laisser une chance. Est-ce qu'elle parviendrait à trouver les autres reliques sans eux ? Elle n'en était pas du tout convaincue. Elle jeta un dernier regard dans la pièce et vit leur sapin. Il était beau et ce qu'il représentait encore plus. Il y avait la guitare de Jérémy. Sans elle, ils ne seraient peut-être pas ensemble aujourd'hui. Elle vit leurs trois calendriers de l'avent sur le plan de travail de la cuisine. Ils avaient vécu tellement de choses tous les trois. Est-ce qu'elle s'en sortirait seule ? Sans personne pour l'aider à gérer ses émotions, pour la conseiller.

Elle retourna dans sa chambre, passa son sac à dos et saisit la fiole. Elle essaya de réfléchir à la formule qui l'accompagnait, mais où pouvait-elle bien aller ? Aucune idée ne lui venait. Son cerveau n'avait pas envie de raisonner. Au bout d'un temps infini, elle se rappela la dernière phrase de Lucas, elle regarda autour de son cou ses deux pendentifs, son arbre de vie offert par ses sœurs, et sa sphère, cadeau des garçons. Et derrière l'arbre de vie, elle découvrit son initiale entrelacée à celle de ses sœurs et elle comprit. A L J, Audrey, Louise, Julia. A L J, Audrey, Lucas, Jérémy.

Alors, elle se résolut à faire le choix le plus égoïste de sa vie.

Elle déposa ses affaires et alla frapper à la porte de la chambre d'à côté. Jérémy ouvrit rapidement, il ne dormait pas encore, il attendait, s'inquiétait. Elle avança d'un pas et lui dit juste résignée :

— Je n'y arrive pas. Je n'arrive pas à partir.

Jérémy poussa un soupir de soulagement, Audrey vit la pression sortir de ses épaules. Il la souleva, comme si elle était aussi légère qu'une plume, et vint placer sa tête dans son cou tout en la serrant contre lui.

— Merci, lui dit-il. Merci.

Elle se recula et lui dit sérieusement :

— Tu ne devrais pas me remercier pour ça. Je viens de vous condamner.

— Arrête de te prendre la tête pour des choses que tu ne contrôles pas. Ce qui compte c'est le présent, que nous soyons ici tous les deux.

— S'il te plait, ne meurs pas pendant notre quête, je ne me le pardonnerais jamais.

— Tu sais bien que je ne peux pas te jurer un truc comme ça. En revanche, je te promets de profiter à fond de chaque moment avec toi.

Elle n'avait toujours pas quitté ses bras. Ils échangèrent un long regard. Audrey passa sa main sur le visage de Jérémy. Puis ils s'embrassèrent passionnément...

Chapitre neuf : Nouvelle attaque

Cette nuit-là, Audrey eut beaucoup de mal à trouver le sommeil. Jérémy, lui, s'endormit rapidement à côté d'elle. Elle lui vola son t-shirt qui trainait par terre puis elle prit son téléphone et essaya de se renseigner sur Agrat. Quitte à ne pas dormir, autant mettre son temps à profit.

Tout comme Lucas, elle ne découvrit pas grand-chose. Elle était connue pour être une succube, fille de Samaël et de Lilith. Audrey chercha des informations sur ses parents. De fil en aiguille, une idée germa en elle, une idée qui permettait d'assembler toutes les pièces du puzzle.

Mais elle n'eut pas le temps de l'approfondir car l'une de leurs alarmes se mit à retentir. Jérémy se réveilla en sursaut, attrapa son pistolet et enfila son pantalon de pyjama. Audrey courut dans sa propre chambre récupérer son sac à dos et l'arme qu'elle conservait dans sa table de nuit. Ils se retrouvèrent tous les trois dans le couloir et se dirigèrent lentement vers la cuisine pour regarder dehors. La maison était totalement encerclée. Les démons leur envoyaient une nouvelle armée d'humains pour fouiller la demeure mais ils étaient beaucoup plus nombreux que la dernière fois. Audrey en compta au moins vingt-cinq dans son champ de vision, elle était certaine qu'ils étaient a minima autant de l'autre côté de la bâtisse. Ils étaient déjà très proches. Lucas fut le premier à réagir. Il prit les clés du bunker qui restaient cachées sous la table à manger et commença à courir jusqu'au sous-sol. Audrey lui emboita le pas et dévala l'escalier à toute vitesse. Une fois à l'abri, elle s'aperçut que Jérémy ne les avait pas suivis. Où était-il ? Déjà, des hommes essayaient d'ouvrir le garage. Ils seraient sur eux dans quelques instants. Lucas et Audrey échangèrent un regard inquiet. Jérémy arriva pile à temps, les bras chargés de livres et de nécessaire à potion. Il s'engouffra dans l'abri, Lucas ferma à clé derrière lui et le bruit de leurs assaillants tambourinant à la porte se fit entendre.

— C'est quoi ça ? interrogea Lucas.

— Je crois qu'il est temps que l'on bloque l'accès de la maison aux humains, répondit Jérémy.

— Tu es sûr ?

— C'est notre seule solution.

Audrey ne comprenait pas tout à leur conversation.

— Si c'est possible pourquoi ne pas l'avoir fait avant ? demanda-t-elle.

— Pour deux raisons, une fois que cela sera fait, plus personne ne pourra venir ici, y compris les secours si on en avait vraiment besoin, expliqua Lucas.

— Et c'est quoi la seconde raison ?

— On a toujours pensé qu'elle reviendrait.

— On pensait que notre mère reviendrait, précisa Jérémy. Mais il faut se faire à l'idée que nous nous sommes trompés.

— On avait déjà songé à utiliser ce sort, le soir où tu as été possédée et que tu n'arrivais plus à rentrer. Finalement, comme cela n'a pas été nécessaire, on a de nouveau abandonné le projet.

Ils ne cessaient de l'étonner. Des années plus tard, les deux frères continuaient d'espérer. Les garçons s'attelèrent à leur sortilège. Audrey profita de cet instant de calme pour aller s'habiller, elle avait tout ce dont elle avait besoin dans son sac à dos. En revenant, elle tendit à Jérémy son t-shirt qu'il accepta avec plaisir. Il était toujours torse nu et il ne faisait pas chaud dans le bunker.

Les garçons avançaient bien. Ils avaient pratiquement terminé la potion. Audrey les vit ajouter son sang au mélange. Elle se rappela le jour où Lucas le lui avait pris. Elle regarda sa main par réflexe, mais il n'y avait plus aucune trace de la coupure qu'il lui avait faite. Agrat avait dû la guérir, bien qu'elle ne s'en souvint pas. La seule complication dans leur plan était de verser la potion à chaque angle de leur terrain sans être vus. Ils allaient devoir être plus que discrets. La porte de leur abri étant gardée, ils ne pourraient pas sortir par là sans se faire repérer.

Audrey avait toujours dans son sac la potion du voyage qu'elle avait subtilisée la veille. L'un d'entre eux allait pouvoir s'en servir pour mettre en place la nouvelle barrière magique. Jérémy se porta évidemment aussitôt volontaire. Audrey l'implora d'être prudent, puis elle l'entendit prononcer les paroles qu'elle connaissait bien :

« Mon corps ne connait ni l'espace, ni le temps,
Mon esprit libre comme l'air se déplace et s'étend
Emmenez-moi là où je veux aller,
Emmenez-moi à l'orée de mon foyer »

Il disparut directement les laissant seuls, Lucas et elle.

En passant machinalement sa main dans la poche de son pantalon, dans l'espoir de s'attirer la chance, Audrey réalisa qu'elle n'avait pas le Papillon avec elle. Elle retourna entièrement son sac, mais il n'était pas là. Il avait dû rester dans la chambre de Jérémy. Elle ferma ses yeux, en même temps elle se coupa du monde et se concentra de toutes ses forces sur la relique. Elle la sentait. Elle était toujours en sécurité, elle en était sûre. Elle chercha également le Flambeau qui demeurait à sa place. La Faux était à côté d'elle. Elle avait perçu son pouvoir dès qu'elle était entrée dans le bunker.

Tout en restant focalisée sur le Papillon, elle expliqua la situation à Lucas.

— Ne t'inquiète pas, Jérémy n'en aura pas pour longtemps. Ils seront vite partis. En attendant, reste concentrée.

Seulement, Jérémy pensait avoir du temps. Alors il avançait lentement sans prendre de risques. Il était arrivé à l'arrière de la propriété. Il avait déjà réussi à placer discrètement la potion aux deux angles de derrière. Il avait encore l'avant à faire, mais il y avait beaucoup de monde. C'était compliqué de ne pas se faire voir. Il parvint à verser leur préparation au troisième endroit. Cependant, le devant de la maison était trop exposé, il avait peur d'être aperçu en s'y rendant directement alors il choisit de revenir sur ses pas et de faire le tour du bâtiment. Ainsi, il profiterait des bois pour se dissimuler.

Il avait presque atteint son objectif lorsque plusieurs choses se passèrent en même temps. Un humain le repéra. Jérémy ne voulait pas se battre avec lui. Ces humains agissaient sous la contrainte, il ne pouvait pas leur faire du mal délibérément. Il n'était plus qu'à quelques mètres, il pouvait y arriver.

Dans la maison, un autre assaillant trouva le Papillon. Audrey le sentit immédiatement. C'était comme si la relique lui envoyait un signal d'alarme, car elle se savait menacée. Elle la sentit dans les mains de cet étranger, mais ne pouvait rien faire. Elle avait l'impression que ce contact souillait son Papillon. Personne d'autre qu'elle et les frères n'avaient le droit de le toucher. Elle ne pouvait le permettre. Elle commença à paniquer et à s'énerver.

— Ils l'ont, Lucas. Ils l'ont trouvé. Il faut que j'aille le récupérer.

— Mais on ne peut pas sortir d'ici.

— On ne peut pas les laisser le prendre. C'est MON Papillon.

Elle hurla en disant cela, elle l'appela à elle de toutes ses forces, et contre toute attente, la relique obéit. Elle apparut devant elle. Audrey regarda incrédule le Papillon se matérialiser sous ses yeux et s'en saisit. À cet instant précis, elle eut l'impression de se faire happer par une force extérieure. Les protections de la maison la rejetèrent au loin. C'était comme si un immense bras l'avait attrapée et jetée. L'atterrissage fut difficile. Elle lutta pour ne pas perdre conscience, elle était dans les bois non loin de la maison. Le Papillon était resté dans sa main. Elle le pressa contre elle. Maintenant, elle devait trouver un endroit pour se mettre à l'abri et vite. La forêt grouillait d'ennemis. Elle réussit à se trainer sous les racines d'un grand chêne, elle était bien dissimulée derrière un buisson, dos à la bâtisse. Il ne lui restait plus qu'à attendre. Elle avait la tête qui tournait, elle avait heurté une branche d'arbre dans sa chute. Elle sentait du sang couler de son front. Elle rangea soigneusement son Papillon dans sa poche. Son pistolet était toujours accroché à sa ceinture, elle le prit en main et était prête à s'en servir si besoin.

Lucas se retrouva seul dans le bunker. Il avait compris ce qui venait de se passer, mais cela c'était déroulé si rapidement qu'il n'avait rien pu faire pour l'en empêcher.

Il surveilla dans le judas les hommes qui faisaient le guet. Ils étaient toujours là. Jérémy n'avait pas encore réussi. Il allait devoir patienter.

Mais il ne supportait pas l'idée d'être isolé sans savoir si les autres allaient bien. Il était bien plus inquiet pour Audrey que pour son frère. Il n'y avait qu'une seule chose qu'il pouvait faire pour aider, alors il s'exécuta sans hésiter.

« Magie blanche, puissante et ancienne
Que l'esprit d'Audrey devienne mien
Et que mon esprit devienne sien
Que nos âmes s'enchainent. »

Audrey était un peu vaseuse, mais elle perçut sa présence immédiatement.

– Lucas ?
– Oui, c'est moi. Tu es où ?
– Je suis dans la forêt, j'ai réussi à me mettre à l'abri. J'ai l'impression que votre sortilège a trop bien fonctionné. Il a oublié de m'exclure !
– Les autres sont toujours ici, je ne peux pas sortir.
– Le sort a marché à l'envers alors, il n'a éjecté que moi ?
– Non, je ne crois pas.

Audrey perçut soudain les pensées de Lucas. La formule pour lier les esprits ne permettait pas le mensonge. Tacitement, ils s'accordèrent pour ne pas revenir sur ces événements dans l'immédiat. Ce n'était pas l'urgence.

— Tu sais où tu as atterri ? lui demanda-t-il.

— Je suis côté est, enfin je crois. Je ne pense pas être très loin. Mais je les entends toujours, je ne peux pas rentrer pour l'instant.

— Reste cachée, on viendra te chercher.

De son côté, Jérémy luttait contre un humain et d'autres arrivaient. Ils essayaient tous de le capturer et Jérémy tâchait de se rapprocher de sa cible tout en les évitant. D'un coup, comme au rugby, il se jeta à l'angle de la propriété et éclata la potion dessus. Il vit tous leurs assaillants se faire éjecter et lui se plaça dans le cercle de protection. Il courut jusqu'à la maison. Il trouva Lucas dans le sous-sol, mais il était seul. Il avait un drôle de regard, à la fois absent et étrangement présent. Audrey sentit son cœur se serrer en observant Jérémy revenir et découvrir qu'elle n'était plus dans l'abri.

— Elle est dans les bois, elle va bien. Je suis avec elle en ce moment, dit Lucas à l'attention de son frère.

Jérémy comprit l'essentiel.

— Au fait, on n'a pas eu l'occasion d'en parler, mais je suis content pour vous deux, confia Lucas à Audrey.

Elle l'entendit, mais ne répondit pas. Elle lui fit savoir qu'elle avait la tête qui tournait de plus en plus.

— Il faut que tu restes consciente, les autres sont en train de partir. Ils risquent de te repérer dans leur fuite. Ne t'évanouis pas s'il te plait !

— J'essaie Lucas, j'essaie.

— Ne quitte pas ta cachette, on va bientôt venir. Je vais rester de ton côté pour t'aider à lutter.

Il vit à travers ses yeux, tenta de lui donner un peu de sa force. Il fallait qu'elle tienne jusqu'à ce qu'ils la retrouvent.

Lucas et Jérémy durent attendre. Les humains avaient tous connu le même sort qu'Audrey. Ils étaient en train de se relever mutuellement et de s'enfuir. Ils étaient désordonnés, certains avaient reçu de mauvais coups, cela prit du temps. Le sortilège du lien s'estompa petit à petit, mais quand Lucas laissa Audrey, il était certain qu'elle resterait éveillée.

Quand tout fut redevenu silencieux, les garçons s'aventurèrent à l'extérieur. Ils avancèrent précautionneusement, chacun tenant son pistolet à la main. Audrey vit le soleil se lever face à elle, elle était bien à l'est. Elle avait donné la bonne direction à Lucas.

Ce fut lui qui la trouva, car il reconnut l'endroit où elle était. Il l'avait soigneusement observé quand il était dans son esprit. Lorsqu'elle le vit, elle se releva doucement. Elle avait peur que sa tête se remette à tourner, mais ce ne fut pas le cas. Elle se sentit bien. Ils retrouvèrent Jérémy sans un mot et repartirent à la maison sans faire le moindre bruit.

Ils emmenèrent Audrey à l'infirmerie, car elle avait beaucoup de sang sur le crâne. Jérémy commença à nettoyer son front avec une serviette propre qu'il trouva par terre, puisque tous les placards avaient été vidés et leur contenu jeté au sol sans ménagement.

Ses gestes étaient minutieux.

— Qu'est-ce qu'il s'est passé ? demanda-t-il tout en continuant sa tâche.

— Aujourd'hui, j'ai franchi un cap, apparemment je suis devenue plus gardienne qu'humaine alors les sorts de protection m'ont rejetée, répondit Audrey sur un ton léger.

— Tu n'es pas drôle. Dis-moi ce qui est vraiment arrivé.

Lucas ajouta pour elle :

— Elle s'est fait éjecter après avoir réussi à déplacer son Papillon par la pensée.

— Je n'ai aucune idée de comment j'ai fait, précisa Audrey, je l'ai fait, c'est tout.

Ils demeurèrent silencieux.

— En tout cas, j'ignore à qui appartient ce sang, mais ce n'est pas le tien. Tu n'as aucune plaie, déclara Jérémy après avoir soigneusement nettoyé tout le liquide rougeâtre de sa tête.

— Mais je n'ai vu personne. Je ne comprends pas.

Lucas savait que c'était la vérité et Jérémy la croyait sur parole, pourtant elle n'avait rien. Finalement, elle avait eu plus de peur que de mal dans sa chute. Elle avait eu de la chance.

Chapitre dix :
Le grand nettoyage

Comme la dernière fois, la maison était sens dessus dessous. Ils allaient devoir tout ranger, mais cette fois-ci, les dégâts étaient beaucoup plus important. Tous les placards avaient été vidés, les meubles retournés, aucune pièce n'avait été épargnée. Les intrus avaient cherché vraiment partout. Heureusement, ils n'avaient pas eu l'idée de creuser. Le Flambeau était resté parfaitement caché.

Audrey proposa aux garçons de commencer par faire leur petit déjeuner. Elle avait faim. De toute façon, il leur faudrait au moins la journée pour tout ranger, alors autant prendre des forces avant. Elle retrouva la cafetière par terre, par chance elle n'était pas cassée. Lucas s'occupa de faire le café. Audrey chercha des tasses et trouva de quoi se faire une infusion. Jérémy releva les chaises, mais demeura en retrait. Ils finirent par dénicher de quoi se restaurer également.

— Est-ce qu'on est vraiment en train de déjeuner au milieu de ce capharnaüm ? demanda Lucas.

— Oui parce que l'essentiel, c'est nous. Le reste ce n'est que du matériel. On aura toute la journée pour s'en occuper, répondit Audrey.

— Je n'aime pas l'idée que des étrangers se soient introduits chez nous, maugréa Jérémy.

— Nous avons réglé le problème, maintenant il n'y a que nous qui pouvons être ici. Ça va aller, lui dit Audrey en posant sa main sur la sienne. Ça va aller, répéta-t-elle pour se convaincre.

Ils savaient tous que les démons trouveraient une solution pour récupérer les reliques, même si cela impliquait de les tuer tous les trois pour se défaire des protections de la maison. Après leur petit déjeuner, ils s'attelèrent à la tâche. Le travail était considérable. Ils commencèrent par la cuisine et la pièce à vivre. Il y avait beaucoup de dégâts, notamment la guitare de Jérémy. Elle le vit encaisser ce coup dur.

Chaque placard avait été vidé, son contenu jeté au sol. La vaisselle avait été grandement endommagée.

Puis, ils s'occupèrent chacun de leur propre chambre et s'attelèrent ensuite ensemble à la bibliothèque. Ils ne parlèrent pas beaucoup, chacun était dans ses pensées. Audrey entreprit de remettre les livres en ordre, les frères se chargèrent de leur autel. En rangeant la pièce, ils constatèrent que leur stock de potion du voyage avait été détruit, dorénavant, ils ne pourraient plus se déplacer qu'en voiture, en attendant de recevoir les prochaines écailles de naga. C'était un autre coup dur, car cette potion nécessitait plusieurs jours de préparation et contenait de très nombreux ingrédients difficiles à se procurer.

À 15 h, Lucas proposa de faire une pause. Audrey et lui allèrent manger un morceau. Le plus gros de la maison était en ordre. Il restait encore la salle de bains, l'aile qu'ils n'utilisaient pas et le sous-sol.

Audrey retrouva Jérémy devant la porte de la chambre de ses parents. Il n'osait pas franchir le seuil. Elle se tint à ses côtés. Cette pièce aussi avait été fouillée, mais les dommages semblaient moins importants ici, comme si les intrus ne s'y étaient pas beaucoup intéressés.

— Si tu veux, je peux m'occuper de remettre tout en ordre, tu n'as qu'à faire l'infirmerie en attendant.

Jérémy ne répondit pas, mais il l'avait entendue, car il recula d'un pas et se dirigea vers la pièce voisine. Elle s'attela seule à la chambre. Elle redressa la coiffeuse, le miroir ne s'était pas brisé. Elle ramassa les objets tombés au sol et les déposa là où elle pensait qu'ils allaient. Elle repositionna le rocking-chair à sa place, releva la commode et rangea son contenu. Elle refit également le lit au carré. Tous ses déplacements avaient soulevé beaucoup de poussière, alors elle ouvrit la fenêtre, épousseta tout et passa un grand coup d'aspirateur.

Quand elle eut terminé, ce fut comme si rien n'était arrivé, tout était de nouveau ordonné et la pièce était propre.

Elle trouva Jérémy assis sur un lit à l'infirmerie, rien n'avait bougé. Il était dans ses pensées. Elle s'installa à côté de lui :

- Merci, lui dit-il.
- Jérémy, tu sais que si tu as besoin de parler, je suis là.

Mais il demeura dans le silence.

— Je vais te laisser un peu, si tu me cherches, je serai en bas.

— D'accord.

Elle se dirigea vers le garage, en passant devant le grenier, elle vit que les intrus avaient carrément arraché la porte pour pouvoir entrer. Elle monta pour se faire une idée des dégâts. Là aussi, tout avait été retourné. Ranger l'endroit leur prendrait des jours.

En arrivant dans le sous-sol, elle trouva Lucas, il était déjà à l'œuvre. Elle l'aida à redresser l'établi, ils remirent les outils à leur place. Par chance, la voiture n'avait rien. Les intrus n'avaient pas essayé de l'ouvrir.

La salle de sport aussi avait été en partie épargnée car il aurait été difficile, voire impossible de dissimuler un objet dans cet endroit. Il n'y avait que des tapis, des poids et des machines. La seule cachette éventuelle était dans le punching-ball et bien sûr ce dernier avait été éventré pour vérifier son contenu.

Ils ramassèrent tout et nettoyèrent la pièce. Ils avaient terminé, à l'exception du grenier.

Audrey remonta. Jérémy s'était remis en action, il était en train de finir de ranger l'infirmerie. Elle le laissa tranquille. Lucas et elle descendirent la porte des combles au sous-sol. Lucas aurait pu le faire tout seul s'il n'avait pas eu sa blessure.

Ils choisirent de s'atteler au grenier plus tard. En attendant, ils firent une liste des éléments à remplacer.

Audrey commença à préparer le diner à 21 h pendant que Lucas alla à la douche. Elle décida de faire des frites et des burgers. C'était le plat préféré de Jérémy, elle espérait que cela lui apporterait un peu de réconfort.

Ils s'attablèrent de nouveau tous les trois. Jérémy mangea de bon appétit, il n'avait rien avalé depuis le matin. Après le repas, il regarda l'emplacement où se trouvait sa guitare. Audrey s'en aperçut. Alors malgré tous ses efforts, ce soir-là était différent des autres.

Jérémy partit à la douche, puis Audrey l'entendit regagner sa chambre. Elle alla à son tour se laver. En sortant, elle alla directement voir Jérémy. Elle entra sans frapper. Il était allongé sur le côté dans son lit, mais ne dormait pas encore :

— Qu'est-ce que tu fais ici ?

Elle s'étendit sur le lit face à lui.

— À moins que je ne me trompe, nous ne sommes pas fâchés. Alors je pense que ma place est avec toi.

Il ne la contredit pas. Ils restèrent ainsi l'un en face de l'autre pendant plusieurs minutes puis elle pivota sur le dos et lui demanda en regardant le plafond :

— Tu as déjà essayé de la retrouver ?

Elle n'avait pas besoin de lui préciser de qui elle parlait, il le savait. Il se tourna également.

— Des centaines de fois, admit-il. Dès que j'ai maîtrisé le sort de localisation, je l'ai cherchée, en secret. Mon père n'aurait pas aimé découvrir ce que je faisais. Elle était beaucoup en mouvement, au début, puis un jour, elle s'est fixée dans une ville et n'a plus bougé, continua-t-il. Je crois qu'elle a refait sa vie. La dernière fois que j'ai regardé, elle y était toujours. Elle a choisi de s'installer à l'autre bout du pays, précisa-t-il. Le plus loin possible de nous.

— Vous n'avez jamais essayé d'aller la voir ?

— Pour qu'elle nous rejette de nouveau ? Non, on n'a jamais tenté. Cela a été assez difficile à vivre la première fois, on préfère s'abstenir de revivre la même expérience. Mais on a toujours pensé qu'elle reviendrait. On n'est pas stupides au point d'imaginer qu'elle rentrerait habiter avec nous, mais on espérait qu'elle viendrait au moins pour prendre de nos nouvelles ou par curiosité.

— Elle ne vous mérite pas.

— Qu'est-ce que tu as dit ? dit-il en se redressant vers elle.

— Elle ne vous mérite pas, répéta-t-elle en le regardant.

— C'est marrant, car j'ai toujours pensé que c'était l'inverse, que c'est moi qui ne méritais pas d'avoir une mère, avoua-t-il en se rallongeant.

— Toi, tu n'étais qu'un petit garçon, Lucas un bébé. Bien sûr que vous méritiez d'avoir une mère. C'est elle qui est partie, c'est elle qui a fait le mauvais choix. Tu n'as pas à te blâmer pour ses erreurs. Toi, tu es le bien incarné, tu es courageux, tu donnerais ta vie pour ta famille. Tu es exceptionnel.

Jérémy resta un instant silencieux, pensant à ce qu'Audrey venait de lui dire.

- Comment tu fais pour savoir exactement quand j'ai besoin d'être seul et quand j'ai besoin que tu sois là ?
- Tu veux connaitre mon secret ?
- Oui.
- J'improvise et j'ajuste selon tes réactions !
- Tu improvises ? répéta-t-il incrédule.
- Totalement, répondit-elle en riant.

Cela le fit rire aussi.

Quand ils reprirent leur sérieux, elle se mit à califourchon sur lui.

— Tu vois là par exemple, je sens que c'est le bon moment pour faire ça, dit-elle en l'embrassant.

Chapitre onze :
Le plan

Le lendemain, la première chose qu'Audrey fit en se réveillant fut de chercher les reliques. Jérémy dormait encore à côté d'elle. Elle sentit immédiatement le contact du Papillon qu'elle avait soigneusement posé sur la table de nuit de Jérémy avant de se coucher. Elle trouva sans difficulté la Faux et le Flambeau. Elle connaissait leur énergie, il lui était facile de les retrouver, en plus ces deux symboles étaient à proximité. Puis elle essaya de discerner à nouveau les Ailes. C'était un exercice beaucoup plus compliqué, elle ne les avait ressenties que deux fois, car elles étaient très loin. Mais ce matin, elle n'arrivait pas à se concentrer assez pour les percevoir. Elle n'entendait que la respiration de Jérémy.

Alors elle s'empara de son Papillon, quitta la chambre et s'installa dans le salon, dans un silence absolu. Elle se mit en tailleur, car dans cette position elle réussissait mieux à canaliser ses pensées. Elle refit la même méthodologie que la dernière fois. Elle reprit son image de radar et tenta de se projeter à Londres. Elle s'aida du Papillon pour retrouver les Ailes et après plusieurs minutes d'essai, elle y parvint. Elle resta focalisée sur elles un long moment. Elle voulait arriver à discerner leur énergie propre. Il fallait que les Ailes lui deviennent aussi familières que les trois symboles qu'elle avait. Elle souhaitait également que les Ailes s'habituent à elle, qu'elles apprennent à l'identifier. Cela avait l'air stupide, mais Audrey commençait à comprendre la puissance de leurs pouvoirs. Elles avaient leur volonté propre et les reliques pouvaient d'elles-mêmes la prévenir d'un danger si elles reconnaissaient en elle leur Gardienne. Elle resta ainsi connectée à ce symbole, dans la plus parfaite quiétude jusqu'au réveil de Lucas.

— Finalement, tu arrives à méditer, lui fit-il remarquer.

— Pas vraiment, j'étais avec les Ailes. Je m'assurais que tout était normal.

— Tu les as trouvées facilement ?

— Pas facilement, ça me demande beaucoup de concentration et un calme absolu. J'ai dû venir ici, car rien qu'entendre Jérémy respirer me dérangeait.

— Ah, vous avez dormi tous les deux.

— On dort souvent ensemble ces derniers temps, lui confia Audrey. J'espère que ça ne te dérange pas.

— Pas du tout. Je suis agréablement surpris de voir à quel point les choses semblent simples entre vous, répondit-il en souriant.

Ils décidèrent de reléguer le rangement du grenier pour plus tard dans l'après-midi. Il n'y avait pas d'urgence, ils s'en occuperaient petit à petit.

Après avoir déjeuné et s'être habillés, ils reprirent leurs recherches pour essayer de trouver un moyen de sortir les Ailes du musée, sans que la magie soit découverte, mais ils tournaient en rond.

La seule chose qu'ils avaient dénichée qui pouvait être vraiment utile, c'était un sort permettant de dupliquer un objet, ainsi ils pourraient placer de fausses Ailes au musée. Malheureusement, cela ne leur disait pas comment extraire ces dernières de leur vitrine ni comment disposer la copie sans déclencher d'alarme et sans se faire repérer.

Vers 15 h, ils capitulèrent et commencèrent le rangement du grenier. Ils en profitèrent pour jeter tout ce qui ne servait à rien et qui encombrait la pièce, c'est-à-dire dans un premier temps tous les cartons contenant de vieux journaux. Quand ils tombèrent sur une pile de vieille vaisselle, ils choisirent de la descendre afin de remplacer la leur, grandement endommagée lors de la dernière attaque. Elle était carrément démodée, mais au moins elle avait le mérite de ne pas être cassée. Audrey était en train de la nettoyer lorsque Jérémy lui demanda :

— Peux-tu me prêter ton Papillon s'il te plait ?
— Pour quoi faire ?

Elle avait parlé sans aucune agressivité, elle était simplement surprise par sa requête.

— Je ne peux pas te le dire. Fais-moi juste confiance.

— Tiens, dit-elle en le déposant dans sa main avant de reprendre sa tâche.

Elle chercha mentalement le Papillon, il était parfaitement calme, lui aussi savait qu'il pouvait avoir foi en Jérémy.

Elle avait terminé de laver la vaisselle et de l'essuyer, elle était en train de la ranger lorsque Jérémy revint. Il lui demanda de fermer les yeux, il s'approcha. Audrey le sentit accrocher un collier autour de son cou. Quand elle put ouvrir les paupières, elle découvrit que Jérémy avait réussi à passer son Papillon dans une chaine fine et longue. Elle était un peu plus grande que celle de ses deux autres pendentifs, mais le tout s'agençait à merveille.

— Comme ça, tu l'auras toujours avec toi.

— C'est parfait, dit-elle en passant ses mains autour du cou de Jérémy.

Elle l'embrassa tendrement dans la cuisine. C'était la première fois qu'ils s'embrassaient ailleurs que dans l'une de leurs chambres, sans craindre l'arrivée de Lucas.

— Ce n'est pas grand-chose, mais en la voyant dans le grenier, j'ai pensé que ça te plairait.

— Merci.

Audrey contempla son Papillon. Maintenant, elle ne risquait plus de le perdre. En l'observant ainsi, Jérémy trouva une solution pour leur cambriolage. Il appela Lucas qui était toujours dans les combles et il leur expliqua son plan.

— C'est très simple. Audrey va faire bouger les Ailes, comme elle l'a fait avec le Papillon hier, et au même moment, je déposerai la copie dans la vitrine. Il faudra juste être précis. Le timing doit être parfait pour ne déclencher aucune alarme. Et en plus, les démons ignoreront qu'on aura les Ailes. Notre vol restera secret. C'est le plan idéal.

— Sauf que je ne sais pas déplacer les symboles sur commande, fit remarquer Audrey.

— Tu y arriveras. Tu as juste besoin de temps pour t'entrainer. Et ça, nous en avons devant nous.

— Hier, tu as réagi à l'instinct, il faut simplement que tu comprennes comment tu as fait pour pouvoir recommencer. Je pense que c'est possible, ajouta Lucas.

Elle essaya tout le reste de la journée, ainsi que le lendemain et le surlendemain. Elle passa son temps, assise en tailleur, sa conscience plongée dans celle du Papillon, parfaitement connectée à lui. Elle sentait son pouvoir. Mais le Papillon refusait de bouger, ne serait-ce que de quelques centimètres. Elle tenta, encore et encore. Mais rien n'y fit.

Au début, les garçons restèrent avec elle pour essayer de la guider, mais cela ne faisait que la déconcentrer. Pire même, ils l'énervaient avec leurs conseils. Ils ne comprenaient pas les reliques comme elle, ce n'étaient pas de simples objets, on ne pouvait pas les contraindre à faire ce qu'on voulait. Ce n'était pas si évident.

Cet après-midi-là, au bout de plusieurs heures d'essais infructueux, elle quitta la bibliothèque en abandonnant les frères derrière elle. Elle s'abstint de tout commentaire de peur de se montrer désobligeante. Elle jeta son Papillon sur le canapé en passant devant celui-ci et sortit de la maison. Elle avait grand besoin de prendre l'air et d'un peu de solitude. Les garçons la laissèrent tranquille. Elle s'installa sur son banc. Cela faisait longtemps qu'elle n'était pas venue ici.

Elle se mit à penser à sa vie, à tous les changements qu'elle avait connus en seulement quelques mois. Elle songea beaucoup à ses sœurs bien sûr. À Julia qui ressentait tout, qui était connectée au monde, elle n'aurait eu aucune difficulté à communiquer avec le Papillon. Elle se remémora Louise et son tempérament de feu, elle avait une telle volonté, elle était capable de tout, elle aussi aurait réussi. Et pour une raison inconnue, les symboles l'avaient désignée, elle. Cela n'avait aucun sens. Elle ne doutait pas du lien qu'elle avait avec eux, mais elle ne comprenait pas leur choix. Ses sœurs lui manquaient tellement parfois, elles auraient su comment l'aider. Ce soir, elle se sentait triste et découragée.

Le froid devenait mordant, l'obligeant à rentrer. Mais par acquit de conscience, Audrey essaya une dernière fois. Elle s'installa, chercha son Papillon. Jérémy l'avait récupéré avec lui, elle reconnut sa présence. Elle se concentra et l'appela à elle de toutes ses forces. Elle hurla mentalement, mais rien ne se produisit. C'était de nouveau un échec.

Le soleil était en train de se coucher quand elle était sortie, la lune brillait lorsqu'elle rentra.

Elle n'avait toujours pas envie de parler, alors elle passa par le sous-sol, alla directement dans sa chambre, prit ses affaires et s'enferma dans la salle de bains. Elle était gelée, le contact de l'eau bouillante la réchauffa. Son corps se sentit immédiatement mieux, mais pas son cœur. Elle choisit d'enfiler son pyjama et de retourner dans sa chambre. Elle se glissa aussitôt sous sa couette. Elle savait que les garçons avaient entendu la douche et qu'ils ne s'inquiéteraient pas. Il n'était que 21 h, elle n'était pas du tout fatiguée. Elle prit son téléphone et regarda toutes ses photos. Elle espérait que cela lui redonnerait un peu le moral, mais ce fut pire. Ses sœurs lui manquaient terriblement ce soir, à cela s'ajoutait son impression d'impuissance.

Vers 22 h, Jérémy arriva dans sa chambre et s'allongea à côté d'elle. Elle se mit sur le côté de façon à lui tourner le dos.

— Je n'ai pas envie d'en parler, lui dit-elle.
— Ça me va, répondit-il en la prenant dans ses bras.

Son contact l'apaisa, comme d'habitude. Sa simple présence agissait comme un baume sur ses blessures. Il la connaissait, il connaissait ses forces et ses faiblesses et il avait choisi d'être avec elle. Elle lui en était tellement reconnaissante. Avec lui, tout semblait plus facile. Finalement, elle se retourna et pleura dans ses bras. Il resta avec elle sans dire un mot, sans la juger. Elle finit par s'assoupir dans cette position. Lui demeura éveillé encore un moment pour s'assurer qu'elle se sentait vraiment mieux puis il s'endormit aussi.

Chapitre douze : Bolduc

En se réveillant, Audrey chercha mentalement les reliques. Encore une fois, elle dut aller dans le salon pour réussir à ressentir les Ailes. Dès qu'elle y fut parvenue, elle essaya à nouveau de déplacer le Papillon, mais rien ne se passa. C'était désespérant. Quand Lucas arriva, elle était déjà exaspérée de n'obtenir aucun résultat, le Papillon refusait de bouger ne serait-ce que d'un millimètre. La journée allait être longue.

— Tu ne devrais pas te prendre la tête avec ça. Quand tu en auras vraiment besoin, les reliques t'écouteront, lui dit-il en guise de bonjour.

— On ne peut pas récupérer les Ailes tant que je ne maitrise pas parfaitement cette capacité.

— Je te connais et j'ai été assez souvent dans ton esprit pour comprendre comment votre lien fonctionne. Je n'ai aucun doute sur le fait que tu y arriveras. Fais-toi confiance et fie-toi à elles. Vraiment. Cela ne sert à rien de forcer les choses tant que tu n'auras pas saisi comment tu as fait la première fois.

Audrey ne répondit pas et remit le Papillon autour de son cou.

– Comment va ta blessure ? demanda-t-elle.
– C'est en bonne voie. Je pense même pouvoir repartir sous peu.
– Excellente nouvelle.

Même si elle aimait bien se rendre sur le terrain, une part d'elle regrettait le temps où elle restait tranquillement à leur domicile, sans manquer de mourir à chaque mission.

Ils étaient tous les trois en train de prendre leur petit déjeuner quand ils reçurent une alerte sur leur téléphone. Dans une grande ville, située à cinq heures de la maison, sept enfants étaient portés disparus. Il s'agissait d'ainés de fratries, ils avaient entre trois et neuf ans. Ils étaient tous dans leur lit au moment des faits. Personne n'avait rien entendu et les familles ne se connaissaient pas.

Ils n'avaient aucune idée du type de créatures qu'ils allaient devoir affronter. Ils s'équipèrent pour le maximum de possibilités. Ils se préparèrent rapidement comme d'habitude. Audrey enfila à la hâte son pantalon noir, un t-shirt et une chemise à carreaux noirs et kakis par-dessus.

Avec Jérémy, ils partirent très vite. En voiture, ce dernier fit plusieurs détours à grande allure pour s'assurer qu'ils n'étaient pas suivis cette fois. Lucas de son côté commença les recherches. Les parents n'avaient constaté la disparition de leur progéniture qu'au matin. Ils avaient donc affaire à un être particulièrement silencieux et discret. Aucune effraction n'avait été commise. Les enfants s'étaient littéralement évaporés. A priori, la créature pouvait se téléporter.

— Tu crois que les petits sont... toujours en vie ? finit-elle par demander se refusant à envisager le pire.

— Sept enfants, le même jour, c'est trop pour être un simple repas. Ça ressemble plutôt à un rite sacrificiel. Et si c'est bien le cas, ils sont peut-être encore vivants.

— Pourquoi les ainés ?

— Parce que ce sont les meilleurs, répondit-il avec un clin d'œil. Et aussi car tout un tas de croyances et de religions leur accorde une valeur particulière. Être le premier né a longtemps été considéré comme une sorte de place d'honneur.

— Apparemment, quelqu'un a oublié de prévenir mes parents que ce n'était pas la petite dernière qu'il fallait chouchouter !

— Je comprends totalement ce que tu veux dire !

Audrey essayait de plaisanter, car elle savait que cette enquête serait difficile pour elle. C'était la première fois qu'une mission impliquait des enfants. Elle tenta de faire quelques investigations sur son téléphone pendant le trajet. Lucas avançait aussi de son côté. Ils n'étaient plus qu'à une heure de route quand il les appela pour faire le point :

— J'ai trouvé les noms des disparus et leur adresse. Je vous ai tout envoyé par e-mail. Concernant les créatures, ça peut être un démon, ou un croque-mitaine, je cherche encore d'autres monstres qui se nourrissent d'enfants, ça peut être pour une offrande funèbre effectivement. Les Incas sacrifiaient beaucoup leurs descendants pour honorer les dieux, j'ai lu qu'ils les noyaient pour s'attirer les bonnes grâces de la déesse de la Nature. Il va me falloir plus de détails pour vous aiguiller.

Audrey découvrit le message de Lucas. Il avait bien travaillé. Elle ouvrit la première pièce jointe, il s'agissait d'une photo du petit Gabriel, le plus jeune des enfants enlevés. Il avait l'air si innocent, comment pouvait-on faire du mal à un être si pur ? Gabriel avait une petite sœur qui venait de naître. Ses parents étaient tous les deux employés dans une modeste entreprise. Ils avaient une vie en apparence normale. Dans les autres fichiers, elle découvrit Élise, Jonathan, Paul, Tom, Andréa et Nelly. Leurs âges se suivaient. Ça, non plus ça ne pouvait être une coïncidence.

— Tu veux commencer par où ? demanda Audrey.

— Il faut que l'on se rende sur place. Il y a peut-être des éléments qui pourraient nous aider.

— Je sais comment faire.

Audrey entra l'adresse des sept enfants dans le GPS. Ils iraient au plus près. En voyant les points s'afficher, elle remarqua qu'ils formaient une sorte de cercle. Elle rappela Lucas pour lui demander de creuser cette piste.

Quand ils furent arrivés devant la maison de Nelly, sa mère ouvrit la porte. Audrey n'avait pas mémorisé son prénom, mais elle se souvint avoir lu qu'elle était médecin tout comme son mari. Audrey commença :

— Bonjour, nous sommes désolés de vous déranger, nous sommes la famille de Gabriel, nous avions besoin de parler à d'autres parents. J'ai vu vos coordonnées dans le dossier de la police. Nous cherchons juste des réponses, nous ne voulons pas vous embêter.

— Entrez, je vous en prie.

— On ne supportait plus de rester à attendre, continua Jérémy.

— Je comprends.

Ils commencèrent à échanger sur « leur enfant ». La mère de Nelly accepta même de leur montrer la chambre de sa fille. C'était une pièce tout à fait ordinaire avec un lit, des jouets, un petit bureau et un placard. Il n'y avait absolument rien de particulier. La fillette avait une jolie bibliothèque. Audrey, par réflexe, regarda les livres. Il y avait beaucoup de classiques, beaucoup d'histoires de princesse et de contes, mais aucun indice sur l'endroit où avait pu se rendre la petite.

Alors qu'ils sortaient de la chambre, la mère de Nelly s'effondra en larmes dans les bras d'Audrey. Cette dernière lui promit de faire son maximum pour retrouver les enfants et elle lui laissa ses coordonnées.

Ils passèrent à la famille suivante, celle de Paul, âgé de six ans. Là encore, ils purent rentrer sans difficulté. Les gens accordaient toujours leur confiance à Audrey. Ils leur ouvraient leur porte et se confiaient à elle. Chez Paul, ils n'apprirent rien de plus. Il dormait seul dans sa chambre. Lui aussi aimait bien les livres.

Ils allèrent ensuite à la rencontre des parents d'Élise. Ils vivaient en appartement ce qui complexifiait un peu plus le mystère de la disparition et éliminait définitivement l'hypothèse de la fenêtre. Les enfants étaient partis par un autre endroit. Élise n'avait que quatre ans, elle ne savait pas encore lire, et sur sa table de chevet, Audrey reconnut un livre de conte « Bolduc. Une histoire vraie pour ceux qui aiment avoir peur ». Quand elle le prit dans ses mains, la maman lui dit :

— C'est celui que je lui ai raconté hier.
— Est-ce que je peux vous l'emprunter s'il vous plait ?

La mère d'Élise acquiesça de la tête. Le chagrin avait totalement pris le dessus chez elle. Audrey avait de la peine pour elle et pour toutes ces familles. La tristesse des autres la touchait autant que la sienne. C'était sûrement pour cette raison que les familles croyaient à son histoire sans poser de questions.

Dès qu'ils arrivèrent dans la voiture, Audrey dit à Jérémy :

— J'ai remarqué le même livre chez les deux autres enfants.
— C'est peut-être une coïncidence.

— Je ne pense pas. Ça aurait été l'histoire du Chaperon rouge ou de Cendrillon, ce serait vraisemblable. Mais tu as déjà entendu parler d'un livre pour enfant qui s'appelle Bolduc, toi ?

Audrey prit le conte et commença la lecture à voix haute :

« Il était une fois, un ogre qui habitait dans un château. L'ogre, bien sûr, était gros comme un éléphant et grand comme une girafe. Il avait un gros nez, de grandes oreilles, une grande bouche et deux tout petits yeux. Il s'appelait Bolduc. Il pensait habiter dans un château, mais en vérité, il logeait dans une grotte souterraine, très loin des gens et très loin du soleil. Il faut savoir que les ogres n'aimaient pas du tout la compagnie des autres, eux ils préféraient vivre tout seuls, loin de tout. Mais ce qu'ils aimaient par-dessus tout, c'était manger des enfants. Ils mangeaient des petits, des moyens et des grands. Des garçons et des filles. Des filles et des garçons. La plupart des ogres avaient disparu, car ils étaient trop voraces et un peu nigauds. Ils se firent facilement attraper et capturer.

Mais Bolduc, lui, était un ogre particulièrement organisé. Il préférait manger peu, mais manger des repas de qualité. Il avait dans sa grotte château, une cuisine très spéciale. Une cuisine dans laquelle il pouvait préparer ses "repas", les faire mariner, mijoter, cuire, sécher, découper. Il avait pensé à tout. Comme il était très bien organisé, il avait étiqueté tous ses placards selon l'âge des enfants qu'il voulait manger, exactement comme lorsque les adultes conservent des vins dans une cave.

Pour ne pas attirer l'attention sur lui, Bolduc ne faisait ses courses que très rarement. Et il avait mis au point une ruse secrète qui lui permettait de choisir méticuleusement ses repas, mieux que cela même, ses repas venaient directement à lui. Il avait trouvé le moyen de se faire livrer dans sa grotte sombre et profonde.

Si tu ne veux pas servir de dîner à Bolduc, surtout reste sur tes gardes. Il peut te capturer n'importe où, n'importe quand ! Et si demain matin en te réveillant après avoir lu cette histoire, tu entends sa grosse voix dire Miam-Miam-Miam alors c'est déjà trop tard pour toi ! »

Ils demeurèrent un instant silencieux. Audrey appela Lucas et lui conta l'histoire également.

— Vous croyez que Bolduc vient de recevoir sa livraison ? finit-elle par demander.

— Je vois effectivement beaucoup de points communs, répondit Lucas. Mais ça parait vraiment incroyable, même pour nous.

— Il a dû trouver un moyen de jeter un sort à son ouvrage. Il repère les enfants de cette façon et le livre doit ensuite les emmener dans sa grotte, suggéra Audrey.

— Ça exige un sacré niveau de magie, fit remarquer Jérémy.

— Mais ça reste possible.

— T'as eu le temps de regarder cette histoire de coordonnées ? s'enquit Jérémy auprès de Lucas.

— Oui, au centre, il y a un vieux bâtiment en ruine.

— On va aller voir, dit Jérémy.

— Comment on fait pour tuer un ogre ? se risqua à demander Audrey.

— Si l'on en croit le conte, ils sont comme des humains, mais en plus gros, la rassura Jérémy. On va prendre les pistolets et viser la tête.

— En beaucoup, beaucoup plus gros, fit remarquer la jeune femme.

— Je vais faire des recherches de mon côté. Gardez bien vos téléphones et soyez prudents, dit-il en raccrochant.

— Je ne le sens pas, mais alors pas du tout, déclara Audrey.

— Ça va aller.

Ils remirent le GPS en route et se rendirent à l'endroit indiqué par Lucas. Ils arrivèrent rapidement. Il faisait déjà nuit. Ils prirent chacun deux pistolets, des cartouches, une machette (toujours utile pour les combats rapprochés) et autant d'armes de ce genre que possible.

— On va rentrer dans le bâtiment et essayer de découvrir cette « grotte château ». On y va discrètement, on trouve les enfants puis on remonte avec eux. On s'occupera de l'ogre qu'après avoir sorti les petits. C'est d'accord ?

— Et si c'est trop tard ?

— Alors on tuera cette créature directement pour qu'elle ne reproduise plus jamais d'horreurs.

Audrey approuva d'un signe de tête. Elle sentit dans sa poitrine son cœur qui commençait déjà à s'accélérer. Ils prirent chacun une lampe de poche et escaladèrent la grille qui protégeait le bâtiment. Ils rentrèrent facilement. C'était une vieille usine, il restait encore des machines toutes rouillées à l'intérieur. L'endroit empestait la poussière, le renfermé et l'humidité. Audrey mit un moment avant de parvenir à respirer normalement. Ils firent plusieurs fois le tour des lieux sans rien trouver, aucun accès vers une cave ou un sous-sol.

— L'entrée se fait peut-être par l'extérieur. On va aller voir, suggéra Jérémy.

Ils s'exécutèrent, le plus discrètement possible, mais il n'y avait rien : ni porte, ni plaque d'égout, rien qui permettait d'aller sous terre. Le temps ne jouait pas en leur faveur. Ils devaient trouver où logeait cet ogre, c'était leur seule piste.

Ils vérifièrent plusieurs fois le bâtiment puis rentrèrent dans la voiture. Il fallait se rendre à l'évidence, il n'y avait pas d'accès ici. Audrey relut le conte, puis le posa sur le tableau de bord. Jérémy le prit à son tour et ce contact lui déclencha une vision.

— Qu'est-ce que tu as vu ? demanda Audrey.
— Je nous ai vus en train de nous faire aspirer par le livre.

— Qu'est-ce que ça veut dire selon toi ?

— Qu'il faut qu'on trouve une solution pour activer ce passage, on va l'emprunter nous aussi.

Ils rappelèrent Lucas. Il se mit à la recherche d'une formule. De leur côté, ils se mirent à pied d'œuvre pour en inventer une. Rapidement, ils obtinrent un résultat. Audrey envoya un message à Lucas juste avant de la réciter pour le prévenir de leur essai. Et Jérémy et elle commencèrent à prononcer ensemble :

« Toi, le portail caché
Dans ce livre de conte de fée,
Laisse-nous t'activer
Et laisse-nous passer.
Des enfants sont en danger,
Nous devons les sauver. »

La magie opéra du premier coup. Le livre s'ouvrit, une lumière aveuglante apparut et ils furent aspirés dans le conte à leur tour. Ils eurent à peine le temps de prendre leur pistolet à la main que déjà ils réapparaissaient. Les lampes de poche étaient restées dans la voiture.

Il leur fallut plusieurs secondes pour comprendre où ils étaient. Tout était noir, le contraste avec le halo du livre était saisissant.

Ils entendaient des murmures tout autour d'eux. Audrey sortit son téléphone pour faire un peu de lumière. Ils étaient dans une pièce sombre, sans fenêtre et avec une immense porte. D'un coup, ils virent les enfants, tassés les uns contre les autres dans un coin de la pièce. Jérémy fut le premier à réagir :

— Ne vous inquiétez pas, nous sommes venus vous chercher, chuchota-t-il en s'accroupissant, mais il va falloir que l'on soit très silencieux.

Il fit de rapide présentation. L'un des petits se jeta dans ses bras, Audrey le reconnut, c'était Gabriel, le plus jeune.

— Est-ce qu'il va revenir ? demanda l'un des garçons.
— Peut-être, c'est pourquoi on doit s'échapper sans faire le moindre bruit. Vous allez devoir être de vrais ninjas.

Là, où ils se trouvaient, ils n'avaient plus de réseau et par conséquent aucun moyen de prévenir Lucas. Ils allaient devoir se débrouiller par eux-mêmes.

Audrey essaya d'ouvrir la porte, mais la poignée était beaucoup trop haute pour elle. Jérémy lui fit la courte échelle pour lui permettre de l'actionner, mais la cellule était fermée à clé. La jeune femme n'eut pas de difficulté à crocheter la serrure avec un poignard, le mécanisme était tellement gros. Ainsi ils n'utilisèrent pas la Tourmaline, la pierre magique qu'Audrey gardait autour de son cou et ne puisèrent pas dans son pouvoir.

Dans le couloir, il y avait un peu plus de lumière. Derrière eux, il y avait un mur, ils n'avaient donc qu'une seule direction possible à emprunter. Jérémy commença à faire sortir les enfants.

— Vous restez bien ensemble et vous nous écoutez, leur dit-il.

— Est-ce qu'on va aller chercher Nelly ? s'enquit l'une des filles les plus âgées.

Audrey et Jérémy échangèrent un regard inquiet puis observèrent de nouveau les enfants, il leur en manquait un. Dans leur hâte, ils avaient oublié de les compter.

— Est-ce qu'elle est partie depuis longtemps ? lui demanda Audrey.

— Non, je ne crois pas. Le monstre a dit que les grands comme elle avaient besoin de matinade pour avoir bon goût.

— Il n'a pas parlé de marinade plutôt ?

— Oui, c'est ça.

— Les enfants, est-ce que vous pouvez nous attendre ici, juste une minute ? Je dois discuter avec Jérémy, il faut que l'on mette au point un plan secret.

Ils laissèrent les petits devant leur cellule et s'éloignèrent un peu.

— Comment on va faire pour rentrer ?

— Pour le moment, je n'en sais rien. On va d'abord récupérer Nelly. Et ensuite on trouvera bien. On improvisera !

— Jérémy, pourquoi il n'y a pas eu d'autre disparition d'enfants avant ? Apparemment, cet ogre est très vieux. Ça ne doit pas être la première fois qu'il se nourrit.

— Tout est bizarre ici. On va procéder par étape, d'abord on récupère la petite et après on tâche de s'échapper en vitesse. Tu as vu la hauteur des murs ? Tout est gigantesque comme si…

— On était chez un ogre, termina Audrey.

Ils retournèrent chercher les enfants. Gabriel voulut absolument rester dans les bras de Jérémy. Les autres souhaitaient tous leur donner la main. Ils avaient besoin d'être rassurés. L'une des filles refusait catégoriquement de quitter la cellule.

— Tu t'appelles Élise, n'est-ce pas ? lui demanda Audrey.

— Oui.

— J'ai vu ta maman cet après-midi. Elle est très triste sans toi.

— C'est vrai, tu connais maman ?

— Je suis même allée chez toi. Tu habites dans un appartement et tu as une chambre rien qu'à toi.

— Est-ce que t'as vu mon coussin en forme de cheval ?

— Oh oui, il est très beau. Je n'avais jamais vu de cheval violet avant.

— Tu sais, j'ai vraiment très peur. C'est pour ça que je préfère rester ici.

— Tu veux que je te dise un secret ? Moi aussi, je suis terrifiée. Peut-être que si tu serrais fort mon cou, j'aurais un peu moins peur. Tu accepterais de faire ça pour moi ?

La fillette s'accrocha au cou d'Audrey. Cette dernière se mit debout et commença à avancer tout en tenant la main d'autres enfants. Ils progressaient lentement. Le couloir n'était pas très long, quand ils arrivèrent au bout, ils trouvèrent encore une immense porte. Audrey et Jérémy posèrent les petits et s'occupèrent d'ouvrir le passage. Derrière la porte, il y avait un escalier d'à peine quatre marches, mais les marches étant très, très hautes, ils durent porter les enfants pour les faire monter.

Après les avoir gravies, ils franchirent de nouveau une porte et là ils pénétrèrent véritablement dans la demeure de l'ogre. La cuisine était dans la pièce juste à côté. Bolduc n'y était pas. C'était très étrange de découvrir cette pièce aux dimensions d'un ogre. Tous les meubles semblaient disproportionnés et leur donnaient l'impression d'avoir rapetissé. Sur la table, il y avait un immense chaudron qui faisait au moins un mètre vingt de haut, de l'intérieur provenaient des pleurs. Audrey et Jérémy cachèrent les enfants derrière la porte et leur demandèrent de rester calmes, puis ils se mirent à escalader les chaises et la table. Quand ils regardèrent à l'intérieur de la marmite, ils découvrirent la pauvre Nelly badigeonnée d'huile et en larmes. Elle était assise au fond du faitout et elle baignait dans les condiments et les aromates. Jérémy plaça un doigt devant sa bouche pour lui intimer l'ordre de ne pas parler. La petite se leva. Elle était entièrement nue. Avant de la mettre à mariner, l'ogre l'avait déshabillée. Sa tête dépassait à peine de la casserole et elle ne parvenait pas à en sortir à cause de l'huile. Elle ne cessait de glisser. Audrey et Jérémy la saisirent chacun par un bras et la hissèrent hors de là. Audrey attrapa un immense chiffon que Bolduc avait jeté sur la table et nettoya grossièrement Nelly. Elle lui enleva le plus de marinade possible puis elle ôta sa chemise et la passa à la petite. Elle était beaucoup trop grande pour elle, mais au moins elle la protégerait du froid, en la recouvrant jusqu'au genou. L'enfant continuait de pleurer en silence, Audrey lui fit des revers de fortune aux manches pour qu'elle puisse utiliser ses mains. Nelly posa sa tête sur l'épaule d'Audrey qui la serra dans ses bras, puis elle prit la main de la fillette et lui montra comment descendre. Jérémy les attendait sur la chaise, prêt à réceptionner la petite. Aucun d'eux n'osait parler.

Maintenant qu'ils avaient récupéré tous les enfants, comment allaient-ils procéder pour s'enfuir ? Audrey vit dans les yeux de Jérémy la même inquiétude.

Une fois tous rassemblés, ils commencèrent à fouiller la maison. Ils ignoraient où l'ogre se trouvait. En face de la cuisine, il y avait une sorte de salon rempli d'objets amassés au fil des années. La pièce était gigantesque. Il y avait à la fois des choses anciennes et d'autres modernes comme une immense télévision, ou une console de jeux. Ils continuèrent de progresser à pas feutrés. Plus ils avançaient, plus ils percevaient un genre de grondement. Jérémy leur fit signe d'attendre et il s'approcha seul du bruit. Audrey portait les deux plus petits enfants. Elle priait de tout son être pour que tous restent parfaitement silencieux. Jérémy revint et leur fit comprendre que l'ogre dormait. Ils filèrent tous dans la direction opposée. Ils entrebâillèrent une nouvelle porte, juste assez pour pouvoir entrer dans la pièce suivante. Là, ils tombèrent sur un immense bureau entouré d'étagères toutes remplies de livres. Et sur le mur, une carte du monde connectée apparaissait pile au-dessus d'un ordinateur gigantesque. On pouvait y voir des centaines, peut-être même des milliers de points rouges briller. Audrey en fut certaine, cela représentait des victimes potentielles. Elle se dirigea vers l'appareil et se hissa sur la chaise. Elle dut utiliser ses deux mains pour réussir à amener le curseur de la souris sur un point au hasard. Une petite fenêtre apparut donnant l'âge, le sexe de l'enfant et s'il s'agissait d'un ainé ou non. C'était effrayant. Il y avait aussi des repères bleus, beaucoup moins nombreux, répartis sur toute la carte.

Audrey essaya de découvrir d'autres indications sur l'ordinateur, elle espérait trouver une solution pour les faire tous repartir d'ici. Mais elle n'en eut pas le temps.

Ils se tournèrent tous en même temps vers la porte d'entrée. Les bruits des pas de l'ogre résonnaient dans tout le couloir. Jérémy cacha les enfants dans un coin de la pièce, derrière une pile de livres. Audrey le vit sortir son arme, elle se laissa glisser au pied du fauteuil et en fit autant. Ils étaient chacun d'un côté de la porte. Ils se tinrent prêts à tirer.

— Qui est là ? demanda Bolduc.

Mais ils se gardèrent bien de répondre. L'ogre resta dans le couloir. Ils l'entendaient respirer bruyamment.

— Je sens votre odeur et j'entends vos petits cœurs battre la chamade. Je vous perçois tous les neuf, alors répondez-moi ! exigea-t-il d'une voix forte qui fit trembler les murs.

Encore une fois, ils demeurèrent silencieux.

— Vous êtes chez moi et je suis tout puissant. Si vous ne me parlez pas, je devrais vous dévorer sur le champ. Et vous êtes sûrement au fait, j'adore les premiers-nés. Ils ont une saveur si particulière. Mais pour une fois, j'apprécierais de converser un moment.

— Comment savez-vous que nous sommes des premiers-nés ? se risqua à répondre Audrey.

— Je le sens. Les ainés ont toujours une odeur à part, un mélange de fierté et de responsabilité. C'est très appétissant. Évidemment, je vous aurais préféré plus jeune, vous ne ferez pas partie de mon repas de Noël, mais j'aurai plaisir à vous déguster plus tard dans l'année.

— Même pas en rêve, répondit Jérémy. Nous sommes venus pour vous tuer.

— Vous dites cela, car vous pensez que je suis seulement gargantuesque, vous n'avez pas encore remarqué à quel point j'étais habile pour un ogre. Cent fois plus que vous ne pouvez l'imaginer.

À ce moment précis, Bolduc passa la porte. Il était monstrueux, exactement comme décrit dans le livre, grand comme une girafe et gros comme un éléphant. Il avait des traits grossiers qui le faisaient vraiment ressembler à un personnage de dessin animé. Le pyjama à rayures verticales qu'il portait ainsi que son bonnet de nuit lui donnaient une allure plutôt comique, mais la dureté de son regard et son aura glacial ne donnaient absolument pas envie de rire de lui.

Dans un même geste, et sans aucune sommation, Audrey et Jérémy visèrent la tête de leur ennemi, mais celui-ci claqua des doigts et leurs pistolets disparurent ainsi que le reste de leur matériel offensif.

— Je suis désolé, je déteste les armes.

— Comment avez-vous fait cela ? demanda Audrey.

— Grâce à la magie bien sûr. Je la maitrise à la perfection. En fait, j'ai trouvé un moyen de collecter les pouvoirs magiques de tous les êtres surnaturels que je rencontre.

— Vous les collectez ?

— Oui, je leur ôte leurs capacités.

— Mais comment les assimilez-vous ? continua de questionner Audrey.

— En les ingérant, évidemment. Les enfants, ça attire trop l'attention, la preuve puisque vous êtes ici. Je ne les déguste que pour les fêtes. Mais il faut bien que je me nourrisse le reste de l'année.

— C'est très ingénieux de votre part. Mais comment appâtez-vous les autres ? Je suppose que votre livre ne fait pas un carton chez les vampires.

Audrey cherchait à faire parler l'ogre au maximum pour trouver le moyen de retourner à la surface vu que pour le moment elle n'avait aucune idée de comment le vaincre.

— Vous avez lu mon livre ? Alors ça, ça me fait plaisir. Ça a été la partie la plus complexe de mon plan, le faire entrer dans les familles pour me permettre de créer ensuite des portails. Mais maintenant que c'est fait, je n'ai plus qu'à me servir. Je dois juste veiller à changer de pays tous les ans, et contrairement à ce que vous pensez, il fait un carton chez toutes les créatures de cette Terre sachant lire.

— Mais où sommes-nous ?

— Excellente question ! J'ai relié toutes les demeures ancestrales de mes cousins, ainsi mon palais change automatiquement d'endroit toutes les quarante-huit heures, je n'ai rien besoin de faire.

— Vous utilisez leurs anciennes galeries pour sortir, je suppose ?

— Exactement. Il faut bien que je dépose mes livres à la surface si je veux les utiliser pour enlever mes proies. C'est plaisant de s'entretenir avec quelqu'un qui suit pour une fois.

— Mais pourquoi nous ne les avons pas trouvés à l'usine ?

— Moi seul peux choisir de les montrer ou pas. Je vous le répète, je suis tout puissant. Bon, je crois que j'ai assez devisé maintenant. Tout cet échange m'a donné faim. Je vais peut-être bien vous déguster sans attendre finalement.

— Et je vous le redis, je ne vous laisserai pas faire, s'énerva Jérémy. On ne mourra pas aujourd'hui.

— Plaît-il ?

Ils n'avaient plus d'armes, pas de sorts, pas de formule, rien. Le cœur d'Audrey battait beaucoup trop vite, elle était pétrifiée par la peur. Mais Jérémy lui n'écouta que son courage. C'était un combattant, il ne pouvait partir qu'en luttant, jusqu'à la fin aucune part de lui ne renoncerait. Il s'approcha d'un pas déterminé et commença à affronter l'ogre à mains nues. Elle le vit asséner un coup de poing dans la cuisse du géant, il avait frappé de toutes ses forces, mais cela ne fit strictement rien à Bolduc. Il le martela de coups, mais le colosse ne semblait même pas les sentir. Puis celui-ci leva à peine la main et envoya Jérémy voler à l'autre bout de la pièce. Il atterrit violemment contre une étagère de livres, le choc fit basculer les rayonnages sur lui avec tous les ouvrages qu'ils contenaient. L'homme se redressa péniblement. Ce ne fut qu'en l'apercevant ainsi qu'Audrey reprit ses esprits et entra dans la bataille à son tour. Mais elle ne fit pas mieux. Même quand Jérémy se joignit à elle, ils n'arrivèrent à rien. Le pire c'était que Bolduc semblait s'ennuyer de la situation, les repousser ne lui demandait aucun effort. Quand il en eut assez, il les attrapa par le cou tous les deux, chacun dans une main et il commença à serrer. Il prenait un malin plaisir à les voir suffoquer.

— Les enfants, je vous sens, j'arrive pour vous juste après.

Audrey pensa à eux et à Jérémy. Elle l'entendait toujours lutter à côté d'elle. Elle-même essayait de relâcher l'étreinte autour de son cou, mais elle manquait terriblement d'air. Et ce fut lorsque tout espoir l'abandonna que la Faux apparut dans sa main. Elle ne chercha pas à comprendre. Elle frappa de toutes ses forces et trancha le poignet gauche de Bolduc.

Elle tomba au sol en criant à Jérémy :

— Attrape !

Et elle déplaça mentalement la relique jusqu'à lui. Comme elle, il coupa le bras qui le retenait, puis il garda la Faux, contourna d'un bond Bolduc, lui sectionna les tendons des genoux, une fois que l'ogre fut agenouillé, il lui trancha la tête. Un seul coup suffit. Le géant s'effondra au sol dans un bruit terrible. Ils coururent immédiatement vers les enfants. Jérémy tenait toujours la Faux à la main. Maintenant que Bolduc était mort, tous ses sorts allaient cesser, y compris celui qui permettait de mettre sa demeure dans celle d'un autre. Ils restèrent tous debout au milieu de la pièce tandis que le décor semblait disparaitre. Ils se retrouvèrent dans une véritable grotte, dans le noir total.

Audrey sortit son téléphone pour s'en servir de lampe de poche. Ils prirent un instant pour rassurer les enfants. Jérémy avait été touché à la tête, mais il paraissait aller bien. Avant de se mettre en route, Audrey s'approcha de lui. Il posa son front contre le sien et ils fermèrent les yeux une seconde, ils l'avaient fait. Il ne leur restait plus qu'à rentrer.

Le chemin fut très long. Ils avançaient lentement, les enfants avaient peur dans le noir, ils voulaient tous être dans leurs bras, mais cela était impossible. Audrey passa devant, Jérémy en dernier. Il portait la Faux et le jeune Gabriel. Les autres petits devaient marcher. Le sentier très large au début, se rapetissait plus ils montaient à la surface. Les enfants avaient faim et soif et ils étaient fatigués, mais ils firent le trajet sans se plaindre bien qu'ils avançaient pieds nus et en pyjama. Audrey était admirative de leur vaillance. Après plusieurs heures de marche, ils finirent par arriver devant une immense porte en bois. Elle n'était pas fermée à clé. Audrey l'ouvrit, elle reconnut immédiatement la vieille usine.

Ils étaient parvenus sous le bâtiment. Ils devaient encore franchir le grillage et surtout le faire passer aux enfants. Audrey s'élança la première et alla récupérer une poubelle qui trainait plus loin dans la rue. Elle se mit debout sur le container puis Jérémy souleva un à un les petits et Audrey les attrapa de l'autre côté. Cette dernière tâche fut éprouvante et exigea leurs dernières forces. Enfin, ils rejoignirent la voiture. Audrey donna à boire aux enfants, elle avait également un paquet de gâteau qu'elle leur partagea.

Le soleil allait bientôt se lever. Le ciel s'éclaircissait déjà et c'est là qu'elle vit Jérémy. Il était livide. Sa plaie à la tête était bien plus importante que ce qu'elle avait cru. Il saignait beaucoup. Elle le fit s'assoir sur la banquette de la voiture. Les enfants étaient saufs, ils avaient réussi à les ramener, alors aussitôt le corps de l'homme lâcha. Il réussit à garder tant bien que mal conscience mais cela lui demandait visiblement beaucoup d'efforts. Audrey essaya de ne pas paniquer. Elle respira profondément et prit tous les petits vers elle pour leur expliquer :

— Vous avez tous été très courageux. Maintenant, il ne reste plus qu'une chose à faire. On va marcher encore un tout petit peu, ça ne sera pas long. Et quand je vous le dirai, il faudra que vous continuiez d'avancer sans moi. Vous irez parler à la personne que je vous montrerai et vous lui annoncerez que vous êtes les enfants disparus. Cette personne appellera les secours et vos parents arriveront.

— Pourquoi tu ne restes pas avec nous ? demanda Élise.

— Parce que Jérémy a besoin de mon aide lui aussi. Vous comprenez ?

— Moi je crois que tu es comme Superman, tu sauves les gens, mais tu dois garder ton identité secrète, lui dit Andréa.

— Tu as tout capté, répondit Audrey émue. Alors vous êtes prêts à retrouver vos parents ?

Ils se mirent de nouveau en route. Rapidement, Audrey trouva une pharmacie ouverte 24 h/24. Elle fit signe aux enfants de continuer. Ils la serrèrent tous dans leurs bras avant de traverser la rue prudemment et de rentrer dans l'officine. Audrey les surveilla de loin jusqu'à ce qu'elle vît le pharmacien prendre son téléphone. Quelques instants après, elle entendit un bruit de sirène au loin. Elle sentit une larme sur sa joue, mais elle s'éclipsa en courant, comme une joggeuse matinale et s'empressa de retrouver Jérémy.

Chapitre treize : Avancées

À la voiture, Jérémy était mal en point. Il avait mis toutes ses forces dans la marche. Il paraissait à présent épuisé et était à demi-conscient. Audrey trouva dans son sac un t-shirt et comprima la plaie qu'il avait à la tête. Quand l'hémorragie sembla se calmer, elle démarra la berline et chercha un motel ouvert. Elle leur réserva une chambre. Jérémy parvint à se lever et elle l'aida à marcher. Elle retourna au véhicule récupérer leurs affaires et surtout la Faux.

Ensuite, elle se lava les mains soigneusement. Elles étaient pleines de terre, de crasse, de transpiration et de sang. En se découvrant dans le miroir, Audrey vit qu'elle était sale comme jamais, mais il fallait qu'elle nettoie la blessure de Jérémy. Elle réussit à le faire venir jusque dans la salle de bains. Par chance, elle était équipée d'une douche avec un bac pas très haut. Là, elle l'allongea par terre, posa sa tête sur sa jambe pour qu'il soit installé le plus confortablement possible et commença à rincer tout le sang qu'il avait dans les cheveux. Elle ne mettait pas le jet directement sur la lésion, elle avançait méticuleusement. L'eau qui s'écoulait était noire et rouge. Audrey prit ensuite le savon et nettoya la plaie du mieux qu'elle le put. Elle était située dans le cuir chevelu, sur l'arrière du crâne. Elle était assez longue, mais par chance elle ne semblait pas profonde.

Jérémy était toujours à demi-conscient. Il arrivait plus ou moins à se déplacer quand elle le lui demandait, mais son état était inhabituel. Elle ne savait plus quoi faire. Elle appela Lucas. Il fut plus que soulagé de l'entendre. Il était sans nouvelles depuis des heures. Elle ne chercha pas à lui raconter leur périple, elle alla à l'essentiel :

— Lucas, on a réussi. On a sorti les enfants, on a vaincu l'ogre, mais Jérémy s'est effondré en arrivant à la voiture, comme s'il n'avait plus de force. Il a pris un mauvais choc à la tête, j'ai nettoyé sa blessure, mais il ne revient pas complètement à lui. Qu'est-ce que je suis censée faire après ça ? Pourquoi il ne réagit plus ?

Audrey s'était mise à pleurer sans même s'en rendre compte.

— Calme-toi, il a peut-être juste besoin d'un peu de repos. Laisse-le dormir un moment. Tu as fait ce qu'il fallait. Si ça avait été grave, il n'aurait pas pu se relever après le coup et encore moins marcher.

— Tu le crois vraiment ?

— Oui enfin j'espère. Tiens-moi au courant s'il te plait.

Lucas avait essayé de ne pas paraitre inquiet, mais Audrey n'était pas dupe. Il était aussi angoissé qu'elle.

Elle appela la réception pour demander plus de serviettes. En attendant, elle mit la télévision en route. Tous les journaux d'informations parlaient des enfants disparus et du mystère qui accompagnait tant leur disparition que leur retour.

Une femme de ménage frappa à la porte. Audrey récupéra le linge tout en restant sur ses gardes. Elle redoutait une attaque-surprise. Avec Jérémy KO et la Faux sans protection, elle se sentait particulièrement vulnérable, d'autant plus que l'ogre avait fait disparaitre leurs armes. Elle était fatiguée, mais refusait de dormir. Elle alla se doucher en vitesse, en laissant l'accès à la salle de bains ouverte pour pouvoir garder un œil sur Jérémy. En sortant, elle découvrit sur son téléphone un message de la maman de Nelly. « Merci. J'ignore qui vous êtes, mais je sais que c'est grâce à vous si ma fille est revenue. Je vous en serai à jamais reconnaissante. Mille fois merci. »

Alors malgré elle, Audrey appuya sur le bouton « appeler ». Elle s'entendit dire :

— Il nous faut de l'aide, Jérémy est blessé.

Elle avait parfaitement enregistré que cette maman était médecin et c'était exactement ce dont elle avait besoin : un avis médical.

— Envoyez-moi l'adresse, je me mets en route immédiatement.

Et elle le fit sans même prendre le temps d'y réfléchir. En attendant, la venue du docteur, Audrey cacha la Faux sous le lit. À son arrivée, Audrey l'aspergea d'eau bénite.

— Je suis désolée, je devais vérifier quelque chose, lui dit-elle en la faisant ensuite rentrer. Comment avez-vous su ?

— J'ai vu les parents de Gabriel, ses vrais parents. Je vous ai reconnue dans la description de ma fille et je me suis souvenue de votre chemise. Qu'est-ce qui s'est passé ? Où étaient les enfants ?

— Si je vous le disais, vous ne me croiriez pas. Jérémy a pris un mauvais coup à la tête. Ça ne l'a pas mis KO tout de suite, mais depuis qu'on a réussi à sortir, il semble absent.

La femme commença à l'ausculter. Elle avait amené une trousse de secours, elle désinfecta la plaie. Elle vérifia ses pupilles, sa tension, lui parla. Puis quand elle eut fini, elle se tourna vers Audrey et dit :

— Ce n'est qu'une commotion. Ce n'est pas grave. Il a besoin de repos. Et il faut le garder sous surveillance.

— Est-ce que nous pouvons reprendre la route ?

— Ça serait mieux d'attendre un peu. Laissez-le dormir. Quand il se réveillera, vérifiez qu'il n'a ni vertiges, ni nausées, ni comportements inhabituels. Et si tout semble normal, vous pourrez repartir. Je peux repasser demain matin si vous le souhaitez.

— Merci.

— Non merci à vous. Vous avez sauvé ma fille.

— Est-ce que vous avez parlé de nous à la Police ?

— Non, mais les petits racontent tous qu'ils ont été emmenés par un ogre qui voulait les manger et qu'ils ont été secourus par deux super héros.

Cette version fit sourire Audrey.

— Les enfants ont le don de tout simplifier, dit-elle. Au fait, comment vous appelez-vous ?
— Émilie. Et vous ?
— Audrey.
— S'il y a quoi que ce soit, contactez-moi, sinon je repasserai demain à 8 h. Je ne comprends pas tout aux événements des dernières heures, mais je sais que si j'ai retrouvé ma fille, c'est grâce à vous. C'est pourquoi je ne vous poserai aucune question. Qu'importe ce qu'il s'est passé, ce qui compte c'est que Nelly soit rentrée saine et sauve. Et pour cela vous avez ma reconnaissance éternelle, car sans vous, je ne l'aurais jamais récupérée.

Les deux femmes se quittèrent ainsi. Audrey verrouilla la porte et rappela Lucas.

— Tu as pris un gros risque en contactant un médecin, lui fit-il remarquer.
— Je ne pouvais pas rester là sans rien faire.
— Merci de prendre soin de lui, dit Lucas avant de raccrocher.

Audrey s'allongea sur le lit à côté de Jérémy. Bien qu'elle fût épuisée, elle n'osait pas dormir, dans cette chambre, elle ne se sentait pas en sécurité. Pour passer le temps, en attendant le réveil de Jérémy, elle prit la Faux sur ses genoux et essaya de la replacer dans le bunker. Sans succès. Elle finit par tomber de fatigue et s'assoupit avec.

Jérémy émergea le premier, après plusieurs heures de sommeil. Il avait très mal au crâne, mais apparemment il n'avait aucun autre symptôme. Audrey était soulagée, libérée d'un poids.

— Dormir avec le Papillon, je veux bien, mais je refuse de dormir avec la Faux, c'est trop glauque, lui fit-il remarquer.

— Je sais, j'essayais juste de la renvoyer.

— Heureusement qu'elle est venue à ton secours…

— À notre secours, rectifia Audrey. À ton avis, pourquoi le sort de dissimulation ne fait-il plus effet ?

— Les objets magiques réagissent parfois différemment aux sortilèges.

Jérémy demeura un instant silencieux, repensant à tout ce qu'ils avaient accompli et il ajouta :

— On a fait une sacrée équipe aujourd'hui.

— Je trouve aussi, répondit-elle en se blottissant contre lui.

Ils restèrent tous les deux couchés encore un moment. Puis Jérémy dit :

— On devrait rentrer maintenant.

— Est-ce que tu te souviens de la visite de la maman de Nelly ?

— Elle est venue ici ? s'étonna Jérémy.

— Oui et elle doit repasser demain matin. Je pense que l'on devrait attendre qu'elle t'ait ausculté avant de repartir.

— Ce n'est pas prudent.

— Tant pis. Tu as pris un très gros coup, tu étais vraiment mal en point. On ne devrait pas le considérer à la légère. Pour une fois, on a la chance d'avoir un médecin avec nous, on devrait en profiter. Il est déjà 15 h. Je ne pense pas que ça change grand-chose que l'on parte maintenant ou demain matin.

— Je suis trop fatigué pour me battre avec toi. On fera comme tu le sens.

— Alors ça me conforte dans mon idée.

Jérémy resta encore allongé un moment. Il était calme, mais éveillé, Audrey en profita pour aller leur acheter à manger. Elle revint avec des sandwichs, des viennoiseries et du jus de fruits. Elle était allée au plus près.

Jérémy mangea de bon cœur puis il alla se laver. Il avait très mal à la tête, mais dans l'ensemble, il avait l'air de se porter plutôt bien.

Quitte à être coincée dans cette chambre, Audrey saisit l'occasion pour s'entrainer à déplacer le Papillon et la Faux. Elle était installée sur le lit, en tailleur. Elle était calme et ressentait leur pouvoir. Elle commença par le Papillon. Elle lui demanda juste de passer de son cou à ses mains. Mais rien ne se produisit. Pareil pour la Faux. De nouveau, ils refusaient tous les deux de bouger.

En sortant de la salle de bains, Jérémy la regarda faire puis il suggéra :

— Donne-moi le Papillon.

Audrey s'exécuta sans poser de questions. Il s'assit à côté d'elle.

— Maintenant, fais-le venir à toi.

Elle se recentra de nouveau, se connecta à la relique. Elle la sentait dans la paume de Jérémy. Elle se concentra et l'appela à elle. Pour la première fois, le symbole répondit à sa requête. Il apparut dans ses propres mains. Ils répétèrent plusieurs fois l'opération. Audrey réussit à tous les coups. Cela lui demandait énormément de concentration, mais elle y arrivait.

Jérémy prenait le Papillon dans ses mains, Audrey l'appelait et il disparaissait des mains de Jérémy pour venir dans les siennes. Même quand elle s'installa dans la salle de bains, le Papillon la trouva. C'était une énorme avancée.

— Pourquoi je n'arrive qu'à l'attirer jusqu'à moi ? Pourquoi je ne peux pas le déplacer comme je le veux ?

— Je crois que les reliques fonctionnent comme des aimants avec toi. Elles recherchent ton contact. C'est pour ça que c'est plus facile dans ce sens.

— Mais j'ai bien réussi à te passer la Faux.

— Nous étions en situation critique. Nos forces se démultiplient quand il s'agit de survie. Je suis sûr que tu trouveras un moyen. En attendant, on va essayer avec la Faux.

Audrey avait l'impression de revivre ses premiers entrainements. Jérémy ne se rendait pas compte de l'effort que cela lui demandait de déplacer mentalement ces objets, mais elle était trop fière pour se plaindre alors elle persévéra. Elle s'installa de nouveau sur le lit avec lui. Il prit la Faux. Audrey ferma les yeux, sentit les vibrations de la relique et se connecta à elle. Ça, c'était facile et apaisant. En définitive, Lucas devait avoir raison, c'était peut-être bien une forme de méditation. Puis il fallait qu'elle perçoive le symbole dans son environnement, qu'elle ressente la présence de Jérémy et qu'elle l'appelle à elle. Elle était beaucoup plus grosse et plus volumineuse que le Papillon. Cela lui prit plusieurs minutes, mais finalement la Faux se déplaça vers elle à son tour. Audrey commençait vraiment à fatiguer, mais elle était fière de ce qu'elle avait accompli.

— Allez, on réessaie, mais tu te positionnes directement dans la salle de bains maintenant.

Audrey lui jeta un regard noir. Elle lui lança la Faux plus qu'elle ne lui passa et s'installa dans la salle d'eau. De nouveau, elle se mit en tailleur. Elle chercha mentalement la relique et recommença l'exercice. Elle sentit des perles de sueur se former sur son front. Elle avait chaud comme si elle était en train de courir. L'effort était vraiment intense. Il ne se rendait pas compte de ce qu'il lui demandait. Il lui fallut encore plusieurs minutes, mais elle réussit. La Faux arriva jusqu'à elle dans la salle de bains. Elle n'eut même pas le temps de se réjouir que déjà Jérémy lui intimât de recommencer. Cela finit de l'énerver. Elle n'avait plus de force et lui, il la poussait à en faire toujours plus, sans même l'encourager. Elle s'imagina un instant lui donner un coup de Faux. Juste après, elle entendit Jérémy crier. Elle sortit en trombe de la salle de bains et vit la relique en train de le frapper. Elle la rappela à elle sans réfléchir et elle obéit.

— Je suis désolée, désolée. Je ne l'ai pas fait exprès.
— Qu'est-ce qui vient de se passer ?

Elle s'assit sur le lit à côté de lui et posa l'arme par terre.

— Tu ne te rends pas compte de l'effort que ça représente. Je n'en peux plus. Je me suis juste vue une seconde en train de te mettre un coup et ça s'est produit. Je n'ai pas imaginé que la Faux m'écouterait.
— Comment je pourrais savoir l'énergie que ça demande ? Je n'ai jamais déplacé d'objets par la pensée, moi ! Pourquoi tu ne m'en as pas parlé ?
— Je ne voulais pas te décevoir.

Jérémy prit un moment pour la regarder.

— En attendant, tu as quand même réussi à me la renvoyer. Tu as énormément progressé en seulement quelques heures.

— Pourquoi tu ne me le dis que maintenant ?

— Je n'ai pas l'habitude des paroles gentilles, tu le sais très bien. Ça ne signifie pas que je ne les pense pas. En plus, je ne comprends pas pourquoi tu n'as pas confiance en toi. Tu accomplis des exploits tous les jours.

— Ce n'est pas comme ça que moi je vois les choses. En tout cas, je suis désolée, je ne voulais pas te frapper. Enfin, pas pour de vrai !

— Heureusement pour moi, tu n'as pas imaginé utiliser le côté tranchant, dit-il avec un sourire espiègle.

Audrey lui rendit son sourire, puis ils se mirent à rire tous les deux. Il commençait à être tard, ils s'installèrent pour regarder un film. Jérémy s'endormit rapidement, pour Audrey il fut plus compliqué de trouver le sommeil.

Le lendemain, Émilie passa les voir. Jérémy allait mieux. Il avait moins mal à la tête et n'avait eu aucun symptôme préoccupant.

— C'est marrant, j'ai l'impression que votre entaille a l'air moins grande qu'hier, nota Émilie. Je me suis peut-être inquiétée plus que nécessaire. Vous pouvez repartir, mais essayez de rester tranquille quelques jours !

— Le calme, ce n'est pas vraiment compatible avec notre mode de vie, souligna Jérémy.

— Je m'en doute bien, répondit la doctoresse, mais essayez !

— Comment va Nelly ? demanda-t-il.

— Elle est très secouée, comme tous les autres. Elle fait des cauchemars et imagine la créature revenir.

— Dites-lui que vous avez notre numéro et qu'au moindre problème, on réapparaîtra pour la sauver.

— Merci, c'est gentil.

— C'est la vérité.

— Ce n'était pas réellement un ogre, n'est-ce pas ?

— Malheureusement, je ne peux rien vous dire.

— C'est ce que je pensais, mais quoiqu'il soit arrivé, la seule chose qui compte pour moi, c'est d'avoir récupéré ma fille. Je vous remercie de l'avoir sauvée.

Juste après le passage d'Émilie, ils chargèrent la voiture. Alors qu'ils s'apprêtèrent à monter dedans, Jérémy attrapa Audrey par la taille.

— J'ai l'impression de ne pas t'avoir embrassée depuis une éternité, lui dit-il en caressant sa joue.

C'était vrai qu'entre l'ogre et leur fatigue mutuelle, ils n'avaient pas pris de temps pour eux. Leur dernier baiser datait déjà de la veille de leur départ.

Alors, Audrey se mit sur la pointe des pieds :

— Qu'est-ce que tu peux être fleur bleue ! le taquina-t-elle avant de fondre sur ses lèvres.

Leurs baisers étaient toujours aussi magiques, comme si leurs lèvres étaient faites pour se rencontrer.

Chapitre quatorze : Commanditaires

Ils reprirent la route. Pour une fois, Audrey conduisit pour permettre à Jérémy de se reposer le plus possible. Ils arrivèrent à la maison à 13 h 30.

Lucas était content de les revoir. Il les avait attendus pour manger. Ils s'attablèrent autour d'une bière. Lucas avait manifestement envie d'en apprendre plus sur leur dernière mission :

— Vous avez vraiment vaincu un ogre ? demanda-t-il.

— Oui et il était monstrueux, confirma Jérémy avant de lui donner tous les détails du combat.

Lucas sembla à la fois impressionné par ce qu'ils avaient accompli et en même temps, Audrey le sentit se refermer sur lui-même.

Ils lui parlèrent également des progrès réalisés avec les reliques. Audrey lui fit une démonstration avec son Papillon. Elle lui raconta comment elle avait frappé Jérémy avec la Faux. Cela le fit rire aussi.

— Ça confirme ce que je pense depuis le début, elles ressentent tes émotions. Elles réagissent plus facilement quand tu as peur ou que tu es en colère, nota Lucas.

— Elle ne pourrait pas s'activer quand je suis heureuse plutôt ? demanda Audrey.

— Sûrement que si.

— Et toi, tu as fait quoi pendant notre absence ?

— J'ai approfondi ta piste, lui répondit Lucas.

Audrey comprit ce que cela signifiait.

— Quelle piste ? Pourquoi je ne suis pas au courant ? questionna Jérémy.

— J'étais en train de faire des recherches lorsque la maison a été attaquée. J'ai eu une idée cette nuit-là, mais je n'y pensais plus.

— Je l'ai vu dans son esprit, précisa Lucas. Alors j'ai voulu vérifier. Ça explique beaucoup de choses, tout concorde.

— C'est aussi l'impression que j'avais.

— Ça vous ennuierait de m'expliquer ? s'impatienta Jérémy.

— Je vais nous rechercher des bières avant, répondit Audrey.

Ils en auraient besoin pour digérer la nouvelle. Lucas commença ensuite ses explications :

— Nous savons que plusieurs démons supérieurs veulent les reliques. Depuis le début, je trouve cela étrange que trois démons de premier ordre soient venus dans la maison d'Audrey la nuit où on l'a rencontrée...

— Andromalius est mêlé à cette histoire, ça, nous en avons la certitude, et il nous a présentés à plusieurs autres démons de son niveau quand il nous a capturés, continua Audrey.

— Et il y a Agrat aussi, précisa Lucas. En résumé, beaucoup de puissants démons sont impliqués dans la recherche des reliques, mais cela n'est pas dans leurs habitudes d'œuvrer ensemble.

— En me renseignant sur Agrat, j'ai découvert qu'elle était la fille de Samaël et de Lilith, poursuivit la jeune femme.

— Lilith comme la première femme sur Terre ? demanda Jérémy.

— Oui, c'est elle, répondit Lucas. En résumé, Dieu a conçu Adam, puis il a créé Lilith. Ils ont tous les deux été façonnés dans la glaise. Au début, tout se passait très bien entre eux, mais rapidement, Adam décréta qu'il avait été créé avant Lilith et que par conséquent, il lui était supérieur et qu'elle lui devait obéissance et soumission. Lilith n'était pas d'accord et se considérait comme l'égale d'Adam. Elle avait un sens profond de la justice. Alors Adam alla se plaindre de son comportement à Dieu, lequel décida de punir la femme pour son attitude. Ensuite, les histoires divergent sur la sanction qui a été choisie, mais elles s'accordent toutes à dire que Samaël fut chargé de faire appliquer le châtiment. Il était l'un des premiers anges de Dieu, l'un de ses plus fidèles serviteurs. Seulement, quand il vit Lilith, il tomba éperdument amoureux d'elle et réciproquement. Tous les deux commencèrent à se fréquenter dans le plus grand secret. Évidemment leur trahison fut découverte, Samaël et Lilith furent les premiers êtres envoyés en Enfer. Samaël inaugura le statut d'ange déchu et Dieu remplaça Lilith par Ève, qu'il créa à partir d'une côte d'Adam pour que la supériorité de celui-ci ne soit plus discutée. Les histoires racontent que Lilith et Samaël sont restés tous deux amoureux, mais soit à cause de la punition qu'elle reçut, soit parce qu'elle vivait en Enfer, Lilith ne put engendrer que des démons. Elle est même considérée comme la Mère de la plupart des êtres démoniaques les plus puissants.

Audrey se tourna vers Jérémy et lui rappela :

— Chez Andromalius, l'un des démons a dit « c'est pour elle que je le fais ».

— Il pouvait aussi parler d'Agrat. Il y a plusieurs démons femmes. Pourquoi ton récit ne mentionne pas Satan ? demanda Jérémy à Lucas. C'est bien lui le grand chef en Enfer ?

— Oui et non. C'est là que ça devient intéressant. Plusieurs historiens pensent que Samaël et Satan ne sont qu'un seul et même être. Il aurait, au fil des siècles, délaissé son nom de Samaël au profit de celui de Satan.

— Mais pourquoi ces deux-là auraient-ils besoin des reliques alors qu'ils règnent déjà sur l'Enfer ? demanda Audrey.

— J'ai une théorie, répondit Lucas. Comme je l'ai dit, Lilith a un profond sens de la justice. Or elle a subi la première des injustices de l'histoire de l'humanité. Elle a été châtiée sans raison. La trahison d'Adam n'a jamais été reconnue, et encore moins sanctionnée. Je crois qu'elle cherche à remédier à cela grâce aux reliques.

— Mais Adam est mort depuis des millénaires ! s'exclama Jérémy.

— Je pense qu'elle veut détruire l'espèce humaine dans son entièreté. Adam est le premier homme, notre ascendant commun à tous. De plus, en anéantissant l'œuvre de Dieu, elle le punit lui aussi pour sa mauvaise décision.

— Ça me parait un peu extrême comme réaction, même pour un démon, déclara Jérémy.

— Comme tu l'as dit, elle a eu des millénaires pour nourrir sa vengeance.

— Mais pourquoi maintenant ? s'enquit Audrey. Elle a le Voile depuis des siècles, pourquoi ne pas avoir cherché les reliques avant ?

— Je pense qu'elle les a recherchées, mais les symboles s'efforçaient de te trouver toi. Sans la Gardienne à leur côté, ce ne sont que de simples objets, impossibles à détecter. Elle a dû abandonner son idée. Mais en te choisissant, le Papillon a réveillé leurs pouvoirs. Elle a dû le sentir. Sentir que le moment était venu d'agir. L'Urne a ensuite été repérée par hasard et ils se servent de nous pour trouver les autres.

— Est-ce que nous ne sommes pas en train de leur faciliter la tâche en récupérant toutes les reliques ? se risqua à demander Audrey.

— Je ne le pense pas. Elles sont activées maintenant. Elles ont parié sur toi. Elles se sont liées à toi. C'est trop tard.

— Et si je meurs ? Elles se désactiveront, non ?

— Ce n'est pas une décision envisageable, répliqua aussitôt Jérémy.

— Tu sais très bien que ce n'est pas ce que je souhaite. Mais si ma vie peut sauver l'humanité, je le ferai.

Lucas essaya de calmer un peu la discussion :

— Pour l'instant, la question n'est pas là. Et de toute façon, je ne crois pas que ce soit aussi simple. Les reliques sont conçues pour trouver leur ultime gardienne, qu'importe le temps que cela prendra.

— Ça reste peut-être une solution qu'il faut conserver en tête. Si jamais, on se rend compte que nous n'y arrivons pas, je n'aurai pas d'autre choix.

— Alors, faisons en sorte que tout fonctionne, déclara Jérémy sur un ton qui mit fin au débat.

Après le repas, Jérémy descendit chercher leurs bagages. Audrey récupéra son sac et, alors qu'elle commençait à le vider dans sa chambre, Jérémy vint la voir :

— Je vais le faire. S'il te plait, entraine-toi. Dis-moi si je peux t'aider en quoi que ce soit, mais tu dois réussir à déplacer ces fichues reliques, tout repose sur toi maintenant.

Il avait parlé calmement, sans une once d'agressivité. Elle se plaça face à lui, passa ses mains autour de sa taille et le regarda dans les yeux :

— Jérémy, par rapport à ce que j'ai dit, j'espère que tu sais que ce n'est pas ce que je souhaite. Mais si ça peut sauver tout le monde, si ça peut sauver Lucas et si ça permet de te sauver toi, alors je le ferai sans la moindre hésitation.

— C'est pour ça qu'il faut que tu t'entraines, pour n'avoir jamais à utiliser ce recours.

— D'accord, chef !

Elle déposa un baiser sur ses lèvres et partit dans le salon. Elle se mit d'abord en tailleur et chercha mentalement le contact avec les reliques qui se trouvaient autour d'elle, puis elle rechercha les Ailes. Ce fut plus facile que les fois précédentes. Elle commençait à bien maitriser cette partie-là. Elle plaça ensuite son Papillon dans la cuisine et l'appela jusqu'à elle. Ça aussi, elle y parvenait bien. Cela lui demandait un effort, mais c'était désormais à sa portée. Elle répéta l'opération et réussit à tous les coups.

Puis, elle passa au niveau suivant. Elle ressentait la Faux dans le bunker. Elle reconnaissait ses vibrations et se connecta à elle sans problème. Mais elle n'arriva pas à la faire bouger. Elle essaya encore et encore. Elle sentait qu'elle avait de plus en plus chaud, elle commençait à transpirer mais elle ne lâcha pas. C'était comme tirer très fort sur une corde. Une corde attachée à un immense arbre. Elle avait beau y mettre toutes ses forces, la Faux ne venait pas. C'est alors que Lucas entra dans le salon et lui cria en courant dans sa direction :

— Stop ! Stop ! Tu arrêtes tout.

— Pourquoi ? demanda-t-elle d'une voix faible.

— Si tu voyais ta tête, tu comprendrais… tu es en train de t'épuiser en vain.

Audrey voulut se lever, mais elle eut un vertige et se rassit malgré elle. Lucas l'allongea, souleva ses jambes et lui tendit un mouchoir.

— Tu saignes du nez. Je ne sais pas comment tu t'y prends, mais ce n'est pas la bonne méthode.

Il alla lui chercher un morceau de chocolat et un verre d'eau. Quand elle retrouva des couleurs, il lui demanda des explications. Elle lui dit qu'elle essayait d'appeler la Faux.

— Mais elle est dans le bunker ! C'est beaucoup trop difficile pour un début. Viens, on descend.

Il récupéra la relique et ils s'installèrent tous les deux dans la salle d'entrainement. Lucas reprit son rôle d'instructeur, elle l'écoutait et se fiait à lui. Elle se remit en tailleur et Lucas en fit de même juste en face d'elle.

— On va recommencer doucement. D'abord, fais venir le Papillon jusqu'à toi. Cela doit se faire facilement. Il ne faut pas que tu luttes avec les objets. Tu te contentes de les appeler.

Audrey s'exécuta.

— Très bien. Maintenant, je vais prendre la Faux et tu vas essayer. Encore une fois, tu le fais sans forcer les choses.

Audrey respira profondément. Elle sentit la relique sur les jambes de Lucas. Elle se connecta à elle et l'appela. Et elle la fit passer jusqu'à elle.

— C'est incroyable comme tu as progressé en seulement quelques jours. Essaie dans une autre position maintenant. Tu dois pouvoir le faire naturellement. On commence avec le Papillon.

Elle se mit debout, il resta assis. Elle eut beaucoup plus de mal à se concentrer ainsi. C'était plus difficile.

— Prends ton temps, ne brusque pas les choses. On n'est pas pressés.

Elle suivit son conseil, inspira et expira plusieurs fois. Puis elle appela le Papillon, qui la rejoignit tranquillement.

Il lui fit faire tout un tas d'exercices similaires. Ils restaient dans la salle d'entrainement, Lucas plaçait l'objet plus ou moins loin d'elle, la faisait travailler dans des postures différentes, la félicitait. Quand il voyait qu'elle fatiguait, ils s'arrêtaient.

— Maintenant, tu préfères essayer avec le Flambeau ou tenter de repousser le Papillon ?

En vérité, elle se sentait incapable de faire l'un comme l'autre mais elle opta pour la deuxième proposition. Elle était toujours plus à l'aise quand il s'agissait de manipuler le Papillon.

— Si tu ne réussis pas aujourd'hui, ce n'est pas grave. C'est juste un essai.

Elle se mit en tailleur, qui demeurait sa position préférée, ressentit la relique dans ses mains, puis elle tenta de la faire passer dans celles de Lucas, mais cela ne fonctionna pas du tout.

— Reste calme et pense à quelque chose qui te rend heureuse, puise ton énergie dans le bonheur.

Elle écoutait la voix de Lucas, mais ses conseils étaient plus faciles à dire qu'à faire. Sa vie n'était qu'une vaste étendue d'ombres, mais soudain, au milieu de tous ces drames, elle se vit avec Jérémy, ils riaient ensemble, ils s'embrassaient. Elle était toujours dans ses pensées quand elle l'entendit crier. Il débarqua quelques secondes après dans la salle d'entrainement le Papillon à la main.

— Tu n'en as pas marre de me jeter des trucs dessus ? demanda-t-il avec un air faussement méchant.

— Je suis désolée ! Mais je l'ai déplacé sans me servir de la colère cette fois, dit-elle en guise d'excuse.

— Et tu l'as carrément fait changer d'étage ! ajouta Lucas impressionné.

Audrey récupéra le Papillon et réessaya. Elle se positionna et ferma les yeux. Elle sentit sur elle le regard des garçons, mais elle resta calme. Puis tranquillement, la relique arriva jusqu'à Jérémy. Elle était fière d'elle pour une fois. Elle arrêta son apprentissage sur cette victoire. Même si cela se passait mieux, ces exercices l'épuisaient et elle s'entrainait depuis déjà plusieurs heures.

Ce soir-là, elle rejoignit Jérémy dans sa chambre.

— C'est fou les progrès que tu as faits !

— Lucas est un bon pédagogue, admit-elle.

— Meilleur que moi visiblement.

— Il est plus patient et surtout je crois qu'il comprend mieux mon lien avec les reliques.

— Évidemment, il est tout le temps dans ton esprit.

— Jérémy ?

— Oui.

— Celui qui me rend forte et courageuse, c'est toi. Alors, ne te prends pas la tête pour rien. Ce qui compte, c'est que l'on progresse.

— C'est vrai, tu as raison, dit-il en l'embrassant.

— Et tu sais, avec cet « entrainement », je me sens épuisée mentalement, comme si mon cerveau avait trop fonctionné, alors que mon corps lui a trop d'énergie. Il y a un déséquilibre entre les deux. Tu ne connaitrais pas un moyen de remédier à la situation ? demanda-t-elle en lui jetant un regard lascif.

— Je crois que c'est dans mes cordes, dit-il en l'allongeant sur le lit. Parfaitement dans mes cordes, confirma-t-il en l'embrassant dans le cou.

Les jours suivants, elle continua de s'entrainer avec Lucas. Elle progressait bien. Elle essayait de faire une séance le matin et une en fin d'après-midi. Ainsi, elle avait le temps de récupérer entre les deux et ne s'épuisait pas. Après quatre jours, elle réussissait à déplacer jusqu'à elle ses trois reliques, où qu'elles se trouvaient dans la maison, elles venaient. Même s'ils étaient dans le bunker et elle dans le jardin, les symboles répondaient à son appel. Elle avait eu beaucoup de difficultés avec le Flambeau. Il était lourd et elle était moins habituée à lui. Mais finalement, elle était arrivée à le comprendre.

Il lui était en revanche beaucoup plus difficile de repousser les objets. Elle ne parvenait pas à les contrôler. Jérémy reçut encore plusieurs fois le Papillon sur lui par inadvertance. Un après-midi, elle lui envoya accidentellement le Papillon puis le Flambeau. Ce dernier manqua de peu d'assommer le jeune homme et ce fut la seule fois où elle parvint à le déplacer autrement que pour l'attirer à elle. Jérémy finit par décider d'assister à ses entrainements pour ne plus se faire surprendre. Assez rapidement, elle comprit que le Papillon ne la laissait que pour rejoindre Jérémy. Les garçons ne semblaient pas s'en être aperçus, mais elle avait beau lui demander de se rendre vers Lucas ou dans n'importe quel endroit dans la maison, il ne la quittait que pour sa moitié. Ce qui était toujours mieux que ses autres reliques, qui elles, refusaient catégoriquement de bouger si ce n'étaient pas pour retrouver leur Gardienne.

Chapitre quinze : Démon

Alors qu'ils étaient en plein entrainement, Lucas eut une vision. Audrey se fit la réflexion que les visions de ce dernier avaient attendu la fin de son rétablissement pour reprendre. Comme si son esprit savait qu'il était prêt à retourner au combat. C'était encourageant. Il venait de repérer un démon inférieur à l'œuvre.

— Qui m'accompagne ? demanda Lucas.

— On tire au sort ? lança Jérémy à Audrey.

— Non, vous devriez y aller tous les deux.

Jérémy alla chercher ses affaires. Audrey le suivit dans sa chambre.

— Tu es sûre de toi ? vérifia l'homme.

— Oui, je préfère que Lucas soit avec toi pour sa reprise. Vous avez l'habitude de travailler ensemble et tu es le plus fort de nous deux, ça serait plus sage. De toute façon, je dois continuer à m'entrainer.

— C'est la première fois que l'on va être séparé depuis…

— Depuis que l'on est en couple ?

— Oui.

— On savait que ce jour arriverait. C'était inéluctable. Mais sois prudent s'il te plait.

— Toujours ! dit-il avec un grand sourire.

Il déposa un baiser sur son front. Elle se blottit contre lui un instant et profita d'être dans ses bras, de sentir son odeur. Puis il partit chercher des armes. Comme d'habitude, le départ ne traina pas. Lucas lui conseilla de s'entrainer en douceur et d'essayer simplement de reproduire ce qu'elle maitrisait déjà pour ne pas perdre ce qu'elle avait appris.

Le principal inconvénient des visions des garçons était que, bien souvent, elles ne permettaient pas de situer le lieu de leur mission. Ils devaient suivre leur instinct pour trouver l'endroit. Ils n'avaient donc aucune indication sur la durée du trajet qu'ils avaient à faire. Ils partirent à 10 h 15.

Audrey se retrouva seule à la maison. Cela faisait longtemps que ça ne lui était pas arrivé. Elle reprit son entrainement en respectant les instructions de Lucas. Elle appelait les reliques jusqu'à elle, mais tant que les garçons étaient en voiture, elle n'osait pas les déplacer. Elle avait peur de frapper Jérémy par inadvertance.

À midi, elle se prépara une salade composée. Elle savait que les deux frères se seraient plaints de n'avoir que cela à manger alors elle profita de leur absence pour se faire ce petit plaisir. Elle s'octroya même le droit de prendre un grand morceau de chocolat en guise de dessert et s'installa sur la terrasse pour boire sa tisane. Elle appréciait ces moments de solitude maintenant. Ces instants où elle pouvait s'organiser comme elle le souhaitait, écouter ce qu'elle voulait.

À 14 h, elle reçut un message de Lucas. Les garçons venaient d'arriver sur les lieux.

De son côté, Audrey travailla un peu sur son ordinateur.

Vers 16 h 30, elle enfila sa tenue de sport et s'élança sur le tapis de course. Elle tourna le son de la musique à fond. Quand elle eut terminé ses quarante minutes de footing, elle commença à faire quelques exercices de musculation, mais rapidement son corps se mit à onduler au rythme de la musique et elle dansa, presque malgré elle au début. Elle se laissa envahir par la rythmique et refit les enchainements qu'elle avait appris dans les cours de danse qu'elle avait suivis pendant toute son enfance et son adolescence. Danser lui faisait tellement de bien.

Quand elle en eut assez, elle s'installa en tailleur et reprit son entraînement avec les reliques. Mais sans les frères, elle ne parvenait pas à les déplacer, même le Papillon demeurait immobile. C'était si frustrant. Pourtant, elle respectait les indications de Lucas à la lettre. Elle se concentrait, pensait au bonheur et puisait de l'énergie dans cette émotion. Mais il ne se passait rien. Rien du tout. C'était rageant. Dès qu'elle se retrouvait seule, elle régressait. Elle préféra ne pas insister.

Elle alla se doucher et se mit directement en pyjama. Alors qu'elle était en train de se préparer une soupe, Lucas l'appela pour lui donner les dernières nouvelles. Il avait localisé le bon endroit, il en était certain. Le démon qu'ils cherchaient œuvrait dans une boite de nuit. Ils attendaient l'ouverture pour pouvoir le saisir. Là, ils se dirigeaient vers un restaurant. Ils envisageaient ensuite de se trouver un hôtel. Audrey savait que c'était plus prudent, qu'il valait mieux qu'ils rentrent le matin, reposés, que directement après leur mission. Mais elle ne put s'empêcher d'être jalouse. Elle avait confiance en Jérémy, il n'irait draguer personne, mais elle redoutait la situation inverse. Il est facile de rester loin de la tentation, mais quand c'est la tentation qui s'approche, c'est beaucoup plus difficile. Et Jérémy était un aimant à jolies filles.

Finalement, elle décida que ça ne servait à rien de se mettre la rate au court-bouillon. Il fallait qu'elle profite de sa soirée, à elle. Aussi, elle se prépara un plateau-repas et lança Dirty Dancing, un film que les garçons refusaient toujours de regarder avec elle. À la fin, elle resta dans le salon à zapper encore un peu. Elle alla se coucher vers 23 h, seule. Elle ne put empêcher ses pensées d'aller vers Jérémy. Il ne lui avait donné aucune nouvelle depuis son départ, mais ça, elle s'y était préparée. Il ne songeait pas à mal, ce n'était juste pas dans ses habitudes. Alors qu'elle ressassait, elle reçut un SMS de lui : « Toi, tu penses à moi ». Elle trouva qu'il ne manquait pas d'air de lui écrire ça. Elle répondit avec le même toupet : « Apparemment, c'est plutôt le contraire ! ». Il se contenta de renvoyer une photo de lui tenant le Papillon. Encore une fois, elle l'avait fait malgré elle. Elle était trahie par ses propres reliques ! Elle chassa toutes ses pensées et se concentra sur le symbole pour le rappeler à elle. Elle le sentait sur Jérémy. Il était serein. Elle eut l'impression d'être un peu avec lui, elle aussi. Elle s'attarda sur cette sensation. Elle percevait également la Faux et le Flambeau autour d'elle. Elle discernait au loin les Ailes. Elle était parfaitement calme. Au bout de plusieurs minutes, Jérémy finit par lui téléphoner.

— Est-ce que tu peux rappeler le Papillon ou il est trop loin et je le garde avec moi ?

— Tu as deux minutes à m'accorder ?

— Oui, on est à l'hôtel.

— Reste en ligne s'il te plait.

Grâce aux entrainements de Lucas, elle avait pu parler sans interrompre son lien. Elle se focalisa sur la Faux, chercha le Papillon, elle ressentit la présence de Jérémy, alors elle dirigea la relique lentement, avec beaucoup de précautions vers lui.

— Euh… j'ai toujours le Papillon mais en plus, j'ai la Faux maintenant.

— Je sais. À présent, je vais la rappeler et t'envoyer le Flambeau.

Elle demeurait parfaitement calme et concentrée. Elle était certaine d'y parvenir. À peine avait-elle prononcé ses paroles que la Faux se matérialisa sur son propre lit. Puis elle se connecta au Flambeau et le dirigea vers Jérémy.

— Tu as réussi ! Tu arrives à les déplacer, ça y est !

— Là, tout de suite, je pourrais aussi bouger les Ailes si je le voulais. Je le sais, je le sens. Maintenant, je vais tout faire revenir à la maison. C'est grâce à toi tout ça. Merci. À demain.

— À demain.

Avant qu'il n'ait raccroché, les reliques étaient réapparues vers elle. Elle cala la Faux dans un angle de sa chambre, plaça le Flambeau sur sa table de chevet et remit le Papillon autour de son cou. Il n'était plus utile de les cacher, en cas d'attaque, elle les ferait venir à elle.

Elle s'endormit sur cette victoire. Elle savait que les frères n'allaient pas tarder à partir à la chasse aux démons, mais elle n'était pas inquiète pour eux.

Malgré tout, la première chose qu'elle fit en se réveillant fut de vérifier son téléphone. À 3 h 11, elle avait reçu un message de Lucas : « Mission accomplie. On prendra la route demain matin ». Les garçons seraient donc là pour le repas de midi.

Avant de sortir du lit, elle chercha le contact avec les quatre reliques présentes sur Terre. Elle n'eut aucune difficulté à les trouver et à les reconnaitre. Elle resta un long moment dans ce lien mental. Elle se sentait apaisée et sereine quand elle se connectait à elles de la sorte. Il lui semblait même percevoir une sorte de mélodie, c'était très lointain, presque inaudible.

Vers 8 h, Jérémy lui envoya : « Tu veux que l'on refasse un essai ? » En guise de réponse, elle se concentra sur son Papillon et pensa de tout son être à sa moitié. C'était facile, il lui avait beaucoup manqué durant la nuit. Elle ressentait son absence. Le Papillon n'eut aucun mal à le trouver. Dès qu'il fut avec lui, elle perçut Jérémy de nouveau. Elle savait que ce n'était pas lui directement, mais c'était son aura, son énergie propre. D'une certaine façon, il était avec elle quand il tenait le Papillon. Une fois la première relique avec lui ce fut facile de lui transférer la Faux et le Flambeau. Elle utilisait le Papillon comme une balise, il lui donnait une localisation précise, elle n'avait plus qu'à diriger les objets au bon endroit. Sur cet exploit renouvelé, elle appela Jérémy :

— Alors c'est qui la meilleure ?
— J'ai toujours su que tu y arriverais.
— Merci. Vous partez bientôt ?
— Aucune idée ! J'attends Lucas.
— Je vous croyais ensemble.
— Il a découché.
— Ah... Il n'a pas perdu de temps. Donc vous êtes restés dans la boite, après avoir tué le démon ? demanda-t-elle sur un ton qui se voulait innocent.
— Pour être précis, Lucas est resté et je suis rentré.

Audrey ne put s'empêcher de se sentir soulagée.

— Je n'aimerais pas être tenu pour responsable de la disparition de la moitié de l'humanité, continua-t-il en faisant référence à la menace de la jeune femme.

— C'est tout à ton honneur ! Maintenant, il faut que je poursuive mon entrainement. Mes instructeurs rentrent bientôt, j'ai la pression ! Garde le Papillon avec toi s'il te plait. Et fais attention, jusqu'à ce que vous soyez en voiture, tu risques de voir débarquer la Faux et le Flambeau régulièrement.

— Comment tu sauras que nous serons en route ?

— Je le saurai, c'est tout.

Audrey se leva et rappela ses symboles. Puis elle continua à les faire aller et venir en changeant de position à chaque fois. Elle s'entraina debout, assise, allongée, en marchant, en courant, en faisant le poirier. Soudain, elle sentit son Papillon en mouvement, elle comprit que les garçons étaient partis. Elle rappela sa balise à elle. Puis elle porta son attention sur les Ailes, maintenant qu'elle avait saisi comment faire, elle savait qu'elle pourrait réussir à les déplacer jusqu'à la maison. Leur taille et leur distance ne lui faisaient plus peur. Elle devait juste se fier au Papillon. Elle y arriverait. C'était une évidence.

Chapitre seize :
Le Flambeau

En attendant le retour des garçons, Audrey reprit ses activités habituelles. En fin de matinée, elle s'attela à la préparation du repas. Elle fit même un gâteau au chocolat. Comme tout était prêt, mais que les frères n'étaient pas encore là, elle s'installa sur la terrasse. Il faisait un temps magnifique, le soleil brillait, le ciel était bleu. Il faisait froid, mais un froid sec. Il ne devait pas faire plus de cinq degrés. Audrey sentait les rayons du soleil sur sa peau, elle aimait tant ces journées. Elle reprit son entrainement en appelant les reliques à elle mais elle ne parvint pas à les renvoyer. Ce matin encore, elle leur avait fait traverser la moitié du pays et maintenant elle ne pouvait pas les déplacer même de quelques mètres. Elle analysa le problème, elle avait compris que le plus dur était de bouger le Papillon, mais une fois qu'il était arrivé, les autres symboles suivaient. Alors elle le posa dans la cuisine et essaya d'envoyer la Faux le rejoindre. Mais rien ne se passa, elle savait où était la relique, mais elle ne ressentait rien autour, rien à quoi s'agripper. C'était comme escalader un mur lisse. Elle ne sentait pas la présence de

Jérémy et de fait, elle n'avait rien à quoi accrocher son ancrage et ne parvenait à rien.

Par dépit, elle attrapa le Flambeau et se mit à l'observer attentivement. Jérémy l'avait enterré directement après l'avoir récupéré, depuis elle le manipulait, mais elle n'avait pas pris la peine de vraiment le détailler. Il devait mesurer 50 cm, il était lourd, tout en métal, à l'intérieur, il y avait une mèche. Il était monté comme une lanterne, mais à l'envers. Elle se rappela la lettre de Maria : « *Nul ne pouvait se cacher de Thanatos. Il pouvait trouver toutes les âmes grâce à son Flambeau inversé.* » Audrey avait l'impression de le voir pour la première fois, elle ne pouvait plus détacher son regard de ce symbole. Elle était comme hypnotisée par lui. C'était comme si le Flambeau inversé essayait de lui dire quelque chose. Elle écouta son message puis dit à haute voix :

— Allume-toi.

Il se mit aussitôt à luire, et dans sa flamme Audrey vit des milliers et des milliers de personnes. En fait, elle pouvait surveiller n'importe quel être vivant, où qu'il se trouvât. Elle pensa d'abord à Lucas et Jérémy, elle les observa dans la voiture et elle sut précisément où ils se situaient. Ils étaient en train de discuter. Elle ne pouvait les entendre, mais elle les voyait. Elle identifia le paysage qui les entourait, ils seraient rentrés d'ici quelques minutes. Puis elle songea aux reliques qui lui manquaient. L'Urne était chez Andromalius, alors que ses pensées se tournèrent vers lui, elle le vit très clairement à son bureau. Ses yeux étaient entièrement noirs, comme tous les démons supérieurs en enfer. Audrey reconnut les lieux, à partir de là, elle erra de démon en démon dans sa demeure jusqu'à trouver un être qui se tenait à proximité de l'Urne. Elle n'était que spectatrice, elle ne pouvait rien faire, mais elle finit par la repérer. Celle-ci était toujours dans sa vitrine, dans la pièce sécurisée, devant les portes plusieurs gardes assuraient sa protection. Elle venait donc d'acquérir la certitude que l'Urne n'avait pas été déplacée, elle était encore chez Andromalius.

Elle songea ensuite au Voile, la dernière relique, la plus mystérieuse, la seule qu'elle n'avait jamais vue. Elle orienta ses pensées sur Lilith. Une femme à la peau mate apparue dans les flammes, une magnifique brune aux cheveux longs. Ses yeux étaient totalement noirs. Elle avait une beauté intemporelle, impossible de lui donner un âge. Audrey la scruta attentivement. Elle se tenait dans un immense fauteuil, son trône comprit-elle. Lilith était entourée de dizaines de démons. Ils étaient de tous niveaux. Certains avaient les yeux noirs, mais ce qui la surprit le plus fut de voir que la crainte dominait dans tous les regards, quelle que soit leur couleur. Contrairement à la demeure d'Andromalius, elle ne connaissait pas le site et ignorait complètement où pouvait se cacher le Voile. Elle se contenta d'errer, de passer d'une créature des enfers à une autre, de pièce en pièce. Elle était totalement perdue dans ce dédale. Elle finit par revenir sur Lilith qui avait changé de lieu. Elle paraissait être à présent dans ce qui devait être sa chambre, l'endroit était grand et éclairé par une immense cheminée. Soudain, il lui sembla entendre son prénom. Alors elle rechercha dans la flamme d'où provenait cet appel. Les voix s'intensifièrent, mais elle ne les trouvait pas. Elle chercha encore et encore. Elle se souvint être en train de regarder le Flambeau, mais elle était incapable d'en détourner ses yeux. Elle se sentit perdue. Elle pensa à son Papillon, sa balise, restée dans la cuisine. Elle tendit la main dans sa direction et l'appela. Quand elle le pressa dans sa paume, elle retrouva ses esprits, instantanément.

Jérémy et Lucas l'entouraient, elle était trempée et se mit à grelotter. Elle se leva d'un bond et rentra dans la maison.

— Mais qu'est-ce que tu étais en train de faire ? lui cria Jérémy.

— Je m'entrainais, mais pourquoi je suis toute mouillée ? dit-elle en attrapant le torchon de la cuisine. On est en plein hiver !

— On n'arrivait pas à te ramener. On a pensé qu'en éteignant le Flambeau, tu reviendrais peut-être parmi nous, argumenta Lucas.

— Mais qu'est-ce que vous racontez ? Je n'étais pas partie, j'étais là.

— Ton corps était là, mais pas toi, lança Jérémy.

— Pourquoi tu ne nous as pas attendus avant de tenter un truc comme ça ? continua Lucas.

— Et tu faisais quoi d'abord ? enchaina Jérémy.

Les garçons étaient manifestement en colère. La conversation s'engageait très mal.

— Stop ! On arrête tout. On reprend depuis le début, leur dit-elle.

Ils la regardèrent comme si elle venait de perdre l'esprit.

— Oh ! Vous êtes revenus ! En votre absence, je vous ai préparé un bon repas. J'ai suivi tous vos conseils et je me suis bien entrainée, continua-t-elle sur un ton faussement enjoué. J'ai même fait une découverte incroyable. J'ai réussi à activer le pouvoir du Flambeau. Cela signifie que dorénavant je peux voir n'importe qui. Évidemment, comme c'est la première fois que je réalise un truc pareil, j'ai mis un peu de temps à comprendre le mécanisme, mais je pense pouvoir le refaire facilement. Maintenant, je vous demande deux minutes, je vais me changer et après nous pourrons passer à table !

Elle avait parlé comme une parfaite petite femme d'intérieur. Sur ce, elle sortit de la cuisine avec un grand sourire et rejoignit sa chambre. Elle venait d'enlever son pull et son débardeur quand Jérémy déboula dans la pièce, la trouvant en jean et soutien-gorge.

— Alors, on en est là, on rentre sans frapper maintenant.

Il fit comme s'il n'avait rien entendu. Il avait toujours son air sévère et son ton restait agressif.

— Je veux savoir où tu étais et comprendre pourquoi tu ne répondais plus.

— Jérémy, arrête, dit-elle en mettant son index sur sa bouche. Je vais bien, tout va bien, alors cesse de t'inquiéter.

Puis elle passa ses bras autour de son cou et l'embrassa. Elle sentit ses mains envelopper sa taille nue. C'était bon de le revoir.

— Tu ne t'en tireras pas aussi facilement, lui dit-il.

— Je promets de tout te raconter, mais calmement. Je n'ai pas envie qu'on se prenne tous la tête, surtout qu'il n'y a aucune raison. Je t'assure.

Elle l'embrassa de nouveau. Elle était à moitié nue et elle sentait les mains de Jérémy sur sa peau. Il l'attirait à lui. L'excitation montait entre eux. Mais elle parvint à s'extirper de ses bras et à lui dire :

— On devrait retourner dans la cuisine maintenant.

— Je sais, mais j'ai très envie de rester là… suggéra-t-il en déposant des baisers le long de son cou.

— Ça ne serait pas correct.

— Lucas a passé la nuit à s'envoyer en l'air, il comprendra.

Elle avait de plus en plus de mal à garder le contrôle. Il avait une odeur tellement attirante et les arguments de Jérémy sonnaient très juste à ses oreilles, surtout lorsqu'il l'embrassait comme il était en train de le faire. Mais elle réussit à ne pas céder.

— Moi aussi, j'en ai très envie, vraiment, mais ça me gêne de savoir que Lucas nous attend. On doit y aller. Mais promis, on reprend dès que possible.

Pendant le repas, Audrey fit part aux garçons de ses avancées, de ce qu'elle avait compris sur le Papillon et le Flambeau. Elle se sentait prête pour récupérer les Ailes. Ils passèrent l'après-midi à finaliser leur plan.

Il fallait qu'Audrey aille à Londres avec l'un des frères. Une fois au musée, ils lieraient leurs esprits de façon à pouvoir travailler en parfaite symbiose. Puis au moment où Audrey enverrait les Ailes à la maison, l'autre devrait prononcer la formule de duplication. Toute la difficulté était dans la synchronisation. Elle devait être absolument parfaite. Si le plan fonctionnait, ils récupéreraient incognito la relique et les démons ignoreraient leur réussite. Cependant, au moindre faux pas, les alarmes du musée se déclencheraient et tout serait terminé.

Audrey savait en son for intérieur qui devait l'accompagner, mais elle redoutait de l'annoncer. Elle marchait sur des œufs. Évidemment, Jérémy comptait partir avec elle et Lucas avait déjà accepté ce choix. Ils furent aussi décontenancés l'un que l'autre quand elle leur déclara :

— J'ai bien réfléchi, je crois que je devrais y aller avec Lucas. On a l'habitude maintenant de lier nos esprits, ça sera plus facile.

— Mais vous ne l'avez fait que deux fois, fit remarquer Jérémy.

— Ce sont deux fois de plus que nous. Vraiment, ça sera plus simple si c'est toi qui restes.

Elle le vit se refermer, il ne comprenait pas son choix et elle n'osait le lui expliquer plus clairement.

— S'il te plait, fie-toi à moi.

— C'est toi la Gardienne, on fera comme tu voudras.

Elle refusait de confesser que sans lui auprès du Papillon, elle n'y arriverait pas. Elle avait besoin de sentir sa présence. Il était son ancre autant que le Papillon. Elle avait compris que pour déplacer les reliques, elle ne disposait que de deux options. Soit elle les attirait à elle, soit elle les envoyait à Jérémy. Elle ne pouvait rien faire d'autre. La distance importait peu, mais il devait être avec le Papillon, car il n'y avait que lui pour faire naître en elle des émotions aussi intenses. Elle adorait Lucas, mais leur relation n'était en rien comparable. Ça ne pouvait être que Jérémy.

Chapitre dix-sept : Ne faire qu'un

Ils passèrent les jours suivants à s'entrainer. Ils utilisèrent la Faux comme support. Ils la mettaient sur une table puis Audrey et Lucas liaient leurs esprits. Prononcé par les deux parties, le sort était d'une puissance incroyable. On se retrouvait littéralement dans l'esprit de l'autre autant que dans le sien ; et dans son corps autant que dans celui de l'autre. Cependant, la présence de Lucas dans sa tête était plutôt dérangeante, elle essayait de préserver sa relation avec Jérémy dans un coin de son esprit. Elle n'avait pas envie que Lucas accède à tous les souvenirs qu'elle avait avec son frère. Lui aussi tentait de garder un espace confidentiel. Elle le sentait. Mais parce qu'ils étaient tous les deux occupés à conserver leur intimité, ils ne parvenaient pas à se synchroniser. En tout cas, pas suffisamment pour ne pas déclencher les alarmes. C'était comme une balance, chacun devait être dans son propre esprit à réaliser sa propre tâche, mais le lien permettait de comprendre précisément où en était l'autre. La communication était instantanée. Ce que l'un pensait, l'autre l'entendait. Et de fait, il octroyait une coordination parfaite s'il était bien maitrisé. Mais bloquer volontairement des informations provoquait des déséquilibres et faisait tanguer la balance. Leur bascule devait vraiment rester en équilibre pour fonctionner.

Tous les jours, Audrey poursuivait son apprentissage avec les reliques et ses essais avec Lucas. Elle s'exerçait au combat ou au tir quotidiennement. Elle demandait à Jérémy de l'accompagner pour cette partie. Cela lui permettait d'être un peu avec lui aussi. Entre eux, les choses se passaient bien, il se montrait même plus démonstratif qu'avant, mais elle sentait qu'il ne comprenait toujours pas son choix. Il assistait à tous leurs essais avec Lucas. Il se tenait prêt à réceptionner la Faux, mais elle ne venait jamais. En attendant, il lisait, il allait sur son téléphone… il s'occupait. Il se chargea également de la confection des nouvelles potions du voyage.

Un matin, après plusieurs journées vaines et une nouvelle série d'échecs, Audrey sortit prendre l'air sur son banc, elle était frustrée. C'était une matinée maussade, il faisait gris, la vallée était dans le brouillard. Le soleil ne parvenait pas à briller. Il faisait froid. Noël approchait. Les Ailes étaient à sa portée et simplement parce qu'elle n'arrivait pas à ne faire qu'un avec Lucas, elle ne pouvait pas les récupérer. Après quelques minutes, ce dernier la rejoignit dehors.

— Je crois que nous n'avons pas le choix. Il va falloir jouer cartes sur table. Tu préfères qu'on en parle avant ou on lève directement toutes nos barrières en pensée ? demanda-t-il sans ménagement.

— Ça serait peut-être mieux qu'on en discute normalement.

— Tu commences ou je le fais ?

Audrey savait qu'il avait raison, ils ne pouvaient pas réussir tant qu'ils luttaient contre les effets du sort du lien.

— Je me lance. Je n'ai pas envie que tu aies accès à ma relation avec ton frère. On n'a pas beaucoup d'intimité et j'aimerais que nos moments à deux ne restent qu'à nous.

— Je comprends et je ne compte pas jouer les voyeurs.

— Je sais, mais c'est difficile pour moi. Je ne veux pas que tu voies tout, que tu connaisses tout.

Elle marqua une pause à la fin de sa phrase puis elle continua :

— Ensuite, je suis incapable de déplacer les reliques. Le Papillon réussit à trouver uniquement Jérémy, car il représente tous mes espoirs. Mes instants de bonheur sont avec lui. Une fois qu'ils sont réunis, et seulement s'ils sont ensemble, je parviens à envoyer les autres.

— C'est pour ça qu'il doit rester ici alors ?

— Oui, mais aussi car j'appréhende de lier mon esprit au sien, je crains qu'il s'enfuie en découvrant la force de mes sentiments. Il n'a jamais été en couple avant et s'il percevait à quel point je tiens à lui… je crois qu'il prendrait peur. Voilà je pense avoir tout dit. À ton tour maintenant.

Lucas n'était pas à l'aise, il cherchait ses mots. Audrey commençait à redouter ce qu'il occultait, mais il finit par se lancer :

— Ce que je cache, c'est ma jalousie. Je suis très content pour mon frère, content qu'il ait trouvé quelqu'un comme toi. Je me réjouis pour toi aussi bien sûr. Mais cela augmente mon sentiment de solitude. Je vous vois tous les deux, tous les jours et je vous envie. Même dans le travail, vous faites une équipe parfaite et j'ai peur de ne plus avoir ma place.

— Pourtant on n'est pas très expansif, on fait attention à ce que tu n'aies pas cette impression justement.

— Ça ne change pas le fond des choses. Vous êtes heureux tous les deux, vous vous rendez mutuellement forts. Vous gravitez l'un autour de l'autre. Et moi je suis seul. Tu sais que je redoute de passer à côté de ma vie. De vous voir ensemble, renforce ce sentiment.

— Tu ne peux pas dire que tu n'as personne, tu as ton frère avec toi. Et moi aussi, je suis là. En ce moment, je passe même plus de temps avec toi qu'avec lui. Je comprends que tu aimerais être avec quelqu'un. Et je te le souhaite. Vraiment. Mais s'il te plait, ne pense plus être seul.

Elle s'était tournée vers lui en disant cette dernière phrase. Il la regarda un instant dans les yeux, comme s'il voulait croire en ses paroles, mais qu'il n'osait pas.

— Maintenant que tout est clair, on réessaie ?

— Il y a une encore un point que je dois aborder avec toi… Depuis quelque temps, je fais des recherches sur ta famille et sur toi… Les reliques de Thanatos t'ont désignée comme leur gardienne, je pense qu'elles ont perçu des choses que nous ignorons, des pouvoirs ou de la Magie en latence.

Lucas avait l'air si sérieux et si penaud, qu'Audrey éclata de rire en entendant ses aveux.

— Tu crois que je suis une sorcière ? Moi ? continua-t-elle en riant.

— Ça serait logique !

— Justement non ! Pas du tout ! De ce qu'on en sait, Thanatos n'est pas fan des objets magiques, il a appris à travailler sans ses reliques et cherche à tout prix à s'en défaire. Il y a beaucoup plus de chances que le Papillon m'ait désignée car je ne suis qu'une simple humaine.

— Tu es quand même très instinctive !

— Ça s'appelle l'hyper sensibilité ! Mes émotions sont toutes très fortes, cela n'a rien d'extraordinaire !

— De toute façon, je n'ai rien trouvé prouvant le contraire. Je suis remonté sur plusieurs générations et aucune trace de Magie dans ta généalogie.

— Tu vois, j'ai raison ! Fie-toi à mon super-instinct ! se moqua-t-elle. T'es prêt ce coup-ci coéquipier ?

— Quand il faut y aller… ! répondit-il avec un grand sourire.

Ils rentrèrent à la maison, bras dessus, bras dessous. Ils se rendirent directement à la bibliothèque, Jérémy les y attendait. Ils refirent le sort du lien. Cette fois-ci, ils s'ouvrirent chacun totalement à l'autre. Laissant un accès absolu, sans aucune restriction. Audrey sentit le contact de Lucas. Elle vida sa tête, pensant à tout et à rien en même temps. Lucas fit de même. Elle était dans le corps de son partenaire autant que dans le sien. Cette fois, elle était bien des deux côtés, ils ne formaient plus qu'un. Ils étaient prêts. Elle chercha mentalement la Faux. Elle entendit Lucas commencer la formule de duplication et lorsqu'il prononça la toute dernière syllabe, elle ordonna à la relique de rejoindre le Papillon. Ce fut parfait. Jérémy réceptionna la Faux en douceur. Leur détecteur ne sonna pas. La réplique était non seulement identique en tout point, mais en plus elle s'était bien positionnée. Ils refirent l'exercice plusieurs fois, sans jamais échouer. Ils étaient prêts. Demain, ils pourraient partir à Londres.

Ils passèrent l'après-midi, à peaufiner les derniers détails de leur plan. Comme lors de leur visite précédente, ils ne pourraient pas apporter d'armes. Ils prirent chacun un sac à dos avec leur potion de voyage et une bouteille d'eau bénite.

Chacun vaqua à ses occupations le reste de la journée. Audrey s'installa dans la salle d'entrainement et rechercha mentalement les Ailes. Elle voulait les prévenir de son arrivée. Elle fit quelques exercices avec ses reliques. Puis elle passa sur le tapis de course. Même si Lucas était de nouveau opérationnel, ils n'osaient plus faire leur footing dans les bois. Ils savaient que des démons rôdaient aux alentours depuis qu'ils avaient été suivis. Ils devaient se montrer prudents.

Jérémy la rejoignit dans la salle alors qu'elle était en train de s'étirer.

— Tu le sens comment pour demain ? lui demanda-t-il.

— Je pense qu'on est prêts. Ça va aller de ton côté ?

— Vu que mon rôle consiste à rester ici, et à attendre avec ton collier autour du cou, je devrais m'en sortir.

— C'est parce que vous serez tous les deux que je pourrai envoyer les Ailes jusqu'à toi, ne sous-estime pas ton importance.

— Jusque-là, je n'ai pas beaucoup aidé. Tu as ramené le Flambeau avec Lucas, c'est ensemble que vous avez obtenu les informations de Maria. C'est avec lui que tu apprends à t'en servir. Moi je ne suis là que pour les à-côtés.

— Pardon ?

Elle s'était levée en disant cela. Il lui tournait le dos, elle aurait voulu croiser son regard, mais il fixait un point imaginaire sur le mur.

— Jérémy, qu'est-ce qui te passe par la tête ?

— Ça, tu pourrais le savoir si tu avais choisi de lier ton esprit au mien plutôt qu'à celui de mon frère, lâcha-t-il sans même daigner la regarder.

Il avait besoin d'être rassuré sur ses sentiments, mais elle n'était pas capable de lui parler. Elle resta pétrifiée sur place.

Elle cherchait comment sortir de ce guêpier. Finalement, il parvint à se reprendre tout seul :

— Excuse-moi, je n'aurais pas dû dire ça. Je n'aime pas l'idée que tu partes à Londres sans moi.

— C'est avec toi que je voudrais y aller. Mais je n'ai pas le choix.

— Je l'espère.

Elle posa sa tête sur son dos et l'entoura de ses bras.

— Tu es tellement plus qu'un à côté, se contenta-t-elle de lui répondre.

Il pivota vers elle ce coup-ci.

— Je l'espère aussi.

Leurs regards se croisèrent enfin et ils s'embrassèrent. Encore et encore. Elle n'était pas capable de lui dire ses sentiments, mais elle escomptait que son corps le ferait pour elle. Au début, elle eut l'impression qu'une part de Jérémy résistait, comme si ses doutes persistaient, alors elle redoubla ses ardeurs. Elle souhaitait lui faire comprendre qu'elle ne voulait être qu'avec lui et personne d'autre, qu'il n'avait aucune crainte à avoir. Pendant un instant, elle songea qu'ils ne devraient pas faire l'amour ici, mais elle sentit aussi que ce n'était pas du tout le moment de mentionner Lucas. Elle le chassa loin de son esprit et ne pensa qu'à Jérémy, qu'à ses caresses, qu'à son odeur. Elle se laissa totalement aller dans ses bras. Encore une fois, il n'y avait que lui. Il était son tout.

Chapitre dix-huit : Les Ailes

Le lendemain, Audrey et Lucas partirent pour Londres grâce à leurs nouvelles potions du voyage. Ils arrivèrent de bonne heure pour pouvoir apparaitre sans risque dans le square qui se trouvait face au British Museum.

Audrey proposa à Lucas de faire un tour dans la ville, comme elle l'avait fait avec Jérémy. Mais il refusa. À la place, il lui offrit un chocolat chaud dans un café situé non loin du Musée. Il insistait pour qu'Audrey rentre régulièrement en contact avec les Ailes et avec le Papillon. Elle s'exécutait bien qu'elle ne soit pas inquiète, elle savait qu'elle pourrait le faire. Ils s'étaient entrainés des dizaines de fois. Depuis qu'ils avaient clarifié les choses entre eux, ils n'avaient jamais failli. Lucas était toujours si sérieux. Le seul point positif c'était qu'elle ressentait la présence de Jérémy à chaque fois qu'elle se connectait au Papillon.

Quelques minutes avant l'ouverture du Musée, ils quittèrent le café pour se rendre devant les portes du British Museum. Il y avait déjà quelques touristes dans la file d'attente. Ils prirent leurs places et entrèrent dans le monument. Audrey retrouva facilement la salle où les Ailes étaient exposées, mais le bâtiment étant immense et il leur fallut plusieurs minutes pour les rejoindre.

En pénétrant dans la pièce, elle les vit directement. Les Ailes étaient aussi belles que dans son souvenir, peut-être même plus encore. Elle commença par faire un tour dans la salle, les runes qu'ils avaient dissimulées avec Jérémy étaient toujours là.

Lucas et elle se mirent en place de part et d'autre de la vitrine. Lucas lui fit un signe et ils récitèrent le sort du lien. Elle sentit sa présence dans sa tête. Elle le laissa s'installer dans son esprit avant de faire de même dans le sien. Elle devait pouvoir rester libre d'agir à sa guise tout en sachant précisément où Lucas en était. C'était comme être à deux endroits à la fois, deux endroits qui requièrent 100 % d'attention. Comme à la maison, elle se connecta aux Ailes et au Papillon. Elle ressentait toujours Jérémy avec le Papillon. Elle était dans un état proche de la méditation, dans un calme absolu. Quand elle fut bien en place, elle entendit Lucas commencer le sort de duplication. Au moment précis, où il termina la formule, elle envoya les Ailes à Jérémy. Aucune alarme ne retentit, aucun vigile n'accourut. La copie des Ailes était en position. Le double était apparu dans la vitrine à l'instant exact où la véritable relique était partie. Il n'y avait eu aucun battement, ils avaient fait cela dans une parfaite continuité. Quelques secondes plus tard, Jérémy lui confirma par message qu'il avait réceptionné le symbole.

Mais en voyant son nom, elle ne put s'empêcher de se remémorer leur folie de la veille.

— C'est ça que tu appelles « faire attention » ? Vous couchez ensemble dans la salle d'entrainement ?! Alors que je pourrais débarquer à tout moment ! s'offusqua Lucas.

Il n'avait pas prononcé un seul mot, il n'en avait pas besoin, il était toujours dans sa tête.

— Ça n'est arrivé qu'une fois. Désolée. Je croyais que tu ne devais pas jouer les voyeurs ?
— C'est toi qui m'affiches ça sous le nez.

Audrey refusait qu'il voie d'autres choses, elle voulait qu'il sorte de son esprit. Elle fit volontairement pencher la balance du côté de Lucas pour le forcer à revenir à ses propres pensées. Mais ce faisant, elle bascula aussi de son côté à lui.

— Ce n'est pas correct ce que tu fais, se plaignit-il.
— Désolé, ce n'est pas ce que je...

Elle s'interrompit au milieu de sa phrase. Elle venait de percevoir quelque chose. C'était apparu à son esprit qu'un millième de seconde, elle savait que c'était un élément important, très important.

— Qu'est-ce que c'était ? lui demanda-t-elle.

— J'ignore de quoi tu parles.

Mais la formule du lien ne tolère pas le mensonge. On peut parvenir à dissimuler des informations, mais pas à mentir sur ses pensées. Alors quand Lucas prononça cette phrase, une image se forma clairement dans son esprit. C'était une recherche sur Internet.

— Tu cherches un appartement ? lui demanda-t-elle.
— Non, oui, je ne sais pas. Je me renseigne juste.
— Tu veux vraiment partir ?
— Je l'envisage de plus en plus.

Elle retourna dans sa tête. Elle ne pouvait s'empêcher de repenser au rêve de Jérémy, à sa peur d'être abandonné par son frère. Il ne le tolérerait jamais.

— De toute façon, même si tu t'en allais, tu ne trouverais pas le bonheur. Tu es incapable de profiter de la vie.

Ses pensées avaient été beaucoup plus dures que ne l'auraient été ses mots. Elle le sentit se vexer, il rétorqua :

— J'espère au moins avoir l'occasion d'essayer.

Et en prononçant cette phrase, Audrey vit les garçons en train de discuter de leur conviction de ne pas terminer leur quête vivant.

« — Jérémy, je crois qu'elle a raison, en tout cas Maria le pensait.

— Raison sur quel point ?

— Sur le fait que l'on ne survivra pas. Quand on était au Pérou, Maria m'a conseillé de partir loin d'elle si je voulais vivre.

— Je le pense aussi, confessa Jérémy. »

La formule du lien s'acheva ainsi. Audrey se sentit trahie. Lucas et Jérémy avaient tous les deux le même pressentiment funeste et ils ne l'en avaient pas informée, ni l'un ni l'autre. Elle n'avait plus rien à ajouter. Elle avait besoin de temps pour digérer la nouvelle. Elle pressa le pas pour sortir du musée, il fallait qu'elle prenne l'air, qu'elle réfléchisse. Lucas la talonnait :

— Attends s'il te plait, on doit en discuter.

Mais Audrey refusa de s'arrêter. Elle était trop bouleversée, trop en colère et trop triste pour pouvoir en parler maintenant. Elle quitta le British Museum en trombe et chercha un endroit isolé pour pouvoir faire le sort qui lui permettrait de rentrer à la maison.

Elle se dirigea dans une petite ruelle, Lucas la suivait toujours, mais elle ne voulait pas le voir. Elle but sa potion, récita sa formule et réapparut dans la bibliothèque. Elle vit dans un coin de la pièce les Ailes, elles paraissaient encore plus immenses ici. Elle aurait aimé s'attarder pour les regarder, mais Lucas arrivait et elle n'avait pas envie de lui parler. Elle se précipita dans sa chambre, Lucas sur ses talons. Quand elle lui claqua la porte au nez, il respecta son intimité et n'osa pas entrer. Elle eut un bref instant de répit. Toutes ses émotions s'entremêlaient. Elle avait besoin de réfléchir. Mais elle n'en eut pas l'occasion. Quelques secondes après, Jérémy déboula sans frapper.

— Qu'est-ce qui se passe ? demanda-t-il.

Pour une raison qu'elle n'expliquait pas, son regard était dur, sa voix également. Elle n'avait pas envie de se prendre la tête avec lui aussi, alors elle esquiva la question.

— Rien, c'est entre Lucas et moi.

— Vous en êtes là à présent, vous passez tout votre temps ensemble et vous commencez à vous disputer comme un couple. C'est fantastique. J'espère que vous me préviendrez quand je ne serai plus dans la partie.

— Mais qu'est-ce que tu racontes ?

Elle était incrédule, elle ne pouvait pas croire ce qu'elle entendait.

— Comment tu peux penser une chose pareille ? Penser ça de moi ? De Lucas ? Tu crois vraiment que je ne suis avec toi que pour le sexe, que tu me sers à patienter faute d'avoir Lucas ?

— Oui, lui répondit-il sans ciller.

— Je te donne une chance de retirer ce que tu viens de dire. Je serais toi, je la saisirais, le menaça-t-elle.

— Je crois que tu m'utilises et je pense qu'il se passe quelque chose entre mon frère et toi, lui répéta-t-il calmement.

— Je refuse d'entendre ça ! cria-t-elle en sortant de sa chambre. J'ai besoin de prendre l'air. Il faut que je m'en aille.

— Et tu vas aller où ? Sur ton banc ? se moqua-t-il.

— Je vais où je veux quand je veux.

— Je ne crois pas, non.

— Essaie de m'en empêcher pour voir.

Elle tendit une main en direction des Ailes qui se matérialisèrent directement sur son dos et une demi-seconde plus tard, elle était partie. Jérémy se retrouva seul dans la cuisine sans avoir eu le temps de comprendre ce qui venait de se passer. Lucas avait également assisté à toute la scène depuis la bibliothèque et il resta aussi pantois que son frère.

Chapitre dix-neuf : Là où tout a commencé

Audrey réapparut devant la demeure où elle avait vécu toute sa vie. Jérémy avait raison, d'une façon ou d'une autre, nos pieds retrouvent toujours le chemin de la maison. Elle ne savait plus où elle en était. Elle était en colère après Jérémy, en colère après Lucas. Et elle était triste en même temps. Elle avait mis les Ailes en ignorant où elle atterrirait. Son seul souhait avait été de partir, c'est tout. Elle avait agi sans aucune certitude, uniquement à l'instinct. Elle n'avait pas réfléchi à sa destination, mais son cœur l'avait ramenée à son point de départ.

Audrey s'assit par terre et regarda ce qu'il restait. Elle se tenait devant le tilleul planté par ses parents quand ils avaient acheté la propriété. Les décombres de la maison avaient été enlevés, seule la dalle demeurait au sol. Le jardin était totalement en friche, personne n'était venu ici depuis des mois. La nature reprenait ses droits. Elle ne savait pas quoi faire de tout cela. Vendre le terrain était une décision trop difficile. Il restait peu de choses, mais tout était lié à un souvenir précieux. En regardant les framboisiers, Audrey se vit enfant dans les buissons de ronces avec ses sœurs en train de dévorer tous les fruits. Elle se remémora sa mère, qui les ramassait pour en faire des confitures, puis elle se revit faire de même. Elle sourit en observant le fil à linge. Les trois filles aimaient s'y cacher quand les draps étaient étendus. Elle se rappela Julia qui adorait méditer dans le jardin, Louise qui venait s'entrainer à la corde à sauter. Le moindre centimètre carré faisait remonter des souvenirs.

Les larmes coulèrent malgré elle. Elle pleurait, car elle se tenait là, à l'endroit précis où sa vie avait basculé, là où elle avait vécu les moments les plus heureux de son existence et les instants les plus tristes aussi et elle s'y trouvait sans personne à ses côtés. Elle avait déjà perdu toute sa famille. De ça, elle s'était fait une raison, mais en plus, elle allait perdre les deux seuls êtres qui lui restaient sur cette Terre. Elle était en train de détruire sa relation avec eux. Jérémy lui échappait, parce qu'elle était incapable de lui parler de ses sentiments. Il avait besoin d'être rassuré et elle était devenue inapte au dialogue.

Elle pleurait sans pouvoir s'arrêter lorsque Vince apparut. Elle reconnut sa présence. Il ne dit pas un mot, il se contenta de s'assoir à sa droite et il passa son bras autour de ses épaules, Audrey se laissa totalement aller. Elle déversa à son contact toutes les larmes de son corps. Cette vie était beaucoup trop difficile. Elle n'était pas sûre de trouver en elle la force nécessaire pour accomplir sa mission. Il attendit patiemment qu'elle retrouve son calme et que, d'elle-même, elle mette fin à leur étreinte.

Après de nombreuses minutes, quand les pleurs cessèrent enfin, Audrey resta encore un moment à regarder dans le vide, en pensant à tout et à rien.

— Vince, est-ce que je suis vraiment la Gardienne des symboles de Thanatos ? finit-elle par demander.

— Je connais cette légende, il y a quelque temps, je t'aurais répondu que ce n'était qu'une simple histoire. Jamais les reliques n'ont manifesté de volonté propre, je les côtoie depuis assez longtemps pour le savoir. Mais à présent que j'ai vu la façon qu'elles ont de t'obéir… elles perçoivent exactement quand tu as besoin d'elles, ce que tu attends d'elles. Tu les comprends. Tu viens à peine de récupérer les Ailes que déjà elles t'ont portée là où tu le désirais. Votre lien est indiscutable. Es-tu la Gardienne de la légende pour autant ? Aucune idée.

— Mais si je le suis, est-ce que je suis condamnée à perdre tous ceux qui me sont proches ?

— Je ne sais pas. J'ignore dans quelle mesure cette légende est vraie.

— Les garçons pensent qu'ils ne survivront pas.

— À toi de leur prouver le contraire alors. Tu es assez têtue et obstinée pour y arriver. Julia m'a dit un jour que tu parvenais toujours à tes fins, peu importe le temps ou le travail que cela te demandait.

Cela la fit sourire. Elle ignorait que Julia pensait cela d'elle. Audrey trouvait que cette description correspondait plus à Louise qu'à elle. Ses sœurs lui manquaient tellement.

— J'arrive peut-être à obtenir ce que je veux, mais le garder est une autre chose.

Elle vit à son regard qu'il ne comprenait pas.

— Je me suis fâchée avec Jérémy.
— Vous êtes ensemble tous les deux ?
— Oui enfin je crois qu'on l'est toujours. C'est très récent.
— C'est marrant, je t'aurais plutôt imaginée avec Lucas. Il a l'air plus posé.
— Surtout, ne lui dis pas ça ! C'est tout le problème. Il a peur qu'il se passe quelque chose entre son frère et moi.
— Et c'est le cas ?
— Absolument pas !
— Dis-le-lui.
— Ce n'est pas si simple. J'ai du mal à parler de ce que je ressens depuis quelque temps. Mes émotions me percutent, mais j'ai des difficultés à les verbaliser.
— Alors, contente-toi des faits.

C'était un bon conseil. Elle pouvait peut-être faire comprendre les choses à Jérémy sans avoir à discourir sur ses sentiments.

— Je regrette de ne pas avoir passé plus de moments avec toi ces derniers mois. C'est plaisant de pouvoir parler à quelqu'un qui connaissait mes sœurs et de me confier sur ma relation avec les frères.

— Je ne suis jamais loin.

— J'ai tendance à l'oublier.

Ils restèrent un instant dans leurs pensées, tous les deux.

— Je sais que tu ne peux pas me dire où se trouvent les reliques. Mais je crois avoir deviné qui détient la dernière.

— Je ne peux rien te révéler.

— Contente-toi de hocher la tête alors ! Le voile, c'est Lilith qui l'a, n'est-ce pas ?

Il sourit en acquiesçant silencieusement.

— Merci d'être venu Vince et merci de m'aider.

— Tu devrais rentrer à présent. Il ne fait pas bon être seule. N'oublie pas, c'est difficile d'avoir connu l'Amour et de l'avoir perdu, alors, surtout si tu tiens à lui, ne le laisse pas partir, dans tous les sens du terme.

— Je ferai de mon mieux.

Alors qu'ils étaient en train de se relever tous les deux, le téléphone d'Audrey sonna. En regardant l'écran, elle découvrit que c'était l'inspecteur Gaillard. Ce dernier était en charge de l'enquête sur l'incendie de sa maison et il avait toujours le chic pour choisir ses moments. Elle préféra ne pas décrocher. Elle l'expédia directement sur son répondeur. Elle vit aussi que Lucas lui avait envoyé plusieurs messages, mais elle les consulterait plus tard. Vince posa sur elle un regard interrogateur. Elle lui résuma rapidement les difficultés qu'elle rencontrait avec cet inspecteur qui cherchait désespérément un incendiaire qu'il ne trouverait jamais. Bien qu'elle ne lui donna pas tous les détails, Vince sembla atterré d'apprendre qu'elle avait autant de soucis, mais elle, elle avait fini par s'habituer à tout cela. C'était sa vie à présent. Elle demeura encore un moment à fixer son jardin, à contempler ce qu'il restait de sa précédente existence. Elle était calme maintenant, elle pouvait rentrer. Il fallait qu'elle règle ses problèmes, fuir n'était pas une solution. Elle prit un instant pour ressentir le pouvoir des Ailes. Elles étaient sur son dos, Audrey avait oublié qu'elle les portait toujours, tant elles étaient légères. Elle chercha le Papillon. Jérémy l'avait gardé avec lui. Percevoir son aura lui mit un peu de baume au cœur.

— Au revoir Vince.

— Au revoir.

Chapitre vingt : Mises au point

Audrey apparut dans sa chambre et déposa les Ailes avec précaution. Grâce au Papillon, elle savait où trouver Jérémy, alors elle prit directement la direction de la salle d'entrainement. Il était en train de boxer un adversaire imaginaire. Il ne parut pas surpris de la voir, pour autant il ne s'arrêta pas pour lui parler. Elle lui dit simplement :

— Je suis prête à discuter avec toi, calmement. Quand tu le seras aussi, s'il te plait rejoins-moi. Je t'attendrai dans ma chambre. Je te préviens tout de suite, des excuses seraient plus que bienvenues.

Elle s'était exprimée sans aucune agressivité. Jérémy resta silencieux. Il n'était pas prêt, elle s'en doutait. Tant pis, elle patienterait.

Elle fila directement dans ces quartiers. Là, elle prit son téléphone et répondit seulement à Lucas : « Je suis rentrée et je suis rasséréné. Je sais que l'on doit parler tous les deux, mais je voudrais m'expliquer avec Jérémy avant de discuter avec toi. J'espère que tu comprendras. Je suis désolée, je n'aurais pas dû autant m'emporter. »

Elle écouta le message de l'inspecteur. Il demandait de nouveau une entrevue avec elle. Elle était lasse de lutter contre lui, mais elle le rappela. Cette fois, ce fut lui qui ne décrocha pas son téléphone.

Le réveil indiquait qu'il n'était que 12 h 27. Elle avait dû s'absenter une heure. Ce n'était que la mi-journée, et elle avait déjà fait un aller-retour à Londres, récupéré les Ailes, était partie retrouver ce qu'il restait de son ancienne maison et était revenue. Elle se sentait épuisée. Elle s'installa sur son lit mais ne dormit pas, elle savait que Jérémy débarquerait comme une tornade et elle voulait être prête à l'affronter. Elle réfléchit aux choses qu'elle pourrait lui dire.

Le temps s'écoula lentement. Elle finit par travailler un peu sur son ordinateur, quitte à être coincée dans cette chambre autant que cela soit utile. Vers 16 h, son ventre se mit furieusement à gargouiller. Elle n'avait rien avalé depuis le chocolat chaud de Londres, mais elle n'osait pas sortir. Elle voulait être sûre que Jérémy la trouverait directement quand il se déciderait, et surtout elle ne pouvait pas risquer de le croiser avant. La balle était dans son camp. Jusque-là, elle était à l'initiative de leur relation, maintenant c'était à lui de choisir s'il souhaitait poursuivre ou non.

Dans l'après-midi, elle fit quelques exercices avec ses reliques. Elle se focalisa principalement sur le Papillon. Elle sentait toujours la présence de Jérémy avec lui, elle aurait voulu savoir où il en était dans ses pensées, ce qu'il faisait. Elle fut tentée de regarder dans le Flambeau, mais elle estima que cela ne serait pas juste. Elle profita de cette tranquillité pour analyser les Ailes sous toutes les coutures, elles étaient fabuleuses : les plumes étaient parfaitement noires, sans aucune nuance, et étrangement, la lumière semblait s'y refléter. Audrey aurait pu les contempler pendant des heures.

Le soleil finit par se coucher et elle demeura dans sa chambre. Elle ne sortit que pour utiliser les commodités. Rester seule n'était pas un problème, mais elle avait vraiment faim à présent. Pour essayer de penser à autre chose qu'à son estomac vide, elle enfila une veste, attrapa sa couette et s'installa sur le rebord de sa fenêtre. L'air frais lui fit du bien. Elle passa là une partie de la soirée, à regarder les étoiles. Quand elle rentra dans sa chambre, elle réalisa à quel point elle était frigorifiée. Elle refit son lit et se changea. Cette nuit, elle dormirait seule, elle le savait. Elle venait juste d'enfiler son pyjama lorsqu'elle entendit toquer, son estomac se noua d'un coup. En ouvrant, elle découvrit Lucas avec un plateau rempli de nourriture. Même quand ils étaient censés être fâchés, il était toujours aussi attentionné. Il posa les vivres sur son bureau et lui déclara en retournant vers la porte :

— J'ai pensé que tu aurais faim.

Audrey ne réfléchit pas un instant, elle se jeta dans ses bras et il l'y accueillit volontiers.

— Je suis désolée pour ce que je t'ai dit. C'est totalement faux.

— Si tu as pu le dire, c'est que tu l'as pensé.

— C'est vrai, mais uniquement pour te faire souffrir, pour te repousser avant que toi tu le fasses. J'ai peur que tu partes.

— Je croyais que tu étais en colère à cause du fait que nous n'imaginons pas survivre Jérémy et moi.

— Ça, c'est mon problème, je me débrouillerai pour vous sauver.

— C'est marrant, c'est exactement ce qu'a déclaré Jérémy. Si tu avais vu la fin du souvenir, tu l'aurais entendu dire ça.

Cela la fit sourire, il croyait toujours tellement en elle.

— Je suis plus inquiète du fait que tu veuilles partir. Je redoute que tu ne reviennes pas.

— Il n'est pas question de tout abandonner, juste de m'émanciper un peu.

— J'ai peur que tu ne trouves pas ce que tu cherches. Et je sais que tant que tu ne l'auras pas obtenu, tu ne rentreras pas. Être optimiste, c'est un état d'esprit. Toi, tu as tendance à toujours voir le verre à moitié vide, tu n'arrives pas à profiter des petits instants de joie. Je n'arrête pas de te le dire, de te tendre la main dans ce sens, mais tu ne la saisis pas.

— Je trouve simplement que lorsque nous sommes en mission, ce n'est pas le bon moment.

— Toutes les occasions comptent, surtout dans notre genre de vie.

— Je te promets de faire un effort. Ça te va ?

— Et moi je te garantis de faire en sorte que tu profites de chaque opportunité, de gré ou de force !

— Tu sais que tu deviens un peu effrayante par moment ? Tout à l'heure, quand tu es partie, c'était incroyable, tu as œuvré à une de ces vitesses ! Et tu avais un regard... pendant une seconde, j'ai cru que tu allais frapper Jérémy.

— Je n'en étais pas loin effectivement !

— D'ailleurs, vu qu'on aborde le sujet, qu'est-ce qui se passe ? Il ne me parle plus. Il reste dans son coin depuis qu'on est rentré.

Elle hésita avant de répondre. Elle ne savait pas si elle devait en discuter avec lui ou pas. Elle ne voulait pas trahir Jérémy, mais elle avait aussi besoin de parler. Elle finit par lui dire :

— Il a peur que tu prennes sa place.

— C'est pour ça que tu souhaitais t'expliquer avec lui avant de le faire avec moi ?

— Oui, mais c'est loupé ! Tu es venu me trouver avant lui, ce n'est donc pas de ma faute.

— Mais comment il peut croire ça ?

— Lui et moi, on a le même problème. On a des frères et sœurs trop géniaux. On se sent vite éclipsé à côté.

— Tu veux que je lui parle ?

— Non, il viendra, je le sais. Il faut juste que j'attende.

Audrey remercia encore Lucas pour le plateau. Il la laissa dans sa chambre. Elle se retrouva de nouveau seule, mais apaisée d'avoir pu au moins arranger les choses avec Lucas. Elle mit une série sur des superhéros sur son téléphone et mangea son repas devant. Elle dévora tout ce que Lucas lui avait apporté. Quand elle eut fini, elle s'enroula dans sa couette et lança un autre épisode, puis s'assoupit ainsi. Mais, une fois encore, elle fut réveillée en sursaut par un cauchemar. Elle ne voyait que des flammes partout autour d'elle et cette voix, toujours la même. « Je sais que vous l'avez », répétait-elle sans cesse. Sans Jérémy, à ses côtés, ses vieux démons reprenaient littéralement du service. Elle se rendormit tant bien que mal.

À son réveil, le lendemain matin, elle était encore seule. Jérémy avait besoin de plus de temps qu'elle ne l'avait imaginé. Elle resta cependant dans son boudoir. Lucas lui apporta de quoi petit-déjeuner. Elle s'autorisa à quitter sa chambre uniquement pour se laver les dents et utiliser les commodités. Comme la veille, elle se consacra à son travail et à ses reliques. L'après-midi passa beaucoup plus lentement. Le temps sembla ralentir sa course. Elle se mit à la fenêtre un moment, regarda un film, écouta de la musique, mais les activités restaient limitées dans cette pièce. Le soir, lorsque Lucas lui apporta son repas, elle comprit qu'il commençait à la prendre pour une folle.

— Il viendra. Il a juste besoin de savoir que je crois en lui.

— Si tu le dis… se contenta-t-il de répondre d'un air dubitatif.

Elle passa de nouveau la soirée seule. Puis elle alla se coucher. Elle eut beaucoup de mal à trouver le sommeil. Elle n'avait pas eu assez d'activités dans la journée. Son corps n'était pas fatigué, sa tête non plus.

Vers 3 h du matin, alors qu'elle était toujours en train de se tourner dans son lit, Jérémy apparut enfin. Il ouvrit la porte sans prendre la peine de frapper. Elle eut juste le temps de se redresser, qu'il s'affala sur le matelas, ivre mort. Il était sur le ventre, il installa sa tête sur l'une des jambes d'Audrey.

— Je suis désolé, parvint-il à baragouiner avant de totalement sombrer.

Elle le regarda un moment, en passant sa main dans ses cheveux. Et lui répondit :

— Je me contenterai de ces excuses.

Elle se cala le dos avec des coussins, elle ne voulait pas prendre le risque de le réveiller. Sa porte de chambre était restée ouverte, mais cela n'avait pas d'importance. Il était revenu à elle, rien d'autre ne comptait.

Il se mit à ronfler, mais là encore elle ne chercha pas à le décaler. Elle le laissa dormir. Elle ne se reposa pas beaucoup cette nuit-là, elle somnola et garda un œil sur lui. Quand il se réveilla enfin, il parut surpris de se trouver là. Il s'était couché tout habillé sur la couette, une jambe en guise d'oreiller. Il se redressa et passa une main sur son visage et dans ses cheveux. Audrey lui tendit sa bouteille d'eau qu'il accepta volontiers. Il y eut un moment de flottement, chacun escomptant que l'autre prenne la parole. Mais comme personne ne prenait l'initiative, Jérémy se leva.

— Attends, s'il te plait, dit-elle en lui attrapant la main.

Elle ne parvint pas à se redresser, elle avait une jambe tout endolorie. Alors il se rassit.

— Tu sais déjà ce que je pense. Je ne comprends pas pourquoi tu as voulu que l'on se mette ensemble alors que tu préfères tout faire avec Lucas.

Il avait exposé les faits simplement sans s'énerver.

— C'est faux.

— Tu aurais dû choisir Lucas.

— Ça ne marche pas ainsi, je n'ai pas choisi. Mais je saisis pourquoi tu as peur. Lucas est gentil, intelligent, attentionné, beau comme un dieu.

— Et c'est censé me rassurer ? se renfrogna-t-il.

— Oui, car c'est vrai qu'il a toutes ces qualités, mais toi aussi tu les as. Je n'ai jamais voulu être avec lui. C'est toi depuis le début, ça a toujours été toi. Il n'y a que toi qui peux m'apaiser quand je fais une crise d'angoisse, que toi pour me pousser autant dans mes retranchements, que toi pour m'obliger à devenir une meilleure version de moi-même. Il n'y a que toi que je peux écouter jouer de la guitare pendant des heures. Il n'y a qu'avec toi que je peux rire autant. Et si tu ne me crois pas, fie-toi aux reliques. Même elles, elles le sentent, elles n'acceptent de se déplacer que si c'est pour te rejoindre, toi.

— Pourquoi tu ne me l'as pas dit avant ? Et pourquoi tu n'as pas voulu faire le sort du lien avec moi ?

— Parce que j'ai peur que tu ne découvres que je ne suis que moi.

— Que toi, la femme qui se volatilise en une fraction de seconde ?

— La fille qui n'est rien sans les reliques.

— Encore un point sur lequel nous ne sommes pas d'accord, dit-il avec un sourire. Tu es sûre qu'entre toi et Lucas, il n'y a rien ?

— Absolument certaine. J'aime passer du temps avec lui, mais il est comme un frère pour moi, avec lui, je retrouve mon rôle de grande sœur. Donc oui, il compte beaucoup, mais pas du tout de la même façon que toi.

Il se pencha alors pour l'embrasser, mais elle recula.

— Je suis désolée, mais tu sens beaucoup trop l'alcool. C'est une infection. Et moi je ne me suis pas douchée depuis deux jours, hors de question que l'on se réconcilie comme ça.

Elle se leva et se dirigea vers la salle de bains, elle commença à se laver les dents puis retourna dans sa chambre. Jérémy s'était rallongé sur le lit.

— Tu viens ? lui demanda-t-elle.

Il se releva d'un bond avec un immense sourire. Il était encore plus beau quand il souriait de cette façon. Il attrapa sa brosse à dents également. Lorsqu'ils eurent fini, elle enroula ses bras autour de son cou et l'embrassa.

— C'est bien mieux comme ça, lui dit-elle.

Il la saisit par la taille et lui retira son t-shirt.

— Moi, je préfère comme ça, dit-il tout en poursuivant ses baisers et en passant ses mains sur elle.

— Je t'enlèverais bien le tien, mais je ne voudrais pas que tu imagines que je suis avec toi uniquement pour le sexe.

— Il serait bien crétin celui qui penserait ça, répondit-il en l'ôtant lui-même.

— Totalement d'accord.

Ils continuèrent de s'embrasser tout en se déshabillant. Ils mirent l'eau de la douche en route. Ils n'attendirent même pas qu'elle soit chaude pour rentrer dedans. Cela les fit rire de se retrouver sous l'eau froide, mais ne calma pas leurs ardeurs pour autant. Ils riaient tout en s'embrassant.

— Je n'arrive pas à être raisonnable quand il s'agit de toi, lui avoua-t-il.

— Je ne te demande pas de l'être.

Quand ils eurent fini de se « laver », ils regagnèrent chacun leur chambre pour s'habiller. Jérémy arriva dans la cuisine le premier et fut suivi de près par Lucas. Alors qu'Audrey les rejoignait, elle entendit malgré elle, les garçons discuter.

— Je te demande pardon pour mon comportement de ces derniers jours, commença Jérémy.

— Elle te fait perdre la tête, pas vrai ?

— Tu n'as pas idée...

Jérémy prit un instant avant d'ajouter :

— C'est tellement paradoxal ce que l'on vit. D'un côté, on n'a jamais été dans une situation aussi difficile et aussi sombre, pourtant je ne me suis jamais senti aussi bien.

— Tu sais qu'elle n'a pas douté de toi une seule seconde, à aucun moment.

— Je n'arrive pas à y croire. Je ne suis pas habitué à avoir autant de chance.

— Profite de ce que tu as et ne me mêle plus à vos histoires ! répondit Lucas d'un ton faussement menaçant.

— Je vais essayer ! conclut Jérémy en riant.

En rentrant dans la cuisine, Audrey déposa un baiser sur la joue de Jérémy et salua Lucas.

— Je suis content de voir que vous vous êtes réconciliés, déclara ce dernier avec un grand sourire.

Comme il était déjà 10 h, ils se contentèrent tous d'une boisson chaude en guise de petit déjeuner. Jérémy fut le premier à quitter la pièce pour se remettre au travail dans la bibliothèque.

Alors qu'Audrey et Lucas s'apprêtaient à le rejoindre pour discuter de la suite des événements, la jeune femme reçut un appel improbable de l'inspecteur Gaillard.

— Mademoiselle, j'appelle pour vous prévenir que l'affaire a été résolue. L'incendiaire s'est présenté de lui-même au commissariat avant-hier. Après vérification, tout concorde. Nous avons arrêté notre homme, sans l'ombre d'un doute. Je n'aurais pas dû vous penser coupable.

Elle resta silencieuse, scotchée par cette nouvelle inattendue. Elle se rassit. Elle n'avait qu'une seule question qui lui venait en tête, mais elle craignait de déjà connaitre la réponse. Elle se fit violence et parvint à articuler malgré tout :

— Qui ?

— L'ami de votre jeune sœur : Vince. Il s'agirait d'une querelle d'amoureux qui aurait mal tourné. Il s'en veut terriblement. Je pense ses regrets sincères, néanmoins son crime n'en reste pas moins grave. À cause de son geste, deux innocentes sont mortes. Je veillerai à ce que sa peine soit exemplaire. C'est entièrement sa faute si vous vous retrouvez seule, sans famille. Je n'imagine ni votre souffrance ni votre colère.

— Je… non, pas Vince.

— Je comprends votre trouble, je vous laisse digérer la nouvelle. En tout cas, le coupable sera puni, sévèrement, soyez sans crainte. Au revoir.

L'inspecteur raccrocha, alors qu'elle était toujours sans voix. Il lui fallut plusieurs minutes pour saisir le sacrifice que Vince venait de faire pour elle. Il s'était désigné comme responsable pour qu'elle soit innocentée. Elle n'en revenait pas. Une larme coula de ses yeux malgré elle. Elle était dans sa bulle, coupée du monde. Elle essayait d'accuser le coup. Lucas était le seul présent dans la cuisine, il s'approcha lentement d'elle. En douceur, il passa son bras autour de ses épaules et l'attira contre lui. Elle laissa sa tête tomber contre son torse. Elle le sentit poser son menton sur le sommet de son crâne tout en la serrant contre lui. D'autres larmes arrivèrent. Lucas lui parlait, mais elle ne parvenait pas à saisir ce qu'il disait. Jérémy revint tout sourire dans la cuisine et les trouva dans cette position. Lucas lui fit comprendre qu'il ignorait ce qui se passait. Jérémy s'approcha d'elle. Il enleva ses cheveux de son visage et lui demanda :

— Je suis là. Qu'est-ce qui t'arrive ?

Instantanément, elle se glissa dans ses bras, mais elle garda sa main sur l'avant-bras de Lucas. Elle avait besoin de les savoir présents tous les deux. Comme si elle risquait de les perdre également. Tant bien que mal, elle parvint à leur expliquer la nouvelle. Ils furent aussi surpris qu'elle par le choix de Vince. Ils en débattirent un long moment. La tristesse laissa place à la colère. Le sort de Vince était trop injuste. Les mains d'Audrey tremblèrent sous le coup de la puissance de cette émotion.

Parler de Vince, les ramena à leur autre sujet de préoccupation : les reliques. La jeune femme se sentit plus déterminée que jamais à les retrouver et à se débarrasser des démons qui étaient à l'origine de tous ses malheurs.

Chapitre vingt et un : Espionnage

Assez rapidement, le trio s'accorda sur un point : la prochaine relique à récupérer serait l'Urne. Audrey connaissait son aura et ils étaient déjà allés dans la maison d'Andromalius, ce qui était toujours mieux que de voyager à l'aveugle. En Enfer, ils n'avaient pas à se soucier d'utiliser la magie. Tout ce qu'ils devaient faire, était de reprendre l'Urne. Audrey ne parvenait pas à la faire venir jusqu'à elle, car toutes deux n'étaient pas sur la même dimension. Elle allait devoir se rendre sur place pour pouvoir l'appeler, et de préférence dans un endroit proche pour maximiser ses chances de réussite. Tout le problème serait de savoir où arriver. Ils se mirent d'accord sur le fait qu'elle devait utiliser le Flambeau pour repérer les lieux un maximum et identifier les habitudes des démons. Ils redoutaient les rondes de surveillance. Audrey souhaitait se rendre en Enfer grâce aux Ailes, mais Jérémy et Lucas s'y opposèrent. Ils ne voulaient pas risquer de venir avec une relique et ils ignoraient comment les Ailes fonctionnaient, leur magie pouvait marcher différemment en Enfer. Elle se fia à leur avis et ils convinrent de tous utiliser une potion du voyage. Ils iraient tous les trois. Il fallait juste prendre le temps de bien repérer les lieux et se montrer patient.

— Tu vas être nos yeux, pendant les prochains jours tu vas devoir regarder dans le Flambeau. Tu observes pendant deux heures, et tu te reposes. L'un de nous restera toujours avec toi. Tout ce que tu as à faire, c'est de nous dire ce que tu vois. Nous, on notera tout en précisant l'heure. Ça va être long et fastidieux, mais plus on saura de choses, moins on prendra de risques, résuma Lucas.

— Ça va être comme regarder une caméra de surveillance pendant des heures et des heures, conclut Audrey. Je vais mourir d'ennui !

Elle râla, mais elle s'installa directement sur le canapé. Jérémy alla chercher de quoi noter. Audrey appela le Flambeau à elle. Elle attendit que Jérémy revienne dans la pièce. Il lui passa le Papillon autour du cou pour l'aider à retrouver son chemin. Elle se concentra et se connecta à ses reliques. Quand elle sentit qu'elle était en phase avec le Flambeau, elle lui demanda de s'allumer. Puis elle regarda dans la flamme. Jérémy lui prit la main.

— Essaie de continuer à me parler, il ne faut pas que tu te fasses submerger par ce pouvoir, tu dois garder le contrôle de ton corps.

Elle était trop concentrée pour répondre pour le moment, elle lui pressa la paume pour lui faire comprendre qu'elle avait saisi. Audrey commença par chercher Andromalius. Elle avait passé assez de temps avec lui pour le trouver facilement. Puis, elle sauta d'être en être jusqu'à retrouver un démon proche de l'Urne, comme elle l'avait fait la dernière fois qu'elle avait regardé dans le Flambeau. Elle sentait toujours la main de Jérémy dans la sienne. C'était difficile de maintenir le lien tout en parvenant à parler. Heureusement, Lucas l'avait préparée à cette éventualité. Elle redoubla d'efforts pour rester focus puis réussit à prononcer :

— J'y suis. Il y a deux démons devant la porte de la salle.

Elle se concentra sur ces deux individus. Ils ne faisaient rien. Ils stationnaient devant l'accès à la pièce. Eux aussi devaient mourir d'ennui ! Audrey n'avait aucune notion du temps qui s'écoulait. En Enfer, il faisait toujours nuit. Régulièrement, elle entendait Jérémy s'assurer qu'elle demeurait avec lui. Au bout d'un moment, elle remarqua un démon qui passait, il lui sembla l'avoir déjà vu. Elle réussit à faire part de sa réflexion à Jérémy. Plus tard, elle le vit de nouveau.

— Il doit faire des rondes. Aujourd'hui, on va s'intéresser à ces deux gardes. Dis-moi juste à chaque fois qu'il passe. On s'occupera de lui une prochaine fois. Pour l'instant, on doit savoir comment se déroule la relève.

Audrey hocha la tête. Se contenter de rester dans une position stationnaire, ne demandait finalement pas trop d'effort.

— Je surveille depuis combien de temps ?

— Une heure.

— Ça va être long.

— Ne le prends pas mal, mais te regarder fixer une lanterne, ça n'a rien de passionnant non plus. Ils sont comment les démons ?

— Ce sont des créatures des Enfers. Ils sont grands et cornus.

— Sois plus précise.

Audrey se concentra alors sur le visage de l'un des gardes. Ce fut comme si elle avait effectué un zoom. Elle le vit très nettement.

— Celui qui se tient à gauche de la porte, à une tête de bouc, il a les yeux rouges et il porte une sorte de piercing à l'oreille, comme un écarteur. Il a également une légère cicatrice au niveau de l'arcade. L'autre a une tête de squelette et de grandes cornes. On dirait que ses orbites sont vides, il est monstrueux.

— Parfait, on les appellera Bouc et Squelette. Mémorise-les bien.

— Le troisième garde vient de repasser.

— Il est comment ?

— Aussi charmant que ses collègues !

— Mais encore ?

— Il est petit et bossu, il donne l'impression d'avoir été sculpté dans la pierre, il est tout en muscle. Il a un visage plutôt normal, enfin si on enlève le côté caillouteux !

Jérémy notait tout ce qu'elle voyait. La moindre information pouvait avoir son importance.

— Pourquoi certains démons ont leurs yeux totalement noirs et d'autres non ? demanda Audrey.

— Les récolteurs d'âmes ne peuvent pas faire cela. Montrer des globes oculaires noirs et un aspect humain est un symbole de toute-puissance chez les démons.

Elle entendit Lucas préparer le repas. Regarder dans le Flambeau, c'était exactement comme porter un casque de réalité virtuelle, on est à la fois dans un endroit et dans un autre. Seule sa vue était en Enfer, le reste était toujours bien ancré à la maison.

Au bout de deux heures, Audrey s'arrêta. Elle avait mal aux yeux. Mais dans l'ensemble, elle avait trouvé l'exercice plus facile que ce à quoi elle s'attendait.

Ils firent une pause pour déjeuner puis elle recommença l'opération avec Lucas.

Elle s'installa de nouveau dans le canapé. Lucas se plaça à côté d'elle. Elle se concentra, alluma le Flambeau et regarda dans la flamme. Elle localisa directement Bouc et Squelette. Ils n'avaient toujours pas changé de positions. Elle voulut donner l'information à Lucas, mais elle ne parvint pas à parler. Elle essaya de sentir sa main, de trouver un contact. Mais il n'y avait rien. Elle chercha Lucas dans la flamme et le repéra immédiatement, lui et Jérémy étaient en train de s'affairer autour d'elle, enfin autour de son corps. Elle commença à paniquer à son tour, jusqu'à ce qu'elle voie le Papillon à son cou, cela lui rappela ce qu'elle devait faire. Elle rompit le lien et reprit ses esprits dans le salon. Cette perte de contrôle n'était vraiment pas une expérience agréable.

— Je suis partie depuis longtemps ? interrogea-t-elle en rouvrant les yeux.

— 10 minutes, répondit Jérémy.

— Qu'est-ce qui s'est passé ? demanda Lucas.

— Je me suis aventurée trop loin. Le troisième garde vient juste de faire sa ronde. Lucas, il faut que tu m'aides à rester à la surface, au moins au début, dit-elle en lui prenant la main. Ce n'est pas aussi facile que ça en a l'air.

— Attends, je vais te montrer, dit Jérémy en s'installant de l'autre côté d'elle et en saisissant sa main.

Audrey ferma les yeux, se concentra, ralluma la flamme et plongea son regard dedans.

— Tu cherches Bouc et Squelette ? demanda Jérémy.

Audrey hocha à peine la tête pour acquiescer.

— Tu me dis quand tu es en place.

Elle repéra les deux démons et resta focalisée sur eux. Elle percevait toujours les mains de Jérémy et de Lucas qui tenaient les siennes. Elle sentit le pouce de Jérémy caresser sa paume. Elle répondit à son geste. Lui, continua de lui parler. Quand elle fut sûre d'être bien positionnée, elle parvint à s'adresser à eux pour leur transmettre l'information.

— Il faut qu'elle garde conscience que son corps est avec nous, dit Jérémy à Lucas. Tu dois faire en sorte qu'elle ne perde pas le lien.
— Jérémy, je vois ton sourire suffisant depuis l'Enfer.

Elle le sentit déposer un baiser sur ses cheveux.

— Je vous laisse travailler, je ne suis pas loin, si besoin.
— Je devrais pouvoir m'en sortir maintenant, répondit Lucas.
— Une fois que je suis installée, je peux parler sans problème. Il faut juste que je trouve mon équilibre au début.
— C'est normal, c'est déjà incroyable que tu parviennes à utiliser les reliques comme tu le souhaites.

Audrey fit part de tout ce qu'elle voyait à Lucas. Elle resta avec les deux surveillants, elle signala à chaque fois que le troisième passait devant eux. À la fin de la deuxième heure, son partenaire lui dit qu'elle pouvait arrêter, mais elle préféra continuer une heure de plus. Elle avait envie de se débarrasser le plus vite possible de cette tâche. Lucas était d'accord pour enchainer. Elle eut raison de persévérer, car elle assista à la relève de la garde qui s'effectua à 18 h. Elle décrivit les nouveaux démons à Lucas du mieux qu'elle le put. Elle essaya de trouver un signe distinctif à chacun. Elle vit que la troisième créature avait aussi tourné, mais resta avec les deux premiers. L'exercice était long et laborieux.

Quand elle fut enfin libérée de sa corvée, elle se dépêcha de se changer puis se précipita dans la salle d'entrainement pour retrouver Jérémy. Elle voulut sauter dans ses bras, mais elle y mit tellement d'entrain qu'elle les fit basculer tous les deux sur les tapis. Elle avait une nouvelle fois un trop-plein d'énergie. Cela déclencha leurs rires. Lucas arriva et les trouva ainsi, elle allongée sur lui en train de rigoler.

— Est-ce que vous comptez vraiment vous entrainer ou est-ce que l'accès à cette salle me sera bientôt interdit ? les interrogea Lucas.

— On va commencer par s'entrainer, dit Audrey en se relevant, j'ai l'impression que vous en avez grand besoin.

— Pardon ? demandèrent les garçons en même temps.

— Je suis tout le temps obligée de vous sauver, ça devient lassant !

Lucas se tourna alors vers Jérémy et dit très sérieusement :

— Je crois qu'elle est prête.

— Oh oui, elle l'est !

En parlant, ils s'étaient placés l'air de rien de part et d'autre.

— Prête à quoi ?

— À nous affronter, répondit Jérémy.

Il voulut lui saisir le bras, mais elle fut plus rapide. Elle se jeta en avant en faisant une roulade. Cela lui permit de remettre les frères tous les deux dans son champ de vision. Elle décida d'attaquer à son tour. Elle s'élança sur Lucas. Mais il n'avait rien perdu de sa précision. Il réussit à parer tous ses coups. Elle sentit alors Jérémy s'approcher. Elle fit volte-face, juste à temps pour empêcher qu'il ne lui encercle la taille pour la faire ensuite tomber. Elle réussit même à utiliser son élan pour le déstabiliser en le poussant vers l'avant.

Elle parvint à remettre les deux frères devant elle. Elle profita de ce répit pour reprendre son souffle et elle se connecta à son Papillon. Avant que les garçons ne se positionnent de nouveau chacun d'un côté, elle attaqua Jérémy. Il riposta directement. Et au milieu de leur échange de coups, elle plaça mentalement le Papillon sur lui. Il fut trop occupé pour s'en apercevoir. Soudain, elle se dégagea, empêchant ainsi Lucas de l'atteindre et leur cria avec un grand sourire :

— Arrêtez de vous battre, j'ai déjà gagné.
— Tu rêves ! répondit Lucas.

Avant qu'il ait pu ajouter quoi que ce soit, Audrey appela les Ailes et la Faux. Les Ailes arrivèrent directement sur son dos, elle jeta la Faux en direction de Jérémy, le manche lui faucha les jambes, une fois qu'il fut à terre, elle le bloqua avec, elle mit toute sa force mentale pour faire pression et qu'il ne puisse pas se relever.

— À ton tour, dit-elle à l'attention de Lucas.

La seconde suivante, elle disparut et réapparut sur son dos. Elle appuya ses pieds dans le creux de ses genoux pour le forcer à s'agenouiller, puis elle se servit des Ailes pour le faire basculer en avant. Il fut tellement surpris qu'il ne parvint même pas à l'empêcher de lui placer une clé de bras, lui enlevant définitivement toute chance de se redresser.

— Alors, c'est qui la meilleure ?! Vous faites moins les malins maintenant !

— Utiliser les reliques, c'est déloyal, dit Lucas en se dégageant.

— Se battre à deux contre une aussi !

Elle rappela la Faux, aida Lucas à se relever puis elle en fit de même avec Jérémy.

— Tu nous as massacrés ! commenta-t-il avec un regard empli de fierté.

— On devrait s'entrainer à combattre tous les trois. On sait que ça nous arrivera tôt ou tard, alors on devrait s'y préparer, dit Audrey.

Les garçons approuvèrent. Ils passèrent le reste de l'entrainement à travailler ensemble. Quand ils eurent terminé, Audrey reprit sa tâche avec l'aide de Jérémy. Lucas alla à la salle de bains le premier, puis ils inversèrent leur place. Audrey demeura concentrée et ne se perdit pas dans la flamme. Elle donna toutes les informations qu'elle put collecter.

Elle fit une nouvelle pause pour se laver et manger et elle surveilla de nouveau. Elle passa une partie de la soirée à son poste. Elle alla se coucher dans sa chambre vers minuit avec Jérémy. Elle éteignit la lumière et se blottit contre lui, mais ce faisant, elle l'entendit pousser un gémissement de douleur. Surprise, elle ralluma. Jérémy lui affirma que ce n'était rien, mais en relevant son t-shirt, elle vit un immense bleu à l'endroit où la Faux l'avait maintenu au sol.

— C'est moi qui t'ai fait ça ? demanda-t-elle.

— Ce n'est rien, demain ça sera guéri.

— Je suis désolée, je ne voulais pas te faire de mal.

— Il n'y a rien à pardonner, tu t'es super bien battue, c'est tout ce qui compte.

— Je n'ai pas réalisé.

— Je sais. Maintenant que tu es toute puissante, il faut juste que tu apprennes à doser. Ça viendra. En attendant, repose-toi.

La première partie de la nuit, Audrey fut de nouveau tourmentée par son éternel cauchemar, mais cette fois, Jérémy était avec elle. Il lui suffit de sentir sa présence pour retrouver la quiétude et le sommeil. Ils dormaient tous les deux profondément lorsque vers 4 h du matin, Jérémy eut une vision, ou plutôt deux. Dans la première, il vit une famille entière se faire tuer par un esprit et dans la seconde le même esprit qui s'apprêtait à recommencer.

Chapitre vingt-deux: Sur la route

Il fallait partir sans tarder. Jérémy alla réveiller Lucas. Les garçons se firent couler un café et ils se mirent d'accord sur la suite.

— On tire aux dés pour savoir lequel d'entre nous reste ? demanda Audrey.

— On devrait y aller tous les trois, répondit Lucas à la grande surprise de ses interlocuteurs. On a besoin d'informations pour récupérer l'Urne et tu ne peux pas utiliser le Flambeau toute seule, dit-il à Audrey. On devrait laisser les Ailes et la Faux ici, dans le bunker, elles seront en sécurité. De toute façon, je suis sûr et certain que si quelqu'un les touchait, elles te préviendraient. Et dans ce cas, tu n'auras qu'à les appeler à toi.

— Mais toi, tu pourrais les protéger, dit Jérémy.

— Pas beaucoup plus alors que je pourrais être utile si je viens. Et Audrey pourrait profiter du trajet pour récupérer des informations, comme ça on ne perd pas de temps.

— Ça me va, répondit Jérémy.

— Moi aussi. C'est parti pour notre première vraie mission à trois !

Audrey alla ranger ses reliques dans le bunker et mit la clé dans son sac. Lucas apporta les notes qu'ils avaient collectées lors des précédentes surveillances. Ils chargèrent leurs affaires et leurs armes, et prirent la route, tous les trois. Jérémy conduisit, il avait eu la vision donc c'était son instinct de sorcier qui les mènerait au bon endroit. Audrey monta derrière avec le Flambeau et Lucas s'assit sur le siège passager. Sur le début du trajet, elle se cacha. Ils préféraient que les démons ignorent que la maison resterait vide pour une durée indéterminée.

Quand Jérémy fut certain qu'aucune voiture ne les suivait, Audrey se redressa. Lucas passa sur la banquette arrière avec elle. Elle s'installa le plus confortablement possible, alluma le Flambeau, prit la main de Lucas et commença à se concentrer. Elle regarda la Flamme et parvint sans difficulté à retrouver les gardes qui surveillaient l'Urne. Lucas l'aida à se mettre en place. Elle lui fit part de ses premières observations. L'exercice en soi n'était pas plus complexe qu'à la maison. Le seul problème était que ça lui donnait le mal des transports. Sentir son corps en mouvement alors que ses yeux ne voyaient que deux créatures devant une porte, c'était difficile à supporter. Elle était de plus en plus barbouillée, mais elle n'avait pas envie d'interrompre sa surveillance pour autant. Ils avaient besoin de toutes ces informations, plus vite ils les obtiendraient, plus vite elle récupérerait son Urne. C'était avec elle que tout avait commencé. Si les démons ne la lui avaient pas volée, ses sœurs seraient toujours en vie. L'Urne lui appartenait et elle souhaitait plus que tout la retrouver.

C'est ainsi qu'elle partit trop loin, en voulant penser à autre chose qu'à la nausée, elle avait rompu involontairement son lien. Quand elle s'en rendit compte, une vague de panique, beaucoup plus forte que les fois précédentes, la submergea. Elle essaya de revenir, mais ne trouva plus le chemin, elle ne percevait plus la main de Lucas. Elle se sentit perdue. Elle mit plusieurs secondes avant de localiser, grâce au Flambeau, les garçons qui se tenaient de part et d'autre d'elle. Soudain, elle se rappela le Papillon, mais même quand elle y pensa, cela lui parut plus difficile de retourner dans son corps. Elle eut l'impression que la magie de la relique la retenait. Ce fut à cet instant qu'elle comprit qu'il serait de plus en plus ardu de trouver le chemin qui la ramènerait à son corps.

Lorsqu'elle retrouva ses esprits, la voiture était à l'arrêt, elle était toujours sur la banquette arrière. Les frères étaient en train de se disputer, elle eut juste le temps de s'extirper de son siège que déjà les vomissements arrivaient. Tout le contenu de son estomac ressortit. Heureusement ce matin-là, elle avait relevé ses cheveux avec une queue de cheval. Cela eut le mérite de faire cesser la querelle des garçons. Quand ce fut fini, Lucas lui tendit une bouteille d'eau pour qu'elle se rince la bouche. Jérémy la serra contre lui.

— Tout ce que tu avais à faire, c'était de garder le lien, cria de nouveau Jérémy à Lucas.

Audrey se plaça entre eux.

— Arrête, ce n'est pas sa faute. C'est moi qui me suis perdue.

— Ça va ? lui demanda Lucas.

— Oui, ne t'en fais pas. J'ai été malade uniquement, car nous sommes en voiture. Mais ça va aller. On peut repartir maintenant.

— Qu'est-ce que ça te fait quand tu perds le lien ? voulut savoir Lucas.

— Se perdre dans la Flamme, c'est comme avoir la tête coincée sous l'eau. On ne sent plus l'air dans ses poumons, on ne sent plus son corps, on ne sent plus rien.

Les garçons échangèrent un regard, Jérémy était toujours en colère. Il insista pour monter derrière et demanda à Lucas de conduire :

— Je te donnerai les indications et je maintiendrai Audrey avec nous.

— Mais elle ne va pas déjà reprendre la surveillance, s'étonna Lucas.

— Bien sûr que si ! le coupa-t-elle.

Jérémy toisa Lucas d'un air entendu. Il commençait à bien la connaitre et il savait que rien ne l'arrêterait dans sa mission et certainement pas le mal des transports.

Audrey inspira une grande bouffée d'air frais et s'installa sur le siège central. Jérémy se plaça à sa droite et passa son bras gauche autour d'elle.

— Je ne te laisserai pas tomber, lui glissa-t-il doucement.

— Je sais.

Lucas démarra, Audrey repartit pour sa mission. Elle retrouva les gardes et reprit ses observations. Jérémy la garda dans ses bras. Parfois, elle sentait sa main caresser son bras, ou ses cheveux, ou son dos. Il lui parlait à l'oreille. Elle posa sa tête sur son épaule. C'est sûr qu'avec lui, elle ne risquait pas d'oublier où elle se trouvait vraiment. Elle avait beaucoup plus conscience de son corps, elle savait qu'elle était en voiture et cela l'aida à dominer sa nausée. Elle entendait aussi Jérémy parler avec Lucas par moment, lui donner des indications sur leur trajet. Elle le sentait écrire tout ce qu'elle lui disait. Elle était bien contre lui. Il avait le don de rendre les choses plus agréables pour elle. Quand il lui murmura qu'elle regardait depuis deux heures, elle eut du mal à le croire. Elle était parfaitement en équilibre entre les deux lieux, elle préféra ne pas prendre de pause. Ils continuèrent d'avancer. Au fil de ses veilles, Audrey avait appris que deux démons étaient postés en permanence devant la porte, qu'ils étaient relevés à 18 h et à 6 h. Toutes les quinze minutes, un autre garde passait dans le couloir.

Elle poursuivit la surveillance jusqu'à ce qu'ils arrivent là où l'esprit devait frapper. Elle revint à elle dans les bras de Jérémy. En se redressant, elle se perdit un instant dans ses yeux verts. Elle lui était si reconnaissante de veiller sur elle comme il le faisait. Il y avait tellement de choses qu'elle aurait voulu lui dire à ce moment précis, mais aucun son ne sortit de sa bouche. Alors elle se contenta de poser un tendre baiser au coin de ses lèvres.

Chapitre vingt-trois: Esprit

Jérémy était parvenu à les guider, il avait reconnu la maison immédiatement. Une fois sur place, ils relevèrent l'adresse puis ils commencèrent leurs investigations. Les frères cherchèrent des informations sur leur téléphone. Audrey avait besoin de sortir de la voiture, elle avait fixé une flamme pendant des heures, il fallait qu'elle se dégourdisse un peu les jambes. Elle rangea le Flambeau dans le coffre et enfila son manteau. Elle alla faire un tour dans le quartier. Il était 8 h du matin, la ville était en train de se réveiller. La maison était située en plein centre. C'était une vieille bâtisse en pierre avec plusieurs étages. Elle avait des murs mitoyens des deux côtés. Audrey voyait des lumières allumées, car elle était de toute évidence habitée. C'était vraiment lugubre. Elle frissonna en la regardant, lorsqu'une dame d'âge mûr qui promenait son chien lui dit :

— Elle fait toujours cet effet-là cette maison.

— Ah bon ? répondit candidement Audrey.

— Il fallait être désespéré pour l'acheter. Pour tout l'or du monde, je n'y mettrais pas les pieds.

— Mais pourquoi ?

— À cause des fantômes, on les entend depuis la rue. Même quand elle était inhabitée, on apercevait les ombres passer devant les fenêtres et on entendait des enfants pleurer.

La femme, une sexagénaire aux cheveux gris coupés courts, semblait contente d'avoir trouvé une interlocutrice. Elle se fit une joie de partager toutes ses informations.

— Une mère de famille aurait tué ses petits, elle était à bout, vous savez comme les enfants peuvent être difficiles parfois. Une nuit, elle a craqué. Quand elle a réalisé ce qu'elle avait fait, elle s'est donné la mort. Des années plus tard, la maison a été vendue, la famille qui est arrivée ensuite a aussi connu une tragédie. Le papa aurait abattu sa femme et ses trois filles dans la nuit. Depuis la bâtisse est restée vide, mais une famille vient juste d'y emménager. Que Dieu ait pitié d'eux. Ils ont acheté cette maison pour une bouchée de pain, mais ils n'ont aucune idée de ce qui s'y cache.

— Aurait tué ? demanda Audrey.

— Vous êtes bien attentive, la félicita la dame. C'est ce que la police a conclu. Mais j'ai du mal à y croire. Je connaissais la seconde famille. Le Monsieur était si gentil. Il n'avait rien d'un psychopathe. Absolument rien. Il adorait ses filles. Moi je pense que cela vient de la maison.

— Comment ça ?

— Elle dégage une énergie négative, tout le monde le ressent. Même vous, vous l'avez perçue, je l'ai vu. Après la deuxième tragédie, un homme s'est intéressé de près à l'histoire de cette maison. Je crois qu'il a essayé de trouver une solution. Mais malheureusement, ça n'a pas fonctionné.

Audrey lui jeta un regard perplexe.

— Je suppose qu'il a tenté d'agir, car au même moment la tombe de la mère de la première famille a été profanée.

— Comment ça « profanée » ?

— Quelqu'un l'a déterrée et a mis le feu à ce qui restait de son corps. C'est comme cela que l'on détruit les fantômes. Quand on habite à côté d'un tel endroit, on devient beaucoup plus ouvert aux explications irrationnelles et aux phénomènes paranormaux.

— Quand est venu cet homme ?

— Il y a une vingtaine d'années.

— Et comment vous savez que ça n'a pas fonctionné ?

— Je vous l'ai dit, on voit toujours des ombres et on entend souvent de drôles de hurlements.

— C'est vrai que ce lieu fait froid dans le dos, admit Audrey. Quelqu'un a déjà prévenu la nouvelle famille ?

— Je ne pense pas. Mais comment est-ce possible de ne pas sentir ces vibrations infernales ?

— Le faible prix a dû les aveugler.

— Très certainement, mais moi, je ne rentrerai pas dans cette maison, à ça non, jamais.

— Vous faites bien.

— Et je vous conseille de faire pareil, ma petite.
— Merci Madame.

Audrey repartit à la voiture pour raconter ses découvertes aux garçons.

— Comment tu peux savoir tout ça ? demanda Lucas.
— Parce qu'on me l'a dit !
— Tu as interrogé qui ? continua-t-il.
— Personne. C'est une dame qui est venue m'en parler.
— Et elle est venue comme ça ?
— Il ne t'a jamais vue à l'œuvre, dit Jérémy à Audrey avec un sourire.

Puis il ajouta pour Lucas :

— Les gens font tout le temps ça avec elle, ils se confient naturellement. Ils ne se posent aucune question. Ils se fient à elle.
— D'ailleurs, je pense que je devrais rencontrer la nouvelle famille.
— Ce n'est pas comme ça que l'on procède, normalement. On n'a pas le droit de dévoiler l'existence de la magie, lui rappela Lucas.
— Je n'ai jamais divulgué quoi que ce soit sur vos capacités ni sur l'usage que l'on peut faire de la magie, mais beaucoup d'humains ont intuitivement une connaissance des créatures qui parcourent notre monde, à plus forte raison ceux que nos missions nous amènent à rencontrer. Tu devrais avoir plus confiance en eux.

— On va continuer nos recherches.

Audrey sortit s'installer sur un banc. Il était dans un petit parc et il permettait de surveiller la maison discrètement. Il faisait froid, mais elle n'avait pas envie de rester enfermée dans la voiture. Elle emporta de quoi prendre des notes et son téléphone. Elle préféra faire des recherches de son côté tout en jetant des coups d'œil réguliers à la bâtisse. Vers 8 h 45, elle vit une femme sortir avec ses deux enfants, leur cartable sur le dos. Le plus jeune, un garçon, devait être en maternelle, Audrey estima qu'il devait avoir quatre ans et l'ainée était une fille de six ou sept ans. Après plusieurs minutes, elle aperçut la femme revenir seule.

Un regard à la voiture lui apprit que les frères étaient bien occupés. Elle griffonna rapidement sur sa feuille de papier. Elle se leva et alla frapper à la porte de la demeure.

— Bonjour, je m'appelle Audrey. J'aurais voulu m'entretenir avec vous au sujet de votre maison.

— Si c'est pour me parler des fantômes que vous êtes ici, vous perdez votre temps. Nous ne croyons pas à ce genre d'histoires, alors quoi que vous vendiez, ça ne nous intéresse pas.

— En fait, avant ce matin, je ne connaissais absolument pas votre résidence, ni même cette ville. Mais j'ai l'intuition qu'il va bientôt s'y passer un drame. C'est pour ça que je suis là. Je n'ai rien à vendre. Je suis juste venue vous proposer mon aide.

— S'il vous plait, cessez de m'importuner.

— Tenez, voici mon numéro. Au premier phénomène étrange, prévenez-moi. Je vous jure que je ne vous demanderai aucune contrepartie. Appelez-moi et je vous aiderai.

Audrey mit le papier sur lequel elle avait écrit son numéro dans la main de la femme et s'en alla sans insister. Ce matin, elle avait juste voulu établir un premier contact. Avant de partir, Audrey avait vu qu'elle avait réussi à créer le doute chez son interlocutrice. S'il y avait quoi que ce soit, celle-ci l'appellerait, elle en était sûre. Elle se rassit sur son banc. Les garçons n'avaient pas remarqué son absence. Elle ne leur rapporta pas cette conversation et poursuivit les recherches de son côté.

Au bout d'un moment, les frères vinrent la rejoindre pour faire un premier point. Ils n'avaient pas appris grand-chose de plus à part que la maison avait fait l'objet d'une grande rénovation. Les propriétaires actuels avaient tout refait avant d'emménager. Durant les travaux, il y avait eu quelques incidents, mais aucun mortel : une chute d'échelle, une main coupée par une scie circulaire et une brûlure liée à un mauvais emploi de produits toxiques. Trois accidents sur un chantier comme celui-là c'était déjà beaucoup plus que la moyenne, et le fait qu'ils se soient déroulés dans la maison hantée de la ville avait amené la presse locale à en parler. Dans l'article, le journal relatait les tragédies qui avaient touché les deux familles précédentes, ainsi que la profanation de la tombe. La grand-mère qui avait discuté avec Audrey ce matin était donc bien renseignée. L'article était illustré par une magnifique photo datant de l'époque du premier drame.

Lucas proposa d'aller voir la journaliste, pour vérifier s'il ne lui restait pas d'autres informations. Audrey n'avait pas envie de s'éloigner de la bâtisse. Jérémy suggéra d'utiliser le Flambeau pour surveiller l'intérieur de la maison. Mais Audrey et Lucas s'y opposèrent. C'était une chose d'espionner des démons, ça en était une autre d'épier de simples humains, d'autant plus qu'ils pouvaient facilement garder un œil sur la demeure.

Lucas partit à pied au journal pour approfondir sa piste. Audrey et Jérémy restèrent vers la maison. Ils continuèrent à chercher des informations. Pour se débarrasser d'un esprit vengeur, il faut brûler son cadavre, mais cela avait déjà été fait, ce qui signifiait que soit le fantôme s'était rattaché à un objet avec lequel il avait un lien très fort, soit l'esprit qui hantait cette maison n'était pas celui de la mère de la première famille. Étant donné l'âge de la demeure et les travaux dont elle avait bénéficié, il était fort peu probable qu'un objet de l'époque ait subsisté. Ils décidèrent donc d'approfondir la seconde piste. Ils devaient découvrir qui était cet esprit.

Au bout d'une heure, Lucas revint les voir. Il n'avait rien appris de plus, à part que toute la ville pensait la maison hantée. Nombreuses étaient les personnes à avoir assisté à d'étranges phénomènes. Un nombre incalculable de squatteurs avait été signalé, mais il n'y avait jamais personne à l'arrivée des forces de l'ordre. Les voisins se plaignaient d'entendre des hurlements et des bruits sourds. La journaliste avait également eu accès aux dossiers de la police sur les deux dernières tragédies, mais il ne comportait rien d'anormal, excepté bien sûr le fait que deux parents se soient mis à tuer leur famille sans raison. Le père de la première famille travaillait au moment du drame, c'était lui qui avait trouvé les corps au matin. Plusieurs personnes avaient confirmé son alibi.

Vers 10 h 30, Audrey et Lucas partirent acheter de quoi petit-déjeuner. La jeune femme rêvait d'une boisson chaude. Dehors, le soleil était voilé et il faisait froid. Elle avait envie de se réchauffer un peu. En sortant de la boulangerie, elle recroisa la dame qui lui avait parlé plutôt. Elle était toujours avec son chien.

— Je vois que vous êtes en charmante compagnie, lança la femme en lui adressant un clin d'œil.

— C'est mon beau-frère, rectifia Audrey.

C'était la première fois qu'elle le présentait comme cela. C'était un peu étrange et en même temps, cela lui allait parfaitement.

— Il me rappelle quelqu'un.

— Est-ce que je peux vous poser quelques questions sur la maison ? demanda Audrey. Vous avez attisé ma curiosité.

— Il n'y a pas grand-chose d'autre à raconter, déclara l'inconnue en se tournant de nouveau vers la jeune femme.

— Qu'est-il advenu au père de la première famille ?

— Il a quitté la ville peu après le drame. Il était totalement dévasté.

— Et comment cette famille était arrivée dans cette maison ?

— C'était un héritage. Il me semble que la demeure était dans cette famille depuis longtemps. Oui, c'est ça, la dame l'a eue au décès de sa propre mère.

— Elle est morte comment ?

— De vieillesse, enfin je crois. Si mes parents étaient toujours de ce monde, ils vous diraient ça mieux que moi. Mais je vous trouve bien intéressée, ma petite.

— Vous avez raison. J'arrête de vous importuner avec mes questions. Merci beaucoup.

— Je sens que nous allons nous revoir.

— C'est possible en effet, je suis ici pour mon travail. Je vais sûrement rester quelque temps.

— Vous travaillez avec votre beau-frère ?

— Oui, c'est une affaire familiale, répondit Audrey avec un grand sourire. Bonne journée.

Lucas et elle repartirent en direction du parc. Jérémy n'avait rien vu en les attendant. Ils mangèrent tous les trois leurs viennoiseries, assis sur le banc en réfléchissant. Ils avaient une nouvelle piste à explorer. Il fallait qu'ils cherchent les causes exactes de la première mort. Lucas se proposa de retourner au journal, vérifier cette piste. Son grand enthousiasme laissa penser à ses deux compères que la journaliste devait être particulièrement jolie. Juste après, une averse commença à tomber. Audrey et Jérémy se levèrent pour s'abriter sous un arbre, il se plaça derrière elle. La pluie tombait dru. Vers 11 h 40, ils aperçurent la femme qui habitait la maison s'en aller en monospace.

— Je suis étonné que tu ne sois pas déjà allée la voir, confia Jérémy.

Audrey lui lança un regard coupable.

— Mais tu l'as fait quand ?!

— Ce matin. Je lui ai laissé mes coordonnées. Elle saura se souvenir de moi, si besoin.

— Tu es encore plus têtue et bornée que moi, dit-il en passant ses bras autour d'elle.

Cela ne ressemblait pas du tout à un reproche, au contraire. La famille rentra juste quand Lucas revint bredouille. Ils s'accordèrent pour approcher la voiture et poursuivre leur observation au sec. Ils avaient à peine fait deux pas qu'ils tombèrent de nouveau sur la même inconnue. Elle parut voir un fantôme. Elle devint blême. Elle lâcha la laisse de son chien qui, surpris, se mit à courir. Lucas partit le récupérer. La dame ne détacha pas ses yeux de Jérémy. Elle vacilla, Audrey passa son bras sous le sien pour la soutenir.

— Vous vous sentez bien, Madame ? s'enquit-elle.

— Arthur ? demanda la femme à Jérémy.

Lucas revint avec son chien, il lui tendit la laisse, elle l'accepta machinalement, mais elle ne quitta pas pour autant Jérémy du regard. Elle semblait reprendre un peu ses esprits.

— Non, je suis son fils.
— Vous êtes son portrait craché, dit-elle à Jérémy.

Aucun d'eux ne sut quoi répondre ni que faire.

— Venez chez moi, nous avons à parler et vous serez à l'abri.
— Je suis désolée, mais nous avons du travail, tenta Audrey.
— Je sais ce que vous êtes en train de faire, de chez moi on voit très bien la bâtisse. Suivez-moi.

Ils se regardèrent tous les trois, sans comprendre. Et finalement, ils lui emboîtèrent le pas. Elle habitait une maisonnette mitoyenne des deux côtés, située en diagonale de la maison hantée.

C'était une demeure plutôt moderne. L'entrée donnait sur une belle pièce à vivre comprenant un salon et une salle à manger, la cuisine était séparée et était sur l'arrière du bâtiment. Un escalier menait aux chambres. C'était assez lumineux pour une maison de bourg. Il y avait au mur de vieilles photos d'époque encadrées représentant la ville. Elles étaient anciennes, mais le rendu faisait vraiment actuel.

Une fois arrivée, leur hôte prit leur manteau, les mit à sécher et se présenta. Elle s'appelait Inès. Elle avait 65 ans. À l'époque, elle avait aidé Arthur, le père de Jérémy et de Lucas. Elle s'était retrouvée mêlée à cette histoire totalement par hasard. Arthur était venu juste après le deuxième massacre. Il avait mené une enquête auprès du voisinage et apparemment ils s'étaient rencontrés ainsi. Inès se montra assez vague sur la nature de leur relation, mais Audrey comprit à sa façon de regarder Jérémy qu'il avait compté pour elle. Le père des garçons avait fait des recherches et conclut que l'esprit frappeur devait être celui de la première mère de famille. Il avait ensuite fait le nécessaire… puis il était resté pour s'assurer que tout était bien rentré dans l'ordre. Il avait pris comme poste de surveillance la maison d'Inès. Il avait séjourné là plusieurs jours avant de repartir sans un mot.

— Quand les manifestations ont recommencé, je n'avais aucun moyen de le joindre. Je savais juste qu'il avait deux fils et une vie palpitante, pas de quoi lancer un avis de recherche, conclut Inès. Est-ce qu'il va venir vous aider ? demanda-t-elle pleine d'espoir.

— Il est mort, répondit Lucas qui s'était installé près d'une fenêtre et qui continuait d'observer dehors.

La nouvelle sembla toucher Inès, plus que ce qu'elle ne voulut bien le laisser paraitre.

— Qu'est-ce qui s'est passé ?

Les garçons restèrent silencieux, Audrey expliqua à leur place :

— Il y a 15 ans, il a eu ... un accident de travail.

— Nous sommes ici, car nous avons toutes les raisons de croire que les nouveaux habitants de la maison vont subir le même sort que les autres, lui dit Jérémy qui ne souhaitait pas parler davantage de son père.

— Vous pourrez rester chez moi autant qu'il le faudra. Dites-moi ce que je peux faire pour vous aider.

Jérémy la remercia pour son accueil, se présenta convenablement et il fit de même pour Lucas et Audrey.

– En fait, nous avons besoin d'informations. On doit vérifier la piste de la grand-mère de la première famille. On doit apprendre de quelle façon elle est morte, s'il y a eu une enquête. C'est peut-être elle notre esprit vengeur, lui dit Jérémy.

Inès semblait incapable de lui refuser quoi que ce soit.

— Je vais passer quelques coups de fil, je sais à qui demander. J'ai juste besoin d'un peu de temps.

— Bien sûr, lui répondit-il avec un sourire.

Leur hôte sortit de la pièce. Le trio resta silencieux en attendant son retour. Jérémy s'installa sur une chaise. Lucas continua de surveiller. Audrey en profita pour prendre un instant pour rechercher ses reliques, elles étaient toujours en sécurité. Elle savait qu'elle sentirait le moindre danger, malgré tout elle était rassurée d'avoir vérifié.

Inès revint quelques minutes plus tard. Ses contacts devaient la rappeler dans l'après-midi. En attendant, elle s'attela en cuisine pour préparer un repas à ses invités. Il lui fallut très peu de temps pour concocter un véritable festin : velouté de butternut en entrée, filet de saumon servi avec ses petits légumes et tarte aux pommes en dessert. Ils se relayèrent pour surveiller la maison, mais tous se régalèrent. Même Lucas sembla profiter de ce moment. Audrey aida Inès à débarrasser la table et chercha à en apprendre plus sur sa relation avec Arthur. Elle paraissait plus encline à parler de cette histoire sans la présence des garçons.

— J'étais beaucoup plus jeune à l'époque évidemment, j'étais seule et lui aussi. On s'est plu immédiatement. Et il s'est passé ce qui arrive quand deux adultes solitaires se plaisent... On ne s'est pas fréquenté longtemps, à peine quelques jours, mais ça a été une parenthèse enchantée dans ma vie. Il m'a brisé le cœur en partant. Une part de moi espérait encore son retour.

— Je suis désolée. Vous avez toujours vécu ici ?

— Non, peu de temps après le départ d'Arthur, j'ai dû aller m'occuper de mon père. J'ai mis toutes mes affaires dans un garde-meubles et je suis partie. J'ai habité chez lui plusieurs années, même après son décès. En fait, je ne suis revenue que depuis que ma fille a pris son indépendance. La maison de mes parents était trop grande pour moi.

— Je comprends, compatit Audrey, elle-même ne serait pas restée vivre seule dans la demeure familiale.

Inès se perdit aussi un instant dans ses pensées.

— Il lui ressemble tellement, ça en est déroutant. Vous les connaissez depuis longtemps ?

— Quelques mois.

— Et vous avez déjà accepté de mener cette vie avec eux ?

— En fait, c'est plutôt la vie qui a décidé pour moi, répondit Audrey mystérieusement.

— Prenez garde de ne pas vous brûler les ailes avec lui.

— Avec lui, je ne crains rien, je vous assure.

Audrey quitta la cuisine sur cette phrase. Elle avait envie d'être avec Jérémy. Elle suggéra qu'ils aillent chercher leurs affaires à la voiture. Arrivés sur place, ils déposèrent le Flambeau dans le sac à dos d'Audrey et transvasèrent ses vêtements dans celui de Jérémy. Ils prirent de quoi fabriquer un cercle de protection anti-esprits. Quand il referma le coffre, elle se blottit dans ses bras. Il avait laissé son manteau ouvert, elle passa ses mains dedans pour être plus proche de lui. Ils échangèrent un regard, il plaça sa main contre sa nuque, elle se mit sur la pointe des pieds et ils s'embrassèrent sous la pluie, d'abord tendrement puis passionnément. Leurs langues s'entremêlèrent. Audrey glissa ses mains sous le pull de Jérémy, elle voulait sentir le contact de sa peau. Elle n'avait plus qu'une chose en tête, être avec lui. Ce fut lui qui retrouva ses esprits le premier et qui calma le jeu. Ils étaient en plein milieu de la rue, ils devaient se reprendre.

Audrey sentit le rose lui monter aux joues lorsqu'elle vit le regard désapprobateur que lui jeta Lucas quand ils passèrent la porte de la maison d'Inès.

Cette dernière attendait toujours qu'on la rappelle. Elle leur montra une chambre d'amis dans laquelle ils pouvaient poser leurs affaires. Audrey demanda l'autorisation d'utiliser la salle de bains et alla se brosser les dents. Elle en profita pour se remaquiller un petit peu, la nuit avait été courte, elle était pâlichonne. Elle refit sa queue de cheval haute.

À son retour, Inès annonça qu'elle devait sortir. Elle avait des informations à aller récupérer pour eux. Ils se retrouvèrent tous les trois seuls chez cette inconnue qui leur laissa son chien. Ils étaient tous d'accord pour rentabiliser un maximum leur temps. Aussi Lucas continua de surveiller la maison. Audrey se remit à espionner les démons avec l'aide de Jérémy. Tous les deux s'installèrent dans la chambre d'amis. Elle eut plus de difficultés que d'habitude pour se concentrer, savoir qu'elle était isolée dans cette chambre avec Jérémy, l'avait amenée à avoir tout un tas de pensées parasites. Elle dut même s'éloigner de lui pour réussir à se canaliser, car son esprit n'avait pas du tout envie de quitter son corps. Jérémy rit de la situation et se moqua d'elle. Cependant après plusieurs tentatives, elle parvint à reprendre sa tâche. Elle s'était assise en tailleur sur le sol, son dos reposant sur le lit. Elle retrouva le garde tournant du matin et se mit à le suivre mentalement. Il fit un grand tour dans la demeure d'Andromalius puis il se plaça à un poste de garde, situé non loin de l'Urne. Plusieurs autres démons s'y rejoignaient et partaient également faire des rondes. C'était tous des démons des Enfers à l'aspect effrayant. La maison semblait très bien protégée, plus que ce qu'elle aurait pensé. Après leur évasion, Andromalius avait dû renforcer la sécurité. Il ne serait pas si évident de trouver un endroit tranquille pour pouvoir aller et venir à leur guise. Suivre le garde volant lui permit de se familiariser avec la demeure du démon du désespoir et c'était un peu plus intéressant que de fixer des surveillants immobiles.

Elle faisait part de toutes ses observations à Jérémy, elle essayait d'être la plus précise possible pour qu'ils parviennent ensuite à reconstituer un plan.

Quand il entendit Inès rentrer, Jérémy alerta Audrey qu'il était temps de revenir. Alors qu'elle était en train de reprendre place dans son corps, elle sentit Jérémy l'embrasser dans le cou. Il était allongé juste derrière elle. Elle se releva d'un bond.

— Arrête ça tout de suite, ça ne serait pas correct. Tu n'as pas le droit de jouer avec mes envies de la sorte.

— C'est toi qui m'as allumé avec ton baiser torride tout à l'heure !

— J'ai eu un instant d'égarement. Maintenant, on doit rester concentré.

— À vos ordres, chef ! répondit-il avec un clin d'œil.

Elle se hâta de sortir de la chambre avant de changer d'avis. Ils descendirent dans le salon ensemble. Lucas expliqua qu'ils s'occupaient d'une autre tâche tous les deux. Cela parut bien plus convaincant venant de lui. D'autant plus que Jérémy tenait plusieurs chaudrons dans lesquels il avait préparé un mélange anti-esprits à base de gros sel, de cannelle et de vinaigre et son sac à dos qui comprenait plusieurs barres de fer.

De son côté, Inès avait bien travaillé aussi. Elle avait réussi à leur trouver le dossier que la police avait établi sur le décès de la grand-mère, la dernière propriétaire à ne pas être partie dans une tragédie. Ils l'ouvrirent ensemble. Il contenait le rapport du médecin légiste de l'époque qui avait conclu à une mort naturelle, mais plusieurs témoignages avaient poussé la police à mener une enquête. Divers témoins avaient entendu la mère et la fille se disputer quelques jours avant l'accident. La mère avait l'habitude de lever la main sur sa fille, mais cette dernière se serait rebellée en la voyant frapper ses propres petits. Elle l'aurait même menacée de mort.

— Ça colle avec un esprit vengeur, dit Lucas. Elle était violente de son vivant.

— Et elle s'en prenait déjà aux enfants, ajouta Jérémy.

— Vous pensez que la fille aurait tué sa mère alors ? interrogea Inès.

— Sans doute, répondit Lucas.

— Il faut avoir eu une fin brutale, ou avoir une raison de se venger pour devenir un esprit aussi malfaisant, expliqua Jérémy.

— Avant que vous le demandiez, je sais où elle est enterrée, dit Inès.

— Comment vous avez réussi à obtenir tout ça ? s'enquit Audrey.

— Ma fille travaille au journal local. Elle a récemment fait un article sur la maison, elle avait tout à son bureau. D'ailleurs lequel d'entre vous est allé la voir ce matin ?

— C'est moi, répondit Lucas.

— Alors je vous demanderai de ne plus vous approcher d'elle. Je ne sais que trop bien ce que ça fait d'avoir le cœur brisé par un homme de votre famille, donc vous avez intérêt à garder vos distances !

Elle avait pointé son doigt en direction de Lucas d'un air menaçant. Son ton était devenu très dur, plus du tout sympathique. Lucas fit signe de la tête qu'il avait compris et baissa les yeux. Quant à Audrey et Jérémy, ils s'efforcèrent de ne pas rire de la situation.

Les garçons partirent au cimetière en reconnaissance. Ils voulaient trouver la tombe à la lumière du jour avant de revenir la nuit pour creuser. Audrey se plaça devant la fenêtre. Inès resta avec elle, mais elle vaqua à ses occupations. Il ne se passait toujours rien d'intéressant dans la maison hantée. Leur hôte eut la gentillesse de lui apporter une tisane. À 16 h 15, elle vit la femme à laquelle elle avait parlé le matin s'absenter, c'était l'heure de récupérer les enfants à l'école. Elle les regarda revenir tranquillement, cette famille semblait heureuse. À 17 h, Lucas l'appela pour la prévenir qu'ils n'avaient pas encore localisé la tombe. Comme la nuit tomberait dans moins d'une heure, ils resteraient sur place pour commencer à creuser dès que possible. Elle savait que déterrer un cercueil n'était pas une chose aisée. Creuser un tel trou dans le sol demandait du temps, les garçons ne seraient pas de retour avant plusieurs heures. Vers 17 h 30, le père rentra. À partir de cet instant, tout pouvait s'accélérer très vite. L'esprit aimait s'en prendre aux familles, celle-ci était à présent réunie. Audrey nota sur un bout de papier les numéros des deux frères. Inès revint lui tenir un peu compagnie. Elles échangèrent sur leur vie, sur les garçons. Toutes les deux n'avaient aucune difficulté à discuter et c'était fort agréable. Inès parla beaucoup de sa fille, elle était extrêmement fière d'elle. Audrey envia leur relation.

À 20 h, Inès apporta un bol de soupe à son invitée qui le but assis devant la fenêtre, sans quitter la maison des voisins des yeux.

— Votre vie est bien étrange, vous avez passé des heures à surveiller cette maison, à veiller sur ses habitants et eux n'ont aucune idée de ce que vous faites pour eux. Ça doit être rageant par moment.

— Tout faire pour sauver une famille, ça n'a rien de rageant. C'est gratifiant. Même si la gratitude ne vient pas d'eux, à la fin de la journée, je sais que j'ai œuvré pour le Bien.

— Vous avez un cœur pur, Audrey. J'espère que cette vie ne l'assombrira pas.

Cette phrase la fit réfléchir. Elle lui rappela la prophétie de la Gardienne. Les symboles l'avaient choisie, mais pouvaient-ils se détourner d'elle si elle prenait les mauvaises décisions ? Est-ce que c'était possible ? Mais est-ce qu'elle souhaitait se détourner d'eux ? Elle n'avait jamais imaginé les choses sous cet angle et maintenant cette hypothèse ouvrait tout un champ de possibilités, de questions. Elle rechercha alors le contact avec ses reliques. Elle se concentra pour parvenir à toutes les détecter. Elle sentit immédiatement le Papillon, puis le Flambeau et assez rapidement elle trouva la Faux et les Ailes. Elle s'était habituée à elles et d'une certaine façon, elles faisaient partie d'elle à présent. Elle ne les considérait pas comme responsables des drames qu'elle avait connus. Elles étaient au-delà de cela.

Inès s'installa dans le canapé avec un livre. Audrey poursuivit sa surveillance, mais elle ne voyait absolument rien d'anormal, d'autant plus que maintenant les volets étaient fermés.

Elle était toujours dans ses pensées quand son téléphone sonna. Il était 22 h 11. Bien qu'elle ne reconnaisse pas le numéro, elle sut instinctivement qui était en train de l'appeler. Elle décrocha et attrapa ses chaussures en même temps. La femme n'eut même pas besoin d'expliquer ce qui se passait. Audrey lui répondit qu'elle arrivait immédiatement. Elle prit une barre de fer dans une main et des chaudrons dans l'autre. Elle demanda à Inès de prévenir les garçons et elle partit en courant rejoindre la maison hantée.

Chapitre vingt-quatre : L'offensive

Audrey essaya d'entrer, mais la bâtisse était fermée à clé. Elle frappa et à sa grande surprise le père de famille vint lui ouvrir :

— Qu'est-ce que vous voulez ?

— Je dois voir votre femme, répondit Audrey.

— Désolé, ça ne va pas être possible, dit l'homme en refermant.

— Je me dois d'insister, déclara-t-elle en bloquant la porte avec son pied.

Elle fit reculer l'homme en le poussant avec la barre de fer. Il hurla de douleur à ce contact. L'esprit l'avait donc possédé. Il allait se servir de lui pour massacrer toute la famille. Le fantôme criait toujours, Audrey en profita pour monter les marches en courant. Elle entendit les enfants pleurer dans une des pièces. Elle recouvrit le seuil du mélange protecteur. Ainsi l'esprit ne pourrait plus y pénétrer. Elle ordonna à la femme de ne surtout pas ouvrir la porte. Le père la rattrapa au moment même où elle termina et la propulsa dans les airs. Elle atterrit lourdement sur le ventre, eut le souffle coupé, mais se releva. Elle tenait toujours à la main sa barre de fer.

Elle parvint à pousser son assaillant sur le côté et redescendit dans la pièce à vivre. Elle voulait l'éloigner le plus possible des enfants. Elle savait que les garçons étaient déjà en train de creuser, elle devait leur donner du temps. Inès les avait prévenus. Ils feraient au plus vite. L'esprit possédait encore le père, cela décuplait sa force. Il la suivit de nouveau au rez-de-chaussée. À présent, elle devait résister. Elle essaya de le maintenir le plus à distance d'elle qu'elle le pouvait. D'un coup, il sortit du corps qu'il avait et se jeta sur elle. Le fantôme avait gardé l'aspect qu'il avait de son vivant, c'est-à-dire celui d'une grand-mère au visage sévère, étrangement elle parut familière à Audrey. Mais cette dernière n'eut pas le temps d'approfondir la question. L'esprit cherchait à la posséder à son tour. D'un geste, Audrey envoya une poignée du mélange répulsif sur lui ce qui le fit disparaitre un instant. Elle en profita pour faire un cercle de protection autour d'elle. Le fantôme s'efforça de trouver une faille. Cela dura plusieurs minutes. C'est à ce moment-là que Lucas arriva. Mais en ouvrant la porte d'entrée, il y eut un courant d'air et le cercle se rompit. Audrey frappa l'esprit avec sa barre de fer et il disparut de nouveau. Cela permit à Lucas de venir se mettre dos à dos avec la jeune femme.

— Je suis surprise de te voir, lui dit-elle.

— Jérémy creuse plus vite que moi alors il a choisi de rester au cimetière. Mais il ne voulait pas que tu te battes toute seule. Il ne devrait pas en avoir pour longtemps.

L'esprit réapparut une fois de plus dans le corps du père de famille.

— Je maitrise la situation, pour l'instant, mais ta présence est la bienvenue. Il faut que l'on fasse sortir les enfants de cette maison.
— Ils sont où ?
— À l'étage.
— D'abord on enferme le fantôme, murmura Lucas.
— Ça me va.

Ils s'éloignèrent l'un de l'autre et se positionnèrent très lentement autour de leur ennemi. Ils avaient tous les deux leur barre de fer à la main. Dès que l'esprit s'approchait, ils lui en asénaient un coup. Ils n'avaient pas besoin de taper fort. Le contact du fer ne brûlait que l'esprit pas le père. Ils se rapprochèrent imperceptiblement. Puis sur un geste de tête de Lucas, ils se mirent à tourner autour de leur cible. Ils formèrent un cercle. Ils firent plusieurs fois le tour. De leur main droite, il frappait l'ennemi dès qu'il s'avançait trop d'eux et de leur main gauche, ils répandaient leur mélange de sel, de cannelle et de vinaigre. Lorsque le cercle fut terminé, ils firent un pas en arrière. L'esprit était coincé. Audrey monta à l'étage et exhorta la mère de lui ouvrir. Celle-ci mit longtemps à se décider. La jeune femme avait beau la presser, la mère n'osait pas déverrouiller. Quand elle la vit, elle comprit mieux pourquoi. Elle avait pris un coup au niveau de l'arcade et saignait beaucoup. Malgré cela, elle porta son fils dans les escaliers tout en tenant sa fille par la main. Elle suivit à la lettre les instructions d'Audrey. Ils passèrent en courant au rez-de-chaussée. Puis elle s'enfuit avec les petits jusqu'à la maison d'Inès. Cette dernière était à sa fenêtre et leur fit signe de la rejoindre dès qu'elle les vit dans la rue. Audrey resta vers Lucas. Ils savaient que leur cercle de protection se ferait souffler quand la porte s'ouvrirait. Alors ils se tinrent prêts. Mais l'esprit demeura sagement dans le cercle qui ne le retenait plus. Il eut un rictus affreux. Puis il se jeta au sol et se mit à se frapper la tête sur le carrelage. Apparemment, ce fantôme n'accepterait pas sa défaite si facilement. Il avait perdu la mère et les enfants, mais il pouvait toujours exercer sa vengeance sur le père. Lucas se projeta le premier sur lui. Il lui attrapa les bras par-derrière et le fit basculer sur lui. Lucas était dessous, il lui maintenait les deux bras et l'encerclait avec ses jambes. Mais l'esprit essayait de lui mettre des coups de tête. Audrey tenta de bloquer son crâne, mais ce dernier était incontrôlable. Il ne cessait jamais de bouger. Elle avait peur de faire mal à son vaisseau, le père de famille. Celui-ci finit par toucher Lucas qui poussa un cri de douleur. Il se retourna dans l'espoir de coller son assaillant au sol, avec l'aide d'Audrey.

La lutte était rude. D'un seul coup, des flammes se mirent à sortir du corps de leur ennemi. Elles avaient l'aspect des flammes, mais elles ne brûlaient pas les vivants, elles n'eurent d'effets que sur l'esprit. Le fantôme quitta son hôte en hurlant. Mais avant que les flammes ne le consument totalement, il disparut.

— C'est normal ça ? demanda Audrey qui se doutait déjà de la réponse.

— Pas vraiment. Jérémy a réussi à carboniser son squelette, mais on dirait que la grand-mère s'est réfugiée ailleurs. Elle a trouvé un objet pour la retenir ici.

— On a raté quelque chose.

Leurs cerveaux fonctionnaient à plein régime. Ils refirent chacun le déroulé des événements. Ils comprirent au même instant. Un détail leur avait échappé. Arthur avait brûlé le mauvais corps, mais l'esprit ne s'était pas manifesté tant qu'il était là. Il pouvait n'y avoir qu'une seule raison. Il avait trouvé un moyen de se rendre chez Inès. Et Audrey avait une idée très précise de l'objet que la grand-mère utilisait pour maintenir son existence. Elle cria à Lucas de rester avec le père de famille qui semblait très mal en point. Elle partit de nouveau en courant jusqu'à la maison d'Inès. Elle entra sans frapper. C'était une véritable cacophonie à l'intérieur. Le chien aboyait, les enfants hurlaient, la mère pleurait. La courageuse Inès tenait une barre de fer à la main, qu'elle avait dû trouver dans le sac que Jérémy avait préparé et elle se tenait prête à en découdre. Quant à l'esprit, il riait de la situation. Tous s'arrêtèrent en voyant Audrey débouler. Elle saisit sur la table l'un des chaudrons et le fit glisser au sol jusqu'à la famille.

— Faites un cercle avec ça et restez tous dedans.

La femme s'exécuta tandis que le fantôme se tourna vers Audrey.

— Encore toi !
— J'aime bien jouer les trouble-fêtes.

Elle se jeta sur l'esprit et le frappa avec sa barre de fer. Dès que la grand-mère réapparaissait, elle cognait et elle répéta l'opération jusqu'à ce que la mère de famille et Inès aient terminé leur cercle protecteur.

— Inès, elle est où la photo du journal ? Celle qui sert d'illustration à l'article de votre fille.
— Dans le cadre au-dessus du canapé.
— C'est l'original ?
— Oui bien sûr.
— Vous avez de quoi faire du feu ?
— J'ai des allumettes dans la cuisine, dans le tiroir à côté de la gazinière.

Cela n'allait pas être simple et l'esprit était de plus en plus en colère. Pendant un instant, elle envisagea d'appeler ses Ailes à la rescousse, mais elle savait qu'il valait mieux que ses reliques restent cachées. Audrey commença par se rapprocher de la photo. Elle était dans son dos alors elle recula petit à petit. Mais le fantôme connaissait son plan, aussi il se plaça devant le cadre. Elle avait beau lui administrer des coups avec sa barre de fer, il ne disparaissait pas assez longtemps pour qu'elle puisse l'attraper. Son ennemi parvint à la projeter au sol plusieurs fois, mais il ne prit jamais assez l'avantage pour lui permettre de la posséder. Elle gardait tant bien que mal le dessus sur le combat, mais elle ne dominait jamais assez pour pouvoir récupérer la photo. Alors qu'elle était à court d'idées, Jérémy arriva. Elle lui jeta son arme et lui demanda d'occuper l'esprit. Elle commençait à fatiguer. Là encore, la lutte fut féroce. Il avait l'habitude de se battre contre ce genre de créature. Le fantôme revenait en permanence à la charge sur Audrey, mais Jérémy le maintenait à bonne distance. Un vrai garde du corps. Cela permit à la jeune femme d'attraper le cadre, de le fracasser au sol pour en extraire la photo. Jérémy lui jeta son briquet. Elle mit le feu à l'image et cette fois-ci la grand-mère brûla entièrement dans un hurlement terrible.

Après cela, il y eut un silence lourd. Inès aida sa voisine à se relever. Le petit garçon refusait de quitter les bras de sa maman, quant à la fillette, elle était aussi collée à eux. Ils semblaient tous secoués. Lucas arriva avec le père juste après. Il paraissait également déboussolé, mais sa joie de retrouver sa famille entière et en sécurité fut la plus forte. Ils se serrèrent tous les quatre, les uns contre les autres. Tous pleuraient. Audrey ne put s'empêcher de verser une larme. En la voyant, Jérémy la saisit par la taille. Lucas passa son bras derrière la nuque de la jeune femme et déposa sa main sur l'épaule de son frère. Audrey les pressa tous les deux par la taille. Ils avaient réussi. Parce qu'ils étaient tous les trois, cette victoire lui parut être la plus belle.

Le couple avait besoin de réponses sur les événements qu'il venait de vivre. Inès promit de tout leur raconter le lendemain. Ils avaient tous eu leur compte d'émotions fortes pour la journée. La femme prit Audrey à part et s'excusa cent fois pour l'attitude qu'elle avait eue à son égard le matin et la remercia mille fois d'avoir sauvé sa famille.

Le trio aida Inès à ramasser les bouts de verre du cadre ainsi que le cercle de protection. Elle ne demanda aucune explication, elle avait parfaitement compris ce qu'il venait de se passer, et comment l'esprit était arrivé chez elle. Elle alla chercher de la glace pour Lucas qui commençait à avoir une belle bosse à l'endroit où il avait reçu le coup de tête. Quand ils eurent fini, leur hôte leur servit à tous un verre de whisky et apporta de quoi grignoter aux garçons. Elle avait besoin d'oublier un peu ce qui venait de se passer, de dédramatiser. Les frères acceptèrent volontiers. Audrey n'aimait pas cela, mais elle n'eut pas le cœur de le dire à Inès. Elle trinqua avec eux et but son verre rapidement pour ne pas s'imposer ce goût plus longtemps que nécessaire. Inès proposa une seconde rasade, mais Lucas refusa. Ils n'en avaient pas encore parlé, ils n'en avaient pas besoin, ils savaient qu'ils étaient tous d'accord pour reprendre la route le soir même. Inès parut surprise de cette décision, il faisait nuit et la température était passée en dessous de zéro degré, mais elle ne chercha pas pour autant à les convaincre de rester, elle avait conscience que c'était peine perdue.

Audrey et Jérémy montèrent récupérer leurs affaires. Jérémy s'arrêta d'abord à la salle de bains pour se débarbouiller un peu, il était plein de terre. Audrey remit le Flambeau dans son sac à dos ainsi que les notes que Jérémy avait prises pendant leur surveillance. Elle saisit un morceau de papier sur lequel elle écrivit un mot à l'attention d'Inès.

« Merci pour votre aide et pour tout ce que vous avez fait pour nous. Nous n'y serions pas arrivés sans vous. Je vous laisse nos trois numéros. Vous pouvez compter sur nous.

Merci pour votre hospitalité et surtout merci d'avoir rendu cette journée meilleure. »

Avant de descendre, elle se lava les dents et se passa un peu d'eau aussi sur le visage. Elle relâcha ses cheveux, elle n'avait plus besoin d'être opérationnelle. Jérémy était resté dans la pièce, il s'était assis sur le rebord de la baignoire et la regardait.

— Ça a été ce soir ? lui demanda-t-il.

Elle se rapprocha de lui. Elle posa ses mains sur ses épaules, pour une fois elle était plus grande que lui. Il déposa ses mains sur ses hanches.

— Oui, je crois m'en être bien sortie.
— Tu n'as pas eu peur ?
— Non, pas une seconde. J'ai été prise dans l'action. Je n'ai pas eu le temps d'y penser.

— Et tu y es arrivée seule, sans faire appel aux reliques, lui fit-il remarquer.

— J'avoue y avoir songé pendant un instant.

— Je suis fier de toi, dit-il en l'attirant vers lui.

— J'ai eu un bon professeur, murmura-t-elle avant de sentir la bouche de Jérémy sur la sienne.

— On en reparle à la maison ?

— Avec plaisir.

Audrey passa son sac sur son dos. Jérémy garda à la main les deux autres et descendit le premier. Lucas et Inès étaient en train de discuter dans le salon. Jérémy se dirigea directement vers eux. Audrey fit escale dans la cuisine pour y déposer son mot et arriva juste après. Lucas monta se débarbouiller à son tour. Jérémy et Audrey remercièrent Inès et lui dirent au revoir. Ils partirent dès que Lucas revint.

Chapitre vingt-cinq : Retour

Lucas prit le volant sans poser de questions. Jérémy et Audrey montèrent à l'arrière. Ils s'installèrent comme à l'aller. Jérémy passa son bras autour d'elle et cala sa tête sur la sienne. Elle commença par se reconnecter à toutes ses reliques. Puis elle alluma le Flambeau et projeta son esprit dans la flamme comme elle parvenait si bien à le faire. Depuis sa dernière surveillance, la relève était arrivée, elle eut du mal à retrouver des démons pour la ramener vers l'Urne. Elle exprima ses difficultés à Jérémy pour qu'il ne s'inquiète pas. Il lui répondit de prendre son temps et d'essayer de visualiser à nouveau tous les gardes qu'elle avait déjà vus. À l'aide des notes, il lui refit une liste précise. Cela lui permit de trouver un garde à suivre, il était sur une autre tournée que le démon de l'après-midi, mais celle-ci était bien moins drôle. Il devait faire, avec trois collègues, le tour des cachots. Ils avaient exactement le même poste que les gardiens que Jérémy et Audrey avaient attaqués lors de leur évasion, mais à ce moment-là, cette fonction n'était assurée que par deux surveillants, et non quatre.

Andromalius avait donc bel et bien renforcé les protections dans sa demeure. Les cellules étaient bien plus étendues qu'elle ne l'aurait cru. Elle fit part de ces remarques à Jérémy, mais rapidement elle n'eut plus grand-chose à lui rapporter. Les portes des geôles se ressemblaient toutes. Elle commença à s'ennuyer alors, sans vraiment s'en rendre compte, elle se mit à caresser le bras de Jérémy dans un mouvement très doux. Elle adorait sentir le contact de sa peau sous la sienne. Elle resta concentrée sur ce qu'elle voyait, mais au bout de plusieurs minutes, la tête de Jérémy se fit plus lourde sur la sienne, puis elle entendit sa respiration se faire plus profonde. Elle comprit qu'il s'était endormi. Cela ne servait à rien qu'elle poursuive sa tâche, elle ne pouvait pas prendre de notes. Elle se focalisa sur Jérémy et revint à elle en douceur. Le Flambeau s'éteignit ce qui attira l'attention de Lucas. Il lui adressa un sourire en apercevant son frère assoupi sur elle. Elle resta là sans bouger, elle ne voulait pas le déranger et interrompre ce moment.

Après une heure dans cette position, Jérémy changea de côté, ce qui libéra totalement Audrey. Elle en profita pour passer sur le siège passager à l'avant. Elle voyait que Lucas commençait à dodeliner de la tête, de la compagnie l'aiderait sûrement.

— Je peux conduire si tu le souhaites, lui dit-elle.

— Tu n'es pas fatiguée, toi ?

— Je viens de me reposer. Donc, n'hésite pas à me demander.

— Je continue encore un peu.

— Lequel d'entre vous est revenu du cimetière à pied ?

— C'est lui. Tu penses bien qu'il m'a laissé la voiture pour que je te retrouve au plus vite.

— Alors comme ça, il sait courir ?

— Avec toi, rien n'est impossible ! répondit Lucas avec un grand sourire.

Audrey leva les yeux au ciel, mais dans le fond, elle fut contente de l'entendre dire par Lucas. Elle poursuivit sa conversation avec lui :

— Elle est comment la fille d'Inès ?

— C'est une bombe. Elle a des yeux verts incroyables. Je te garantis que vous auriez dormi chez Inès cette nuit, si…

— Si elle ne t'avait pas menacé de mort ?

— C'est le moment où j'ai eu le plus peur de la journée, rigola-t-il.

— J'ai cru qu'elle allait te tuer !

— Tu penses que mon père et Inès…

— J'en suis sûre, elle me l'a dit, lui confia Audrey.

— Ah, j'aurais préféré ne pas savoir finalement !

— On l'a tous compris rien qu'en la regardant baver d'envie devant Jérémy.

— C'est vrai que tu t'es montrée plutôt conciliante avec elle. Je te pensais plus jalouse que ça.

— J'arrive à me raisonner quand ma rivale fait partie du troisième âge !

Ils continuèrent à discuter tous les deux, à plaisanter, mais Lucas bâillait de plus en plus souvent et commençait à se frotter les yeux. Audrey insista pour prendre le volant. Lucas se gara et ils échangèrent leur place. Jérémy ne remarqua rien. Lucas s'endormit peu de temps après. Le GPS indiquait qu'ils avaient encore deux heures de route, mais cela importait peu. Elle n'était pas fatiguée. Elle alluma la radio doucement et conduisit jusqu'à ce qu'ils arrivent chez eux, vers 4 h 30. Le soleil n'était toujours pas levé. Les garçons se réveillèrent d'un œil et allèrent se recoucher immédiatement. Jérémy prit le chemin de son lit. Audrey monta leurs affaires. Une fois dans sa chambre, elle appela toutes ses reliques à elle et les disposa à leur place dans la pièce puis elle alla se laver rapidement et enfila son pyjama. Elle rejoignit Jérémy. Il dormait en caleçon et en t-shirt. En la sentant, il la serra contre lui, c'est là, parfaitement en sécurité dans ses bras, qu'elle finit enfin par s'assoupir à son tour.

Le réveil sonna à 8 h. Jérémy l'éteignit et s'alerta d'un seul coup.

— Je me suis endormi pendant que tu regardais dans le Flambeau ?

Cela fit sourire Audrey.

— Interdiction de te prendre la tête, j'avais bien assez conscience de ta présence pour revenir sans difficulté. Tu ne m'as pas lâchée une seule seconde.

— Je l'espère.

Il était allongé sur le côté, sa tête sur son bras gauche. Elle était sur le dos, juste à côté de lui. Il lui caressa le ventre, puis la taille, il la rapprocha légèrement de lui. Il était terriblement séduisant avec ses cheveux mal coiffés et son t-shirt blanc. Elle pivota sur le flanc pour lui faire face. La main de Jérémy resta sur sa hanche, puis alla sur sa taille, sur sa cuisse et remonta. Il répéta plusieurs fois son geste. Dans ses yeux, elle pouvait voir qu'il la désirait autant qu'elle le désirait.

— On n'avait pas une conversation à terminer tous les deux ? demanda-t-il en rapprochant sa tête de celle d'Audrey.

Pour toute réponse, elle se contenta de l'embrasser.

Chapitre vingt-six : Avant Noël

Jérémy fila directement à la douche en se levant. Audrey remit son pyjama et alla dans la cuisine prendre son petit déjeuner. Lucas y était déjà. Ces derniers temps, ils avaient été tellement affairés, qu'elle avait perdu toute notion des jours. Elle n'avait aucune idée de la date. Ce n'est qu'en voyant son calendrier de l'avent, qu'elle réalisa qu'ils étaient le 22 décembre ! Elle n'avait prévu aucun cadeau pour le Noël des garçons, ni rien pour le réveillon. Depuis qu'ils avaient décoré la maison, elle ne s'était plus occupée de rien. Elle eut un peu honte d'elle. Elle avait déjà des idées, mais elle devait aller les chercher. Quand Jérémy arriva dans la cuisine à son tour, elle leur annonça :

— J'ai besoin d'aller en ville. Est-ce que je peux utiliser ta voiture ?

— Tu vas faire quoi ? s'étonna Jérémy.

— Il faut que je trouve de quoi gâter les deux hommes qui partagent ma vie et aussi que j'achète de quoi leur préparer un bon repas.

— On va vraiment fêter Noël alors ? Avec des cadeaux et tout ? demanda Lucas.

— J'y compte bien.

— Mais si l'un de nous a une vision et que l'on doit partir ?

— Dans ce cas, on décalera le réveillon. On avisera.

— Je ne veux pas jouer les rabat-joie, mais en ce moment, on ne peut pas vraiment se permettre de faire des excès, dit Jérémy.

— Considérez que le repas est une partie de votre cadeau et pour le reste, vous n'aurez qu'à prendre un petit truc, une petite attention suffira amplement.

— Tu referas du lait de poule ?

— Un plein saladier, répondit Audrey avec un grand sourire.

— Dans ce cas, ça me va, lança Jérémy.

— Je vais m'habiller et je pars directement après.

— Je peux venir avec toi ? demanda Lucas.

— Oui bien sûr. Mais je te préviens, les magasins vont être bondés et j'ai l'intention d'en faire plusieurs.

Lucas accepta malgré tout, il fonça à la salle de bains se préparer. Elle alla dans sa chambre enfiler un jean et un pull rayé noir et blanc, elle se coiffa et se maquilla un petit peu. Elle attrapa ses bottes plates et retrouva Jérémy dans la cuisine.

— Et si je ne trouve aucune idée de cadeau ? Ou si ça ne te plait pas ?

— Alors, prends-moi une boite de chocolat et je serai la plus heureuse.

Elle se rapprocha de lui :

— Quoi que tu choisisses, ça me fera plaisir.

— Je n'ai jamais fait de truc comme ça moi ! Même pour Lucas, je ne sais absolument pas ce que je vais lui offrir. On ne se fait pas de cadeaux habituellement.

— Je te laisse réfléchir pour ton frère, si tu n'as pas d'idées, je t'en soufflerai une. Et pour moi, tu n'as qu'à en parler rapidement avec lui. Vous pouvez très bien vous mettre ensemble.

— Tu m'agaces. Avant notre vie était bien plus simple.

— Était-elle mieux pour autant ?

— Absolument pas et ça m'énerve encore plus.

— Jérémy ?

— Oui ?

— Toi aussi tu m'énerves, dit-elle en l'embrassant tendrement. Plus que tu ne le penses.

Elle attrapa les clés de la voiture et descendit au garage avec Lucas. Ils partirent dans la plus grande galerie marchande de la ville. Audrey proposa qu'ils se séparent au début, le temps qu'ils aillent chacun voir pour leurs cadeaux respectifs. Audrey commença donc par le présent de Lucas. Il n'était pas encombrant et elle voulait vraiment qu'il ait la surprise. Elle le fit emballer et le déposa dans son sac à dos. Elle croisa ensuite une boutique de vêtements, dans laquelle il y avait de belles robes en vitrine. Elle se laissa tenter. Elle en essaya plusieurs. Elle n'avait pas du tout l'habitude de ce genre d'habits, mais elle avait envie de marquer le coup, d'être un peu jolie pour une fois. Elle opta pour un modèle bleu qui lui arrivait au-dessus du genou. C'était une robe patineuse à manches longues, serrée à la taille et large en bas. Elle avait aussi un décolleté devant et au niveau du dos, mais rien qui fasse vulgaire. Elle acheta en plus une paire de bottes, elles étaient montantes et avaient un talon haut, mais large. Audrey espérait réussir à marcher avec. Elle avait en tout cas plus de chance d'y parvenir avec un modèle de ce type qu'avec des escarpins. Elle prit des collants pour parfaire sa tenue. Elle avait perdu du temps. Lucas était déjà en train de l'appeler alors qu'elle n'avait pas encore trouvé le cadeau pour Jérémy. Elle se dépêcha de payer ses achats et retrouva Lucas dans la galerie. Ensemble, ils partirent chercher le présent pour son frère. Elle était contente d'avoir son avis, elle ne voulait surtout pas se tromper. En la voyant entrer dans la boutique, il comprit tout de suite :

— Je croyais qu'on se faisait des petits cadeaux ?

— J'ai dit que **vous** pouviez faire des petits cadeaux. Moi j'ai bien l'intention de vous pourrir.

— Ce n'est pas très juste.

— Vous m'avez sauvée, vous m'avez accueillie, vous avez toujours été là pour moi depuis l'incendie. Sans vous, je n'aurais eu aucune chance. La moindre des choses que je puisse faire, c'est de vous gâter à Noël. Le tien est déjà acheté et je vais prendre celui de Jérémy avec ou sans ton aide.

— Tu es impitoyable.

— Ton frère me le dit tout le temps !

Lucas entra avec elle. Ils choisirent ensemble, avec les conseils d'une vendeuse, le meilleur modèle possible pour Jérémy. Ils rangèrent leurs achats dans le coffre de la voiture, puis ils retournèrent faire les courses pour le repas.

Ils rentrèrent à la maison pour 13 h. En arrivant, Audrey cacha les présents des garçons dans le bunker, elle avait encore la clé dans son sac. Elle y plaça aussi ses propres emplettes pour garder la surprise pour Jérémy.

Ce dernier avait préparé le déjeuner en leur absence.

Après le repas, le couple reprit sa surveillance du domaine d'Andromalius. C'était difficile de trouver une pièce suffisamment proche de l'Urne pour pouvoir l'invoquer tout en étant sûr qu'elle serait vide à leur arrivée. C'était surtout compliqué, car pour pouvoir changer d'endroit, Audrey devait suivre un être vivant, donc si une salle était vacante, elle ne pouvait pas y rentrer. Jérémy devait soigneusement noter les pièces qu'ils connaissaient et les heures auxquelles elles étaient occupées. C'était long et fastidieux, mais tout se déroula normalement. Audrey continua sa tâche à plusieurs moments de la journée. Jérémy laissa Lucas la seconder une fois, malgré tout, il resta dans les parages. Comme à chaque fois, qu'elle regardait trop dans la flamme, Audrey eut besoin de se défouler. Elle fit une grosse séance d'entrainement en fin d'après-midi.

Le soir, ils prirent leur repas tous les trois et lancèrent un film ensemble. Les garçons étaient fatigués, les deux dernières nuits, ils avaient tous peu dormi. Ils allèrent se coucher vers 23 h, mais Audrey n'arrivait pas à trouver le sommeil. Au début, elle resta dans sa chambre et rechercha ses reliques. La respiration de Jérémy ne la gênait plus. Elle demeura un long moment connectée avec elles. Cela l'apaisait, elle avait même l'impression d'entendre les symboles émettre une sorte de musique, très, très discrète.

Puis, elle s'efforça désespérément de ressentir l'Urne ou le Voile. Mais elle avait beau étendre son champ d'action encore et encore, ces reliques restaient hors de sa portée. Pendant un instant, elle envisagea de poursuivre sa mission de reconnaissance, mais elle n'osait plus s'aventurer seule dans la flamme.

Après une heure de « méditation », elle essaya à nouveau de trouver le sommeil, mais en vain. Elle se rappela soudain, l'album photos de famille des garçons et le carnet de leur père. Elle partit à leur recherche dans le grenier en pleine nuit. Lors de la dernière attaque, les combles avaient été mis sens dessus dessous. Ils avaient commencé de les ranger, mais ils n'avaient jamais terminé. Ils avaient enlevé les cartons inutiles, mais il restait encore beaucoup à faire. Audrey savait dans quel coin du grenier elle avait laissé ses trouvailles. Elle s'activa à ranger cette partie-là. Elle remit tous les livres jetés au sol sur leurs étagères jusqu'à ce qu'elle retrouve ceux qu'elle cherchait. Elle poursuivit son rangement encore un moment. Elle s'affairait silencieusement. Vers 2 h du matin, elle regagna son lit avec les carnets.

— Qu'est-ce que tu fais ? demanda Jérémy dans un demi-sommeil.

— Rien, je te montrerai demain, rendors-toi, lui répondit-elle doucement.

Il se tourna sur le côté et s'assoupit aussitôt, rassuré. Audrey se blottit contre son dos et le serra contre elle. La chaleur qu'il dégageait finit par avoir raison d'elle. Elle s'endormit à son tour.

Le lendemain, elle fut réveillée bien avant l'alarme de son téléphone, mais elle resta allongée contre Jérémy. Finalement, peu de temps après, il se mit sur le dos et passa son bras autour d'elle. Ils demeurèrent un moment dans cette position, afin d'émerger en douceur.

— T'as réfléchi pour le cadeau de Lucas ? finit-elle par demander.

— Je crois que je vais lui prendre une bonne bouteille de whisky.

— Ce n'est pas très personnel, mais au moins t'es sûr que ça lui plaira !

— Je te l'ai dit, je ne sais pas faire ça, maugréa-t-il.

— J'ai trouvé deux choses dans le grenier que tu devrais lui offrir.

— Pourquoi tu ne le fais pas toi ?

— Cela ne m'appartient pas et ce n'est pas à moi de le faire.

— Montre-moi.

Elle commença par sortir l'album de photos. Jérémy le feuilleta en silence.

— Ce ne sont rien d'autre que de vieux souvenirs.

— Maintenant, il n'a plus que toi pour lui parler de son enfance. Il ne se rappelle même pas de votre mère. C'est difficile pour lui de ne rien savoir d'elle à part le fait qu'elle vous a laissés. Penses-y.

Elle préféra ne pas insister, il fallait que l'idée fasse son chemin toute seule.

— Et l'autre chose ?

Elle lui tendit le carnet de son père, celui dans lequel il notait toutes ses missions et surtout combien il sauvait de personnes à chaque fois. Il le lut attentivement.

— Je ne savais pas qu'il faisait ça.

— Tu devrais l'offrir à Lucas pour l'aider à garder en tête pourquoi ce que l'on fait est important.

— Tu as déjà pensé à tout, s'étonna-t-il. Tu lui as pris quoi toi ?

— Tu verras demain. Mais s'il te plait, ne t'énerve pas en le découvrant et fie-toi à moi.

— Et moi ? Qu'est-ce que je vais avoir ?

— Tu verras demain ! Mais s'il te plait, ne t'énerve pas en le découvrant ! Fie-toi à moi ! répéta-t-elle.

— Tu te moques de moi ?

— Peut-être...

— Je suis sûr que je peux te faire parler, dit-il en la chatouillant.

Elle rit tant et tant ; plus elle riait, et plus il riait aussi, mais elle ne lâcha pas l'information pour autant. Il finit par capituler. Elle lui mit un coup d'oreiller pour se venger et ils sortirent de la chambre tout en continuant de se battre. Ils prirent leur déjeuner sans cesser de se chamailler, au grand désarroi de Lucas. Pour repartir, Audrey sauta sur le dos de Jérémy qui la porta ainsi jusqu'à sa chambre. Puis il se laissa tomber sur le lit alors qu'elle était toujours sur lui de sorte à l'écraser. Cela les fit rire de plus belle.

— Et moi ? Je vais avoir quoi comme cadeau ? lui demanda-t-elle entre deux éclats de rire.

— Tu verras demain. Est-ce que je peux t'emprunter ton ordinateur d'ailleurs ?

— Oui, mais tu ne trouveras aucun indice dedans.

— Je vais quand même regarder !

Puis il reprit sérieusement :

— Ça ne t'embête pas de surveiller avec Lucas ce matin ?

— Ça va aller, c'est plus toi que ça inquiète que moi, lui rappela-t-elle.

— Sois prudente.

Elle l'embrassa sur la joue et regagna sa chambre pour s'habiller. À son retour dans la cuisine, elle demanda à Lucas de l'accompagner dans sa tâche. Ils se mirent en action sur-le-champ. Encore une fois, Audrey réussit à ne pas trop s'aventurer et à rester pleinement consciente de son corps. Elle connaissait de mieux en mieux les lieux et les démons qui y séjournaient. Elle avait un plan de plus en plus net en tête, et les garçons le retranscrivaient minutieusement. La journée fut assez semblable à la veille, entre moments de surveillance et périodes de défoulement.

Chapitre vingt-sept : Le réveillon

Le 24 décembre au matin, Jérémy prit Lucas à part un moment. Vers 10 h, ils partirent tous les deux en voiture. Jérémy prévint Audrey qu'ils ne seraient de retour que dans l'après-midi. Ils mijotaient quelque chose tous les deux, mais elle avait trop à faire pour y penser. Elle avait tout le dîner à confectionner. Elle avait l'habitude. Depuis la mort de sa mère, c'était toujours elle qui était en charge des préparatifs du repas de Noël, mais avant, ses sœurs la secondaient. Là, elle devrait tout faire toute seule. Elle n'avait pas de temps à perdre. Dès qu'ils furent partis, elle s'attela à faire une bûche au chocolat. Le résultat fut plutôt réussi. Puis, elle passa à son gratin de pommes de terre de façon à ce qu'il soit prêt à cuire. Elle le réserva au frais. Ensuite, elle confectionna des petits ballotins de haricots verts qu'elle ficela avec une tranche de lard.

Elle fit une pause rapide pour son repas de midi. Elle se contenta de grignoter un bout de fromage et un fruit. Elle mitonna ensuite des verrines pour son entrée à base de salade, d'avocats et de saumon fumé. Puis, elle se lança dans la préparation de la table. Elle sortit une jolie nappe et dressa le couvert. Elle plaça des bougies et quelques décorations au centre. Elle recula de quelques pas pour admirer son œuvre et fut satisfaite de son travail.

En voyant cette table pour trois, elle ne put s'empêcher de penser à ses sœurs. Sans elles pour la distraire et la faire rire, elle avançait plus vite, mais c'était moins plaisant. La nostalgie la frappa d'un coup, comme le manque de sa famille. Elle ressentit un immense vide en elle. Finalement, elle aurait préféré que les garçons restent à la maison. Elle décida de vite se remettre en action pour ne pas laisser la tristesse l'envahir. Elle profita de l'absence des frères pour monter ses achats. Elle rangea ses affaires dans son armoire et cacha ses cadeaux à l'infirmerie pour qu'ils ne les découvrent pas avant l'heure. Elle emballa également les deux carnets qu'elle avait trouvés au grenier.

Vers 16 h, elle reconnut le bruit du moteur de la berline de Jérémy. Elle regarda machinalement par la fenêtre, mais elle ne vit que Lucas dans l'habitacle. Elle dévala l'escalier de service, inquiète, mais avant même que Lucas ne soit sorti. Jérémy apparut au bout de l'allée au volant de sa petite citadine. Lors de leur dernier séjour forcé en Enfer, les démons avaient volé le sac à main d'Audrey qui contenait ses clés de voiture, comme ses doubles avaient brûlé dans l'incendie de sa maison, elle n'avait pas pu aller la récupérer. Mais aujourd'hui, les garçons l'avaient fait pour elle. Elle sentit les larmes lui monter aux yeux. Elle serra Lucas contre elle en le remerciant. Et quand Jérémy sortit de la voiture, elle se jeta à son cou. Elle plaça sa tête dans sa nuque. Elle pleurait de joie. Les mots lui manquaient pour exprimer sa gratitude. Elle alternait remerciements et baisers.

— Mais comment vous avez fait ? demanda-t-elle.

— On l'a braquée ! expliqua Lucas qui semblait ému par sa réaction.

— Il va falloir que je répare quelques pièces, mais au moins elle est à la maison, dit Jérémy.

— Merci les garçons, merci, mais vous n'auriez pas dû prendre autant de risques.

— Ça valait le coup, répondit Lucas en tapotant son épaule.

— Joyeux Noël, lui glissa Jérémy à l'oreille.

Elle déposa un baiser sur sa joue et un sur celle de Lucas. Puis elle monta dans sa voiture. Elle venait de retrouver un petit bout de son ancienne vie et cela la rendait heureuse. C'était certainement l'un des plus beaux cadeaux qu'elle n'ait jamais eu.

Après cette parenthèse, elle se remit à la tâche. Les garçons lui apportèrent leur aide. Elle leur fit tartiner les toasts pendant qu'elle se consacra au lait de poule. Évidemment, ils en dévorèrent autant qu'ils en préparèrent. Jérémy tint ensuite à faire quelques truffes au chocolat. Ils étaient tous les trois dans la cuisine en train de rire, de boire et de manger. C'était un vrai réveillon qui s'annonçait.

Vers 17 h 30, elle alluma le four pour commencer la cuisson du chapon, doucement.

— Je vais me doucher, je finirai de me préparer dans ma chambre comme ça vous aurez le temps d'y aller vous aussi. Surveillez la viande s'il vous plait. On se retrouve ici à 19 h. Et vous avez intérêt à vous faire beaux !

Audrey se hâta de se laver. Quand elle eut terminé, elle sortit de la salle de bains en serviette et alla vérifier le four. Les garçons avaient pensé à tourner la volaille, elle n'eut qu'à ajouter son plat de gratin dedans. Jérémy fila à la douche à son tour. Elle se servit un verre de lait de poule et retourna dans sa chambre. Elle commença par se sécher les cheveux, puis elle se maquilla un peu plus que d'habitude pour l'occasion. Elle souligna ses yeux bleus d'un trait de crayon brun sur la paupière et un peu de fard marron. Elle mit du mascara. Elle avait la chance d'avoir de longs cils noirs, mais le mascara lui faisait vraiment un beau regard. Elle se contenta d'appliquer sur sa bouche un peu de baume, de toute façon elle était incapable de mettre du rouge à lèvres, elle n'avait jamais su le faire. Elle commença ensuite à s'habiller. Quand elle eut terminé, elle fut elle-même étonnée du résultat. La robe lui avait plu dans le magasin, mais elle ne s'était pas attendue à un tel rendu. Pour une fois, elle se trouva belle. Son corps s'était transformé ces derniers mois. Elle avait toujours des formes, mais son corps était beaucoup plus ferme et musclé qu'auparavant. Enfin, elle coiffa ses longs cheveux blonds, elle les laissa détachés, elle fit uniquement une petite tresse sur un côté. Cela changeait un peu de ce qu'elle faisait d'ordinaire. Quand elle se regarda dans le miroir, elle crut un instant voir Louise. Elle lui ressemblait beaucoup vêtue de cette façon.

Elle s'apprêtait à rejoindre le salon quand Jérémy arriva. Il marqua un temps d'arrêt en la découvrant. Lui aussi était particulièrement séduisant ce soir. Il avait passé une chemise noire, qui mettait bien son corps en valeur et qui faisait ressortir ses yeux. Il portait un jean foncé avec une jolie ceinture. Il tourna autour d'elle pour la voir sous tous les angles. Dans ses yeux, elle se sentit encore plus belle.

— Je te trouve tout le temps magnifique, tu le sais, mais ce soir, tu es à couper le souffle.

— Merci, dit-elle en rougissant légèrement. Je te retourne le compliment.

Il se pencha doucement vers elle.

— J'ai envie de t'embrasser.

— Moi aussi, mais ça va bientôt être l'heure. On ne devrait pas s'aventurer sur ce chemin, répondit-elle sans s'écarter pour autant.

— Lucas est toujours à la douche, argumenta-t-il.

Leurs lèvres se touchaient presque.

— Ça ne serait pas du tout raisonnable, murmura-t-elle.

— Pas du tout. Mais dans ce cas pourquoi es-tu en train d'enlever ma ceinture ?

— Parce qu'il semblerait que ce ne soit plus mon cerveau qui commande.

Là-dessus, ils s'embrassèrent passionnément. Encore une fois, leurs corps avaient besoin d'être ensemble. Ils avaient une véritable attirance l'un pour l'autre. Audrey entendit Lucas sortir de la salle de bains, mais elle était bien trop occupée pour s'en soucier.

Ce dernier n'eut pas à les attendre longtemps et il ne fit aucune remarque. Audrey aurait été incapable de dire s'il soupçonnait quoi que ce soit. Ils étaient arrivés dans la cuisine ensemble, mais bien habillés et bien coiffés. Lucas aussi était à son avantage. Comme toujours, sa chemise grise lui allait à la perfection. Et son sourire illuminait son visage, tout comme les deux fossettes qu'il révélait sur ses joues.

Ils prirent l'apéritif autour du bar. Ils trinquèrent au champagne :

— Cette année, je fête mon premier Noël sans ma famille, pourtant je suis heureuse. Merci pour tout ce que vous faites pour moi les garçons, et encore merci d'avoir rapporté ma voiture. À votre santé.

— Merci à toi de nous forcer à faire des trucs débiles comme célébrer Noël, dit Lucas.

— Merci à vous. J'ai énormément de chance de vous avoir tous les deux dans ma vie, continua Jérémy, alors à la vôtre !

La soirée fut parfaite. L'ambiance était à la rigolade. Ils avaient tous des gestes d'attention les uns pour les autres, que ce soit une tape amicale sur le bras, un câlin, un baiser... Ce soir, ils faisaient tous le plein d'ondes positives. Les garçons se régalèrent. Ils burent tous les trois plus que de raison mais aucun d'eux ne fut ivre pour autant.

Quand arriva le moment des cadeaux, Jérémy demanda discrètement à Audrey où elle avait mis les deux carnets. Elle alla les chercher pour lui et lui donna déjà emballés.

— Tu es parfaite, dit-il en guise de remerciement.

Elle alla ensuite récupérer ses propres présents. À son retour, les garçons l'attendaient avec plein de petits paquets pour elle.

— Vas-y, commence, c'est ta journée, dit Lucas en lui tendant les deux cadeaux qu'il tenait.

Il lui avait pris un nouveau portefeuille pour remplacer celui qui était resté en Enfer. Il était très beau, très chic, tout en cuir bleu turquoise.

— Désolé, je n'ai pas trouvé de modèle multicolore ! dit Lucas.

— Celui-ci est très bien, vraiment. Merci.

— Ouvre le deuxième maintenant.

C'était un petit paquet aussi. En s'en emparant, Audrey comprit qu'il s'agissait d'un livre. Elle avait à peine ouvert l'emballage qu'elle reconnut la couverture. C'était le premier tome d'Harry Potter, sa série littéraire préférée.

— Je trouve que pour une bibliothécaire, tu ne lis pas beaucoup ! Pour te donner envie de t'y remettre, je me suis dit qu'il fallait reprendre les bases !

— J'adore ! C'est une excellente idée.

Elle tendit ensuite son paquet à Lucas. C'était un petit cadeau rectangulaire. Jérémy regarda avec attention. Lucas l'ouvrit soigneusement, sans se presser. Il découvrit une boite contenant plein de papiers, mais tout était résumé sur la première feuille.

— Non ! Tu n'as pas vraiment fait ça ?

— Si !

— Mais c'est pour quand ?

— Quand tu veux, il n'y a pas de date.

— C'est quoi ? s'impatienta Jérémy.

— Un séjour à Londres ! répondit Lucas sans vraiment y croire.

— Toi aussi, tu mérites de connaitre cette merveilleuse ville.

Audrey le laissa découvrir son cadeau et alla s'assoir sur les genoux de Jérémy.

— Il y a également un billet de retour avec, le rassura-t-elle.

— J'espère bien.

— Tu es fâché ?

— Non, je sais qu'il a besoin de plus d'indépendance.

— Et pense à tout ce qu'on va pouvoir faire dans cette maison tous les deux, murmura-t-elle.

— Tu as toujours les bons arguments, répondit-il en souriant.

Il lui tendit ensuite ses propres paquets. Il en avait deux aussi, légèrement plus volumineux que ceux de Lucas. Dans le premier, elle découvrit un sac à main en bandoulière noir. Il avait un aspect très différent de celui de sa mère. Il était forcément plus moderne mais il restait simple, sans fioritures. Tout à fait son style. Dans le second, elle trouva un cadeau beaucoup plus personnel. Jérémy avait imprimé deux photos d'elle et de ses sœurs et les avait placées dans un joli cadre.

— C'est pour ça que tu avais besoin de mon ordinateur ! comprit-elle d'un coup.

— À chacun ses secrets ! Je me suis dit que tu pourrais les voir tout le temps comme ça, sans avoir à farfouiller dans ton portable.

— J'adore ton idée, mais je crois que je vais remplacer l'un des clichés. J'aimerais bien en avoir une de Lucas et toi aussi. Pour les fois où vous partez sans moi.

— C'est ton cadeau, tu choisis.

Elle attrapa alors son téléphone et fit leur première photo depuis qu'ils étaient ensemble. Jérémy se laissa faire, elle en profita pour faire le plein de selfies. Ensuite, ils allèrent encercler Lucas pour se photographier avec lui. Ils riaient tellement qu'elle avait du mal à avoir des clichés nets.

La distribution de cadeaux continua. Lucas offrit une bouteille de whisky à Jérémy, ce qui fit beaucoup rire le jeune couple. Mais il avait aussi un autre présent, plus personnel : la montre de leur père, qu'il avait retrouvée dans le grenier. Décidément, cet endroit était une mine d'objets intéressants !

Jérémy offrit à Lucas une bouteille de whisky également, là tous rirent de bon cœur. Et il lui tendit les deux cahiers emballés. Lucas fut ému devant l'album photo. Jérémy prit sur lui et lui raconta une anecdote sur leur ancienne vie dès qu'il le pouvait. Audrey resta en retrait. C'était leur moment à eux. Lucas ne se souvenait de rien du tout, il découvrait cette vie qu'avait été la sienne quand il n'était qu'un bébé.

Il fut aussi ému en feuilletant le journal de leur père et Jérémy lui donna en plus un cahier vierge, pour que Lucas puisse commencer à tenir un journal également. Lucas prit son frère dans ses bras en guise de remerciement.

Enfin, Audrey se leva et offrit son cadeau à Jérémy. C'était le plus gros de tous. Jérémy arracha tout le papier en deux temps, trois mouvements. Il fut comme un enfant en le découvrant, ses yeux pétillaient d'envie, mais il osait à peine le toucher.

— Je ne peux pas accepter, dit Jérémy.

— C'est autant pour toi que pour moi, répondit Audrey en s'approchant de lui. S'il te plait, joue-moi un morceau.

Il passa ses bras autour d'elle et la serra contre lui.

— Merci, murmura-t-il à son oreille.

Puis il se tourna vers la guitare et la sortit délicatement de son carton. C'était une guitare folk, noire, vernie, avec un son magnifique. Jérémy commença à jouer et le monde s'arrêta. Audrey resta à le regarder, il semblait toujours si paisible, si serein quand il jouait. Il était totalement concentré sur sa tâche et plus rien n'avait d'importance.

Elle écouta plusieurs chansons puis elle se reprit et partit dans la cuisine aider Lucas à tout débarrasser. Ils burent tous les deux une infusion au fenouil en observant Jérémy.

Quand ils allèrent se coucher ce soir-là, ils furent tous heureux de leur réveillon. Audrey eut encore des difficultés à trouver le sommeil. C'était de plus en plus fréquent ces derniers temps. Elle finit même par se lever pour attaquer son livre dans le salon.

Le lendemain, la journée s'écoula tranquillement. Ils avaient beaucoup de restes, donc pas de cuisine à faire. Audrey passa une grande partie de l'après-midi à surveiller la demeure de l'Urne. Elle fit également un gros entrainement. Le punching-ball lui manquait, elle avait terriblement besoin de se défouler. Elle réalisa qu’elle commençait vraiment à faire des insomnies quand elle termina son livre, en seulement deux nuits alors qu'elle avait aussi passé plusieurs heures nocturnes connectée à ses reliques. Elle n’avait jamais eu de problèmes de sommeil auparavant, et avec Jérémy, elle se sentait parfaitement bien. Elle ne comprenait pas d’où cela venait. Mais le manque de sommeil ne jouait pas sur son physique, elle n’avait jamais été en si grande forme. Elle s’entrainait quasiment tous les jours. Les garçons n’arrivaient plus à suivre son rythme maintenant.

Chapitre vingt-huit : Les thérianthropes

Quelques jours après Noël, Lucas eut une vision alors qu'il était en train de seconder Audrey dans leur surveillance. Il eut du mal à interpréter ce qu'il avait vu.

— Un homme va se faire enlever par un oiseau, se contenta-t-il de leur dire.

— Par un oiseau ? s'étonna Jérémy.

Lucas acquiesça.

— Et tu es sûr que c'est un travail pour nous, ça ? continua Jérémy.

— Pourquoi j'aurais eu une vision sinon ?

— C'est peut-être un sphinx, ou une autre forme de thérianthrope, suggéra Audrey.

— Une forme de quoi ? répéta Jérémy.

— Quand un humain se transforme partiellement en animal. On trouve des exemples de ce type depuis la nuit des temps. Les loups-garous sont les thérianthropes les plus connus, mais il y en existe plein. Tous les dieux égyptiens l'étaient également, expliqua Audrey.

— Parfois, j'oublie que tu es si intelligente.

— Je ne sais pas trop comment interpréter cette phrase, alors je vais me contenter de te dire merci ! le charia-t-elle.

— De toute façon, on doit aller voir, conclut Lucas.

Ils partirent tous chercher leurs affaires et se retrouvèrent dans l'armurerie. Ils eurent beaucoup de mal à décider ce qu'ils devaient emmener. Ils devaient être parés à tous les cas de figure. Ils choisirent plusieurs armes, dans différents matériaux et chargèrent la voiture. Audrey commença par se cacher sur la banquette arrière. Quand ils furent certains qu'ils n'étaient pas suivis, elle se redressa, mais Lucas se gara à peine quelques minutes plus tard. Ils étaient en pleine campagne, dans la plaine, dans un petit chemin qui menait à un champ. Non loin de là passait la route qui conduisait à la ville la plus proche. D'où ils étaient, ils voyaient parfaitement le bois qui entourait leur propriété.

— C'est ici, dit-il.

— Mais on a roulé à peine quinze minutes, s'étonna Audrey.

— Je sais, mais c'est le bon endroit. J'en suis sûr.

— Au moins, on pourra retourner à la maison récupérer des armes si besoin, conclut Audrey d'un ton optimiste. Et en plus, ça sera plus facile pour nos recherches.

— On n'a jamais eu d'affaire aussi proche de chez nous, fit remarquer Jérémy.

— Non jamais, et je n'ai pas l'impression que c'est une bonne chose, avoua Lucas. J'ai un mauvais pressentiment.

Ils sortirent de la voiture et attrapèrent tous des armes différentes. Ils n'avaient plus qu'à patienter jusqu'à ce que le futur kidnappé, ou l'oiseau assez gros pour emmener un homme dans les airs, se montre. Ils inspectèrent les environs en veillant à ne pas se perdre de vue. Il n'y avait rien, absolument rien. Ils étaient tous les trois seuls au milieu de nulle part. À la belle saison, cela aurait pu être plaisant de passer la journée en pleine nature. En hiver, c'était nettement moins réjouissant. Ils étaient tous parés contre le froid, mais pas contre l'ennui. Ils n'avaient rien à surveiller puisqu'il n'y avait qu'eux. Ils attendaient patiemment dans la voiture.

— Est-ce qu'il est possible que l'homme que tu as vu soit l'un de vous ? finit par demander Audrey.

— Je maitrise assez mes visions pour savoir que ce n'était ni Jérémy ni moi.

— Ne te vexe pas, je vérifiais c'est tout ! Ça peut arriver au meilleur de se méprendre, ajouta-t-elle en faisant un clin d'œil à Jérémy.

— Je suis également certain que ma vision se déroulait en plein jour, donc si rien ne s'est passé au coucher du soleil, on pourra rentrer dormir à la maison.

— Et manger ! se réjouit d'avance Jérémy.

— Je vais refaire un tour, déclara Audrey qui avait du mal à rester en place.

Quand elle arriva de l'autre côté du champ, elle vit un homme au loin qui marchait seul. Un randonneur. Elle fit signe aux garçons de la rejoindre. Lucas confirma que c'était bien l'individu de sa vision. Il était bien emmitouflé avec son bonnet, son tour de cou et ses lunettes. Il passa devant le trio qui se tenait sur le qui-vive en les saluant. Le son de sa voix sembla familier à Audrey, mais ce simple « bonjour » ne lui permit pas de retrouver où elle l'avait déjà entendu. Et rien n'arriva. Pas d'oiseau géant, pas d'attaque. Rien.

— Notre présence a peut-être suffi à dissuader « le monstre », avança Jérémy.

— Je ne sais pas, quelque chose ne colle pas, répondit Lucas perplexe.

Il était en pleine réflexion. Il se remémorait sa prémonition et cherchait l'erreur, mais il ne la trouvait pas.

Jérémy et Audrey de leur côté refaisaient séparément le tour des lieux. Ils s'évertuaient à repérer une trace de cet oiseau. L'inspection de Jérémy le mena à peine trop loin. Il sortit du champ de vision de Lucas. Audrey était trop éloignée de lui pour faire quoi que ce soit. Ils l'entendirent juste crier. Ils partirent tous les deux en courant. Lucas arriva le premier, suivit de peu par Audrey. Jérémy était dans les airs. Un rapace le tenait par la cheville et il se débattait comme un diable pour se libérer. L'oiseau était majestueux, il ressemblait à un aigle, mais en beaucoup, beaucoup plus gros. Il faisait au moins la taille d'une voiture. Son plumage était principalement marron et blanc, mais il avait aussi quelques plumes rouge écarlate. Ses serres d'un jaune soutenu, se terminaient par des griffes visiblement acérées.

Jérémy tenta de se libérer en administrant plusieurs coups de couteau à la créature, mais cela ne lui fit absolument rien. C'était comme s'il frappait de la roche. L'oiseau commença à prendre de la hauteur. Au sol, Audrey et Lucas assistèrent à la scène, impuissants.

Le rapace jeta alors un regard en arrière et poussa un cri terrible ou plutôt un glapissement. Lucas hurla :

— C'est une harpie !

Il avait raison, en regardant bien, Audrey vit le visage d'une femme sur ce corps d'oiseau. Un visage défiguré par la colère et la haine.

— Comment on s'en débarrasse ? demanda-t-elle.
— Aucune idée !

Jérémy était très haut, si jamais la harpie le lâchait, la chute le tuerait. Audrey agit alors à l'instinct. Cela ne lui prit qu'une seconde pour sentir le pouvoir des Ailes, et une seconde de plus pour les amener jusqu'à elle. Elle se concentra ensuite et arriva sur le dos de l'animal. Elle voulait la contraindre à redescendre ou à libérer sa proie. La créature ne semblait pas encline à lâcher Jérémy, elle se débattait pour faire tomber Audrey de son dos. Mais cette dernière était bien cramponnée. La femme oiseau perdit un peu d'altitude, mais elle était forte, suffisamment pour voler en les portants tous les deux. Audrey cria alors à Jérémy :

— Trouve un moyen de te libérer de ses serres.

— Mais on est dans les airs ! lui rappela-t-il.
— Je te rattraperai.

Il ne chercha pas à poser plus de questions. Il se fiait à elle. Si elle lui disait de se laisser tomber, c'est qu'elle était sûre de parvenir à le récupérer. Il prit son couteau et le passa entre les griffes de l'animal. Il réussit à faire levier pour libérer sa cheville et chuta immédiatement en direction du sol. Dès qu'elle le vit, Audrey se jeta sur lui et l'attrapa. Contrairement à son ennemi, elle ne se déplaçait pas, elle disparaissait d'un endroit pour réapparaitre directement dans un autre. En à peine une seconde, elle se matérialisa sous Jérémy, disparut et réapparut avec lui par terre. Il était livide, l'expérience n'avait pas l'air de lui avoir plu.

Ils ne purent même pas profiter de cette petite victoire que Lucas leur hurla déjà :

— À la voiture !

La femme oiseau leur fonçait dessus. Audrey se concentra et retourna sur la harpie pour lui faire changer de trajectoire. Elle devait laisser le temps aux frères de se mettre à couvert. Quand ce fut fait, elle se posa à côté de la berline, renvoya les Ailes à la maison et s'abrita avec les garçons.

— Comment tu fais ? demanda Jérémy.
— Tu t'es entrainée ? continua Lucas.
— Non, pas la peine de m'agresser. Je comprends juste leur fonctionnement.

— Tu réalises que tu arrives non seulement à maitriser les Ailes à la perfection, mais qu'en plus tu viens de les renvoyer ? souligna Jérémy.

— Je l'ai fait sans réfléchir. J'ai l'impression que toutes les heures passées reliée aux reliques m'ont aidée.

— Tu te connectes souvent à elles ? renchérit Lucas.

— Oui tous les jours, mais je vous rappelle qu'on a une harpie qui nous a choisi comme déjeuner ! Qu'est-ce qu'on fait ?

La créature sembla l'avoir entendue. Elle se mit à tourner autour de la voiture en volant, telle un rapace avec sa proie. Elle cria de nouveau, exactement comme le faisaient les aigles en chasse. C'était un son effroyable, très aigu qui donnait la chair de poule. Quelques minutes plus tard, deux autres harpies arrivèrent et encerclèrent la berline avec la première. Elles étaient en tout point semblables à la première, mais leur plumage rouge était moins développé.

— Vous savez quoi sur elles ? demanda Jérémy.

— Que ce sont des femmes oiseaux, on parle déjà d'elles dans l'antiquité, commença Audrey.

— Elles sont réputées pour être impitoyables, surtout avec les hommes, ajouta Lucas.

— De redoutables guerrières, poursuivit Audrey.

— Et pour les tuer ? questionna Jérémy. On peut éliminer le poignard en argent et celui en fer.

— Je crois qu'elles sont immortelles, déclara Lucas d'une petite voix.

— Tu veux dire que ces trois oiseaux sont les mêmes que ceux de la mythologie romaine ?

— Je n'en suis pas sûr.

— Mais où étaient-elles pendant toutes ces années ? Cela se saurait si des créatures mi-femme mi-aigle s'attaquaient aux hommes ! répondit Audrey.

— Cette histoire n'a aucun sens, c'est tout le problème depuis le début. Maintenant, il faut qu'on arrive à se débarrasser d'elles, conclut Lucas. On va essayer tout ce que nous avons.

Lucas prit alors le pistolet qu'il tenait à la ceinture, ouvrit la portière, visa et rentra précipitamment dans l'habitacle. Ils pouvaient aussi éliminer cette option.

— Je vais m'en occuper. Lancez-moi les armes quand je reviens vers la voiture.

Avant d'attaquer, elle se connecta aux Ailes, saisit un nouveau poignard dans une main et de l'eau bénite dans l'autre. Elle sortit, fixa la première harpie, se matérialisa sur son dos et frappa avec sa lame en acier. Mis à part le fait de rendre la créature furieuse, cela ne fit rien du tout. L'eau bénite non plus.

Elle réapparut à côté de la voiture. Les garçons lui lancèrent de l'aconit, la plante tue-loup, en espérant qu'elle ait un effet sur d'autres thérianthropes, mais cela s'avéra aussi inutile que le reste, tout comme le sel, les lames en cuivre et en bronze. Ils étaient à court d'idées et les harpies semblaient de plus en plus intéressées par Audrey. Elles essayaient de l'attraper. Pour le moment, elle demeurait la plus rapide. Alors qu'elle réapparut à côté de la voiture, la première créature la saisit à l'épaule pour l'emmener dans les airs. Audrey sentit ses ongles à travers son manteau, ils lui meurtrissaient la peau. Heureusement, cela ne dura pas. Dès que la surprise fut passée, Audrey disparut de nouveau pour se rematérialiser dans les bois. Elle devait réfléchir, et vite. Elle appela Lucas sur son portable.

— Qu'est-ce qu'on fait ?

— Et si on essayait de les piéger ? On doit avoir des chaines dans le coffre, proposa Lucas.

— Et on en fera quoi après ? demanda Jérémy. Non, il faut qu'on s'en débarrasse. On n'a pas d'autre choix.

— Les capturer nous ferait gagner du temps pour y réfléchir, argumenta Lucas.

— Il reste une dernière arme que l'on n'a pas encore tentée, dit Jérémy.

— J'ai compris, je m'en occupe.

Audrey raccrocha. Elle avait toujours les Ailes dans son dos. Elle prit un instant pour se calmer, se recentrer et appela la Faux. Elle se matérialisa dans sa main. C'était la première fois qu'elle tenait autant de reliques à la fois. Elle sentait le pouvoir de son Papillon autour de son cou, les Ailes immenses dans son dos et la Faux dans ses mains. Elle était toute puissante. Les harpies n'auraient aucune chance face à elle. Les trois femmes oiseaux étaient toujours en train d'encercler la voiture. Elles l'attendaient. Audrey sortit calmement du bois en marchant. En la voyant à découvert, la première poussa de nouveau un cri. Les deux autres atterrirent devant les portières des garçons, empêchant la jeune femme de les rejoindre et obligeant également les frères à rester à l'intérieur. Elle laissa la première harpie s'approcher d'elle, puis se matérialisa sur son dos. La thérianthrope comprit ce que son ennemi allait faire, elle se débattit de toutes ses forces mais Audrey s'accrocha fermement à son plumage et la faucha. Seules les plumes qu'Audrey tenait dans ses mains subsistèrent, le reste de la harpie disparut. La gardienne tomba une seconde puis réapparut non loin de la voiture. Les deux créatures restantes étaient furieuses. Elles se lancèrent directement dans un combat acharné. Audrey se matérialisa sur le dos de l'une d'elles. Mais l'autre se plaça derrière elle pour essayer de lui enlever ses Ailes. La jeune femme prit peur pour sa relique. Elle lâcha sa proie, apparut sur le dos de l'autre et la tua sans perdre une minute. Puis elle revint à sa cible initiale et la faucha également. Elle termina toute tremblante vers la voiture. Elle se sentait toujours toute puissante, mais ce sentiment l'inquiétait. Elle ne se reconnaissait pas. Les garçons sortirent lentement.

— Tu vas bien ? demanda Lucas.

— Tenez, dit-elle en leur tendant les plumes de harpie. Ça devrait nous mettre à l'abri du besoin pour un moment. Je suis sûre que ça doit se vendre une véritable fortune.

Elle n'avait pas envie de parler, il fallait d'abord qu'elle fasse le point seule, afin de comprendre ce qui lui arrivait.

— Je vous attends à la maison, dit-elle avant de disparaitre.

Elle s'assit sur son banc et renvoya mentalement les reliques à leur place dans sa chambre. Cela lui semblait tellement facile à présent. Elle tremblait toujours. C'était la première fois qu'elle utilisait la Faux pour tuer, elle avait senti le plaisir qu'elle prenait à faucher des vies. Le plaisir de la Faux et le sien. Ce sentiment lui avait plu, cela lui faisait peur et ne lui ressemblait pas.

Après plusieurs minutes, Vince apparut soudain de l'autre côté de la barrière magique. Audrey se rapprocha, mais ne dépassa pas la frontière.

— Plus tu acquiers de reliques et plus tu deviens puissante, commenta-t-il.

— Qu'est-ce que tu fais ici ? Pourquoi tu t'es accusé pour l'incendie ?

— Je me suis éclipsé de ma cellule alors je ne pourrai pas rester longtemps. Je me suis rendu à la police pour que tu aies enfin la paix et surtout parce que, quoi que tu en dises, j'en suis le seul responsable, mais je ne suis pas venu parler de cela. Qu'est-ce qui ne va pas ?

— J'ai peur de me perdre en chemin.

— Quel est ton objectif ? Quel est le but de tout ça ?

— Détruire les reliques.

— Garde-le bien en tête et tout se passera bien. Tu peux le faire.

— Merci Vince. Merci pour tout.

Avant qu'elle n'ait eu le temps d'ajouter quoi que ce soit, il disparut, la laissant seule dans ses pensées.

Les symboles de Thanatos commençaient à faire partie d'elle, à être une part d'elle-même. Elle passait une majorité de ses journées et de ses nuits avec eux. Même là, alors qu'elle était sur le banc, elle sentait qu'elle était toujours reliée aux reliques. Elle ne parvenait plus à se dissocier d'elles ni à savoir où était la frontière entre elles. Cela la terrifiait. Aujourd'hui, elle l'avait montré, elle devenait la Mort.

Les garçons arrivèrent quelques minutes après. Lucas laissa son frère venir lui parler en premier. Il s'assit à côté d'elle. Ils regardèrent tous les deux le jardin un moment, jusqu'à ce que Jérémy prenne la parole, d'une voix calme, sans aucun signe d'énervement. Il chercha juste à comprendre.

— On est ensemble quasiment tout le temps, quand tu n'es pas avec moi, tu es avec Lucas. Alors comment se fait-il que nous ignorions tous les deux que tu te connectes quotidiennement aux reliques ?

— Parce que je ne le fais pas en journée. Si tu veux vraiment tout savoir, je n'arrive plus à dormir, quelques heures me suffisent amplement. Pour m'occuper utilement, j'ai pris l'habitude de rechercher leur contact. Je ne m'étais pas aperçue que cela me permettait de mieux les contrôler. Je ne les utilise pas, je ne prendrais jamais un tel risque, je me contente juste de les ressentir.

— Pourquoi tu n'en as pas parlé avant ?

— Je ne fais rien de mal, et surtout je ne voulais pas que tu t'inquiètes pour rien.

— Pourquoi es-tu partie ?

— J'ai compris quelque chose. Aujourd'hui, je suis « devenue » moi-même « un peu la Mort », dit Audrey en reprenant volontairement les termes de la lettre de Maria. Et cela me fait peur. J'ai peur de ce que cela signifie. J'ai parfois du mal à me reconnaitre.

— Celle qui tenait la Faux tout à l'heure, ce n'était pas toi. Toi, tu es la douceur incarnée, celle qui peut passer une journée entière à cuisiner juste pour nous faire plaisir, celle qui prend soin des autres.

— Je sens que je pourrais facilement basculer du mauvais côté.

— Alors je te rattraperai, dit-il en plantant son regard dans le sien.

Elle savait que c'était vrai, à minima il ferait tout son possible pour la maintenir du côté du Bien. Cela la rassura, mais en son for intérieur, elle n'était pas certaine que cela suffirait. Elle marchait près du gouffre, trop près du gouffre.

Ils trouvèrent Lucas dans la bibliothèque, déjà en train de faire des recherches. Il voulait obtenir des informations sur les harpies. Ils avaient tous conscience que quelque chose clochait dans cette attaque et il essayait de savoir quoi précisément.

Le soleil allait bientôt se coucher, ils n'avaient rien avalé depuis le matin. Audrey n'avait pas vraiment faim, mais elle sentait que ça lui ferait du bien de manger un morceau. Et surtout, elle ne souhaitait pas se plonger dans les livres, se lancer dans de nouvelles investigations, elle n'avait plus envie de penser aux harpies. Elle proposa d'aller préparer le repas. Jérémy resta avec Lucas. Avant de commencer, elle alla poser sa veste dans sa chambre. Elle vit qu'elle était déchirée à l'endroit où la première créature l'avait saisie par l'épaule. Ses griffes avaient perforé son manteau et son pull, mais par chance, elle n'avait rien. Elle était parvenue à s'éclipser juste à temps. Elle était rapide, heureusement pour elle, cependant, son épaule était maculée de boue, de terre et d'un tas d'autres substances qu'Audrey préférait ignorer. Il semblait que les serres des harpies soient particulièrement répugnantes.

Elle mit ses affaires de côté, elle n'était pas douée pour la couture, mais elle essaierait malgré tout de raccommoder ses vêtements plus tard. Elle prit des habits propres et fila à la douche.

Elle regagna ensuite la cuisine et s'attela à la préparation du repas.

Elle avait presque terminé quand les garçons vinrent la rejoindre.

— Alors, vous avez trouvé quoi ?

— Pas grand-chose de plus. Ces créatures étaient de vraies plaies à leur époque, elles déchiquetaient tous les hommes qu'elles croisaient. Elles étaient réputées être immortelles, mais elles ont disparu dans l'antiquité. Personne n'a jamais su comment ni pourquoi, expliqua Jérémy.

— Immortelle sauf pour la Mort, déclara Audrey tristement.

— Le seul point intéressant, c'est que comme pour la plupart des thérianthropes, quand une harpie se contente de blesser sa proie, c'est pour la transformer, ajouta Lucas. La colère envahit la victime, elle est de plus en plus furieuse, jusqu'à devenir une harpie elle-même.

— Je vous rassure tout de suite, je n'ai pas été touchée. Ses ongles ont eu le temps de traverser mes vêtements, mais pas ma peau.

— Je vérifierai tout à l'heure, dit Jérémy à Lucas.

— Merci pour la confiance, s'indigna Audrey en enlevant son pull. Vous voyez, je n'ai rien. Je suis déjà la Gardienne de ces fichues reliques, c'est bien assez pour moi.

— J'ai l'impression que quelqu'un voulait que l'on rencontre ces rapaces. La personne qui a réussi à les emprisonner les a relâchés juste à côté de chez nous. Je le sens, mais je ne comprends pas l'intérêt, déclara Lucas toujours en train de réfléchir.

— Sûrement pour nous tuer, ou pour faire d'Audrey une harpie, ou peut-être même les deux, conclut Jérémy.

Sur ces réjouissantes nouvelles, la jeune femme commença à mettre la table. Ils mangèrent en silence, chacun était dans ses pensées en train de rechercher l'élément qui leur avait échappé.

Après le repas, Jérémy fut le premier à aller se doucher. Audrey en profita pour aller récupérer les Ailes, le Flambeau et la Faux, qu'elle porta jusqu'à la bibliothèque, la pièce la plus éloignée de sa chambre. Elle voulait mettre une distance physique avec ses reliques. Ensuite, elle alla trouver Lucas.

— Tu accepterais de me rendre un service ?

— Oui bien sûr.

— Est-ce que tu pourrais garder le Papillon avec toi juste quelques jours ?

— Pourquoi tu ne demandes pas à Jérémy ? s'étonna-t-il.

— Parce que le Papillon resterait trop près de moi. J'ai besoin de souffler, de me retrouver.

— Si tu veux on peut arrêter la surveillance de la maison d'Andromalius. On est déjà quasiment certains de savoir où on doit arriver.

— Non, je continuerai. Si on choisissait la mauvaise pièce par manque d'informations et que les choses tournaient mal, je ne me le pardonnerais jamais. En plus, le pouvoir du Flambeau est assurément celui qui me rebute le plus.

— Tu es sûre que c'est une bonne idée de les repousser ? Aujourd'hui, tu as quand même réussi à vaincre trois créatures réputées invincibles à toi toute seule. Les reliques s'avèrent bien utiles parfois.

— Cet après-midi, je me suis sentie toute puissante. C'était une sensation incroyable, euphorisante. C'est comme si je venais de goûter à une drogue dure pour la première fois de ma vie et je sais que je pourrais très vite devenir accroc.

— Donne-moi le Papillon.

Audrey enleva sa chaine et la passa à Lucas.

— Merci, lui dit-elle.

— Tu penses qu'il va accepter de rester avec moi ?

— Il sera où je lui dirai.

Elle laissa Lucas dans sa chambre et retourna dans le salon pour attendre Jérémy.

Quand Lucas arriva à son tour, ils lancèrent un film tous les trois. Une comédie. Ils avaient besoin de se détendre ce soir. Puis ils mirent un second film. Jérémy avait dû parler à Lucas de ses insomnies. À la fin, ils se souhaitèrent une bonne nuit et Jérémy vint dormir avec Audrey.

— Si tu ne trouves pas le sommeil, réveille-moi, je connais une excellente méthode pour se fatiguer sans quitter le lit.

— Je peux rester éveillée plusieurs heures, tu ne tiendrais pas la distance, se moqua-t-elle.

— Je pourrais quand même essayer !

Puis il reprit plus sérieusement :

— Si ça ne va pas, préviens-moi, s'il te plait.

— D'accord.

Ses exploits de la journée et le fait de se coucher plus tard facilitèrent son endormissement. Cette nuit-là, elle s'assoupit la première. De toute façon, Jérémy n'aurait pas fermé l'œil si ça n'avait pas été le cas. Mais à 5 h du matin, elle se réveilla en nage. Elle venait de refaire son éternel cauchemar, celui où elle entendait la voix du démon qui était à l'origine de la perte de ses sœurs, puis les flammes. Toujours les flammes. Elle ne l'avait pas fait depuis un moment et cela ne lui avait pas manqué. Elle prit un instant pour retrouver son calme. Mais à présent, elle se sentait en pleine forme. Elle avait dormi quatre heures, suffisamment pour son nouveau métabolisme. Elle savait qu'elle ne parviendrait pas à se rendormir. Elle attrapa son téléphone sur la table de nuit et ses écouteurs. Elle commença par mettre un peu de musique. Mais rapidement, elle s'ennuya. Elle prit son portable et regarda ses photos. Elle alla consulter ses e-mails. Elle s'occupa, tant bien que mal et finit par lancer un épisode de sa nouvelle série. Jérémy se leva vers 7 h.

— Tu es réveillée depuis longtemps ?

— Un peu, mais tu vois, j'ai trouvé un moyen de passer le temps.

— Pourquoi tu ne m'as pas prévenu ?

— Parce que tu as besoin de sommeil toi aussi. Mais je n'ai pas quitté la chambre, ni même le lit.

— Tu n'es pas ma prisonnière, tu as le droit de te lever quand tu veux. J'aimerais juste que tu me préviennes. C'est tout ce que je demande. Tu trouves que c'est excessif comme attente ?

— Non, admit-elle. Demain, je le ferai.

Ils se levèrent ensemble et préparèrent le petit déjeuner. C'était le jour des crêpes. Comme d'habitude, Jérémy se montra très enthousiaste. Si Lucas avait du mal à lâcher prise, son frère, lui, profitait de tous les plaisirs de la vie. Ils firent la pâte tous les deux : Jérémy passait les ingrédients, Audrey les pesait, les mesurait et les mélangeait. Avant de commencer la cuisson, il l'attira à lui. Elle était dos à lui. Leurs mains s'entrelacèrent, tout comme leurs bras. Ils étaient l'un contre l'autre, tête contre tête. Cet instant de tendresse leur fit du bien à tous les deux. La vie avait été rude avec eux, mais ensemble ils se reconstruisaient.

La journée se déroula sans incident, tout comme celle du lendemain. Elle se réveilla encore aux aurores, mais veilla à prévenir Jérémy. Elle sortit de la chambre et lui resta dormir. Il voulait juste savoir quand elle se levait. Il n'insistait pas, ne la raisonnait pas. Il la laissait faire. Elle en profita pour ranger les décorations de Noël et remettre le tout au grenier. Les garçons ne posèrent aucune question en le découvrant. La journée fut encore occupée par la surveillance. Ils savaient à présent avec certitude quelles salles étaient libres et à quelles heures. Ils se contentaient de vérifier leurs informations.

Audrey ne ressentait pas vraiment de différence après avoir éloigné les reliques d'elle. Elle se sentait toujours la même et percevait leurs pouvoirs tout autour d'elle, mais elle ne se connecta pas à elles. Elle ne s'autorisait qu'à entrer en contact avec le Flambeau et elle le faisait uniquement sous surveillance. Elle savait que tôt ou tard, elle serait obligée de se resservir de la Faux et elle redoutait ce moment.

Chapitre vingt-neuf : Le Nouvel An

Le 31 décembre arriva. Ils étaient à la maison, les garçons n'avaient pas eu d'autres visions depuis les harpies et pas d'alerte non plus sur leur téléphone. Ils allaient pouvoir faire la fête. Dans la journée, Audrey prépara plusieurs plats à grignoter pour la soirée : une pizza, un cake salé, quelques toasts et fit des cookies pour le dessert. Elle ne cuisina que des choses qui pouvaient se manger avec les mains.

— Tu nous réserves quoi encore pour ce soir ? demanda Lucas.

— Juste de quoi faire un apéritif sympa.

— On se fait une soirée sœurs ? lança Lucas.

— Si vous voulez, moi je suis toujours partante pour danser !

— Je vais nous faire de la place.

C'est comme ça que le thème de la fête fut trouvé. Lucas décala les meubles. Audrey s'occupa du « repas ». Jérémy de son côté contacta quelques marchands d'objets rares et magiques pour connaitre le prix des plumes de harpies.

Audrey en avait récupéré cinq. Ils s'étaient mis d'accord pour en garder une, elle pourrait peut-être leur servir par la suite. Ils vendraient les autres au plus offrant. Quand Jérémy apparut dans le salon, il était blême.

— Personne ne sait combien on pourrait en tirer, c'est un bien qui n'a jamais été commercialisé, totalement introuvable. On m'a conseillé de les vendre aux enchères pour faire monter les prix, mais l'un de nos contacts m'en propose déjà 100 000 $. Juste pour une plume. 100 000 $, répéta-t-il.

— C'est la fin des galères pour nous ! s'exclama Lucas.

— Pourquoi tu fais cette tête ? demanda Audrey. C'est une super nouvelle !

— Je n'arrive pas à y croire. Ça me parait dingue.

— Pas plus que d'habitude ! Mais pour une fois, c'est en notre faveur, alors réjouis-toi ! lui dit Lucas.

— Je vais mettre les plumes dans le coffre du bunker. Au cas où...

— Récupère du champagne en même temps ! lui cria Audrey.

Si Lucas était d'humeur festive avant l'annonce de Jérémy, ce fut pire après ! Il ouvrit la bouteille dès que Jérémy remonta et leur servit à tous une coupe. Ils trinquèrent une première fois ensemble, puis une deuxième et une troisième... À 20 h, ils étaient déjà tous très euphoriques. La musique jouait à fond. Ils dansaient comme des fous. À 21 h, Jérémy remarqua qu'il neigeait. Et ce fut l'apogée de la soirée. Ils enfilèrent leur manteau et sortirent dans le jardin profiter de la poudreuse. Ils commencèrent par faire de beaux angelots, puis ils firent un incroyable bonhomme de neige, gigantesque. Ils prirent deux cailloux pour faire les yeux, une carotte pour le nez, Audrey lui donna son bonnet et Jérémy alla lui chercher un vieux balai. Il avait vraiment de l'allure. Alors qu'ils admiraient leur œuvre, Lucas se mit à les bombarder de boules de neige et ce fut la guerre. Chacun pour soi. Ils n'avaient aucune pitié pour les autres. Ils visaient volontairement les nuques pour faire tomber la neige dans les manteaux, tous les coups étaient permis. Jamais, ils ne s'étaient autant amusés tous les trois. Leurs rires résonnaient dans la montagne jusqu'à ce que le froid les oblige à capituler et à rentrer se mettre à l'abri. Ils étaient tous trempés. Ils laissèrent les blousons et les chaussures sécher dans le garage puis ils montèrent se changer. Audrey enfila son legging et un gros pull à capuche par-dessus. Les garçons revinrent aussi en pyjama. Cette petite escapade dans le froid les avait fait dégriser. Ils ouvrirent une nouvelle bouteille qu'ils burent plus calmement.

Quand minuit arriva, ils se prirent tous dans les bras. Jérémy fit un signe à Audrey et ensemble ils embrassèrent Lucas en premier, chacun sur une joue, sans qu'il ne s'y attende. Ils se souhaitèrent tous une bonne année et se remirent à bouger en rythme.

La soirée dura encore un moment. Comme lors du dernier anniversaire, Lucas finit par s'endormir sur le canapé. Jérémy lança alors Unitended de Muse. Lui aussi se souvenait de leur dernier slow. Il invita Audrey à danser et comme la fois précédente, ils ne se lâchèrent pas des yeux et se sourirent non-stop. Mais avant que la musique ne s'arrête, cette fois-ci Jérémy se pencha pour l'embrasser. Leur premier vrai baiser dans cette nouvelle année. Un baiser empli de tendresse et d'espoir. Ils installèrent ensuite Lucas confortablement et le couvrirent pour la nuit.

Ils passèrent le reste de la soirée tous les deux dans la chambre d'Audrey, à parler, à rigoler, à s'embrasser, à se bagarrer, à se câliner, à se taquiner.

Alors qu'ils étaient chacun assis d'un côté du lit, Audrey tenta d'attaquer furtivement Jérémy. Elle voulut le pousser sur le matelas, mais il la sentit arriver et utilisa sa vitesse pour retourner la prise contre elle. Résultat : ce fut elle qui se retrouva allongée sur le lit, avec Jérémy au-dessus d'elle. Cela les fit rire de nouveau. Jérémy redevint sérieux d'un coup, caressa les cheveux d'Audrey tout doucement en la regardant dans les yeux, le temps suspendit sa course pendant un instant et il lui dit simplement :

– Je t'aime.

Chapitre trente : Mauvaise réaction

Audrey ne s'était pas préparée à cela, elle fut prise de court. Aucun son ne sortit de sa bouche. Jamais elle n'aurait imaginé que Jérémy lui dise le premier. Elle n'était pas prête. Elle avait dit ces mots uniquement à ses sœurs, et à personne d'autre. Elle ne put s'empêcher de penser au destin de toutes les personnes qu'elle avait aimées dans sa vie et n'arriva pas à prononcer ses trois mots. Elle se contenta de serrer Jérémy contre elle. Elle espérait qu'il comprendrait mais elle le sentit aussitôt se refermer et perçut les muscles de son cou se contracter. Elle vit son regard redevenir dur. Il lui avait ouvert son cœur et elle n'avait pas répondu. Il avait cette faculté déconcertante de remettre sa carapace dès qu'il se sentait menacé. Et là, c'était le cas. Le silence s'installa entre eux. Jérémy se redressa, éteignit la lumière et s'allongea en lui tournant le dos.

Elle ne sut pas quoi faire. Elle comprenait sa réaction. Jérémy, sous ses airs de gros dur, avait sans cesse besoin d'être rassuré, besoin de savoir que l'autre ne partirait pas.

Encore une fois, elle n'avait pas réussi à apaiser ses peurs. Elle s'abstint d'ajouter quoi que ce soit. Il valait mieux qu'ils en discutent à tête reposée. Elle craignait que l'alcool ne leur fasse dire des choses qu'ils regretteraient par la suite. Elle était rongée par l'angoisse, elle n'osait pas bouger, elle était là avec ses doutes et son cœur serré. Malgré tout, elle finit par s'assoupir. Son sommeil fut agité, elle entendait sans cesse une voix dans sa tête, mais elle ne trouvait pas qui lui parlait. Elle cherchait partout, en vain. Quand elle se réveilla en sursaut, elle constata sans grande surprise que le lit était vide. Jérémy était reparti dans sa chambre.

Il était à peine 6 h. Elle ne se rendormirait pas. Elle fila se laver. Elle détestait l'odeur d'alcool qui persistait sur la peau les lendemains de soirée. Elle enfila un jean, un t-shirt à manche longue et mit un gilet par-dessus. Un gros gilet en laine, long et bien chaud.

Elle se dirigea ensuite dans le salon. Lucas dormait toujours sur le canapé. Elle replaça le plaid sur lui puis se fit une tisane qu'elle but en silence. Elle ne pouvait rien avaler d'autre, elle avait la gorge nouée. Elle sentait les larmes au bord de ses yeux qui menaçaient de couler à tout instant. Elle était assise au bar et ses yeux fixaient la fenêtre, mais elle regardait sans voir, elle était perdue dans ses pensées.

Ce fut le bruit provenant des chambres qui la sortit de sa rêverie. Jérémy entra dans la cuisine, se servit un café et repartit. Elle se leva et lui demanda :

— On peut parler, s'il te plait ?

— Il me semble que tout a été dit, répondit-il en refermant sa porte.

Audrey entendit la clé tourner dans la serrure. Le message était clair, il ne voulait pas d'elle dans sa chambre. Sa gorge se resserra encore un peu. Elle ne savait pas quoi faire, elle avait peur de réveiller Lucas en rangeant le bazar qu'ils avaient mis la veille. Elle ne voulait pas non plus se retrouver seule dans sa chambre. Elle erra comme une âme en peine. Ses pas la conduisirent de nouveau au grenier. Là, au moins, elle aurait de quoi s'occuper. Elle poursuivit sa tâche. Elle s'était mise en tête de tout trier, de tout réorganiser et ne se rendit même pas compte que des larmes commencèrent à couler sur ses joues. Elle ne le comprit qu'en voyant une goutte d'eau tomber sur sa main. Quand elle en eut conscience, elle ne put plus contenir son chagrin. Il fallait que sa tristesse s'exprime, s'évacue. Elle pleura un long moment, seule dans le grenier. Personne ne la trouva, personne ne la réconforta. Elle se sentait incapable de résoudre son problème avec Jérémy. Quoi qu'elle dise maintenant, c'était trop tard, le mal était fait. Elle avait réussi à le raisonner une première fois, il ne se laisserait jamais convaincre une seconde. Elle sentait que plus la tristesse la quittait, plus la colère l'envahissait. Elle était en colère contre elle, car elle n'avait pas été à la hauteur. Cette dernière année avait été particulièrement éprouvante. Alors qu'elle remontait la pente et qu'elle était enfin heureuse, elle n'avait pas été capable de prononcer trois simples mots. Elle se détestait pour cela.

Quand elle redescendit vers 10 h, elle trouva Lucas en train de ranger.

— Tu étais où ? l'interrogea-t-il, surpris de la voir sortir de la bibliothèque.

— Au grenier. Je remettais un peu d'ordre.

— Je croyais que vous étiez dans la chambre de Jérémy, s'étonna-t-il.

— Lui y est sûrement.

Il ne posa pas plus de questions. Ils rangèrent silencieusement. Quand ce fut fait, il lui proposa de reprendre leur mission de reconnaissance chez Andromalius.

— Je ne peux pas.

— Comment ça, tu ne peux pas ?

— Si je regarde cette flamme, je ne pourrai pas revenir, pas aujourd'hui.

Il n'insista pas. Il se servit un café et s'installa au bar. Elle se joignit à lui avec une tisane à base de romarin et de citronnelle pour aider son foie à évacuer les excès de la veille.

— Tu as déjà remarqué que le Papillon « voyageait » avec la chaine ? demanda Lucas en désignant son cou.

En baissant la tête, elle vit que le collier était de nouveau avec elle.

— Non, je n'y avais jamais fait attention.

Elle le détacha et le redonna à Lucas.

— Garde-le encore un peu s'il te plait.
— Tu vas te décider à me dire ce qu'il se passe ?
— C'est entre Jérémy et moi, c'est donc délicat de t'en parler.
— Qu'est-ce qu'il a fait cette fois ?
— Absolument rien, au contraire. Le problème c'est moi.

Lucas ne s'attendait visiblement pas à cette réponse. Il ne sut pas quoi penser de cette révélation.

— Et si tu me racontais ? Je pourrais peut-être t'aider, suggéra-t-il.
— Le mal est déjà fait.

Lucas ne dit rien d'autre. Il la connaissait assez pour savoir que cela ne servirait à rien d'insister. Il se leva, se plaça à côté d'elle et lui tendit les bras. Elle ne laissa pas passer l'occasion et vint s'y réfugier. Ce câlin, c'était exactement ce dont elle avait besoin. Quand il la relâcha, elle se confia à lui :

— Hier, il m'a fait part de ses sentiments et moi je suis restée muette.

— Je ne comprends pas. On n'en a jamais discuté, mais c'est évident que toi aussi tu tiens à lui, je l'ai même ressenti quand nous étions liés. Pourquoi ne lui as-tu rien dit ?

— Je n'ai pas trouvé les mots.

— Si tu le souhaites, je peux lui en parler…

— Il ne t'écoutera pas. Et de toute façon, ce n'est pas à toi de le faire.

— Si tu veux mon avis sincère, ce n'est pas un véritable problème. Les sentiments, ils sont là, des deux côtés. Même si Jérémy peut se montrer particulièrement borné et têtu, il finira par t'écouter.

Elle n'était pas vraiment convaincue, mais cela lui fit du bien de l'entendre malgré tout.

— Merci Lucas.

Ce dernier ne réagit pas, il était en train d'avoir une vision dans laquelle plusieurs personnes passaient des pactes avec un démon. Le changement d'année était propice aux activités démoniaques, de nombreux humains se laissaient plus facilement tenter. Pendant les fêtes, les gens ressentaient plus lourdement le poids de la solitude et rêvaient d'une nouvelle vie en ce changement d'année. La vision de Lucas dura au moins une minute. Audrey n'attendit pas la fin pour aller prévenir Jérémy dans sa chambre. Elle frappa et lui expliqua à travers la porte qu'il devait sortir, pour Lucas. Il se dépêcha d'ouvrir et la suivit. Ils n'échangèrent pas un regard, ce n'était pas le moment. Lucas leur donna les détails en revenant à lui. Jérémy alla dans la bibliothèque chercher des armes. Audrey ne bougea pas. Il repassa par la cuisine, car il devait récupérer ses affaires dans sa chambre. Il lui dit juste en passant :

— J'y vais avec lui, seul.

— Je sais.

Et les garçons partirent.

Chapitre trente et un : La sauveuse

Audrey se retrouva seule dans cette maison parfaitement rangée, sans rien avoir à faire. Elle fit réchauffer sa tisane qu'elle n'avait même pas encore touchée et choisit de la boire devant la télévision. Elle lança un nouvel épisode de sa série. Cela meubla le silence et lui fit de la compagnie.

Savoir que Jérémy n'était plus dans la maison allégea sa douleur. Sentir sa présence sans pouvoir être avec lui était la pire des souffrances. Lucas lui avait redonné foi. Tout ce qu'elle avait à faire était de trouver une solution pour contraindre Jérémy à l'écouter. Malgré tout, elle espérait aussi beaucoup que les garçons en parleraient ensemble. Au contraire de Jérémy, Lucas ne doutait ni d'elle ni de ses sentiments. Il pourrait peut-être aider son frère à ouvrir les yeux. Peut-être.

L'heure du déjeuner arriva. Audrey alla chercher des gâteaux et des sucreries, puis grignota devant la télévision. Cela n'était pas dans ses habitudes, mais elle avait besoin de réconfort, peu importait le moyen. Elle resta là une grande partie de l'après-midi.

Lucas lui écrivit vers 16 h. Ils venaient d'arriver et ils partaient en reconnaissance. Comme d'habitude, il lui envoya leurs coordonnées bien que cela ne soit pas nécessaire, Lucas avait le Papillon sur lui. Elle pourrait les trouver en moins de deux secondes où qu'ils soient sur cette planète.

Elle descendit ensuite s'entrainer, essentiellement dans le but de se défouler. Le punching-ball manquait vraiment. Ils avaient tous besoin d'avoir quelque chose sur quoi taper dans cette maison. À défaut, elle se mit sur le tapis de course. Elle courut longtemps. Elle gagnait en endurance et en vitesse. Ses entrainements réguliers portaient leurs fruits.

Ensuite, elle fila à la salle de bains. L'eau chaude détendit un peu son corps, toute la journée, elle avait senti les muscles de sa nuque raide. Ils se relâchaient enfin. Elle monta encore la température de l'eau et resta longtemps sous la douche bouillante. Lorsqu'elle sortit, elle découvrit la pièce totalement remplie de buée. Elle se sécha, enfila un legging, un t-shirt à manche longue puis mit par-dessus un gros pull. Elle ralluma la télévision, prépara une soupe de légumes tout en regardant le petit écran. Quand ce fut prêt, elle mangea une nouvelle fois sur le sofa. Elle s'enroula dans un plaid et ne quitta plus le salon. Lucas lui envoya un autre message dans la soirée. Ils étaient toujours à la recherche de leur démon. Elle finit par s'endormir sur le canapé au milieu de la nuit. Elle n'eut pas le courage de retourner dans sa chambre.

Elle refit le même cauchemar que la veille. Celui dans lequel elle entendait sans cesse une voix mystérieuse, elle s'évertuait à retrouver son propriétaire sans jamais y arriver. Alors que son cerveau était enfin sur le point de résoudre l'énigme, elle se réveilla en sursaut. Elle regarda son téléphone. Elle avait dormi à peine quatre heures et n'avait reçu aucun message. Elle fut tentée d'écrire à Jérémy, mais elle soupçonnait qu'il supprimerait son SMS sans même le lire, aussi elle préféra s'abstenir.

Elle patienta jusqu'à 7 h avant de contacter Lucas. Il lui répondit directement qu'il n'avait pas encore repéré le démon, qu'ils étaient rentrés à l'hôtel pour la nuit et qu'ils allaient bientôt reprendre leurs recherches. Il prit soin de lui préciser que Jérémy était avec lui. Elle n'avait même pas envisagé qu'il puisse en être autrement.

Ce matin, Audrey décida de renouer le contact avec ses reliques. Elle se mit en tailleur. Elle n'eut pas à les chercher longtemps, les symboles l'attendaient. Leurs pouvoirs irradiaient. Elle les percevait tout autour d'elle. Elle trouva le Papillon aussi facilement que les autres. Elle prit soin de ne pas le rappeler à elle. Il devait absolument rester avec Lucas. Le Papillon était en confiance avec lui, elle le sentait. Il se fiait entièrement à sa Gardienne. Elle demeura une heure dans cette méditation, totalement connectée aux reliques. Elle redoutait leur puissance, mais elle savait également qu'elle n'avait pas le choix. C'était son destin, alors autant s'y préparer le mieux possible.

Elle fila ensuite au grenier pour poursuivre son rangement. La matinée se déroula tranquillement. Elle pensait beaucoup à Jérémy, à ce qu'elle pourrait dire ou faire pour lui faire comprendre ses sentiments, mais la seule idée convaincante qu'elle eut fut d'utiliser les Ailes pour le kidnapper, le déposer dans un lieu désert et l'obliger à l'écouter. Elle craignait que têtu comme il était, il ne trouve un moyen de rentrer avant d'avoir écouté ce qu'elle avait à dire, ou qu'il refuse malgré tout de la laisser parler. À midi, elle grignota de nouveau un morceau devant la télévision, toujours en pyjama.

À 13 h 45, elle reçut un appel de Lucas. Dès qu'elle décrocha, elle sentit au ton de sa voix que ça n'allait pas.

— Je viens d'avoir une autre vision. Jérémy, il va se faire tirer dessus, il va...

— Non, non ! On va trouver une solution. On modifie tout le temps tes visions, c'est notre boulot. Parfois, il suffit d'un seul élément. Décris-moi ce que tu as vu, en détail.

Audrey refusait de laisser le désespoir l'envahir. Elle ne perdrait pas Jérémy. C'était hors de question. Lucas lui expliqua :

— On empêchait l'une des victimes de signer son pacte, et ensuite, je ne sais pas, je n'ai pas vu le tireur. J'ai juste entendu le coup de feu, et d'un coup il était à terre, en sang.

— T’as reconnu l’endroit ?

— Non, c’était dans une salle déserte. C’est peut-être une arrière-pièce du café qu’on a repéré, mais je n’en suis pas sûr.

— Tu lui en as parlé ?

— Oui, mais il refuse de rester en arrière. Tu le connais…

— Et tu ne pourrais pas l’y contraindre ?

— Comment ?

Un blanc se fit au téléphone. Ils réfléchissaient chacun de leur côté. Puis Lucas dit d’une petite voix :

— J’ai une idée, mais ça ne va pas lui plaire…

— Je pense avoir eu la même que toi alors. Et je m’en moque complètement qu’il soit furieux après moi. Tant qu’il est en colère, il est vivant, c’est tout ce qui compte.

— Tu es sûre de toi ?

— Oui, j’arrive.

Puis elle ajouta :

— Lucas, c’est la bonne solution. Je n’étais pas dans ta vision. Ma simple venue peut totalement changer le cours des choses. Il faut qu’on le tente. De toute façon, je ne peux pas rester ici, à attendre qu’il… je ne peux pas.

— Je le sais. Et lui aussi le comprendra. Enfin, j’espère.

— Tu m’appelles d’où ?

— Je suis retourné à l’hôtel.

— Et Jérémy, il est où ?

— Il surveille le café.

— Tu l'as laissé seul ?

— Je n'ai pas vraiment eu le choix.

— Je suis là dans moins de cinq minutes.

Lucas raccrocha. Elle courut s'habiller. Elle n'avait pas le temps de se coiffer, alors elle releva juste ses cheveux dans une espèce de chignon difforme. Elle mit ses chaussures, son manteau, attrapa son sac à dos et passa par la bibliothèque chercher un poignard anti-démons ainsi que de l'eau bénite. Elle ferma ensuite les yeux. Quand elle les rouvrit, elle découvrit Lucas face à elle. Il eut d'abord un mouvement de recul, puis, en voyant que c'était elle, il lui fit une rapide accolade. Elle renvoya les Ailes à la maison et ils se mirent en route. Jérémy sortit du bar en les apercevant tous les deux et s'énerva après Lucas.

— Qu'est-ce qu'elle fait là ? Pourquoi tu l'as appelée ?

— C'est la plus puissante d'entre nous, si quelqu'un peut te sauver, c'est elle, alors arrête tout de suite ton numéro, tu aurais fait exactement la même chose pour moi. Tu le sais très bien.

Le ton de Lucas ne laissait pas de place à la discussion. Il avait pris une décision et l'assumait totalement. Il s'énervait rarement, quand cela arrivait, mieux valait l'écouter. Jérémy était toujours en colère, mais il cessa de crier. Il fit comme si elle n'existait pas. Cela lui convenait, elle resta en retrait. Il retourna dans le café, suivi par Lucas et Audrey. Ils s'installèrent tous les trois à une table. Lucas lui montra une cliente dans un coin de la pièce.

— Tu vois la fille là-bas ? C'est la prochaine à passer un pacte. Elle était dans mes deux visions…

La serveuse, une jolie brune, vint prendre leur commande. Lucas demanda un café. Ils étaient tous les trois autour de cette petite table et Jérémy lui tournait littéralement le dos. Il donnait l'impression de regarder par la vitrine, mais Audrey le savait, il surveillait le reflet de la fille. Ce n'était vraiment pas grand, mais il y avait beaucoup de gens qui allaient et venaient. Beaucoup d'habitués. Beaucoup de mouvements. Leur protégée était derrière un ordinateur portable, elle resta là tout l'après-midi. Tout comme eux. Le silence était glaçant autour de leur table. La serveuse revint les voir plusieurs fois. Ils devaient avoir l'air étrange tous les trois à cette table, à ne pas parler, ne pas se regarder. Pour que la serveuse ne se pose pas de questions, Lucas lui expliqua qu'ils étaient sur la route, qu'ils avaient eu des ennuis mécaniques et qu'ils se retrouvaient coincés à attendre que le garage termine les réparations. Il lui adressa son plus beau sourire et son charme opéra.

— J'ai remarqué que les gens restaient longtemps dans votre établissement, glissa Lucas avec un regard vers leur innocente.

— Elle est en train d'écrire un livre, elle passe toutes ses journées ici. Il parait que l'endroit porte bonheur ou qu'il favorise l'inspiration. En tout cas, on a plusieurs clients qui ont connu de belles réussites. La chance vous sourira peut-être aussi quand vous sortirez du café.

— Elle nous sourit peut-être déjà, répondit Lucas avec un grand sourire.

— Peut-être, répéta la femme en quittant leur table, mais en retournant son sourire à Lucas.

Cela sidérait toujours Audrey de constater à quel point la gent féminine était sensible au charme des deux frères. C'était peut-être dû à leur magie, ou à leur aura. En tout cas, cela fonctionnait.

À 19 h, la serveuse revint leur annoncer que le café allait fermer. Il ne restait plus qu'eux. Leur protégée était en train de ranger son ordinateur. Ils sortirent et attendirent devant. Et là, ils virent la fille parler avec un homme en costard. D'où sortait-il ? La serveuse était également dehors. Elle avait verrouillé la porte principale et baissait la grille de l'extérieur.

Ils firent le tour du bâtiment en catimini. Il y avait forcément un autre accès quelque part. Ils en trouvèrent un, mais il était fermé à clé. Jérémy crocheta la serrure rapidement. Audrey saisit son poignard dans son sac et le glissa dans la manche de son manteau. En cas d'attaque, elle pourrait le sortir vite et surtout discrètement. Les garçons vérifièrent aussi leurs armes puis ils se faufilèrent à l'intérieur sans un bruit.

Ils étaient dans une petite cuisine vide. Ils la traversèrent puis arrivèrent dans une autre salle. Audrey vit sur le visage de Lucas qu'ils étaient à l'endroit de sa dernière vision, à l'endroit où Jérémy allait mourir. Elle sentit son estomac se contracter.

La fille, l'écrivaine, était penchée sur un document et s'apprêtait à le ratifier quand Jérémy l'interpella. La pièce était vide, il n'y avait qu'elle.

— Qui êtes-vous ? demanda-t-elle.

— On est venu pour vous aider, dit Jérémy en s'approchant lentement d'elle. Surtout, ne signez pas ce document. Quoi que vous souhaitiez obtenir, le prix exigé est trop cher payé.

Ils se tenaient tous les trois sur leurs gardes. Ils savaient ce qui allait se passer ensuite.

— Où est-il ? demanda Lucas.

La jeune écrivaine ne répondit pas, mais son regard la trahit. À cet instant, plusieurs choses se déroulèrent simultanément : Audrey vit le démon pointer une arme sur Jérémy, elle s'entendit crier son nom, elle sentit les Ailes sur son dos, disparut et se rematérialisa juste devant le monstre. Au moment, où elle planta un poignard dans son cœur, celui-ci disparut, relâchant la détente... Le bruit fut assourdissant. Le coup la fit reculer, la douleur tomber.

Jérémy se jeta au sol pour la rattraper.

— Mais pourquoi tu as fait ça ? Pourquoi t'as fait ça ? répétait-il.

— Je te sauverai toujours, réussit-elle à répondre péniblement.

Elle sentait ses entrailles s'enflammer. Elle n'avait jamais connu une telle douleur physique. Par réflexe, ses yeux s'étaient emplis de larmes. Elle regarda ses mains couvertes de sang. Jérémy attrapa son écharpe et comprima sa plaie. Audrey n'arrivait plus à parler.

— Écoute-moi attentivement. Tu dois rentrer à la maison, tu as compris ? Rentre à la maison, on prendra les potions du voyage pour t'y retrouver, d'accord ? Vas-y tout de suite !

Elle hocha la tête, le serra de toutes ses forces et l'emmena avec elle. Ce trajet fut atroce, comme si la balle avait percuté tous ses organes pendant cette demi-seconde, mais elle avait réussi. Ils étaient arrivés dans sa chambre. Jérémy l'aida à enlever ses Ailes puis la porta jusqu'à l'infirmerie. Lucas n'était pas encore là. Leurs potions devaient sûrement être à l'hôtel ou dans la voiture. Cela lui demanderait quelques minutes pour les rejoindre, d'autant plus que l'écrivaine devait aussi avoir beaucoup de questions après cette dernière scène.

Jérémy allongea Audrey sur le premier lit. Elle sentait qu'elle ne tiendrait pas longtemps. Ses forces l'abandonnaient.

— Jérémy, je...
— Je t'interdis de le dire maintenant, cria-t-il.

Des larmes coulaient le long de ses joues.

— Tu vas vivre et après tu devras ramper pour implorer mon pardon, c'est bien compris ? Tu ne t'en sortiras pas si facilement. D'abord, tu guéris.

Pendant qu'il parlait, il déshabilla Audrey délicatement pour pouvoir accéder à la plaie. Il était en train de préparer le matériel quand Lucas arriva en courant dans l'infirmerie.

— Il faut qu'on lui enlève cette balle, lui dit Jérémy.

Il avait également retiré son manteau et était en train de se laver les mains. Audrey luttait pour rester éveillée.

— Je suis désolé, dit Lucas.

— Tiens-la fermement, dit Jérémy à son frère.

— Mais on n'a jamais fait ça et si la balle a touché un organe ?

— On n'a pas le choix, on doit essayer.

Lucas attrapa Audrey par les épaules, Jérémy s'approcha avec une pince.

— Je vais enlever cette balle de ton ventre, la douleur va être abominable, mais il faut que tu te battes. S'il te plait, reste avec moi.

Audrey l'entendit, elle perçut la souffrance dans sa voix. Elle n'arriva pas à répondre. Jérémy prit une profonde inspiration puis enfonça la pince dans la plaie. Audrey hurla de douleur, elle voulut se redresser, mais Lucas la maintint allongée de force. Il fallut plusieurs essais à Jérémy pour réussir à attraper la balle et à l'extraire. Lucas dut faire peser tout son poids sur elle pour la contraindre à rester immobile, puis Jérémy attrapa des compresses et appuya sur la blessure. Audrey continua de crier. Elle souffrait, et depuis que la balle était sortie, c'était encore pire. La douleur l'empêchait de respirer. Tout en elle n'était que souffrance, et plus elle sentait ses forces l'abandonner plus elle paniquait.

— Regarde-moi, dit Jérémy, voilà regarde-moi. Il faut que tu te calmes. Concentre-toi sur moi, ne pense plus à rien d'autre.

Sans échanger un mot ni même un regard, Lucas et Jérémy inversèrent leurs rôles. Lucas se chargea de comprimer la plaie et de changer les compresses. Jérémy s'assit à côté d'Audrey pour lui parler, pour l'aider à retrouver son sang-froid. Elle n'avait plus totalement conscience de ce qui se passait autour d'elle mais Jérémy était là et elle s'accrochait à lui, comme elle l'avait toujours fait. Il l'aida à maitriser sa douleur. La souffrance était immense, mais elle semblait s'atténuer. Elle ferma les yeux et serra la main de Jérémy contre elle. Elle se connecta à ses reliques. Elle savait que cela l'aiderait à encaisser. Avec elles, elle était plus forte. Elle entendit la voix de Lucas au loin :

— Elle saigne de moins en moins, l'hémorragie est en train de s'arrêter.

Il paraissait soulagé. Audrey garda le contact avec les symboles et regarda Jérémy. Il ne la quittait pas des yeux.

— Je ne te laisserai pas, réussit-elle à lui dire.

Il posa son front contre le sien comme pour lui donner sa force, puis passa son bras autour d'elle. Elle mit sa tête dans son cou. Elle remplaça ainsi l'odeur âcre du sang par son odeur à lui.

— Elle ne saigne plus du tout, s'étonna Lucas.

Pourtant, elle avait toujours aussi mal. La douleur la faisait grimacer. Elle pressait la main de Jérémy dès qu'elle était trop virulente. Les minutes suivantes furent atroces. Lentement, elle sentit ses entrailles se réunifier, sa chair se reformer, puis sa peau se rassembler. Et quand son corps fut guéri, elle perdit connaissance.

Elle revint à elle quelques minutes plus tard. Sa tête était toujours contre Jérémy. Elle le sentait contre elle. Elle percevait aussi ses reliques, elle n'avait pas rompu le lien avec elles. La douleur avait totalement disparu, mais elle était très faible, vidée de toute son énergie. Elle ouvrit lentement les yeux. Lucas était assis à côté. Elle attrapa sa main. Il parla le premier :

— Comment tu te sens ?
— Épuisée. Mais je n'ai plus du tout mal. Qu'est-ce qui s'est passé ?

— Une fois que la balle est sortie, ton corps a cicatrisé tout seul.

Elle n'était pas étonnée de l'apprendre, elle avait vécu le processus de guérison. Elle l'avait ressenti de l'intérieur.

— Comment c'est possible ? demanda-t-elle.

— Nous avons une théorie. Thanatos est immortel et toi tu as accès aux mêmes pouvoirs que lui. C'est sûrement lié.

— Cela ne m'empêche pas de ressentir la douleur apparemment, ironisa Audrey.

— Non et le processus n'est pas immédiat. Tant que la balle était dans la blessure, tu ne pouvais pas cicatriser. Tu n'es pas encore totalement immortelle.

Ces derniers mots résonnèrent dans sa tête. « Pas encore ». Cela lui semblait tellement invraisemblable.

— En fait, je pense que ce n'est pas la première fois que ton corps guérit, ajouta Lucas. Tu te souviens de la fois où tu as été éjectée du bunker ? Tu étais sûre d'avoir heurté une branche, mais tu n'avais aucune marque.

— Je crois aussi que la harpie m'a blessée, mais très légèrement.

Ils réfléchirent un instant chacun de leur côté. Jérémy n'avait pas encore parlé. Mais il était toujours contre elle.

Quant à Lucas, il avait gardé sa main dans la sienne. Elle la pressa plus fort.

— Lucas, ce qui s'est passé, n'est pas ta faute. Je vais bien alors ne culpabilise pas de m'avoir appelée.

— Tu aurais pu y rester, j'ai vraiment cru que...

— On est en vie, tous les trois. C'est la seule chose qui compte.

— Tu as pris une balle pour moi, lâcha enfin Jérémy.

— Et je le referai cent fois, si ça permet de te sauver.

Lucas sentit que c'était le moment pour lui de les laisser.

— Je vais retourner sur place, nettoyer notre bazar, retrouver la fille, veiller à ne ce qu'elle commette plus la même erreur et je ramènerai la voiture. En attendant, prenez soin l'un de l'autre. Je vous écrirai.

Il déposa un baiser sur le front d'Audrey, fit un signe de tête à son frère et quitta l'infirmerie.

Chapitre trente-deux: Union

Après le départ de Lucas, Jérémy et Audrey restèrent l'un contre l'autre sans se parler, puis Jérémy se leva et remit l'infirmerie en ordre. Il jeta toutes les compresses usagées et stérilisa le matériel.

— Je vais aller me changer et me laver, dit-il en montrant ses vêtements pleins de sang. Essaie de récupérer un peu en attendant.

— Jérémy ?

— Repose-toi s'il te plait. On discutera plus tard, quand tu seras en forme.

Elle resta allongée, elle aussi aurait aimé prendre une douche. Elle avait du sang partout. Sans Jérémy à côté d'elle, elle avait froid, mais elle n'osait pas mettre de couverture sur elle de peur de tout salir. À chaque fois qu'elle fermait les yeux, elle revivait la scène. L'arme, les Ailes, le poignard, la déflagration, la douleur. Elle préféra garder les paupières ouvertes et se contenta de rester allongée en regardant les étoiles par la fenêtre. Elle donnait du côté nord de la maison, du côté de la montagne. La nuit était tombée depuis longtemps. Jérémy revint 15 minutes plus tard pour prendre de ses nouvelles.

Elle exigea d'aller se laver à son tour et, vu son état, Jérémy ne put refuser. Elle eut du mal à se mettre debout. Elle avait la tête qui tournait. Il l'accompagna jusqu'à la salle de bains. Il dut également l'aider à enlever son pantalon qui lui collait à la peau et ses chaussettes.

— Je vais te préparer des affaires, tu laisses la porte ouverte. Si tu te sens mal, tu m'appelles, lui dit-il.

Elle attendit qu'il reparte, puis finit de se déshabiller. Elle se doucha assise dans le bac. Sa tête tournait trop pour qu'elle puisse rester debout. Cela lui prit un long moment pour enlever tout le sang collé sur elle. Quand elle se releva, des centaines d'étoiles apparurent devant ses yeux, mais elle réussit à enrouler une serviette autour d'elle, attraper ses affaires et regagner sa chambre. Elle se sentit mieux dès qu'elle s'assit sur son lit. Elle parvint à s'habiller sans trop de difficultés. Elle était en train de terminer lorsque Jérémy revint la voir.

— Je viens de faire des pâtes. Est-ce que tu en veux un peu ?

— Oui, s'il te plait.

Encore une fois, il l'aida à aller jusqu'à la cuisine. Il avait mis de la musique sur son téléphone. Il écoutait du rock classique. Jérémy installa Audrey sur une chaise de la table à manger pour plus de confort. Il était si prévenant. Il mit le couvert et apporta les pâtes. Audrey sentit son estomac se remplir et ses forces revenir un peu. Elle mangea de bon cœur. Ils ne parlèrent pas pendant ce repas, ils se contentèrent de diner en écoutant la musique, mais l'ambiance n'était pas tendue pour autant. Ils avaient des choses à se dire, ils attendaient juste le bon moment. Puis, Jérémy lui apporta une infusion à base d'ortie et de romarin. Il s'occupa de débarrasser la table pendant qu'elle buvait sa tisane. Il prit ensuite sa guitare et se mit à jouer. Audrey se leva avec précaution pour s'installer sur le canapé. Sa tête ne tourna pas. Elle était heureuse de l'écouter. Elle le laissa jouer autant qu'il en eut besoin. Elle savait que c'était sa façon à lui de relâcher la pression et la journée avait été éprouvante. Il s'arrêta vers 23 h. Il proposa à Audrey de l'aider à marcher jusqu'à sa chambre. Elle accepta bien qu'elle se sentît parfaitement bien à présent. Elle s'assit sur le bord de son lit et, alors que Jérémy allait repartir, elle le saisit par la main.

— Reste, s'il te plait, lui dit-elle.

Il s'exécuta sans rien dire.

— Lie ton esprit au mien.
— Tu viens de te faire tirer dessus.
— Et je vais bien.
— Tu as pris une balle pour moi, je n'ai pas besoin de ça pour comprendre que tu tiens à moi.

— Le problème, c'est que je l'aurais fait aussi pour Lucas et tu le sais. C'est pour ça que tu dois dire cette formule avec moi. Quand on a récupéré les Ailes, je ne voulais pas l'utiliser avec toi, je l'avoue. Je craignais que tu ne prennes peur en découvrant mes sentiments. Mais j'ai eu tort. Maintenant, je sais que tu seras inquiet tant que tu ne les auras pas ressentis par toi-même.

— Tu es sûre de toi ?

— Certaine.

Cette formule, ils la connaissaient par cœur. Elle les avait aidés tellement de fois. Ils la récitèrent ensemble. Audrey était à présent habituée à son effet, mais cela restait toujours déstabilisant d'entendre ses propres pensées et celles de l'autre, de sentir son corps et celui de l'autre. Elle accueillit Jérémy dans son esprit.

— Nous sommes dans ma tête, lui dit-elle. Je vais essayer de repenser à des moments que l'on a vécus ensemble, pour que tu perçoives comme je te vois, ce que tu représentes, ce que je ressens quand tu es là.

Le premier souvenir qui lui vint, fut l'instant précis où elle avait compris qu'elle était amoureuse de lui. Puis elle se remémora leur baiser en Enfer, leurs fous rires quand ils s'étaient retrouvés totalement trempés par du sang de goule, toutes les fois, où ils s'étaient juste pris dans les bras l'un de l'autre, tous leurs moments bien à eux. C'était un tourbillon de souvenirs qui défilaient, qui les enveloppaient. Puis elle revint au moment où Jérémy lui avait déclaré sa flamme. Elle s'entendit penser qu'elle l'aimait aussi, mais aucun son ne parvint à sortir, alors que dans sa tête, il n'y avait que lui. Il était son évidence, sa moitié. Elle laissa ses sentiments s'exprimer dans son esprit et envelopper son aimé.

Jérémy en fut plus qu'ému, il voulut la prendre dans ses bras, mais cela les fit basculer.

— Fais attention, nous sommes dans ton esprit à présent, l'avertit-elle.

— Tu sais déjà tout de moi.

Il l'embrassa dans la réalité. C'était une sensation incroyable. Physiquement, ils s'embrassaient, mentalement aussi. Ils passaient d'un esprit à l'autre. Jérémy caressa sa joue, passa sa main dans sa nuque, puis leurs baisers se firent plus intenses. Audrey s'allongea lentement sur le lit. Chacun sentait son propre désir, tout comme celui de l'autre. Elle sentit la main de Jérémy passer sous son t-shirt. Elle ressentit sa propre excitation au contact de sa peau et elle sentit également le plaisir qu'il prenait dans ce geste. Tout était amplifié. Jérémy lui enleva ses vêtements avec une infinie précaution, comme s'il avait peur de rouvrir sa blessure, à ce moment précis, elle ne fut qu'amour pour lui. Ils percevaient le plaisir de l'autre, comprenaient ses attentes, anticipaient ses désirs. Ils firent l'amour dans une symbiose totale et ne s'aperçurent même pas quand la formule cessa de fonctionner. Ils n'en avaient pas besoin pour être en parfaite harmonie.

Ils restèrent lovés l'un contre l'autre longtemps après. Jérémy finit par lui dire :

— J'aurais dû te laisser une chance de t'expliquer. J'ai tendance à oublier que tu as eu ton lot de malheurs toi aussi. Je te demande pardon.

— Il n'y a rien à pardonner.

— Je t'aime, lui dit-il. J'ai besoin de te le dire, besoin que tu le saches. Mais toi, tu me le diras quand tu seras prête.

Elle se serra contre lui, et ce coup-ci, il comprit que par ce geste, elle lui exprimait son amour.

Chapitre trente-trois : Dernier entrainement

Lucas prit son temps pour revenir à la maison. Dans un message, il les informa qu'il ne rentrerait que le lendemain. Audrey se doutait qu'il avait fini son travail depuis longtemps. Il voulait juste leur permettre de s'expliquer, de se réconcilier…

Cette nuit-là, Audrey dormit d'une traite. Son corps avait malgré tout besoin de récupérer. Jérémy fut même réveillé avant elle, elle le trouva dans la cuisine en train de préparer le petit déjeuner quand elle se leva.

Jérémy et Audrey restèrent raisonnables. Ils passèrent même une partie de la matinée à espionner la demeure d'Andromalius. Jérémy récupéra toutes leurs notes, la jeune femme appela le Flambeau, l'alluma et regarda dans la flamme. Elle retrouva facilement les gardes qui surveillaient l'Urne, c'était toujours les mêmes : ils tournaient régulièrement, changeaient de poste, allaient et venaient, mais la plupart étaient sur place en permanence. En passant d'un démon à un autre, Audrey se rapprocha le plus possible des emplacements qu'ils avaient repérés. Ils n'étaient pas libres tout le temps, mais ils l'étaient sur certaines plages horaires. Ils devaient juste s'en assurer parfaitement, avant de passer à l'étape suivante. Ce matin, Audrey confirma ce qu'ils avaient déjà noté pour deux des salles. Ils avaient un lieu et une heure pour arriver, l'échéance se rapprochait.

Ils se mirent d'accord, demain ils vérifieraient une dernière fois que leur pièce était bien inoccupée. Et si tel était le cas, ils iraient récupérer l'Urne le surlendemain. Audrey avait hâte. L'Urne était sienne, elle se languissait de la retrouver. Après la surveillance, elle passa du temps connectée à ses reliques et à ressentir le pouvoir de chacune. Elle perçut le Papillon autour du cou de Lucas, elle chercha l'Urne et le Voile également, mais elle n'était toujours pas assez puissante pour les sentir en Enfer. Pendant ce temps, Jérémy prépara une nouvelle formule pour le sortilège du voyage. Il fallait qu'elle soit extrêmement précise car ils devaient tous arriver au bon endroit. Ils n'avaient pas le droit à l'erreur.

Lucas leur envoya un message en tout début d'après-midi. Il reprenait seulement la route. Cela laissait à Audrey et Jérémy beaucoup d'instants seuls... mais Jérémy insista pour qu'Audrey s'entraine.

— Habille-toi chaudement, on va s'exercer dehors. Le brouillard nous dissimulera.

— Pourquoi on doit-être caché ? s'étonna-t-elle.

— Tu vas t'entrainer à te déplacer avec les Ailes et à te battre avec la Faux.

— Je préférerais ne pas utiliser la Faux.

— Je sais, mais là n'est pas la question. On va bientôt se rendre en Enfer tous les trois, et toi, tu dois être au top de ta forme. Quoi qu'il arrive, tu devras terminer ta mission. C'est ton destin.

— Pourquoi tu parles comme ça ?

— Mon rôle c'est de t'entrainer, de te préparer. Je le sais. Celle qui va détruire les reliques de Thanatos, c'est toi. Tu dois en avoir conscience. Tout ce que je te demande, c'est d'essayer de sauver Lucas.

— Arrête de dire des choses comme ça.

— Si tu dois choisir, sauve-le, lui.

— Tu n'avais pas besoin de le dire. Je ne te laisserais jamais perdre ton frère.

— Je sais, dit-il en la serrant dans ses bras. J'ai peur que nous ne soyons pas assez préparés.

— Et moi, je crains de devenir la Mort, mais je sais que cela n'arrivera pas et que tu m'empêcheras toujours de basculer du côté du Mal. Garde la foi, dit-elle en l'embrassant.

Puis elle alla récupérer ses affaires et s'apprêta pour sortir. Jérémy lui fit mettre les Ailes puis lui demanda de se téléporter à différents endroits. Il lui tendit ensuite un pistolet. Il l'entraina à viser des cibles en mouvements alors qu'elle était elle-même en train de se déplacer avec les Ailes. Cela ne lui posa aucun problème. Elle comprenait parfaitement le fonctionnement des Ailes et n'avait aucune difficulté à les utiliser. Ils passèrent ensuite à la Faux. Audrey n'aimait pas son contact. En plus, la Faux était très grande et pas du tout adaptée à sa taille. Jérémy lui montra comment placer ses mains, comment frapper avec une arme aussi grande, comment elle pouvait exploiter à son avantage la taille de la Faux. Il l'entraina également à la déplacer à distance et à la faire réapparaitre dans une cible précise. Elle n'avait plus besoin du Papillon pour viser. Elle s'exerça aussi à manier les Ailes et la Faux en même temps, ce qui fut plus compliqué. Les Ailes étaient immenses, la Faux aussi. Elles avaient tendance à s'emmêler. Elle se rendit compte accidentellement que la Faux ne pouvait pas couper les Ailes. C'était un souci de moins, mais l'utilisation de ces deux reliques combinées n'en demeurait pas moins périlleuse. Il lui fallut du temps et de la concentration pour parvenir à les manipuler ensemble. Comme à son habitude, Jérémy se montra intraitable. Quand il s'agissait d'entrainement, il était tout le temps sévère, mais réussissait toujours à forcer Audrey à donner le meilleur d'elle-même. En outre, elle savait qu'une fois dans l'action, tout serait plus simple. L'adrénaline la boosterait.

Ils rentrèrent dans la maison vers 17 h. Audrey était épuisée et Jérémy frigorifié. Ils se préparèrent une tasse de chocolat chaud puis ils profitèrent de leur dernier moment à deux.

Quand Lucas arriva, il serra Audrey contre lui, heureux de la voir en si bonne forme, puis fit une accolade rapide à son frère. Tous les deux étaient déjà en pyjama, cependant ils l'avaient attendu pour diner. Pendant le repas, Jérémy demanda à Lucas des nouvelles de la serveuse. Ce dernier répondit avec un grand sourire qu'elle allait très bien... il était vraiment incorrigible !

Ils firent part à Lucas de leur surveillance du jour. Il fut d'accord avec eux pour partir en Enfer le surlendemain.

Ils passèrent le reste de la soirée tous les trois.

Le lendemain, Audrey confirma que la salle, qu'ils avaient repérée, était bien vide entre 10 h et midi.

Jérémy insista ensuite pour qu'elle s'exerce encore. Dehors, il y avait toujours du brouillard, mais en plus il pleuvait. Audrey n'avait pas vraiment envie de sortir.

— Il a raison, dit Lucas devant son air dubitatif.

— Et pourquoi vous ne vous entrainez pas vous ?

— On ne peut pas prendre le risque que l'un d'entre nous soit blessé, répondit Jérémy.

— Mais moi si ! s'offusqua-t-elle.

— Dans la mesure où même si tu te coupais le bras entier avec la Faux, ce dernier aurait repoussé dans moins d'une heure, oui, nous pouvons nous le permettre ! ironisa Jérémy.

— Les reliques ne protègent pas de la pluie !

— Mais avec elles, tu n'attraperas même pas un rhume ! commenta Lucas.

— Je vous déteste.

Jérémy lui fit faire à peu près les mêmes exercices que la veille. La pluie qui tombait à verse compliquait encore l'entrainement. Les garçons se contentèrent d'ouvrir le garage et la conseillèrent à distance, en restant bien au sec. Cela l'agaça légèrement. Surtout qu'au bout de trente minutes, elle était totalement trempée. L'averse transperça son manteau et elle sentit son pull s'imbiber d'eau, mais les frères continuèrent de lui demander tout un tas de démonstrations. Elle ronchonna, mais s'exécuta. Elle savait que s'ils exigeaient tout ça d'elle, c'était pour augmenter leurs chances de réussite. Malgré tout, elle aurait préféré rester tranquille aujourd'hui.

— Je crois que je devrais m'entrainer à me déplacer avec l'un d'entre vous.

— C'est une excellente idée. Mais moi j'ai déjà eu cette chance deux fois, répondit Jérémy avec un sourire.

— C'est vrai, approuva Audrey, mais une personne ici ne connait pas encore cette sensation.

— Pourquoi j'ai l'impression que ça sent le guet-apens ?

— Tu verras, c'est très… étrange, termina Jérémy.

Audrey saisit Lucas par la taille et lui conseilla de s'accrocher.

Elle les fit réapparaitre quelques mètres plus loin.

— C'est horrible… commença-t-il à dire.

Mais Audrey repartit sans qu'il ait pu finir sa phrase. Au second déplacement, il devint verdâtre, au troisième, il s'éloigna pour être sûr de ne pas vomir. Cela fit beaucoup rire Jérémy. Lucas et Audrey échangèrent un regard.

— Je m'en occupe.

Elle disparut et réapparut derrière Jérémy. Avant qu'il ne sente sa présence, elle le saisit. Elle se téléporta plusieurs fois avant de finir par le déposer à côté de Lucas. Maintenant, Jérémy ne riait plus, mais son frère rigolait bien de lui. Elle laissa Jérémy reprendre ses esprits.

— Approchez, je vous emmène tous les deux.
— On va où ? questionna Lucas.
— À la maison bien sûr ! On ne peut quand même pas risquer de dévoiler la magie ! se moqua gentiment Audrey.

Elle passa ses bras autour d'eux et les fit réapparaitre dans le garage. Voyager à trois ne lui demandait pas plus d'efforts que de se déplacer seule. C'était une bonne nouvelle.

Une fois rentrée, Audrey s'empressa d'enlever ses vêtements trempés qui lui collaient à la peau et prit une douche bouillante. Cela l'aida à se détendre. Depuis qu'elle avait regardé dans le Flambeau ce matin, elle se sentait stressée. Elle voulait récupérer l'Urne, mais elle savait aussi que cela signifiait mettre un coup de pied dans la ruche. Dès qu'elle s'en serait emparée, Lilith et Samaël auraient la certitude qu'elle avait les autres reliques et qu'elle viendrait ensuite pour le Voile. Ils allaient faire l'objet de toute une série d'attaques.

En sortant de la douche, elle trouva les garçons dans la bibliothèque en train de remplir leur sac à dos de tout ce qui pourrait leur être utile en Enfer : pistolet, balles anti-démons, poignards, des tonnes d'eau bénite en spray et en bouteilles... Ils mirent aussi des potions du voyage. Ils étaient prêts.

Jérémy alla leur chercher des bières et ils trinquèrent tous les trois.

Lucas résuma le plan :

— On boit la potion, on arrive tous les trois dans l'armurerie, la pièce sera vide. Audrey appelle l'Urne à elle et on repart.

— Ça, c'est si tout se passe bien, mais au moindre problème, tu rentres dès que tu as saisi la relique, précisa Jérémy en regardant Audrey.

— Il a raison, tu ne dois pas nous attendre. Le plus important c'est de mettre l'Urne en sécurité.

— L'un d'entre vous a-t-il eu une vision que j'ignore ? demanda-t-elle.

— Non, juste un pressentiment. Tu le sais, tout dépend de toi : tu n'as pas le droit à l'erreur. Pas tant que les reliques ne seront pas détruites.

— C'est parfait, car je gère super bien la pression et je ne suis pas du tout encline aux crises d'angoisse. Tout ce que vous me dites là, ça m'aide vraiment à rester calme.

— Tu dois te préparer à toutes les éventualités, lui rappela Lucas.

— Non, ce n'est pas négociable. Je vous promets de revenir à la maison dès que j'aurai l'Urne entre les mains. Je vous jure de toujours garder notre objectif en tête, de tout faire pour l'atteindre, mais je vous promets aussi de tout mettre en œuvre pour vous ramener avec moi, tous les deux.

— Au cas où, on a préparé ça, dit Jérémy en lui tendant une enveloppe. Ce document te désigne comme notre légataire, pour que tu puisses rester à la maison si jamais…

— Merci, vraiment. Mais cela ne sera pas nécessaire.

Elle refusait catégoriquement de penser que cela puisse arriver. C'étaient des combattants. Ils avaient été bénis par la magie, et elle, elle était devenue très puissante. Ils allaient réussir. Tous les trois. Elle y parviendrait. Elle ne pouvait pas tout perdre encore une fois. C'était impossible. Impossible.

Ils continuèrent à boire leur bière et évoquèrent tout ce qui risquait de mal se dérouler. Ils envisagèrent toutes les éventualités et les différentes façons dont ils devaient réagir. Ils se mirent d'accord sur tout, ensemble. Chaque solution fut argumentée et votée. Jérémy alla chercher d'autres bières, ils avaient tous besoin de se détendre. Ils avaient encore toute la nuit à attendre. Aucun d'eux n'avait envie de diner. Après la seconde bière, Jérémy alla à la douche à son tour. Audrey en profita pour s'installer sur le canapé. Alors qu'elle se mettait en tailleur, Lucas comprit ce qu'elle allait faire. Il lui tendit son Papillon et l'aida à le repasser à son cou.

— Maintenant, tu le gardes avec toi.

Elle se concentra et se connecta à ses reliques, ce qui lui permit de retrouver un certain calme. Quand elle revint à elle, elle découvrit Jérémy en train de jouer de la guitare juste à côté d'elle. Elle ne l'avait même pas entendu arriver.

Quand Lucas les rejoignit en pyjama, ils mirent un film, comme d'habitude. Au milieu de celui-ci, Jérémy alla chercher de quoi grignoter, il avait trop faim. Il ramena du fromage, des chips, des gâteaux, de la charcuterie, du chocolat. Le voir dévorer ainsi ouvrit finalement l'appétit de Lucas et d'Audrey qui l'accompagnèrent. Ils mangèrent n'importe comment et délaissèrent totalement la télévision.

Après leur pseudo repas, ils choisirent un nouveau film. Ils essayèrent ensuite d'aller dormir un peu. Audrey se blottit contre Jérémy, elle voulait sentir son odeur, sentir sa peau contre la sienne. Elle ne pouvait pas croire que demain tout serait fini. Même si leur plan fonctionnait à la perfection, elle savait qu'Andromalius viendrait les attaquer sur le champ. Leur bonheur serait d'une façon ou d'une autre terminé, ou à minima mis en suspens tant que les reliques ne seraient pas détruites. Jérémy était dans le même état d'esprit, il la gardait contre lui et s'imprégnait de sa présence.

Ils restèrent ainsi allongés sans réussir à s'endormir. Au bout de trois heures, ils se relevèrent pour retourner devant la télévision. Lucas y était déjà, alors ils s'installèrent avec lui. Ils trouvèrent tous le sommeil sur ce canapé. Pas en même temps, pas longtemps, mais suffisamment pour recharger leur batterie. À 7 h, ils étaient tous sur le pied de guerre.

Les garçons réussirent à avaler un café, mais Audrey se contenta de boire un petit jus de fruits. Ils allèrent tous s'habiller. Audrey enfila un de ses jeans préférés dans lequel elle se sentait à l'aise. Elle passa un pull noir fin par-dessus. Elle se fit une longue tresse sur le côté pour ne pas être gênée par ses cheveux. Jérémy mit son jean noir, celui qu'il portait le plus souvent. Un t-shirt noir et une chemise à carreaux marron. Lucas choisit un jean bleu et un t-shirt noir à manches longues.

En attendant l'heure du départ, Audrey se reconnecta une dernière fois à ses reliques. Elle s'interrompit uniquement quand Jérémy vint la rejoindre dans sa chambre. Il l'aida à se relever puis la prit dans ses bras.

— N'oublie pas ta promesse, quoiqu'il arrive tu rentres avec l'Urne et tu termines ta quête.

— Et si je peux, je sauve Lucas puis je te sauve toi.

— Je sais que tu essaieras de tout faire, mais concentre-toi sur l'essentiel.

Elle le regarda dans les yeux, ses beaux yeux verts qu'elle connaissait si bien. Elle ouvrit la bouche, mais aucun son ne sortit alors elle posa son front sur son torse. Jérémy passa sa main dans sa nuque et lui répondit :

— Ne t'en fais pas, je le sais et je t'aime aussi.

Audrey releva la tête et l'embrassa. Il l'attrapa par les jambes et la porta pour pouvoir vraiment la serrer de toutes ses forces dans ses bras. Elle posa sa tête dans sa nuque et accrocha ses bras à son cou. Elle respira à fond son odeur, profita une dernière fois de sa chaleur. Puis Jérémy la reposa et ils allèrent dans la bibliothèque. C'était l'heure.

Chapitre trente-quatre: L'Urne

Audrey passa son pistolet à sa ceinture ainsi qu'un poignard. Elle en dissimula un autre dans sa bottine et mit son sac à dos. Les garçons en firent autant puis ils se rapprochèrent, se jetant un dernier regard. La tension était à son maximum. Ils trinquèrent une ultime fois avec leur potion, la burent d'un trait et récitèrent la formule de Jérémy en même temps.

Le sort fonctionna à la perfection. Ils arrivèrent dans l'armurerie, l'endroit précis qu'ils avaient repéré.

La pièce était bien vide. Audrey ressentit la puissance de l'Urne immédiatement. Lors de sa précédente visite, elle avait veillé à développer son aura au maximum. Elle ferma les yeux, se concentra, se connecta à la relique et l'appela, mais cette dernière ne bougea pas. Elle essaya encore et encore, malgré tous ses efforts, elle resta hors de portée.

— Elle doit être protégée par un sort, expliqua Lucas.
— Il faut que l'on se rapproche, continua Jérémy.

Il sortit de son sac les plans de la maison d'Andromalius et poursuivit :

— L'Urne est toute proche. Le prochain tour de garde est dans dix minutes. On attend ici une minute que la ronde passe, puis on avance jusqu'à la porte principale et là, tu réessaieras.

— La dernière fois que j'ai voulu entrer, des boules de feu ont jailli de tous les côtés, fit remarquer la jeune femme.

— Tu vas devoir les éviter, et au pire, tu guériras. On en a parlé hier, lui rétorqua Jérémy. J'ai saisi que ça ne t'enchantait pas, mais ce n'est plus le moment de discuter. Et je te rappelle aussi que tu ne dois invoquer les Ailes qu'en ultime recours.

— Je sais !

— Ça va bien se passer, glissa Lucas.

Ils s'en tinrent donc au plan. Ils parcoururent le corridor. Au prochain tournant, ils tomberaient sur les deux démons qui gardaient la porte. Les garçons prirent chacun un poignard à la main. Jérémy fit un décompte avec ses doigts. Quand le dernier doigt s'abaissa, il pivota dans le couloir, Lucas fit de même et ils lancèrent leurs lames sur les deux gardes, en parfaite synchronisation. Ceux-ci n'eurent pas le temps de comprendre, ils échangèrent un dernier regard et disparurent dans un nuage de fumée.

Lucas et Jérémy ramassèrent leurs armes. Ensemble, ils apposèrent leur main sur la porte et se mirent à réciter une formule qu'ils avaient créée pour l'occasion :

« Que rien ne sonne et ne raisonne quand le seuil sera franchi. »

— Maintenant, tu as sept minutes pour récupérer cette Urne, annonça Jérémy en lui ouvrant l'accès. C'est largement suffisant.

Audrey sentit son cœur battre la chamade dans sa poitrine. Elle fixa sa cible et essaya de la faire bouger encore une fois, mais elle resta parfaitement immobile sur son socle, au milieu de cette grande salle vide.

Elle s'avança d'un pas et recula aussitôt. Trois boules de feu furent projetées. Deux de part et d'autre de la porte et une droit sur l'encadrement. Elle s'accroupit pour l'éviter tandis que les garçons se collèrent chacun contre un mur.

— N'oublie pas, si l'Urne ne peut pas quitter la pièce, cela veut dire que personne ne peut apparaitre ni disparaitre d'ici. La sortie se fera forcément par cette porte. On va s'assurer que tu ne te retrouves pas piégée. Avec un peu de chance, notre venue passera inaperçue, lui dit Jérémy.

Elle s'avança prudemment. Au premier pas, les mêmes boules de feu furent projetées de nouveau et elle les évita sans problème. Au deuxième, les globes enflammés changèrent de position, mais elle les para une nouvelle fois. Au troisième, des sphères de feu arrivèrent de toute part. Elle fut touchée au bras, mais réussit à ne pas crier sous le coup de la douleur. Elle décida d'accélérer. Plus vite elle sortirait de cette pièce, mieux elle se porterait. Plusieurs mètres la séparaient toujours de l'Urne, elle les parcourut en courant et en esquivant un maximum de projectiles. Elle fut malgré tout blessée une nouvelle fois à la cuisse en arrivant au niveau de la relique.

Au moment où elle saisit le symbole, une alarme retentit dans tout le domaine. Un liquide fut projeté du plafond. Instinctivement, Audrey se protégea, mais elle réalisa vite qu'il s'agissait d'eau bénite. Andromalius n'avait visiblement pas toute confiance en ses démons. Elle se précipita vers la porte. Là, elle s'aperçut que celle-ci était en train de se refermer. Jérémy luttait de toutes ses forces pour la maintenir ouverte, mais inexorablement les battants le poussaient vers l'intérieur de la salle. Audrey accéléra le mouvement tant qu'elle le put. L'Urne était encombrante et des boules de feu arrivaient toujours sur elle. Lucas essayait de son côté de garder les démons à bonne distance.

Audrey passa l'Urne dans l'entrebâillement puis s'y faufila à son tour. Quand Jérémy fut certain qu'elle avait récupéré la relique, il abandonna son combat contre la porte et se retrouva coincé dans la pièce vide dans laquelle les boules de feu continuaient d'être projetées, puis l'accès se verrouilla.

Audrey se releva en saisissant l'Urne dans sa main gauche. Lucas était à peine plus loin devant elle. Ils étaient tous deux encerclés par des démons qui les tenaient en joue. Ces derniers devaient attendre les directives de leur maitre : Andromalius. Lucas avait cessé de se battre. Ils n'avaient plus aucune chance de pouvoir avaler leur potion du voyage.

Ce coup-ci, ils étaient au pied du mur. Depuis ce matin, elle n'avait pas relâché son lien avec ses reliques, alors elle appela les Ailes qui apparurent sur son dos au bout de quelques secondes. Immédiatement, un démon réagit et essaya de l'attraper par le bras, elle l'entendit crier de douleur. L'eau bénite qui protégeait l'Urne avait finalement servi à la préserver, elle.

Elle referma son emprise sur la relique, réapparut à côté de Lucas, le saisit. Puis elle tenta d'aller dans la salle où l'Urne était conservée, mais elle sentit le bouclier de protection la repousser. Elle ne se laissa pas distraire pour autant et les ramena à la maison. Sans Jérémy.

Chapitre trente-cinq : À deux

Le trajet jusqu'à la maison ne fut pas immédiat non plus. Il leur fallut plusieurs secondes pour arriver. Audrey les déposa dans la bibliothèque. Elle se sentait à la fois dans une colère noire et en même temps, elle était étrangement calme. Jérémy se retrouvait de nouveau prisonnier d'Andromalius, mais cette fois-ci il était seul. Elle devait absolument convaincre le démon du désespoir de ne pas s'en prendre à lui. Pour cela, il n'y avait qu'une solution. Elle se contenta de la mettre à exécution sans adresser ni un mot ni un regard à Lucas. Elle saisit son Flambeau et se concentra sur ce dernier. Une fois qu'elle le vit apparaitre dans la Flamme, elle recula son champ de vision et les trouva. Dans les bois, à quelques centaines de mètres de la maison, il y avait cinq démons chargés de les surveiller. Elle était tellement déterminée qu'elle n'eut aucune difficulté à revenir à elle. Elle avait toujours les Ailes sur le dos, elle appela en plus la Faux et partit à leur rencontre. Elle ne leur laissa aucune chance. Elle tomba sur eux comme la Mort l'aurait fait. Rapidement et silencieusement. Grâce à ses entrainements précédents, elle en tua quatre sans aucun effort et en seulement quelques secondes. Le dernier se figea en attendant son heure. Elle se contenta de lui couper la main puis le chargea d'un message.

— Transmets à ton Maitre que s'il manque le moindre cheveu sur la tête de son prisonnier, je m'occuperai de lui moi-même. Et dis-lui de me retrouver ici dans une heure.

Le démon ne posa aucune question et disparut en emportant sa main.

Audrey regagna la bibliothèque. Lucas s'y trouvait toujours. Il l'attendait.

— Qu'est-ce que tu as fait ?
— Je suis allée donner rendez-vous à Andromalius. Je ne leur laisserai pas faire de mal à Jérémy.
— Et comment tu t'y es prise ?
— De la seule façon que comprennent ces créatures.

Il ne posa pas plus de questions.

— Il faut qu'on s'occupe de tes blessures avant que tu repartes, fit remarquer Lucas.

Audrey n'y pensait même plus. Elle jeta un rapide coup d'œil à son bras et à sa cuisse. Les vêtements avaient fondu dans la brûlure, ce n'était pas très joli à voir. Elle était tellement obsédée par l'idée de protéger Jérémy qu'elle en avait oublié la douleur, mais cette dernière se rappelait à elle maintenant.

— Je vais nettoyer les plaies pour que tu puisses ensuite cicatriser. À mon avis, tant qu'il y a des morceaux de tissus dedans, tu ne pourras pas guérir.

— On a une heure devant nous.

— Ça suffira.

Ils se rendirent tous les deux à l'infirmerie. Lucas découpa le pull d'Audrey tout autour de la brûlure, il commença par la rincer à l'eau pure, puis enleva les bouts de tissus. Audrey avait affreusement mal mais elle n'avait personne à qui se rattacher aujourd'hui, alors elle se connecta aux reliques et essaya d'oublier tout le reste, surtout cette souffrance. Elle s'imprégna de l'aura de l'Urne. Elle semblait différente des autres, très proche de celle du Papillon. C'étaient deux symboles pacifiques, sans véritable utilité, exceptée celle de faire partie des six.

Puis Lucas soigna sa cuisse. Elle sentit de nouveau les ciseaux découper le tissu, puis l'eau, puis la douleur : celle provoquée par sa peau calcinée que Lucas arrachait et celle de sa chair qui se reconstruisait, se ressoudait à la blessure de son bras. Malgré l'intensité de sa souffrance, elle parvint à la maintenir à distance. Elle se ferma totalement. Pas une fois, elle ne cria, pas une larme ne sortit de ses yeux. Elle était passée en mode automatique, loin de toute émotion qui pourrait la terrasser.

Quand Lucas eut terminé, elle se rendit dans sa chambre afin d'enlever ce qui restait de ses vêtements et enfila à la place une tenue chaude. Son corps souffrait, elle en avait conscience, mais elle ne pouvait pas se permettre de ralentir. Elle prit juste le temps de manger un morceau. La dernière fois, la nourriture l'avait aidée à récupérer plus vite. C'est tout ce qu'elle pouvait s'accorder.

Elle enfila son manteau et partit sur le lieu du rendez-vous à pied sans rien dire à Lucas. Elle était la première, elle s'assit paisiblement sur un rocher et se laissa envahir par le pouvoir de ses reliques. Elle était calme quand Andromalius arriva avec toute une horde de démons.

— Mademoiselle, je trouve vos manières désobligeantes. Vous n'avez pas le droit de me convoquer de la sorte. Je ne suis pas un démon de bas étage, je n'ai pas à répondre à une simple mortelle.

— Pourtant, vous êtes ici, lui fit-elle remarquer.

— Oui, car j'ai besoin de récupérer une chose qui m'appartient, rétorqua Andromalius avec un grand sourire.

Audrey resta parfaitement calme. Il lui fallut précisément sept secondes pour mettre les Ailes, tuer l'ensemble des démons qui rôdaient autour de la maison et revenir debout face à Andromalius.

— Alors le messager disait vrai.

— Apparemment. Il vaudrait mieux pour vous que Jérémy soit intact.

— Pour tout vous dire, il n'est plus mon prisonnier.

— C'est bien dommage, car cela signifie que vous ne m'êtes plus d'aucune utilité.

— Je pourrais vous dévoiler certaines informations.

— En échange de votre vie ? Cela ressemble vraiment à une tentative désespérée, répondit Audrey en souriant.

— Vous aussi vous êtes désespérée, votre grand Amour vient d'être capturé. Ses chances de survivre sont pour ainsi dire nulles. Vous êtes seule face à l'Enfer tout entier.

— C'est là que vous vous trompez, je ne le suis pas. Regardez-moi bien et vous verrez, je ne ressens rien. Je suis juste méthodique.

Audrey fixa Andromalius dans les yeux et alors elle lui éclata le crâne avec la Faux qu'elle fit apparaitre sans même bouger le petit doigt. Le démon du désespoir disparut dans un nuage de fumée et ce fut la panique parmi ses disciples. Certains essayèrent de venger leur maitre, mais Audrey les tua sur le champ, d'autres se hâtèrent de s'enfuir. Et quand il ne resta plus une seule créature, Audrey reprit tranquillement le chemin de la maison, à pied.

Lucas l'attendait dans la cuisine. Lui aussi était parfaitement calme. Beaucoup trop au vu de la situation. C'était une atmosphère similaire à celle qui précède l'orage.

— Alors, comment s'est passée cette négociation ? demanda-t-il nonchalamment.

— Jérémy a été transféré.

— Au palais ? Chez Lilith et Samaël ?

— Très probablement.

— Je vais devoir me rendre à l'Underground pour solliciter une rencontre là-bas.

— Andromalius ne voulait pas transmettre le message ?

— Andromalius est mort.

D'un coup, la foudre s'abattit et Lucas libéra sa colère.

— Tu ne peux pas faire ça, tu ne peux pas me jeter des miettes d'informations comme ça. Tu n'en as pas le droit. Tout ce qui concerne Jérémy me touche au moins autant que toi, si ce n'est plus. Alors tu vas m'expliquer exactement ce qui s'est passé.

— Si je commence à parler, à penser, ça sera fini. Je serai submergée par les émotions. J'ai besoin de garder le contrôle.

Son ton était détaché, froid. Elle adoucit cependant un peu ses propos en ajoutant :

— Je vais faire un saut à l'Underground, tu peux m'accompagner si tu le souhaites.

— C'est vraiment trop aimable, mais tu ne trouveras personne là-bas avant 22 h.

— Je vais quand même aller vérifier.

Audrey se rendit dans ce bar qui servait de repères à de nombreuses créatures surnaturelles. C'était dans ce lieu qu'elle avait rencontré Andromalius pour la première fois. Elle inspecta toutes les pièces, mais Lucas avait raison. Il n'y avait personne. Il était à peine 11 h 30. Elle allait devoir attendre. Longtemps. Attendre était insoutenable, attendre signifiait penser, penser signifiait souffrir.

Elle rentra à la maison bredouille et Lucas n'était plus dans le salon. Elle appela le Flambeau à elle et l'alluma seule. Elle se mit à la recherche de Jérémy. Elle songeait tellement à lui qu'elle le trouva presque immédiatement. Il était littéralement dans une cage. Des barreaux étaient tout autour de lui. La cellule était bien trop petite pour permettre à Audrey de rentrer dedans avec les Ailes. Jérémy était contraint de rester assis. Malgré cela, il avait l'air en forme. Une dizaine de démons étaient chargés de monter la garde et l'entouraient. Il y avait tout un tas de symboles et de runes sur les barreaux. Elle saisit qu'il serait impossible d'apparaitre dans cette prison. La cage était dans une salle étrange. Il y avait des poteaux dans tous les sens, certains horizontaux, d'autres verticaux, des surveillants étaient placés partout dans la pièce, leurs regards ne donnaient pas aux mêmes endroits. Audrey comprit qu'ils anticipaient une attaque. Dans cette pièce, elle n'avait nulle part où arriver avec les Ailes et impossible de venir avec la potion du voyage, le risque de se faire empaler à l'arrivée était bien trop élevé. Ils n'avaient donc aucune chance de le récupérer. Il leur faudrait attendre qu'il change de lieu pour espérer le ramener. Jérémy avait l'air calme, presque serein. Il patientait. Audrey observa les démons autour de lui puis essaya de le localiser plus précisément.

Évidemment, il était dans le palais du roi et de la reine des Enfers. Ils avaient placé sa cellule non loin du trône pour pouvoir intervenir eux-mêmes en cas de besoin. Lilith siégeait seule. Samaël était encore une fois absent. Audrey tenta de repérer le Voile dans le labyrinthe du palais, mais il demeurait introuvable. Elle resta longtemps à regarder dans la Flamme. Trop longtemps. Quand elle s'en aperçut, il était trop tard, elle avait perdu le contact avec la réalité depuis plus d'une heure. Elle chercha à revenir dans son corps. Mais elle ne se trouvait plus. Elle s'était égarée. La panique monta en elle. Elle ne sentait plus le Papillon, elle n'avait plus aucune ancre à quoi se raccrocher. En désespoir de cause, elle retourna vers Jérémy. Il ne pouvait certes pas la voir, mais cela la rassurait tout de même de savoir son esprit près de lui. Elle attendit. Lucas finirait bien par trouver un moyen pour la faire revenir. Elle patienta en regardant Jérémy dans sa cage. Il avait toujours son air malicieux. Il ne paraissait pas du tout inquiet. Elle resta vers lui un long moment.

Jusqu'à la douleur. Une douleur immense qui la ramena immédiatement dans son corps. Elle ne s'était pas trompée, Lucas avait solutionné le problème, elle n'avait juste pas imaginé la façon dont il s'y prendrait. Et Lucas avait employé la méthode forte pour la récupérer. Quand elle revint à elle, elle vit le garçon qui se tenait debout devant elle. Un pistolet à la main. Il venait de lui tirer dans la cuisse, celle qui n'avait pas été touchée par une boule de feu.

— Tu m'as tiré dessus ?

— Aux grands maux, les grands remèdes ! Cela fait trente minutes que j'essaie de te ramener !

Audrey grimaça sous la douleur, elle sentait le sang couler de la plaie. Elle frissonnait aussi de froid, elle était encore trempée.

— Allez, viens, on retourne à l'infirmerie.

Il la porta pour lui éviter de marcher et la déposa sur le premier lit.

— J'ai comme une impression de déjà vu, dit-il en découpant son jean d'un ton amer.

— Quand tout sera fini, je vais avoir besoin de faire du shopping, plaisanta-t-elle en espérant réduire la tension qu'il y avait entre eux.

— Il faut que tu arrêtes de faire n'importe quoi.

— Je ne fais pas n'importe quoi, je voulais voir Jérémy. Il va bien, il est sous haute surveillance. On ne pourra pas le libérer tant qu'il sera dans sa cellule, mais il n'est pas blessé.

— Évidemment qu'ils le gardent en bonne santé ! C'est leur monnaie d'échange ! Tu aurais dû m'attendre pour regarder dans le Flambeau. Tu sais très bien que c'est dangereux.

— Tu es en colère ?

— À ton avis ? Jérémy est prisonnier, il est ma seule famille, il est mon frère, au lieu de chercher calmement une solution pour le ramener, je suis obligé de me battre contre toi. On a cinq reliques, ils ont Jérémy. Réfléchis un peu ! Ils vont venir d'eux-mêmes à nous. Pas besoin de s'agiter comme tu le fais.

— C’est tout le problème. Si on veut libérer Jérémy et récupérer le Voile, c’est nous qui devons aller là-bas.

— Chaque chose en son temps.

— Non. C’est notre unique chance. Il faut profiter de la présence de Jérémy sur place pour s’emparer du Voile. C’est ce que nous avons décidé hier.

— Hier, Jérémy était avec nous, lui rappela Lucas.

— Et il a veillé à ce qu’on n’ait pas ce genre de décision à prendre.

Lucas resta un moment silencieux. Il enleva la balle de la blessure et épongea le sang qui continuait de couler. Quand l’hémorragie s’arrêta, il nettoya une nouvelle fois l’infirmerie. Il se lava longuement les mains, puis sortit de la pièce sans un mot.

Audrey demeura là. Elle pouvait difficilement marcher, et ça ne servait à rien de risquer d’aggraver la plaie. Lucas revint après quelques minutes avec une tisane qu’il lui tendit en gage de paix. Audrey aimait ses infusions bouillantes, celle-ci était à peine chaude, mais elle s’abstint de tout commentaire. Mieux valait ne pas rajouter d’huile sur le feu. Elle le remercia et but sa tasse entièrement. Son voyage dans le Flambeau lui avait donné soif.

— Tu as raison, admit-il. Ça ne me plait pas, mais tu as raison. On va aller à l’Underground voir si on peut obtenir de se rendre sur place. En attendant, tu dois te reposer pour pouvoir guérir et tu dois arrêter de lutter contre tes émotions. Là, tu devrais être à minima en colère, triste et effrayée. Tu ne devrais pas être cette fille froide qui exécute les démons juste pour passer le temps. Ça ne te ressemble pas. La Audrey que je connais aurait contacté Jérémy depuis longtemps. Essaie d'y penser pendant ta sieste.

— Je n'ai pas l'intention d'aller dormir, répondit-elle.

— Je sais, mais je ne te laisse pas le choix. Il faut que tes blessures soient complètement guéries d'ici ce soir. Alors, fais de beaux rêves !

Audrey eut juste le temps de comprendre ce que Lucas venait de faire. Elle chercha à contrer les effets de la potion du sommeil que le jeune homme lui avait fait prendre à son insu, mais cette dernière agit immédiatement. Malgré sa lutte, Audrey sombra dans une léthargie lourde et profonde en seulement quelques secondes. L'impact était amplifié par le fait que son corps était blessé. Il avait besoin de récupérer et cette potion lui donnait ce qu'il réclamait. Aussi, il ne chercha pas à dissoudre ses effets. Au contraire, il l'accueillit volontiers. Elle resta endormie longtemps. Quand enfin elle ouvrit les yeux, elle vit qu'elle était toujours dans l'infirmerie. Lucas avait enlevé ses vêtements mouillés et avait déposé sur elle une grosse couverture. Elle regarda ses jambes, elle n'avait plus aucune cicatrice, elle était parfaitement guérie. Lucas n'était pas dans la pièce, alors elle resta un moment à réfléchir sur ce qu'il lui avait dit. Pourquoi n'avait-elle pas encore contacté Jérémy ? Elle se posa la question encore et encore. Mais ne trouva pas de réponses. Elle aurait dû le faire. Il devait même s'attendre à ce qu'elle le fasse. Elle se demanda pourquoi lui ne l'avait pas fait, puis, elle se rappela tous les gardes, il ne pouvait pas prononcer de sorts, ils ne l'auraient jamais laissé faire. C'était à elle de le faire. Elle avait peur que la formule soit rejetée par l'une des runes. Essayer de le contacter et échouer, c'était pire que de ne rien faire. C'était un nouvel échec. Mais elle n'avait pas le choix. Elle récita le sort du lien et se retrouva dans la tête de Jérémy. Elle restait moins efficace quand prononcée par un seul des participants, mais suffisamment pour permettre de dialoguer. Il sentit sa présence immédiatement. Il l'attendait. Il se matérialisa sous sa forme physique, elle en fit de même. Ils se parlèrent face à face.

— Qu'est-ce qui se passe ? demanda Jérémy.

— Rien, on patiente jusqu'à l'ouverture de l'Underground pour obtenir un rendez-vous au Palais.

— Comment va Lucas ?

— Très bien. Depuis que tu n'es plus avec nous, il m'a juste tiré dessus une fois et aussi droguée. Tu vois, on forme une super équipe.

Jérémy n'était pas dupe, il attendait plus d'explications. Audrey fit passer dans sa tête tous les derniers événements, tout ce qu'il avait manqué en accéléré.

— Lucas a pris les bonnes décisions. Il a fait ce qu'il fallait.

— Je sais.

— Qu'est-ce qui t'arrive ?

— Je me sens vide.

— Je crois que cela ne vient pas de toi. Aujourd'hui, tu es devenue la Gardienne d'une nouvelle relique. Elle s'ajoute aux autres, elle renforce tes pouvoirs.

— Elle me transforme un peu plus en Thanatos. Je deviens la Mort, impitoyable et violente, résuma Audrey.

— Ce n'est pas une fatalité. Il faut que tu t'accroches à ton humanité, même si cela est douloureux.

— Si tu n'es pas là, mon humanité ne me sert à rien.

— Je sais que tu luttes, que tu résistes, j'ai ressenti plusieurs fois le Papillon autour de mon cou cet après-midi, mais tu dois te battre plus fort. Lucas est à tes côtés. Il a besoin de toi. Moi aussi, j'ai besoin de toi. Je t'attends. Tu n'as pas le droit de nous lâcher maintenant. Et tu verras que celle qui nous sauvera c'est toi, la véritable toi.

Audrey sentit les effets de la formule se dissiper, alors elle se jeta dans les bras de Jérémy pour une dernière étreinte. Elle ne pouvait percevoir la chaleur de son corps ni son odeur, mais Jérémy l'enveloppa de tout son être. Il lui fit ressentir tout son amour avant de disparaitre. Lorsqu'elle rouvrit les yeux, elle sentit une larme sur sa joue. Elle se leva, s'enroula dans la couette et traversa le petit couloir qui menait à la bibliothèque. Lucas était là, la tête penchée dans les livres, sûrement en train de chercher une formule qui pourrait les aider. Il se releva quand il l'aperçut et elle se jeta dans ses bras.

— Je suis désolée, lui dit-elle.

Il se contenta de resserrer son étreinte.

— Je te préfère comme cela, finit-il par dire.

Audrey se recula et alla se mettre devant la fenêtre.

— Jérémy pense que c'est lié aux reliques. Qu'elles me transforment.

Lucas ne posa pas de question sur sa conversation avec son frère. Elle l'avait trouvé et c'était tout ce qui comptait.

— C'est fort possible, admit-il. Mais tu dois te battre pour ne pas devenir comme Thanatos, sinon tu ne parviendras pas à détruire les symboles. Je suis en train de travailler sur notre arsenal. Je nous ai concocté un sort de protection, assez semblable à celui utilisé sur la maison. On répand la potion tout autour de nous et aucun démon ne pourra rentrer dans le cercle.

— Comme on fait avec le mélange protecteur anti-esprits ?

— C'est exactement le même principe, valida Lucas. J'ai aussi préparé plein de spray d'eau bénite. Simple, mais toujours efficace. Et j'ai trouvé un sort capable d'immobiliser n'importe quelle créature surnaturelle. Il ne dure pas très longtemps. Mais ça pourrait nous faire gagner du temps, si besoin. Le seul problème…

— C'est que je vais également me pétrifier, devina Audrey.

— Toi sans doute et je ne suis pas certain qu'elle ne fonctionne pas aussi sur Jérémy et moi. Donc à utiliser en dernier recours.

— Tu crois que cela sera suffisant ?

— Il faudra bien. J'ai fait quelques potions explosives. Je suis plus inquiet pour Jérémy que pour nous. Il va se retrouver attaché et désarmé face à un régiment de démons. Si les choses tournent mal, il n'aura aucune chance...

Audrey se rappela alors un détail de sa conversation avec Jérémy.

— Je sais comment lui faire passer une arme mais il faudra qu'elle soit petite et aussi de quoi se libérer.

— Comment tu comptes t'y prendre ?

— Jérémy m'a dit qu'il avait senti le Papillon sur lui cet après-midi. Donc il parvient à rentrer dans sa cage. Et comme tu me l'as fait remarquer récemment, il voyage avec sa chaine. Alors si on attachait un petit poignard et qu'on y ajoutait ma sphère.

— Il aurait de quoi se détacher et se défendre un minimum, se réjouit Lucas.

— Mais il va falloir que le Papillon arrive vraiment dans ses mains pour que les gardes ne s'en rendent pas compte.

Audrey se dépêcha d'enfiler une nouvelle tenue. Elle mit son dernier jean propre et alla récupérer un t-shirt de Jérémy. C'était ridicule, mais sentir son odeur lui donnait envie de rester humaine. Elle retourna ensuite dans sa chambre et prit une chaussette qu'elle ramena avec elle à la bibliothèque. Elle servirait à transporter ce qu'elle avait besoin de faire passer à Jérémy.

Audrey alla chercher le plus petit poignard en leur possession et enleva la sphère de son cou. Elle déposa le tout dans la chaussette puis saisit la chaine du Papillon qu'elle portait toujours. Elle fit un nœud avec autour de son sac improvisé. Le paquet était prêt. Elle se connecta au Papillon et essaya de faire passer son sachet à Lucas. Elle réussit, mais le résultat manqua de précision. La chaussette arrivait bien sur lui, mais pas dans ses mains. Elle s'y reprit plusieurs fois et finit par y parvenir. Elle tenta ensuite de le faire en changeant de place. Cela fut une catastrophe. Sans contact visuel, elle n'arrivait à rien. Elle choisit alors de conserver un contact en utilisant le Flambeau. Lucas resta près d'elle le temps qu'elle se positionne puis repartit dans la bibliothèque. Elle réussit du premier coup à faire passer son paquet. Ils réessayèrent plusieurs fois. Jusqu'à ce qu'elle se sente prête à l'envoyer à Jérémy. Elle le rechercha dans le Flambeau, il avait l'air toujours aussi paisible. Ses mains étaient attachées dans son dos. Il demeurait assis par terre dans sa cage, calé contre les barreaux. Audrey se concentra de tout son être. Elle n'avait pas le droit à l'erreur. Elle mit tout son pouvoir dans le Papillon et l'envoya jusqu'à Jérémy. Après plusieurs secondes, elle vit un très léger sourire sur son visage. Bien trop faible pour que les gardes s'en soient aperçus, mais elle, elle le remarqua. Elle perçut aussi le contact de ses doigts sur le Papillon. Il avait reçu son nécessaire de survie. Elle laissa quelques instants à Jérémy pour récupérer le contenu de la chaussette puis rappela le Papillon.

Elle se sentait soulagée mais ce sentiment ne dura pas longtemps. Elle s'éloigna un peu de Jérémy pour voir s'il y avait du nouveau au Palais. Et c'est là qu'elle la vit. C'était la première fois qu'elle la découvrait dans son propre corps, mais elle la reconnut sans l'ombre d'un doute.

Agrat. Succube et démone des incendies, fille de Lilith et Samaël. Elle était assise juste à côté de la cage, magnifique, avec ses longs cheveux blonds et bouclés, ses yeux bleus, sa bouche parfaitement dessinée et son corps de rêve. Pulpeuse était le mot qui décrivait le mieux sa silhouette, elle avait des formes et savait les mettre en valeur. Elle arborait un air innocent, mais dévorait Jérémy des yeux.

Agrat était à l'origine de l'incendie qui avait provoqué la mort des sœurs d'Audrey. Louise et Julia étaient mortes par sa faute. De plus, Agrat avait essayé de la posséder une fois et en avait profité pour mettre sa langue dans la bouche de Jérémy. Audrey la haïssait. Il n'y avait pas d'être qui déclenchait en elle une telle aversion. Voir Agrat si proche de la cage de Jérémy ne laissait rien présager de bon. Elle avait un faible pour lui, Audrey l'avait senti, et cela la remplissait de haine et de jalousie.

Lucas dut remarquer sur son visage que ça n'allait pas. Il la rappela à l'ordre.

— Quoi qu'il se passe, tu dois revenir. Je ne suis pas sûr que tu parviennes à guérir d'une nouvelle blessure à temps.

La voix de Lucas l'aida à réintégrer son corps, mais elle fulminait. Savoir Jérémy seul avec cette démone la mettait hors d'elle. Elle expliqua à Lucas ce qu'elle venait de voir.

— On a déjà combattu des succubes par le passé. Jérémy ne se laissera pas avoir. J'en suis certain, la rassura Lucas.

— J'espère que tu dis vrai.

L'après-midi touchait à sa fin, il serait bientôt l'heure pour eux d'aller à l'Underground. Audrey alla se préparer une collation, elle avait passé la journée à se battre, à guérir et à regarder dans le Flambeau. Elle avait besoin de reprendre un peu d'énergie. Lucas se joignit à elle. En mangeant, ils évoquèrent les différents scénarios possibles. Leurs chances de ramener Jérémy et le Voile étaient minces, mais pas inexistantes. Ils devraient s'en contenter. La plus grosse incertitude concernait Jérémy. Il fallait qu'ils trouvent un moyen de le faire venir jusqu'à eux ou d'aller jusqu'à lui.

Audrey passa la dernière heure connectée aux reliques. Elle essayait de mieux les comprendre. Elle s'attacha particulièrement à l'Urne qu'elle connaissait si peu alors qu'elles avaient vécu sous le même toit pendant des années. Encore une fois, elle sentait qu'un élément lui échappait, comme si le puzzle était incomplet. Elle espérait que tout deviendrait clair avec le Voile.

De son côté, Lucas vérifia leurs armes, leurs munitions, leurs potions. Ils n'auraient qu'une seule chance, à eux de la saisir.

Chapitre trente-six : Retour à l'Underground

Quand arriva enfin l'heure de retourner à l'Underground, Audrey et Lucas ne firent pas dans la discrétion. Ils attendirent 23 h pour partir, pour être sûrs qu'il y ait un maximum de personnes là-bas.

Lucas passa sur son dos son sac rempli d'armes. Audrey appela les Ailes à elle puis saisit fermement Lucas par la taille. Elle lui jeta un regard, il fit un signe de tête.

Ils disparurent et réapparurent à l'Underground. Sur le bar. Audrey renvoya les Ailes à la maison. Lucas descendit le premier et lui tendit la main pour l'aider bien qu'elle n'en ait pas vraiment besoin.

Benjamin, le barman et messager, était là. Il vint directement à leur rencontre.

— Bonjour Lucas, déclara-t-il avec un immense sourire tout en le dévorant des yeux. C'était quoi ça ? poursuivit-il avec un air envieux.

— Nous sommes ici pour demander une audience, lui répondit Lucas.

— Qui souhaitez-vous voir ? C'est pour quel genre de pacte ?

— Une audience au Palais, précisa Audrey. Le reste n'est pas ton affaire.

— Le roi et la reine des démons ne reçoivent jamais.

— Ils feront une exception pour nous, répondit Audrey avec un sourire.

— Nous avons un échange à leur proposer. Nous attendrons leur réponse à la maison, ils sauront où nous trouver. Précise-leur que nous tuerons un démon toutes les dix minutes, jusqu'à ce qu'ils aient accepté de nous recevoir, énonça Lucas. Comme nous l'avons fait ce matin avec Andromalius. La balle est dans leur camp.

Benjamin regarda Lucas de la tête au pied, Audrey ne sut pas si c'était pour définir s'il bluffait ou si c'était pour son plaisir personnel, mais il les laissa au bar et rejoignit une arrière-salle. Il arrivait toujours à faire passer les messages, c'était sa spécialité. Lucas et Audrey ne l'attendirent pas. Ils repartirent comme ils étaient venus. À leur retour, Lucas se posta devant la fenêtre de la cuisine afin de pouvoir bien voir le chemin qui menait au portail. Il mit un minuteur en route. Ils savaient que pour être pris au sérieux, ils devraient dépasser le stade des menaces, comme l'avait fait Audrey avec le démon du désespoir.

Elle appela le Flambeau à elle. La fin du minuteur approchant, elle se prépara. Elle regarda directement dans la grande salle. Lilith était toujours sur son trône, fidèle au poste. Tout paraissait tranquille. Si elle avait reçu leur message, cela ne semblait pas l'inquiéter. Il y avait plein de démons autour d'elle. Tous avaient l'air calme aussi. Quand la sonnerie retentit, Audrey focalisa son attention sur l'un d'entre eux, choisit au hasard. Elle se connecta à la Faux et la fit apparaitre dans la grande salle du palais. Elle loupa sa cible. Mais la Faux toucha un autre démon qui disparut sur le champ. Audrey rappela son arme à elle. Elle revint dans ses mains. Lucas relança le minuteur tout en prenant soin de bien communiquer avec elle afin qu'elle ne s'aventure pas trop loin dans la flamme.

Elle se concentra de nouveau sur Lilith. Elle vit un sourire se dessiner sur ses lèvres, puis elle se mit debout, leva les mains au ciel et tout devint noir. Lilith avait invoqué une sorte de brouillard noir et épais qui empêchait à présent Audrey d'observer dans la salle du trône. Lilith avait compris dès la première attaque qu'elle était espionnée. La Gardienne chercha un autre point de chute, mais tout semblait obscur. Les dix minutes arrivaient bientôt à leurs fins et Audrey n'avait pas encore repéré de nouvelle cible. Lucas lui suggéra de frapper à l'aveugle, car elle finirait bien par toucher un démon. Quand elle entendit la sonnerie, elle s'exécuta. Cela lui demanda d'être totalement concentrée sur la Faux, afin de la percevoir faucher une créature. Cela lui prit plusieurs secondes avant qu'elle ne ressente le plaisir de la Faux, deux fois. Elle sut alors qu'elle avait réussi. Lucas relança de nouveau le minuteur. Mais ils n'en eurent pas besoin. Un démon se présenta au portail de leur maison. Ils sortirent le rejoindre à pied.

— La reine Lilith va vous recevoir. Elle vous demande juste de patienter quelques minutes, le temps que son époux, le roi, revienne au Palais.

Audrey allait répondre que cela ne leur convenait pas, mais Lucas fut plus rapide.

— C'est entendu.

Il attrapa Audrey par le bras et ils reprirent la direction de la maison. Lucas se remit à son poste de guet. Pendant ce temps, Audrey se reconnecta aux reliques. Elle avait hâte de rentrer en action, elle en avait vraiment assez d'attendre.

Chapitre trente-sept : Rencontre au Palais

Ils n'eurent pas longtemps à patienter. Le messager revint rapidement. Audrey envoya toutes ses reliques au bunker et ne conserva comme d'habitude que son Papillon autour du cou. Cet abri paraissait une protection bien futile, malgré tout il fallait qu'elle protège au maximum les symboles en leur absence.

Lucas et Audrey descendirent ensemble les marches qui menaient au jardin. Deux démons les attendaient au portail. Ils franchirent leur barrière magique et les créatures les agrippèrent par le bras afin de les téléporter au Palais. Ils arrivèrent dans l'immense salle, celle qu'Audrey avait déjà vue plusieurs fois à travers le Flambeau. En vrai, la pièce paraissait encore plus grande, ou plutôt elle donnait l'impression à Audrey d'être elle-même toute petite. Tout était terriblement sombre. Seules les lumières provenant des torches et des cheminées permettaient d'entrevoir.

Les démons les lâchèrent et reculèrent d'un pas. Lucas répandit sa potion protectrice tout autour d'eux.

— Simple précaution, se contenta-t-il de dire.

Audrey se tenait immobile. Lilith et elle se fixaient, se jaugeaient. En même temps, Audrey se mit à la recherche du Voile. Elle avait du mal à se concentrer avec tous les démons autour d'elle qui la scrutaient, qui l'analysaient. Elle avançait à l'aveugle, elle tâtonnait sans savoir réellement quoi chercher. Lilith prit la parole la première.

— Je vous écoute, vous avez demandé à me rencontrer. Que proposez-vous ?

Lucas se chargea de répondre. Ils en avaient convenu ainsi. Il risquait moins de se laisser emporter et cela permettait à Audrey de chercher activement la dernière relique.

— Nous sommes venus réclamer la libération de mon frère.

— Et que gagnerai-je en échange ?

— Vous le savez déjà.

— Je sais ce qui m'intéresserait, mais j'ignore combien de scapulaires vous seriez prêts à me donner en échange de sa vie.

— Nous les laisserions tous. Mais nous demandons également que les sœurs d'Audrey lui soient rendues.

— J'ai bien peur que cela soit impossible, répondit une voix d'homme au loin.

Tous se tournèrent et s'inclinèrent devant le démon qui apparut. Il continua d'avancer tout en parlant. Ils n'arrivaient pas encore à le voir, mais Audrey reconnut immédiatement la voix. C'était celle de l'homme qu'ils avaient « sauvé » des harpies. La voix de ses cauchemars. Un frisson lui parcourut la colonne vertébrale.

— Nous avons d'autres projets pour vous. Comme vous nous l'avez si bien démontré, les reliques vous obéissent au doigt et à l'œil. Si nous acceptions cet accord, vous les rappelleriez dès que vous seriez partis. C'est pourquoi vous allez devoir rester avec nous, Mademoiselle.

Quand il termina sa phrase. Audrey sentit la peur monter en elle. Elle s'accrocha au bras de Lucas. Plus il s'approchait et plus Audrey en eut la certitude. Elle connaissait ce démon. Elle connaissait Samaël. Elle avait déjà rencontré Satan. Outre son apparition avec les harpies, Audrey et lui avaient auparavant parlé à maintes reprises. Lucas aussi le reconnut.

— Vous ! s'étonna-t-il.

Mais Samaël l'ignora totalement comme s'il n'était pas digne d'intérêt et ne s'adressa qu'à la Gardienne.

— Eh oui ! J'avais besoin de conserver un œil sur vous, sans attirer les soupçons, pour vous orienter vers un monde plus sombre. En tant qu'inspecteur chargé de l'enquête de l'incendie de votre maison, j'ai pu avoir accès à beaucoup d'informations. Je suis tous vos faits et gestes depuis cette nuit-là. Ce matin, j'ai vu que vous étiez enfin prête à nous rejoindre. Vous savez vous montrer cruelle et intransigeante. Vous aimez le pouvoir, vous aimez ce sentiment, cette fierté quand vous devenez toute puissante. Vous adorez tuer. Et vous le faites très bien, avec beaucoup de style. C'est pourquoi je voudrais vous proposer d'intégrer nos rangs.

— D'intégrer vos rangs ? répéta-t-elle incrédule.

— De devenir un démon.

— Et qu'est-ce que j'y gagnerais ?

— Tout. Vous seriez immortelle, vous pourriez mener la vie que vous souhaitez. Vous seriez riches. Nous vous offrons également de transformer vos deux comparses, ainsi ils deviendraient immortels eux aussi. Vous n'auriez plus à craindre la Mort.

— Et que devrai-je faire en échange ?

— Tuer quelques personnes, c'est tout. Nos demandes seront très raisonnables, je vous l'assure.

Audrey sentit son cœur battre plus vite dans sa poitrine. Son cerveau fonctionnait à cent à l'heure. Elle tenait toujours fermement le bras de Lucas, elle avait peur de vaciller si elle le lâchait. Elle réfléchissait à toute vitesse. Elle essayait de chercher le Voile en même temps, mais il restait introuvable. Il fallait qu'elle gagne du temps, absolument.

— La première fois que je vous ai vue, j'aurais pu vous prendre le Papillon. Mais j'ai détecté votre potentiel. Je savais que vous récupéreriez pour nous toutes les reliques, et surtout, surtout, j'ai perçu votre noirceur. Elle est encore plus forte aujourd'hui. Vous aussi, vous la ressentez n'est-ce pas ? Au commissariat, vous m'avez menti avec une telle facilité, vous avez embrassé cette destinée comme si elle avait toujours été vôtre. La vie de démon vous tente. Cette vie facile sans souffrance, sans deuil. En Enfer, vous auriez votre propre domaine et tout un tas de serviteurs.

— Je veux le voir, réussit à demander Audrey malgré le nœud qu'elle avait à la gorge.

Lilith fit un geste de la main et deux gardes quittèrent la salle. Samaël poursuivit son argumentaire.

— Vous vous êtes retrouvée sans rien, ni maison ni argent. J'ai tout fait pour vous couper les vivres, mais vous avez réussi à rester dans le droit chemin. J'ai ensuite compris que votre faiblesse, c'étaient vos émotions. Vous les ressentez si fort. J'ai décidé de vous pousser à bout. C'est moi qui ai demandé aux démons de vous attaquer alors que vous vous promeniez sans défense, de vous attaquer alors que vous étiez seule dans votre refuge. D'ailleurs, j'ai été fort déçu en constatant que la terreur n'avait pas terrassé votre trio. En vous sortant tous les trois de vos cauchemars, vous m'avez surpris, je l'avoue. La peur n'en demeure pas moins un excellent allié, mais apparemment, la colère fonctionne mieux sur vous. Vous la ressentez au moment même où je vous parle, n'est-ce pas ? Elle bourdonne à vos oreilles. Elle fait battre votre cœur plus vite et vous empêche de vous concentrer.

Il avait raison sur tous les points. Elle luttait pour rester focalisée sur sa tâche, mais c'était impossible. Elle eut une pensée pour Vince qui s'était désigné coupable uniquement à cause du double jeu de Samaël.

Cela accentua encore sa colère. Les gardes revinrent avec Jérémy et Agrat. Jérémy semblait moins serein qu'avant. D'habitude, il marchait toujours la tête droite et le regard fier, mais là, il paraissait en proie à une lutte interne. Il avançait difficilement. Il avait l'air dans le flou, légèrement ahuri. Et à côté, Agrat avançait triomphale. Elle était presque aussi grande que lui. Il avait les mains menottées devant lui. Agrat avait passé une main sous son bras et se pavanait à son côté.

Cette vision donna la nausée à Audrey. Elle avait littéralement envie de vomir rien qu'en imaginant ce qui s'était produit depuis qu'elle avait lié son esprit à celui de Jérémy.

— Je crois que la jalousie est aussi l'un de vos points faibles. Elle vous ronge de l'intérieur. Vous, vous êtes juste une fille normale, une fille ordinaire. Vous ne méritez pas d'être avec un sorcier tel que lui et vous le savez. Agrat n'a eu aucune difficulté à lui faire ouvrir les yeux. Comment pourrait-il préférer être avec vous plutôt qu'avec elle ? Toutes ces questions vous rongent de l'intérieur, mais vous êtes en Enfer, n'ayez pas peur de laisser votre rage s'exprimer mademoiselle.

Lucas sentit venir le danger. Il se positionna devant elle et la força à le regarder dans les yeux. Il ne dit rien. Il ne pouvait pas se le permettre, mais avec son regard, il lui rappela pourquoi ils étaient là. Il fallait qu'ils parviennent à récupérer Jérémy et le Voile.

Comme pour illustrer ses propos, Agrat se plaça face à Jérémy. Elle lui prit ses mains menottées et les disposa autour de son cou. Elle passa ses mains sur son buste, l'attira à elle et l'embrassa. Elle l'embrassa avec la même fougue que lorsqu'elle possédait le corps d'Audrey. Elle balada ses mains partout sur son torse et Jérémy lui rendit son baiser.

Audrey sentit la colère monter en elle, monter, monter. Elle avait envie de tout détruire. La Faux apparut dans ses mains alors qu'elle ne l'avait pas appelée consciemment, mais elle était là maintenant. Elle hurla et la lança en direction de Samaël qui parvint à l'éviter en riant. Il jubilait de la voir aussi furieuse. Le démon derrière lui eut moins de chance. Agrat se détacha de Jérémy pour observer la scène qui se jouait dans son dos. Au même instant, Jérémy prononça la formule activant la pierre magique qu'Audrey lui avait fait passer et il asséna un grand coup de tête à la succube. Il partit en courant dans leur direction. Audrey lui ouvrit la voie avec la Faux. En même temps, elle appela les Ailes. Quand Jérémy arriva vers eux, elle était prête. Elle prit les deux garçons par la main et ils disparurent tous les trois. Audrey les fit réapparaitre dans la chambre de Lilith.

Lucas attrapa la potion de protection et la versa sur le seuil de la porte. Puis il se retourna et serra son frère contre lui.

— Qu'est-ce qu'on fait là ? demanda-t-il.

— C'est le premier endroit qui m'est venu à l'esprit. J'ai besoin de cinq minutes de calme pour localiser le Voile.

Jérémy se tourna vers Audrey, il avait l'air tellement désolé, il ouvrit la bouche pour s'excuser, mais Audrey se jeta à son tour dans ses bras. C'était bon de le sentir contre elle.

— Je sais, lui dit-elle. Je sais. Tu as fait ce qu'il fallait. Comment es-tu parvenu à échapper à son pouvoir ?

— Le pouvoir des succubes est redoutable quand on est endormi, mais il est plus facile à maitriser lorsqu'on reste éveillé. Je lui ai juste laissé imaginer qu'elle avait réussi à m'avoir. La vanité, c'est son point faible, elle ne demandait qu'à le croire. Elle n'a pas été difficile à convaincre. Pas une seconde, elle n'a douté d'elle. Mais dans la réalité, c'est toi que je choisis. Je te choisirai toujours, dit-il en prenant son visage dans ses mains et en déposant un baiser sur ses lèvres.

— Je ne veux pas vous déranger, mais il faudrait qu'on s'active, dit Lucas.

Audrey s'installa en tailleur sur le lit de Lilith. Elle avait encore les Ailes dans son dos et la Faux était réapparue dans ses mains. Jérémy était avec elle dans la pièce, il allait bien. Elle sentit la colère la quitter peu à peu. Elle prit une grande respiration et entra en parfaite symbiose avec les reliques. Il ne lui en manquait qu'une, il fallait qu'elle la trouve. Elle ouvrit son esprit, élargit son champ de vision. Elle alla chercher dans les profondeurs, dans les fondations du Palais. Le Voile était quelque part sous terre, elle le savait. Elle l'appela de toutes ses forces. Mais il demeurait caché. Soudain, elle se remémora que la faculté du Voile était de permettre à la Mort de rester invisible. La relique utilisait son propre pouvoir pour se dissimuler elle-même, alors elle lui ordonna de se montrer, puis reprit ses recherches. Enfin, elle finit par le sentir. Il était presque imperceptible, comme un très léger picotement au loin dans son esprit. Elle se concentra pour ne pas perdre le contact et fit signe à Jérémy et Lucas de s'approcher. Lucas avait son sac à la main. Elle tendit sa Faux à Jérémy, prit les mains des garçons et les emmena aussi près que possible du Voile.

Chapitre trente-huit : La Mort frappe…

La salle dans laquelle était le Voile était protégée. Il était impossible d'y pénétrer magiquement. Audrey les fit donc réapparaitre dans le couloir le plus proche. C'était un long corridor, très peu éclairé et par conséquent très sombre. Ils étaient quelque part dans les profondeurs des Enfers, la chaleur y était infernale, étouffante, mais ils n'eurent pas le temps de réaliser tout cela. Dès qu'ils apparurent, un groupe de démons leur tomba dessus. Audrey fut directement plaquée au sol et Lucas lâcha son sac pour saisir ses armes. Jérémy se lança dans le combat avec la Faux qui lui avait été confiée dans la chambre de Lilith. D'un seul geste, il dégagea les créatures qui étaient sur la jeune femme. Cette dernière sortit ses propres armes et se jeta elle aussi dans la mêlée. Ils furent vite séparés les uns des autres, les démons cherchaient à les isoler et arrivaient toujours plus nombreux. Audrey essayait d'utiliser les Ailes, mais le couloir était étroit et leurs ennemis parvenaient à la saisir malgré tout, alors elle choisit de les renvoyer à la maison pour être plus libre de ses mouvements. Ils luttaient tous les trois, démon après démon. Les déflagrations de leurs coups de feu résonnaient dans le couloir. Ils ne parvenaient pas à se rapprocher de la porte. Jérémy avait réussi à rester à l'endroit où ils étaient réapparus. La Faux lui permettait de garder les monstres à distance tandis que les combats de Lucas et d'Audrey les avaient emmenés plus loin dans le corridor. Ils étaient submergés par le nombre. Les pistolets n'avaient plus de munitions et ils enchainaient les affrontements à une telle vitesse qu'ils n'avaient pas le temps de les recharger. Ils étaient tous les deux passés au poignard et au spray d'eau bénite. Personne n'osait envoyer une potion explosive de peur de voir un membre du trio touché par la déflagration. C'est alors que Lucas cria :

— Le sac !

Elle comprit ce qu'il comptait faire : utiliser la potion pour immobiliser les êtres surnaturels. Audrey continua de se battre tout en cherchant le sac du regard. Elle ne le trouva pas mais Lucas avait hurlé suffisamment fort pour se faire entendre par tous les êtres présents dans le couloir. Jérémy se chargea de le récupérer et son frère lui cria les instructions. La Gardienne se dépêcha de remettre les Ailes sur son dos et de disparaitre avec Lucas. Elle revint dans la chambre de Lilith et réapparut aussitôt dans le corridor. À leur retour, tout était devenu calme. Le couloir ressemblait étrangement à un musée. Il était rempli de sculptures. Tous les êtres présents étaient pétrifiés. Audrey et Lucas ouvrirent la porte sur le qui-vive, derrière tout semblait tranquille. Ils revinrent chercher Jérémy. Lucas le saisit par les bras et Audrey prit ses pieds. Il était comme médusé sur place. Il s'était arrêté lorsque la potion avait touché le sol. Figé dans son mouvement. Jérémy était lourd et ils devaient se frayer un chemin à travers des dizaines de démons immobilisés. Une fois qu'ils eurent réussi à faire passer la porte à Jérémy, Audrey revint dans le couloir et appela toutes les reliques à elle. Elle savait instinctivement que derrière cette porte, plus aucune aide ne viendrait de l'extérieur. Ils seraient seuls, ils devraient aller jusqu'au Voile par leurs propres moyens et se débrouiller pour repartir. Alors qu'elle allait pénétrer dans cette pièce mystérieuse, Vince se matérialisa à son côté. Elle se jeta dans ses bras dès qu'elle le vit.

— Que fais-tu ici ?

— Je reste en permanence en lien avec les reliques maintenant. J'attendais que tu aies besoin de renforts pour arriver. Mon inexplicable évasion va sûrement faire beaucoup parler, mais je sens qu'il vous faudra tout le soutien possible.

— Merci, se contenta-t-elle de lui répondre.

Il l'aida à porter tous les symboles sans un mot.

Dans la pièce, tout était sombre, comme toujours en Enfer. Audrey alluma le Flambeau pour leur faire un peu de lumière. De son côté, Lucas s'attela à jeter un sort pour faire disparaitre la porte et un autre pour la maintenir fermée. Audrey se demanda un instant comment il ferait pour ressortir, mais apparemment le sorcier n'avait pas prévu qu'ils repasseraient par là. Elle le regarda disposer en plus un peu de potion de protection sur le seuil. Audrey plaça l'Urne dans le sac de Lucas et le mit en bandoulière sur une épaule, elle conserva les Ailes sur son dos. Son Papillon était toujours autour de son cou. Elle prit la Faux dans sa main, Lucas saisit le Flambeau et garda un poignard sorti. La salle était grande, sombre et… vide. Elle ne comportait absolument rien, excepté une porte au fond de la pièce. À cause de cette obscurité, Audrey eut l'impression d'être dans une grotte souterraine qui menait à d'autres cavités. Le Voile était quelque part non loin. Il ne restait plus qu'à le trouver.

— Je vais avancer en éclaireur, murmura Vince.

Lucas accepta d'un signe de tête. Ils allaient devoir prendre une décision. Le trio n'avait jamais envisagé ce cas de figure. Que faire si l'un d'entre eux se retrouvait statufié ? Devaient-ils patienter jusqu'à son réveil ? Continuer en le portant ? Le laisser sur place ? Ils savaient tous les deux ce que Jérémy aurait voulu, mais cela n'était pas une chose aisée à faire, surtout pour Lucas. Ils n'osaient pas se regarder.

Ils attendirent le retour de Vince en espérant tous deux que Jérémy serait revenu à lui d'ici là. Hélas, ce ne fut pas le cas.

— La prochaine salle est vide aussi, elle donne sur une autre pièce. Tout est sombre ici. Je n'ai vu ni entendu personne, mais je ne peux le garantir.

Audrey prit alors une décision :

— Vince, est-ce que tu pourrais rester avec Jérémy, s'il te plait ? Il devrait bientôt revenir à lui et il aura besoin de quelqu'un pour lui montrer le chemin. Je suis sûre que cet endroit est un véritable labyrinthe, mais toi et moi savons où aller, n'est-ce pas ?

Vince accepta la mission et Audrey se mit en marche sans un regard en arrière. Lucas vint se placer à côté d'elle. Il faisait encore plus chaud dans cette pièce que dans le couloir précédent, il y faisait aussi beaucoup plus sombre. Tout était silencieux. Le calme absolu.

Audrey avançait d'un pas résolu, elle était parvenue à conserver le contact avec le Voile. Elle sentait sa présence un peu plus fortement à présent, mais le signal restait néanmoins très faible. Toutes les heures qu'elle avait passé connectée aux reliques lui permettaient de garder son lien et surtout l'aidaient à détecter l'aura de ce dernier symbole. Ils franchirent de nombreuses pièces sans croiser personne. Dans chacune d'entre elles, plusieurs portes se présentaient à eux, mais Audrey n'hésitait jamais. Elle passait les salles les unes après les autres. L'une d'entre elles retint leur attention : elle était fermée par une petite porte très lourde. Audrey dut enlever les Ailes de son dos pour pouvoir s'y faufiler. Dans la pièce, il y avait une immense cascade. Visiblement, l'endroit avait été occupé pendant très longtemps.

— Je pense que les harpies vivaient ici, dit Lucas en montrant un nid dans les hauteurs. Elles devaient être chargées de la protection du Voile.

— Tu crois qu'il reste d'autres créatures ?

— Le contraire serait étonnant.

Ils franchirent cette salle sans difficulté. Bien qu'ils n'aient eu que peu de doute, ils surent alors avec certitude que les harpies n'avaient pas pu s'échapper, elles avaient volontairement été libérées. Pour quitter la pièce, ils durent de nouveau se contorsionner. Audrey passa la première et découvrit une nouvelle cavité, mais qui semblait différente des précédentes. Elle avait une énergie autre. Audrey entendit un son sourd comme un grondement dans un coin. Elle se demanda un instant si c'étaient les entrailles des Enfers qui faisaient ce bruit. Elle fut vite fixée. Le grognement s'arrêta net et une ombre immense s'approcha d'elle. Lucas était toujours dans la salle des harpies, en train de faire passer les reliques dans la pièce mais il l'entendit aussi. Audrey saisit la Faux et se déplaça lentement loin de la porte, pour laisser le temps à Lucas d'entrer à son tour. Elle n'avait pas peur. Elle ignorait ce qu'elle s'apprêtait à combattre, mais elle savait que la Faux pouvait tout faucher, sans exception. L'ombre la suivit et se mit à tourner autour d'elle. Elle eut le sentiment que celle-ci cherchait à sentir son odeur, comme l'aurait fait une bête sauvage. Quand l'ombre s'approcha du Flambeau, Audrey put voir qu'elle avait effectivement l'aspect d'un animal. Elle ressemblait à un énorme loup. Au garrot, la créature devait être deux fois plus haute que Lucas. Si ce dernier était impressionné, il n'en laissa rien paraitre. Il se contenta de prendre son pistolet, qu'il avait pris soin de recharger pendant qu'ils attendaient Vince dans la première salle.

Le loup arriva entre eux. Lucas fit un léger signe de tête et ils attaquèrent conjointement. L'homme tira et blessa l'animal au flanc. Mais la blessure parut dérisoire. Au moment où Lucas visa, Audrey s'élança sur la bête et lui asséna aussi un coup au niveau de la patte avant. L'entaille sembla un peu plus gêner le loup qui s'éloigna d'eux. Il retourna dans l'ombre où son pelage noir de jais se fondait à la perfection, puis il sauta sans crier gare sur Audrey. Il l'attrapa par le bras. Elle sentit ses crocs traverser ses muscles, mais elle garda le contrôle. Elle parvint à mettre un coup de Faux au niveau du museau de l'animal, ce qui lui fit suffisamment desserrer sa prise pour qu'elle retombe au sol. Lucas tira de nouveau et le toucha. Le loup comprit qu'il avait moins à craindre de lui que d'elle, alors il décida de se focaliser sur le jeune homme. Un ennemi à la fois. Il revint à l'attaque, tenta de le saisir par le bras également, mais Lucas fut le plus rapide. Il esquiva, tourna sur lui-même et se pencha pour viser l'animal à l'abdomen. Audrey frappa à son tour au niveau de la patte arrière. La Faux blessait le loup. Il gémissait à chaque coup qu'il recevait, mais elle ne parvenait pas à l'éliminer. Soudain, elle se souvint d'une chose que Jérémy lui avait dite « quand tu ne sais pas comment vaincre un ennemi, essaie de lui trancher la tête, c'est la méthode qui a le meilleur taux de réussite ! ». Alors elle se terra dans l'ombre. Elle se fit la plus silencieuse possible. Lucas s'inquiéta de ne plus la voir et l'appela tout en continuant à blesser le loup de ses balles. Le monstre s'alerta également d'avoir perdu de vue cette ennemie redoutable. Il se tapit dans l'obscurité à son tour et la rechercha. Lucas resta vers le Flambeau, il avait besoin de lumière pour pouvoir viser et esquiver les attaques. Les animaux sentent la peur, mais là, il n'eut rien à humer. Audrey était toujours aussi calme. Elle attendit qu'il passe devant elle, puis se mit à courir et s'aida de la Faux pour sauter directement sur son dos. Elle se hissa à l'aide de son pelage jusqu'à la tête du loup. Le canidé se débattit dans tous les sens, mais elle ne lâcha pas. Elle saisit fermement la Faux dans sa main droite, se cramponna de sa main gauche et frappa encore et encore. Jusqu'à ce que la Faux parvienne à détacher la tête de l'animal de son corps.

Lucas s'approcha en emportant le Flambeau avec lui et découvrit le massacre. Audrey était couverte de sang noir. Ce coup-ci, tuer ne lui avait absolument rien fait. Elle avait perçu le plaisir de la Faux, mais elle savait que ce n'était pas ce qu'elle éprouvait, elle. Elle avait abattu le loup, car il le fallait. Elle n'en était ni contente ni mécontente. Elle n'en tirait aucune fierté, elle l'avait juste fait.

— Tu vas bien ? demanda Lucas en prenant son bras meurtri dans ses mains.

— Oui, répondit-elle simplement.

Sa blessure était déjà en train de guérir. Elle le ressentait physiquement.

— Je crois que c'était Fenrir, dit Lucas.

— Le loup de la mythologie nordique ?

— Exactement.

— Peu importe, maintenant il n'est plus. Continuons d'avancer.

Ils se rapprochèrent ensemble de la porte d'entrée. Audrey pensa un instant à retourner dans la salle des harpies pour se débarbouiller grâce à la cascade, lorsqu'une voix s'éleva des ténèbres.

— Mais quel style ! J'adore ! Alors, avez-vous réfléchi à mon offre ? demanda la voix qui hantait les cauchemars d'Audrey.

Samaël resta dans l'ombre. Impossible de savoir précisément où il était.

— Il me semblait que ma réponse était claire.

— Vous feriez pourtant une démone si puissante. Êtes-vous bien sûre de vous ? Un refus entrainerait votre mort ainsi que celle de vos amis.

— Je vais courir le risque.

Audrey avait à peine terminé sa phrase que Lucas poussa un cri terrible. Il était encore à côté d'elle, mais elle le vit enlever un couteau de son bras. Il était blessé. Elle se plaça devant lui pour le protéger. Elle demeurait toujours calme. Elle devait localiser Samaël pour pouvoir riposter. Elle ordonna au Flambeau de s'éteindre. Elle prit Lucas par la main puis s'approcha lentement de l'un des murs dans le plus grand silence. Elle voulait que la cavité préserve leurs arrières, qu'elle défende Lucas. Elle ferait le reste toute seule. Ils devaient se faire discrets, mais elle avait l'impression qu'ils faisaient un vacarme d'enfer tous les deux.

— C'est mignon d'essayer de vous cacher. C'est dommage que vos livres ne fassent pas mention de mes talents.

Audrey se demanda à quoi il faisait allusion, mais préféra ne pas poser la question pour ne pas dévoiler leur emplacement.

Puis elle entendit la voix juste à côté d'elle :

— Je vois dans le noir, dit-il en calant une lame de couteau sur la gorge de Lucas.

Ses yeux rouges se mirent à briller dans l'opacité de la pièce. Il voulait être sûr qu'elle mesure bien la gravité de la situation et l'impasse dans laquelle elle se trouvait. Audrey ordonna au Flambeau de se rallumer. L'obscurité ne ralentissait pas Samaël alors autant qu'elle ne la handicape pas non plus. Il poursuivit comme si de rien était :

— Ceci est ma dernière offre. Devenez un démon, travaillez pour moi et je l'épargnerai, tout comme j'épargnerai son frère. Si vous refusez en revanche, je les tue sur le champ.

Audrey ne paniqua toujours pas. Elle se contenta de sortir son pistolet et de le pointer sur lui. Elle savait qu'elle pouvait parvenir à le toucher. Mais alors que son doigt se posa sur la gâchette, Jérémy arriva dans la pièce. La porte se trouvait derrière Samaël. Un seul regard lui suffit pour comprendre la situation. Il riposta sans prendre la peine de réfléchir. Il sortit de sa manche le poignard qu'Audrey lui avait envoyé dans l'après-midi et visa le diable. Le couteau le toucha pile entre les omoplates. Le coup aurait été fatal à n'importe quel démon, mais pas au roi de l'Enfer. Lucas en profita pour se dégager et il essaya de poignarder Samaël à son tour, mais ce dernier lui bloqua la main et lui broya le poignet jusqu'à ce qu'il lâche sa lame. Lucas poussa un hurlement de douleur puis Samaël récupéra le couteau et le jeta sur Jérémy. Lui non plus ne rata pas sa cible : il le toucha au niveau du ventre. Jérémy s'effondra. Audrey assista à toute la scène impuissante. Tout allait trop vite. Quand Jérémy atteignit le sol, tout redevint noir…

Chapitre trente-neuf : … toujours deux fois

Audrey força le Flambeau à briller au maximum pour essayer de voir dans ce brouillard noir. Quand enfin la lumière fut assez forte, Samaël n'était plus là. Jérémy était allongé au sol et Vince était auprès de lui. Audrey et Lucas se tinrent immobiles un instant, puis Lucas s'élança vers son frère. Il lui retira le poignard et tenta de comprimer la plaie, mais tous ses efforts étaient inutiles. Elle le savait. Elle n'avait toujours pas bougé. Elle était à son tour comme pétrifiée. Prise entre deux feux : une partie d'elle avait envie de hurler, de frapper, de supplier, de pleurer et dans l'autre partie, il ne se passait rien, absolument rien. C'était le vide total. À cet instant, l'un des côtés lui sembla clairement plus attrayant.

Lucas poursuivit ses efforts pour essayer de sauver son frère mais il était trop tard.

L'ultime phrase de Jérémy fut pour elle :

— Ne fais pas ça, tes émotions sont ta force, dit-il dans un souffle, son dernier souffle.

Jérémy cessa de respirer. Il était immobile et fixait un point imaginaire au plafond. Lucas continua de se battre pour le garder en vie plusieurs secondes après.

Vince mit sa main sur son épaule et lui dit doucement :

— C'est trop tard, je suis désolé, mais il est parti.

Pour Lucas, le coup fut terrible. Une larme perla au coin de ses yeux, puis deux, puis il ne put plus se contenir. Il agrippa fermement son frère dans une dernière étreinte. Il hurla sa douleur.

Audrey regardait la scène, toujours figée. Le chagrin de Lucas faisait écho au sien. Comme s'il exprimait ce qu'elle ne parvenait pas à ressentir. Une part d'elle se visualisa en train d'essayer de consoler Lucas, en train de pleurer Jérémy avec lui, mais rien ne se passa. Elle resta là à observer. Vide. Elle s'imagina aussi accepter la proposition de Samaël, mais encore une fois, elle n'en fit rien.

Au lieu de cela, elle regagna la salle des harpies et suivit sa dernière idée avant cet épisode horrible. Elle devait se remettre en action. Elle se dirigea droit vers la cascade. Ses yeux s'habituèrent vite à l'obscurité. L'eau de la chute était chaude. Elle se nettoya les mains avec minutie puis elle frotta son visage, son cou et ses bras. Elle regagna ensuite la pièce de Fenrir.

— Qu'est-ce que tu es allée faire ? demanda Vince.

— Le sang me gênait dans mes mouvements, il commençait à sécher sur moi, répondit-elle en toute honnêteté.

— Je ne comprends pas. Jérémy vient de mourir et toi la seule chose à laquelle tu penses, c'est te laver ? gronda Lucas.

— Oui. Je vais devoir continuer ma route.

Lucas lui jeta un regard interloqué, comme s'il réalisait d'un coup qu'elle était là également et qu'il prenait conscience de son absence de réaction.

Il se leva et s'approcha d'elle. Sa plaie au bras saignait beaucoup, mais le plus inquiétant restait sa main. Elle formait un drôle d'angle, qui ne présageait rien de bon.

— Qu'est-ce que tu fais ? demanda-t-il en essuyant ses larmes avec sa manche.

— Je viens de te l'expliquer, je dois continuer d'avancer. Je dois trouver le Voile.

— Et Jérémy ?

— Jérémy est mort. Mais je dois poursuivre la tâche qui m'a été dévolue.

— Tu n'as pas entendu ce qu'il t'a dit ?

— Si, mais cela ne m'aidera pas. Si tu veux rester avec lui, je comprendrai. De toute façon, au vu de tes blessures, tu ne seras sûrement que peu utile. Moi, quoi qu'il en soit, j'avance.

— Et qu'est-ce qu'on fait de lui ? demanda Vince.

— On viendra le rechercher après, quand tout sera fini.

Lucas savait qu'il n'avait pas le choix. Outre le fait qu'ils devaient détruire les reliques, il ne pouvait pas laisser Audrey dans cet état. Depuis qu'ils avaient franchi la porte, elle se comportait bizarrement, elle semblait détachée. Voir son absence totale de réaction devant la mort de Jérémy le terrifia. Elle était en train de basculer dans les ténèbres. Depuis le début, Samaël l'entrainait vers des sentiments sombres comme le désespoir, la colère, la peur, mais finalement en faisant tout cela, il l'avait préservée du véritable danger. Celui de la disparition de ses émotions. Jérémy l'avait compris, il l'avait encouragée à extérioriser ce qu'elle ressentait, maintenant, Lucas allait devoir faire de même.

Il inspira profondément, ferma les paupières de son frère et le serra contre lui une dernière fois, puis il se releva et prit un poignard dans sa main valide. Vince proposa de porter le sac contenant l'Urne, mais Audrey préféra lui tendre le Flambeau. Ils se remirent à avancer tous les trois. La pièce après celle de Fenrir était sombre, comme toutes les autres, mais elle était vide.

— Je n'arrive pas à y croire, il est tellement fort. C'est de loin le plus solide et le plus courageux de nous deux, dit Lucas.

— Était, rectifia Audrey sans la moindre émotion.

Tout en avançant, Lucas continua de parler. Sa voix tremblait mais il essayait de faire face.

— Tu ne m'as jamais raconté, comment as-tu réussi à le convaincre de se mettre en couple avec toi ?

Un sourire se dessina un instant sur son visage en repensant à ce souvenir, mais s'effaça aussitôt.

— Je ne l'ai pas convaincu, je l'ai supplié.

Lucas savait qu'elle n'en dirait pas plus.

— Qu'est-ce qui va le plus te manquer chez lui ?
— Tout.
— Est-ce qu'il y a une chose que tu regrettes ?
— Arrête, s'il te plait, je vois clair dans ton jeu, je comprends et ça ne marchera pas. La douleur, le chagrin, le deuil, je connais déjà. Je maitrise à la perfection. Il est hors de question que je revive ça, alors, ne te fatigue pas pour rien. Préserve tes forces.

Mais Lucas n'avait pas l'intention de cesser.

— Tu sais ce qu'il m'a dit la première fois qu'il t'a vue quand on était dans la voiture et qu'on te ramenait à la maison ?

Audrey n'avait plus envie de répondre. Lucas ne voulait peut-être pas se taire, mais elle n'était pas obligée de l'écouter pour autant.

— Il a déclaré, je cite « elle va mettre un beau merdier dans nos vies, je le sens ». Il avait tellement raison. Il ne s'imaginait pas encore à quel point tu allais métamorphoser son existence. Il n'avait jamais connu le bonheur avant toi. Je trouve que c'est réconfortant de savoir qu'il a vécu ça avant… Ce qui va le plus me manquer, c'est la façon qu'il avait de profiter de la vie. Il était à sa manière un bon vivant, il ne laissait jamais passer une occasion de boire une bière, de savourer un repas, de jouer de la guitare.

Lucas continua de parler ainsi et ses paroles commençaient à l'ébranler. Il cherchait à la forcer à penser à Jérémy, elle le savait, mais dans ce silence profond, elle ne pouvait faire autrement que de l'entendre. Elle avait beau se focaliser sur les reliques, une part d'elle écoutait ce que Lucas lui disait.

Les deux pièces suivantes avaient plusieurs portes, mais elles étaient vides également. En arrivant sur le seuil de la troisième, ils entendirent du bruit. Cette fois-ci, ils ne la franchirent pas à l'aveugle. Vince ouvrit doucement pour voir ce qu'il y avait à l'intérieur mais leur arrivée aussi avait été perçue.

— Un dragon, cria-t-il en refermant vite la porte alors que du feu fonçait déjà sur eux.

Ils se regardèrent tous les trois et réfléchirent. Finalement, Vince reprit la parole :

— Je vais l'attirer à l'opposé de la bonne issue. Et pendant ce temps, vous, vous allez courir et vous échapper de là.

— Mauvaise idée, répondit Lucas. Qu'est-ce que tu feras quand le dragon te crachera des flammes dessus ?

— Rien, je ne crains pas le feu. Je suis immortel, lui rappela Vince. Je rentre, vous comptez jusqu'à dix et vous filez vers la sortie.

— Bonne chance, déclara Audrey d'une voix froide.

Vince tendit le Flambeau à Lucas et la jeune femme lui ouvrit la porte sans plus d'encouragements. Elle compta à voix haute, puis ils s'élancèrent à leur tour dans la salle. C'était de loin la plus grande qu'ils aient visitée jusque-là. Vince était parti sur le côté gauche, le dragon était avec lui. Il attirait son attention sur lui. Il courait et essayait de se cacher des flammes en même temps. Audrey et Lucas se précipitèrent sur la droite vers la bonne porte, mais quand ils voulurent l'ouvrir, ils réalisèrent qu'elle était verrouillée. Elle avait une vieille serrure qui devait fonctionner avec une grosse clé. Malheureusement, la Tourmaline, leur pierre magique, était restée avec Jérémy.

Audrey posa tout son chargement dans un enfoncement de la salle. Pour le coup, elle ressemblait beaucoup à une grotte et pourtant c'était de loin l'endroit le mieux éclairé qu'ils avaient vu depuis longtemps. Le feu du dragon brûlait partout et projetait des ombres dans toute la pièce. Elle demanda à Lucas de rester dans la cavité, en sécurité, puis elle partit à la recherche de la clé en emportant uniquement la Faux avec elle. Elle avança à pas de loup et regarda de toutes part, attentivement. Elle se rapprochait de l'endroit où Vince se situait. Ce dernier jouait à cache-cache avec le dragon. Il avait trouvé des piliers pour se dissimuler et à chaque fois qu'il essayait de s'échapper, la créature crachait du feu. Il était en mauvaise posture. Audrey continuait de chercher les clés lorsqu'un bruit sourd surgit du côté de la porte de sortie. Elle vit Lucas vaciller et chuter à genou. Il avait lâché le Flambeau dans son malaise. Le dragon l'entendit également et se tourna dans sa direction. À cet instant, la Faux tomba des mains d'Audrey et cette dernière partit en courant. Le monstre de feu marchait lentement. Elle réussit à le prendre de vitesse. Elle fila aussi vite qu'elle le put vers Lucas qui serait bientôt à portée de flammes. Sans réfléchir, elle attrapa les Ailes dans sa main, passa son bras dans la lanière et les plaça sur le côté comme elle l'aurait fait avec un bouclier. Lucas était toujours à genoux sur le sol, elle se mit contre son dos, pour que son corps puisse faire barrière au déluge de flammes qu'ils allaient recevoir.

La fournaise s'abattit sur eux sans prévenir. La chaleur fut insupportable, mais comme elle l'avait espéré, les Ailes étaient indestructibles. Elles résistèrent. Le dragon essayait de changer ses flammes de côté, mais Audrey réussit à parer les attaques. Elle se plaçait toujours entre Lucas et la créature pour être sûre qu'il ne soit pas brûlé. Ils tenaient bon. Ce dernier perdait beaucoup de sang et la chaleur ambiante était bien trop forte sous les Ailes. Il finit par tomber totalement inconscient et Audrey le sentit basculer. Elle tenta de le maintenir en position, mais il était beaucoup trop lourd pour elle et elle devait en plus conserver les Ailes sur eux. Lorsqu'il se retrouva entièrement allongé au sol, Audrey fit de son mieux pour les recouvrir avec les Ailes, mais elle perçut un espace dans son dos découvert. Avant qu'elle n'ait eu le temps de faire le moindre mouvement, il y eut les flammes. Son instinct lui cria de s'enfuir, mais une part d'elle savait que si elle se décalait un tant soit peu, Lucas ne serait plus à l'abri. C'était elle qui le protégeait en partie du feu maintenant. Elle était devenue son bouclier. Elle sentit la douleur de sa peau qui brûlait, de ses muscles qui fondaient. Cette odeur de chair brûlée, c'était la sienne. Jamais elle n'avait ressenti une souffrance comparable. Elle hurla, hurla, mais elle ne bougea pas, elle devait tenir bon. Elle devait sauver Lucas. Elle s'accrochait à lui de tout son être. Elle avait besoin de lui, il était tout ce qui lui restait. Elle mit toute sa volonté et sa force pour ne pas craquer, pour ne pas abandonner. Les flammes arrivaient toujours sur eux, vague après vague. Elle avait à peine le temps de cicatriser que cela reprenait. Heureusement qu'ils étaient maintenant tout près du Voile et que son processus de guérison s'était accéléré, néanmoins la guérison était aussi douloureuse que l'était le feu du dragon.

Puis d'un coup, tout s'arrêta. Audrey ne se risqua pas à bouger pour autant, elle craignait une ruse. Elle resta au sol, elle était allongée contre Lucas, les Ailes les recouvraient quasiment entièrement, à l'exception de cette partie de son dos qui la faisait tant souffrir. La température sous leur bouclier improvisé diminuait, mais elle n'osait pas encore remuer. Puis elle sentit les Ailes glisser sur le côté. Elle perçut l'air frais sur sa peau meurtrie. Et elle vit Vince. Elle ne bougea toujours pas. Elle ne voulait pas quitter Lucas. Grâce à l'arrêt des flammes, il commençait à reprendre un peu ses esprits. Il avait l'air de beaucoup souffrir, mais il était encore en vie. Il essaya de se relever. Audrey l'aida, mais resta contre lui. Et c'est à cet instant qu'il vit qu'elle était en train de pleurer. Elle n'en avait même pas conscience elle-même, elle aurait été incapable de dire à quel moment les larmes étaient arrivées, mais elles étaient là. Il la serra de son bras non blessé. Ils demeurèrent tous les deux, plusieurs minutes. Ils avaient besoin d'une pause. Elle aurait aimé dire à Lucas à quel point elle était désolée. Désolée d'avoir perdu Jérémy, désolée d'avoir échoué, mais elle était dans l'impossibilité de parler. Elle était prise dans un flot de larmes et de chagrin. Son cœur venait de se briser, et elle le savait, cette fois-ci jamais il ne se réparerait. Ils l'avaient surestimée, ils avaient surestimé ses forces. Et au final, elle l'avait perdu.

Lucas se ressaisit le premier.

— Qu'est-ce qui s'est passé ? demanda-t-il entre deux pleurs.

— J'ai tué le dragon, bégaya Vince, comme s'il n'arrivait pas à le croire lui-même. Il s'acharnait sur vous, j'étais à côté de la Faux quand j'ai entendu les hurlements, alors je me suis approché discrètement et j'ai visé le cœur à la première occasion. Un seul coup a suffi, il s'est effondré.

— Quels hurlements ?

— Ceux d'Audrey.

— J'ai dû faire barrière pour que tu ne finisses pas carbonisé, réussit-elle à dire.

Lucas se releva péniblement. Une fois debout, il tendit la main à Audrey pour l'aider et la fit pivoter. Elle avait tout le bas du dos écarlate. Sa peau était en train de terminer de cicatriser et son t-shirt avait complètement disparu à cet endroit-là.

— Tu as pris un énorme risque. Comment tu te sens ? lui demanda-t-il.

— Physiquement ? Épuisée.

— J'ai vu une source d'eau vers les piliers. Ça vous ferait sûrement du bien.

Ils prirent cinq minutes pour se désaltérer. L'eau était tiède, mais elle s'en passa quand même dans le dos. Elle était sur la corde raide. Les larmes ne s'arrêtaient plus, mais elle arrivait à garder le contrôle de son corps, à rester en action. Elle savait aussi que ses émotions allaient la submerger d'un instant à l'autre et Jérémy n'était plus là pour l'aider à retrouver son calme.

Vince et Audrey repartirent à la recherche de la clé, laissant Lucas se reposer. Il était de plus en plus pâle et avait du mal à tenir debout. Audrey essayait de ne penser à rien d'autre qu'à cette clé. Elle évita également de trop se connecter aux reliques. Ne plus rien ressentir était une tentation bien trop grande en ce moment. Ils finirent par la trouver dans le nid du dragon, cachée parmi des squelettes de créatures inconnues.

Ils retournèrent à la porte et l'ouvrirent. Audrey laissa Vince porter le Flambeau et l'Urne et aida Lucas à marcher.

Ils arrivèrent dans une salle baignée d'une lueur bleutée. Au centre de cette dernière pièce, il y avait le Voile, immense et beau. Audrey en resta bouche bée. Il semblait scintiller dans la lumière. Il était entièrement argenté et joliment brodé sur toute la longueur. Le tissu paraissait si fin. On voyait parfaitement à travers lui. Ils mirent plusieurs secondes avant de remarquer qu'il était disposé dans une vitrine. En la découvrant, Audrey saisit une pierre et essaya de la briser, mais la vitre résista. Même la Faux ne parvint pas à la faire céder. Elle était conçue pour tuer des êtres vivants, pas pour casser des objets. Puis elle perçut un écriteau sur le côté. Cela lui rappela le British Muséum.

« La vitre ne s'en ira qu'au prix d'une vie. Il vous faudra mourir pour récupérer le Voile. »

Lucas émit un petit rire.

— C'est très ingénieux, commenta-t-il. Si un démon avait essayé de doubler Lilith et Samaël, il aurait sûrement agi seul et n'aurait pas pu prendre le Voile. Il se serait retrouvé coincé à cette étape.

— Il y avait aussi tout à penser que la Gardienne arriverait ici seule, ajouta Audrey.

— Et immortelle, précisa Vince.

— Tu sais ce que cela signifie n'est-ce pas, dit doucement Lucas.

Audrey avait à présent la gorge tellement serrée qu'il lui était impossible de répondre, elle secoua la tête de gauche à droite. Elle refusait cette éventualité. Les larmes remplirent de nouveau ses yeux. Elle n'arrivait plus à respirer normalement. Lucas s'approcha et la prit dans ses bras.

— Ne t'inquiète pas. Ça va aller. On a toujours su que ça finirait ainsi. On devait mourir, c'était écrit. Mourir pour sauver l'humanité est une fin tout à fait honorable.

Audrey se pressa contre lui et refusait de quitter cette étreinte.

— Tu vas y arriver. Je vais m'approcher du Voile et je vais le faire. Ne regarde pas.

Audrey secouait toujours la tête de gauche à droite, aucun son ne pouvait sortir de sa bouche. Le chagrin l'étouffait. C'était impossible. Elle avait tout fait pour le sauver et elle allait devoir le perdre maintenant. C'était injuste. Elle ne pouvait pas le croire, elle refusait de le croire.

— Je lui ai promis de tout faire pour te garder vivant, finit-elle par hurler. Je lui ai juré ! Et à présent, tu me demandes d'attendre que tu te suicides. Tu es tout ce qu'il me reste. J'ai perdu tout le monde, tout le monde ! Je ne peux pas. Pas comme ça.

— On n'a pas le choix. De toute façon, je suis déjà en train de mourir. J'ai perdu trop de sang, je tiens à peine debout et tu le sais.

— Ce n'est pas juste.

— J'en ai conscience.

— Je ne peux pas, je ne peux pas..., répétait-elle.

— Tu vas y arriver. On l'a toujours su. On a toujours cru en toi... il a toujours cru en toi. Surtout, ne te coupe plus de tes émotions. Tu es assez forte pour détruire ces reliques et recommencer une nouvelle vie, alors, bats-toi comme on te l'a appris. Ne lâche rien.

— Je reste avec toi.

— Ce n'est pas nécessaire, répondit gentiment Lucas en caressant sa joue.

— Ce n'est pas négociable.

Il l'embrassa une dernière fois sur le front comme il le faisait toujours. Elle était en pleurs. Puis il s'assit sur le sol à côté du Voile. Elle plaça son flanc contre son dos, de façon à pouvoir garder un bras autour de lui, tout en regardant dans la direction opposée. Elle pleurait silencieusement. Les larmes l'étouffaient. Elle sentit la main de Lucas monter vers sa tête. Elle entendit la sécurité s'enlever. Elle accrocha fermement le t-shirt de Lucas. Il posa sa main blessée dessus, la pressa dans la sienne. Ils restèrent ainsi quelques secondes.

Jusqu'à la déflagration.

Lucas tomba.

Le silence se fit.

Chapitre quarante : Le Voile

Lucas bascula en arrière, sa tête se retrouva sur les jambes d'Audrey. Elle sentit le sang chaud se répandre sur ses vêtements et elle pleura, pleura en s'agrippant à lui. Elle entendit le mécanisme de la vitrine se baisser, le Voile était à portée de main à présent, mais elle n'arrivait pas à se défaire de Lucas. Elle ne voulait pas se détacher de lui. Elle hurla sa douleur en regardant le ciel et ce fut là qu'elle vit les runes qui empêchaient de rentrer magiquement dans cette pièce et probablement dans tout l'édifice. La colère l'emporta. Elle se leva, attrapa la Faux et la jeta de toutes ses forces en direction du plafond. La relique se planta dans les symboles et en dégradant leurs dessins, elle annula le sortilège de protection. Elle en eut la certitude quand elle rappela la Faux à elle et qu'elle réapparut dans ses mains. Alors elle mit les Ailes et lança à Vince :

— On se retrouve au banc.

Elle s'empara des reliques, saisit Lucas et retourna dans la salle de Fenrir. En voyant Jérémy, Audrey prit un instant pour lui caresser la joue. Elle était tellement désolée. Elle se pencha et déposa un baiser sur son front. Elle aurait voulu lui dire à quel point elle l'aimait, mais même ici, alors qu'elle se tenait à la fin de toute chose, les mots ne parvinrent pas à franchir sa bouche. Il était trop tard. Cela ne servait plus à rien. Tout ce qu'elle pouvait faire à présent, c'était les ramener chez eux. Elle saisit Jérémy et les emporta tous, loin de l'Enfer.

Elle pleurait sans pouvoir s'arrêter. Voir les garçons tous les deux inertes lui fit l'effet d'un électrochoc. Elle sentit la vague de panique monter en elle, encore et encore. Elle était en proie à la pire crise d'angoisse de sa vie, totalement submergée par ses émotions et ils n'étaient plus là pour l'aider à faire face.

Vince était arrivé, il se tenait de l'autre côté de leur barrière magique qu'il ne pouvait franchir. Il était contraint de rester en retrait, d'assister impuissant à toute la scène, mais il le savait : à présent tout reposait sur elle.

— Audrey ? l'appela-t-il après plusieurs minutes.
— Je sais, réussit-elle à lui répondre.

Elle devait continuer sa tâche à tout prix. Elle avait réuni tous les symboles, mais sa mission n'était pas encore achevée.

Elle se releva, jeta un dernier regard vers les garçons qui gisaient par terre, puis elle s'empara du Voile. Elle sentit enfin son énergie. En le prenant, elle perçut qu'elle changeait. Elle se transformait en véritable Gardienne. Elle l'admira quelques secondes puis elle fit de même avec l'Urne. Elle essayait de penser à autre chose qu'aux garçons, de trouver une diversion à son esprit.

Elle était en pleine crise d'angoisse et elle avait en plus son chagrin à gérer. Elle pleurait sans parvenir à s'arrêter, mais elle avait appris au fil des mois à vivre avec ses émotions. Elle ne pouvait pas les contrôler, elle les acceptait, mais ne se laissait plus tétaniser par elles. Elle devait continuer coûte que coûte. Elle se répétait sans cesse la phrase que Jérémy lui avait dite lors de leur capture : « ne te laisse pas terrasser, bats-toi et garde espoir ». Elle était à présent le dernier rempart. Il fallait qu'elle détruise les reliques, c'était son rôle en tant que Gardienne.

Alors qu'elle tenait l'Urne, elle remarqua tout en haut du dessin, un papillon. Elle n'avait pas eu le temps de vraiment l'observer depuis qu'elle l'avait récupérée et ne s'y était jamais intéressée quand elle vivait avec. Ce fut seulement à cet instant qu'elle prit quelques secondes pour la contempler. Le papillon dessiné sur l'Urne était en tout point similaire au sien. Elle le savait, elle le connaissait par cœur. Elle sentit alors qu'elle devait placer le symbole à cet endroit. Elle détacha sa chaine, attrapa la relique puis cassa sa protection en se servant d'une pierre qui était au sol. Elle disposa ensuite le Papillon à l'emplacement marqué sur l'Urne, puis en regardant mieux le dessin, elle vit la Mort tenant toutes ses reliques. La Mort à l'apogée de sa puissance. Alors elle les positionna exactement de la même façon que sur l'illustration.

Elle avait déjà les Ailes sur le dos, elle mit en plus le Voile sur elle, déposa le Flambeau inversé, devant elle, légèrement à droite et l'Urne avec le Papillon à côté, à gauche. Elle prit la Faux dans ses mains. Elle n'avait plus qu'à se redresser, mais Audrey hésita.

Vince la soutenait du regard. Audrey pleurait toujours, elle lui demanda :

— Que va-t-il se passer si je vais jusqu'au bout ?
— Tu le sais déjà.
— Je serai le maitre de la Mort.
— Oui.
— Est-ce que cela me permettra de détruire les symboles ?
— J'en suis persuadé.

Elle eut d'un coup un doute, une question que personne n'avait osé poser jusqu'à présent, une question qui restait sans réponse. Mais il fallait qu'elle lui demande avant de faire quoi que ce soit.

— Mais si je les anéantis, que deviendras-tu ?
— Mon sort est lié aux reliques. Je n'ai pas d'existence sans elles. Mais ma vie importe peu. Pour la première fois depuis des millénaires, quelqu'un a la possibilité de les détruire, tu dois le faire.
— Et si je n'y arrive pas ?

— Tu y arriveras, concentre-toi sur le Papillon. Il est la clé et il t'a choisie.

Elle allait encore perdre une autre personne. De sa main libre, Audrey essuya ses joues, prit une grande inspiration puis se releva lentement.

— Au revoir Vince.

Ce dernier lui répondit d'un signe de tête et disparut. Il savait que cela serait plus facile pour elle de le voir partir de cette manière. Elle avait assez de chagrin à gérer.

Elle ferma les yeux et sentit le pouvoir des reliques tout autour d'elle. Pour la première fois, elle les percevait toutes en même temps et à pleine intensité. Dans ce mélange d'énergies, elle se focalisa sur celle du Papillon. Elle le fit apparaitre dans ses pensées et se visualisa en train de l'activer. Dans ce moment de connexion, elle reprit le contrôle de ses émotions. Elle inspira calmement, profondément et souffla. Elle laissa son pouvoir grandir et, quand elle se sentit toute puissante, elle invoqua Thanatos. Ses yeux étaient fermés, mais elle vit un immense flash de lumière.

Elle se rappela les conseils de Jérémy, en cas de crise d'angoisse, toujours respirer et essayer de garder la maitrise d'une partie de soi.

En ouvrant ses paupières, elle découvrit le dieu de la Mort devant elle, juste de l'autre côté de leur protection. À sa grande surprise, il n'avait rien en commun avec les représentations qu'elle avait pu voir de lui. Ce n'était pas un squelette, ses pieds ne semblaient ni noirs ni difformes. Il avait l'apparence d'un homme, grand avec de longs cheveux bruns. Il était impossible de lui donner un âge : son visage avait l'air jeune et également marqué par les années. Il n'avait rien de repoussant, au contraire, de bien des manières Thanatos lui parut même attirant. Il avait un regard semblable à celui de Jérémy, dur et fermé. Mais en plus, lui la méprisait de tout son être, elle le sentait. Il parla le premier, d'une voix grave et profonde :

— Il semblerait que pour la première fois, mes reliques ont trouvé un maitre, ou plutôt une maîtresse. Que veux-tu ? Qui désires-tu voir mourir ?

Audrey visualisa dans son esprit Agrat, Lilith et Samaël qui avaient déclenché l'incendie de sa maison et par la même occasion, tué ses sœurs. Ils étaient aussi responsables de la mort de Lucas et de Jérémy. Elle se représenta toute leur armée de démons. Elle les détestait tous. Mais elle resta muette.

— Je suis désolée, cette offre est tentante, mais je ne souhaite pas utiliser vos reliques pour ma vengeance personnelle.

— Pourquoi devenir maitre de la mort si ce n'est pas pour tuer ?

— Je crois que je suis plus que cela, que vous êtes plus que cela. Toute ma vie, je vous ai côtoyé, je vous ai détesté pour la perte de ma famille.

— Oui, ce n'est pas une nouveauté, personne n'aime ma présence. Mais la mort est inéluctable.

— Maintenant, je le sais et je le comprends.

La divinité la regarda avec intérêt et se mit à la scruter:

— C'est curieux en effet, je ne ressens ni peur ni mépris venant de toi.

— Comme je vous l'ai dit, je comprends votre travail. La mort est dure à affronter, mais elle rend aussi la vie plus belle.

Thanatos l'écoutait attentivement.

— Je ne suis pas le maitre de vos reliques, j'en suis leur Gardienne. Je suis celle que vous attendiez. J'ai été choisie par le Papillon.

— Ce n'est qu'un symbole parmi les autres. N'essaie pas de te jouer de moi, aucun humain n'aime la Mort. Depuis le jour de ma création, toute l'humanité m'a rejeté. Aucun d'entre eux ne résisterait à la tentation de se servir d'un tel pouvoir. Aucun. Même toi, tu es tentée, je le sens. Tu n'es en rien différente des autres, je devrais peut-être t'emmener sur le champ.

— Vous ne le ferez pas, je suis votre égale maintenant. Et si je me tiens là, c'est grâce au Papillon. Il m'a désignée, ce qui signifie que vous m'avez choisie. Je reconnais avoir pensé plus d'une fois à me servir de vous pour éliminer tous les démons de la Terre, mais je ne le ferai pas.

— Qu'est-ce qui te fait croire que je t'ai choisie ?

— J'ai beaucoup étudié vos légendes. Parmi ces six reliques, seulement deux ont été sélectionnées par vous personnellement, l'Urne et le Papillon. Les deux reliques les moins effrayantes. Les deux symboles représentant l'espoir. C'est votre façon de faire comprendre aux humains que vous n'êtes pas maléfique. D'ailleurs, vous ne pouvez pas vous permettre de ressentir quoi que ce soit n'est-ce pas ? C'est à ça que sert l'Urne, à vous dégager émotionnellement. Vous ne prenez ni plaisir ni déplaisir dans votre travail. Vous êtes au-delà de tout ça. Vous le faites, car il faut le faire. Vous êtes au-delà, de toute notion du bien et du mal. Et bien que le monde vous ait tourné le dos, vous restez neutre en toute circonstance.

— Écoute, je suis peut-être immortel, mais j'ai une tâche à accomplir alors viens-en aux faits, qu'attends-tu de moi si ce n'est pas tuer ?

— J'aimerais que vous me rendiez deux services. En premier que vous fassiez revenir ces hommes pour moi. Ils viennent juste de mourir, je sais que c'est en votre pouvoir. Il vous suffirait de ne pas emporter leurs âmes avec vous.

— Tu me le demandes, tu ne me l'ordonnes pas, on est d'accord ?

— Oui.

— Et pourquoi ferais-je cela ?

— Car sans eux, je ne serais jamais parvenue jusqu'ici. Ils sont comme vous, ils œuvrent dans l'ombre. Ils sacrifient leur vie de mortel pour faire leur travail et personne ne les voit. Ils méritent une autre chance.

— Et le second service ?

— Détruire vos reliques. Elles sont trop dangereuses pour ce monde. Je sais que vous n'avez pas goût de prendre plus de personnes qu'il n'en faut et vous n'avez pas non plus envie d'un maitre. Les détruire, c'est ce que vous avez toujours voulu.

— Et si j'acceptais de te rendre uniquement le second service ?

— Vous ne connaissez que trop bien le poids de la solitude. Ces hommes sont tout ce qu'il me reste sur cette Terre, alors je me permets d'insister, mais je ne vous l'impose pas. Je remets mon sort entre vos mains. Pour une fois, vous avez la possibilité de choisir. Je vous offre le libre arbitre.

Audrey se fiait à son intuition, elle sentait qu'il ne fallait surtout pas contraindre Thanatos à faire quoi que ce soit. Elle devait agir en douceur. Il n'avait rien de maléfique, elle le ressentait. Aucune des reliques n'était malfaisante, elle les connaissait par cœur, elle avait passé des heures et des heures connectée à elles et rien de mauvais n'avait jamais émergé d'elles.

Thanatos était abasourdi. Il œuvrait dans ce monde depuis des millénaires et c'était la première fois qu'il avait une telle décision à prendre. D'habitude, il devait se contenter de faire ce qu'on lui disait. Les années l'avaient rendu dur et amer, mais il se souvenait de l'époque où il avait nommé comme symbole le Papillon. Il ne comprenait pas cette mortelle, elle aurait pu choisir d'exterminer les démons, ou de lui imposer ses volontés, mais elle ne le faisait pas. Elle n'était même pas en colère contre lui alors qu'il avait emmené toute sa famille. Peut-être le comprenait-elle vraiment. Il se mit à espérer. Mais avant de prendre sa décision, il devait être sûr qu'elle ne lui mente pas.

— Pourquoi ne pas utiliser ton pouvoir pour venger tes sœurs ?

— J'avoue y avoir pensé plus d'une fois, mais je sens au plus profond de moi que ce n'est pas la solution. J'y ai longuement réfléchi et je suis arrivée à la conclusion que la lumière existe grâce à l'obscurité. Les deux sont indissociables. Les humains ont besoin des deux aspects. Ils doivent pouvoir faire leur propre choix eux aussi. Peut-être qu'un jour, j'aurais ma revanche sur eux, mais pas de cette façon. Les reliques sont plus importantes que ma vengeance personnelle.

Thanatos réfléchit encore un moment.

— Je vais le faire, lui dit-il sans plus de précision. Prends le Papillon dans ta main et ferme tes yeux. Il faudra alors prononcer la formule qui me permettra de les détruire, sans ça, je ne pourrais pas agir.

— La formule ?

— Écoute les reliques, elles te souffleront les paroles

Audrey savait que si elle détruisait les reliques maintenant, elle n'aurait plus l'assurance de pouvoir ramener les frères à la vie. Mais elle avait donné sa parole à Thanatos et s'y tiendrait.

Des larmes se remirent à couler de ses yeux, elle les ferma pour se couper du monde. Elle fit le vide dans sa tête. Elle respira profondément et rentra en parfaite harmonie avec ses symboles, pour la dernière fois. Elle les sentit, elle les vit, elle les entendit et surtout elle les ressentit. Individuellement et collectivement. Toutes les reliques et elle ne formaient plus qu'une seule entité. À cet instant, elle sut ce qu'elle devait dire. Cela faisait des semaines qui lui semblait percevoir leur mélodie et ce soir, leur chant se dévoilait à elle.

Elle s'entendit prononcer sans la moindre hésitation :

« Thanatos, toi le dieu antique,
Même sans reliques
Ta mission restera inchangée
Les âmes des morts, tu devras emmener.

Thanatos, pendant des centaines d'années, tu m'as cherchée,
Maintenant, te voilà mon obligé.
Tous tes symboles représentent tes liens,
Il est temps pour toi de t'émanciper des tiens.

Affranchis-toi de la Faux,
Des Ailes et du Flambeau.
Libère-toi de l'Urne, du Voile et du Papillon.
Thanatos, je te l'ordonne, détruis tous ces maillons.

Dieu de la Mort, en tant qu'Ultime Gardienne
Je te retire tes chaines. »

Elle sentit le vent sur son visage et vit un immense éclair blanc à travers ses paupières. Puis le vide l'entoura. Quand elle ouvrit les yeux, les reliques étaient toutes au sol. Mais elle ne ressentait plus leurs pouvoirs. Ce n'était plus que des coquilles creuses. Thanatos avait disparu. Elle s'effondra par terre. Elle tenait toujours entre ses mains son Papillon.

Elle laissa alors libre cours à ses émotions. Elle se sentait totalement submergée et pleurait tellement qu'elle en avait du mal à respirer. Elle avait l'impression de se noyer dans ses propres larmes. Elle n'arrivait plus à récupérer le contrôle. Plus rien ne la forçait à reprendre le dessus à présent, plus de tâche, plus de destinée à accomplir, rien. Il n'y avait plus que le néant pour l'accompagner. Elle ne parvenait plus à réfléchir. Que devait-elle faire maintenant ? Cette simple question était une énigme indéchiffrable pour elle. Par où commencer ? Elle ne savait pas, ne savait plus. Elle ne ressentait que ce désespoir qui lui broyait le cœur et la terrassait sur place. Elle n'arrivait même plus à voir les garçons tant les larmes emplissaient ses yeux. Elle hurla son malheur. Elle avait réussi sa mission, mais elle avait payé le prix fort. Elle n'était pas en colère, elle était juste triste. Immensément triste. Dévastée. Encore une fois, elle avait tout perdu. Elle ne parvenait pas à s'arrêter de pleurer. Elle avait enfin accompli sa destinée et personne n'était avec elle pour fêter sa victoire, elle était désespérément seule, encore.

Elle ne remarqua même pas que les frères étaient en train de se réveiller. Quand elle entendit la voix de Jérémy, elle crut être en proie à une hallucination. Mais cela la sortit de sa torpeur.

— Qu'est-ce qu'on fait là ? répéta-t-il.

Soudain, elle saisit. Thanatos l'avait fait. Il les avait ramenés. Elle se jeta à leur cou en pleurant. Elle les serra contre elle. Ils étaient tous les trois par terre. Les frères ne comprenaient pas ce qu'ils venaient de vivre. Ils se souvenaient de leur mort et avaient l'impression de se réveiller d'un mauvais rêve. Toutes leurs blessures avaient disparu, ils étaient sains et saufs. Elle était parvenue à détruire les reliques et à ramener les garçons à la vie.

— Je vous ai sauvés, leur dit-elle en riant, je vous sauverai toujours.

Épilogue

Cinq mois plus tard, Audrey se réveilla dans sa chambre aux côtés de Jérémy. Elle venait de faire le plus étrange des rêves, elle avait clairement entendu la voix de Thanatos dans sa tête qui lui disait de se tenir près du Papillon, ce soir à 22 h 30.

Aujourd'hui, c'était le 25 mai. Cela faisait un an que l'incendie avait eu lieu, un an que sa route avait croisé celle des garçons, un an que sa vie avait été totalement chamboulée. Elle avait fait tellement de chemin depuis, elle avait tellement changé. Cependant l'absence de ses sœurs laissait toujours un grand vide dans son cœur.

Audrey se blottit contre Jérémy, il la serra contre lui. Lui non plus n'avait pas oublié la date. Il savait que cette journée serait difficile pour elle.

— Je t'aime, lui dit-il en guise de bonjour.
— Je t'aime aussi, répondit-elle en l'embrassant.

Ils se levèrent pour aller déjeuner. Lucas était déjà debout, il avait tout préparé. Il la serra également dans ses bras en la voyant arriver.

— Merci. Mais ne vous inquiétez pas pour moi, d'accord ? leur dit-elle.

— Impossible, lui dit Jérémy en l'enlaçant et en déposant un baiser sur sa joue.

Elle n'osa pas leur parler de son rêve, cela lui semblait trop délirant, elle n'était même pas certaine de ce qu'elle avait entendu.

La journée se déroula normalement. Les garçons recherchèrent une affaire. Pendant ce temps, Audrey œuvra dans le jardin : elle avait aménagé une grande serre et cultivait diverses plantes qui servaient tant pour les potions que pour ses tisanes. Grâce aux plumes des harpies, ils étaient à l'abri du besoin. Elle n'avait plus la nécessité de travailler. D'autant plus que depuis la disparition de l'inspecteur Gaillard, l'affaire de l'incendie de sa maison avait été transmise à un autre enquêteur qui l'avait rapidement classée vu que le coupable avait été arrêté, permettant ainsi à Audrey de pouvoir toucher son héritage.

Dans l'après-midi, Lucas et elle allèrent courir ensemble. Enfin, elle s'exerça au tir avec Jérémy. Ils avaient gardé leurs habitudes. Elle continuait de s'entrainer avec la même ferveur. Leur vie était dangereuse et il valait mieux qu'elle y soit préparée. Mais surtout, elle aimait se sentir forte.

Maintenant que les reliques étaient détruites, elle venait moins sur le terrain. Jérémy était de toutes les missions, mais Lucas et elle tournaient pour l'accompagner afin que Lucas puisse plus profiter d'instants à lui. Il avait trouvé un petit emploi dans la ville voisine, il dispensait des cours tous les vendredis dans une salle de sport. Cela lui permettait d'avoir un semblant de vie normale, tout en n'empiétant pas sur son devoir de sorcier.

En fin de journée, Audrey se rendit sur son banc, juste à côté, elle avait érigé avec les frères, un autel dédié à Thanatos. C'était sa façon à elle de le remercier de lui avoir ramené les garçons. Ce dieu avait passé son existence à être redouté et ignoré des hommes. Ils avaient peur de lui, peur de prononcer son nom, comme si cela pouvait leur attirer le mauvais œil, mais Audrey ne le craignait pas. Elle avait appris à vivre avec lui. Elle savait que cet autel le toucherait. Elle prenait soin d'y venir régulièrement. Elle avait fixé en son centre le Papillon. Il était le lien entre son ancienne et sa nouvelle vie. La preuve que même lorsque l'on a tout perdu, il peut encore nous arriver de belles choses. Il était l'espoir.

Elle passa un moment vers l'autel à penser à ses sœurs, à sa famille.

Puis elle rentra préparer le diner avec les garçons, ils mangèrent ensemble, comme d'habitude.

22 h 30 approchait, l'heure à laquelle l'incendie avait été déclenché, elle leur dit seulement :

— Ça va bientôt être l'heure, seriez-vous d'accord pour venir avec moi rendre hommage à Louise et Julia ?

— Évidemment, répondit Lucas.

Ils enfilèrent une veste, le soleil était couché depuis un moment.

Elle se mit entre les garçons. Jérémy lui prit la main et Lucas se tenait juste à côté d'elle également. Elle ferma les yeux pour penser à ses sœurs, quand soudain, une voix sortit de nulle part, déclara :

— J'ai décidé de t'accorder une dernière faveur bien que tu ne l'aies pas demandée. Mais elle ne durera que quinze minutes, le temps de dire au revoir…

C'était Thanatos, Audrey en fut certaine. Les garçons étaient sur leurs gardes, prêts à se défendre, quand d'un coup, elles apparurent. Ses sœurs. Elles étaient si belles, exactement comme dans ses souvenirs. Elles se jetèrent dans les bras les unes des autres. Audrey pleurait de bonheur de pouvoir les avoir de nouveau près d'elle, de pouvoir sentir leur parfum, de pouvoir les toucher. Les premières minutes, elles ne se parlèrent même pas. Elles n'en avaient pas besoin.

Puis Audrey sécha ses larmes et leur présenta Lucas et Jérémy. Ces derniers étaient presque aussi émus qu'elles. Ils eurent chacun le droit à un câlin de Louise et de Julia.

Ses sœurs les connaissaient déjà : de là où elles étaient, elles gardaient un œil sur leur ainée. Elles lui dirent à quel point elles étaient fières d'elle. Fières de ses choix et de son parcours, fières de la femme qu'elle avait toujours été, la femme forte, pleine de gentillesse et de douceur.

Elles savaient qu'Audrey avait besoin de l'entendre, besoin de le savoir.

Les quinze minutes approchant de leur fin, Audrey les serra contre elle et leur dit :

— Je vous aime mes sœurs, je vous aimerai toujours.

Louise fit signe aux garçons de venir avec elles pour cette dernière étreinte. Audrey se retrouvait enfin au milieu des personnes qui comptaient le plus pour elle : ses sœurs, son frère et son âme sœur. Elle se sentait en paix à présent.

Et elle remercia Thanatos pour cet instant de pur bonheur.

Table des matières

Remerciements

Nous y voilà ! Il est temps pour moi de clôturer ce chapitre de ma vie. Écrire cette trilogie a été une expérience incroyable. Je me suis découvert une réelle passion avec cette histoire qui m'est apparue de « je ne sais où ». J'espère qu'elle vous a plu.

J'ai beau être en autoédition, j'ai quand même une petite équipe avec moi à remercier. D'abord, ma famille évidemment. Ma moitié et mes enfants qui me permettent de vivre ma passion au quotidien. Votre amour me donne des ailes.

Merci aussi à mes sœurs qui ont été mes premières lectrices. Sans leurs remarques et leurs commentaires, le rendu serait très différent. Elles me soutiennent et m'encouragent chaque jour.

Merci maman, pour ta correction et merci papa. Vous vous transformez tous les deux en pros des réseaux sociaux juste pour pouvoir me supporter partout !

Puis, je remercie Céline et Fanny qui font également partie de l'équipe des relectrices. Chacune à votre façon, vous m'avez poussée à aller au fond des choses, au bout de mes émotions.

Merci Aurélie et Mary, pour votre dernière relecture et surtout pour tous vos encouragements.

Ensuite, je remercie Drole2Type, mon incroyable graphiste et correcteur. Tu sais exactement ce qu'il y a dans ma tête, quelle couverture je veux et tu la reproduis en encore plus belle que ce que j'avais imaginé ! Tu es fabuleux.

Maintenant, je vais remercier trois filles totalement cinglées : Alice, Nanie et Élodie. Toutes les quatre, on avance ensemble. Merci de me faire rire au quotidien.

Avant de partir, Mamie, une pensée pour toi qui attendais ce tome 3 avec impatience. Tu es la meilleure des grands-mères. Et Papy, je t'embrasse très fort.

Je glisse ici un petit mot pour Manon, ma cousine et coach TikTok ! (J'imagine déjà sa tête en lisant ces lignes !!! Oui, oui, c'est de toi que je parle !).

Enfin merci à vous, mes lecteurs, j'ai la chance d'avoir trouvé une super communauté. Parfois, j'ai envie de tout abandonner, de tout lâcher… et là, je ne sais par quel miracle, l'un d'entre vous m'écrit et m'apporte son soutien. Vous êtes les meilleurs. Je ne vous remercierai jamais assez de croire en moi comme vous le faites.

J'espère revenir bientôt avec de nouvelles aventures ! Et bien évidemment, je vous tiendrai au courant sur les réseaux !

À très, très vite !

Pour ne rien rater de mon actualité, pensez à me rejoindre sur Facebook / Instagram / TikTok:

A. Demange – Auteure

Printed in France by Amazon
Brétigny-sur-Orge, FR

16425694R00263